Springvloed

Van dezelfde auteur

De derde stem
Zwarte dageraad

Bezoek onze internetsite www.awbruna.nl voor informatie over onze boeken, volg @AWBruna op Twitter of bezoek onze Facebook-pagina: Facebook.com/AWBrunaUitgevers.

Cilla & Rolf Börjlind

Springvloed

A.W. Bruna Uitgevers

Oorspronkelijke titel
Springfloden

Vertaling
Corry van Bree
Omslagbeeld
Shutterstock
Omslagontwerp
© Valentin & Byhr
Bewerking Nederlands omslag
De Weijer Design
Auteursfoto
© Thron Ullberg

ISBN 978 94 005 0688 6
NUR 305

... terwijl de nacht genadeloos verderf komt zaaien.

C. Vreeswijk

Nazomer 1987

Het niveauverschil tussen eb en vloed bij Hasslevikarna op Nordkoster is normaal vijf tot tien centimeter, behalve als het springtij is. Een fenomeen dat plaatsvindt als de zon en de maan in één lijn met de aarde liggen. Dan is het verschil bijna een halve meter. Een mensenhoofd heeft een lengte van ongeveer vijfentwintig centimeter.

Vannacht zou het springtij worden.

Op dit moment was het nog eb.

De volle maan had de onwillige zee uren eerder teruggezogen, waardoor een breed stuk vochtige zandbodem achtergebleven was. Kleine, glanzende strandkrabben liepen kriskras over het zand, als glanzende reflexen in het staalblauwe licht. Purperslakken zogen zich vast aan de rotsen, vastbesloten om zich niet weg te laten spoelen. Al het leven op de bodem wist dat de zee zo meteen zou binnenstromen.

Dat wisten drie van de gestalten op het strand ook. Ze wisten zelfs wanneer dat zou gebeuren, namelijk over een kwartier. Dan zouden de eerste golven zachtjes binnenrollen en bevochtigen wat opgedroogd was, en al snel zou de druk van de branding golf na golf omhoogstuwen, tot de vloed zijn maximum had bereikt.

Springtij, wat bijna een halve meter water tussen bodem en oppervlak betekende.

Ze hadden echter nog tijd. Het gat dat ze groeven was bijna klaar. Het liep ruim anderhalve meter recht naar beneden en had een diameter van zestig centimeter. Het lichaam zou perfect omsloten zijn. Alleen het hoofd zou boven het zand uitsteken.

Het hoofd van de vierde gestalte, de vrouw die zwijgend met vastgebonden handen een stuk verderop stond te wachten.

Haar lange, donkere haar bewoog zachtjes in de bries, haar naakte lichaam glansde, haar gezicht was niet opgemaakt en uitdrukkingsloos. Alleen haar ogen verraadden een vreemde afwezigheid. Ze bekeek de graafwerkzaamheden afstandelijk. De man met de schep trok het gebogen blad uit het gat, gooide het zand op de berg ernaast en draaide zich om.

Hij was klaar.

Van een afstand gezien, achter de rotsen waar de jongen zich had verstopt, heerste een merkwaardige stilte op het door de maan beschenen strand. Wat waren de donkere gestalten aan de andere kant van het strand aan het doen? De jongen wist het niet, maar hij hoorde het naderende gedonder van de zee en zag hoe de naakte vrouw over het natte zand werd geleid, ogenschijnlijk zonder weerstand te bieden, waarna ze haar in het gat lieten zakken.

Hij beet op zijn onderlip.

Een van de mannen schepte het zand in het gat. De vochtige brij sloot als nat cement rond het lichaam van de vrouw. Het gat was snel gevuld. Toen de eerste zachte golven naar het land rolden stak alleen het hoofd van de vrouw uit het gat. Haar lange haar werd langzaam nat, een kleine krab raakte verstrikt in een donkere lok. De vrouw hield haar blik op de maan gericht. Ze zweeg.

De gestalten liepen een stuk naar boven, het duin op. Twee van hen waren onrustig, onzeker, de derde was kalm. Ze keken allemaal naar het eenzame, door de maan verlichte hoofd boven de zeebodem.

En wachtten.

Toen het springtij begon, ging het heel snel. De hoogte van het water nam met elke golf toe. Het water stroomde over het hoofd van de vrouw, in haar mond en haar neus. Haar keel vulde zich met zout water. Toen ze zich wegdraaide kreeg ze een nieuwe golf in haar gezicht.

Een van de gestalten liep naar haar toe en ging op zijn hurken zitten. Hun blikken ontmoetten elkaar.

Vanaf zijn plek kon de jongen zien hoe het waterniveau steeg. Het hoofd op de bodem verdween en dook op en verdween weer. Twee van de figuren waren nu weg, de derde liep over het strand. Plotseling hoorde de jongen een gil die door merg en been ging. Het was de vrouw in het gat. De gil vulde de baai en echode tegen de rots waarachter de jongen zich verschool, waarna de volgende golf over haar hoofd stroomde en de gil verstikte.

De jongen begon te rennen.

De zee steeg en kwam tot rust, zwart en glanzend, onder het oppervlak deed de vrouw haar ogen dicht. Het laatste wat ze voelde was een schopje, klein en zacht, tegen de binnenkant van haar buik.

Zomer 2011

Drammerige Vera had een blik in haar ogen die een jachtvalk tijdens zijn vlucht kon verlammen. Bovendien discussieerde ze als een sneeuwploeg; ze begon met haar eigen mening en ploegde voort zodat de tegenargumenten naar alle kanten uiteenspatten.

Drammerig.

Maar geliefd.

Ze was met haar rug naar de dalende zon gaan staan. Het afnemende licht scheen op het water bij Värta, weerkaatste tegen de Lidingöbrug en reikte tot het park in Hjorthagen, net voldoende om een aura van mooi tegenlicht rond Vera's silhouet te creëren.

'Het gaat om mijn werkelijkheid!'

Het vuur in haar betoog zou elke Kamerfractie geïmponeerd hebben, ook al zou haar aangetaste stem enigszins vreemd zijn overgekomen in de Kamer. Net als haar kleren misschien: een paar smerige T-shirts in verschillende kleuren aan haar bovenlichaam en daaronder een versleten tulen rok. Bovendien was ze blootsvoets. Ze stond echter niet in de Kamer, maar in een klein, afgelegen park bij de Värtahaven, en de Kamerfractie bestond uit vier daklozen in uiteenlopende condities, verspreid op een paar banken tussen eiken en essen en jonge bomen en struikgewas. Een van hen was Jelle, een lange, zwijgzame man die apart zat, alsof hij in zijn eigen gedachten verdiept was. Op een andere bank zaten Benseman en Muriel, een jonge, verslaafde vrouw uit Bagarmossen. Ze had een plastic zak van de Coop op haar schoot.

Op de bank ertegenover lag Arvo Pärt half te slapen.

Aan de rand van het park, verborgen achter grote struiken, hurkten een paar zwijgende jongemannen, donker gekleed, hun ogen op de banken gericht.

'Mijn werkelijkheid en niet die van hen! Of niet soms?'

Drammerige Vera zwaaide met haar arm naar een punt in de verte.

'Ze kwamen gewoon hiernaartoe en bonkten op de caravan en ik had nauwelijks tijd om mijn tanden in mijn mond te doen en toen stonden ze al voor de deur! Met z'n drieën! En ze staarden! "Wat komen jullie doen?" vroeg ik.

"We zijn van de gemeente. De caravan moet weg."

"Waarom?"

"Het terrein wordt ontgonnen."

"Waarvoor?"

"Een verlicht pad."

"Een wat?"

"Een verlichte trimbaan. Die wordt hier aangelegd."

"Wat bedoel je verdomme? Ik kan de caravan niet verplaatsen! Ik heb geen auto!"

"Dat is helaas ons probleem niet. Hij moet voor aanstaande maandag verdwenen zijn."'

Drammerige Vera haalde adem en Jelle maakte van de gelegenheid gebruik om discreet te gapen. Vera hield er niet van als iemand gaapte tijdens haar tirades.

'Snappen jullie? Er staan drie kerels voor mijn deur die in de jaren vijftig zijn opgegroeid in een archiefkast en die vertellen mij dat ik moet vertrekken? Omdat een paar dikke idioten hun vet eraf moeten trainen op de plek waar mijn huis staat? Snappen jullie dat ik woedend werd?'

'Ja,' antwoordde Muriel. Ze had een gehavende stem, ijl en schor, en als ze haar shot nog niet had gehad, weigerde ze iets te zeggen.

Vera duwde haar dunne, rode haar weg en nam een nieuwe aanloop.

'Maar het gaat niet om die verdomde trimbaan, het gaat om iedereen die zijn kleine ruigharige rat hier uitlaat en het storend vindt dat iemand zoals ik hier woont, in hun poepchique wijk, ik pas niet in hun mooie, verzorgde werkelijkheid! Zo is het! Ze hebben schijt aan ons!'

Benseman boog zich een stukje naar voren.

'Maar Vera, je kunt je misschien voorstellen dat ze...'

'We gaan, Jelle! Kom mee!'

Vera deed een paar grote stappen naar Jelle toe en gaf een stomp op zijn arm. Ze was absoluut niet geïnteresseerd in Bensemans mening. Jelle kwam overeind, haalde zijn schouders op en liep achter haar aan. Waarnaartoe wist hij nog niet.

Benseman trok een gezicht, hij kende Vera. Met licht trillende handen stak hij een geplette peuk op en trok een blikje bier open. Een geluid waardoor Arvo Pärt bij zijn positieven kwam.

'Nu wordt het gezellig,' zei hij.

Pärt was afkomstig uit Estland en had zijn eigen, speciale manier van praten. Muriel keek Vera na en draaide zich daarna naar Benseman.

'Ik vind dat ze gelijk heeft, als je ergens niet past moet je weg... of niet soms?'

'Jawel, waarschijnlijk klopt het...'

Benseman was uit Norrland afkomstig. Hij stond voornamelijk bekend om zijn onnodig stevige handdruk en zijn door alcohol geel gekleurde oogwit. Hij was lang, had een uitgesproken dialect en een bedorven adem die zich stootsgewijs tussen zijn tanden een weg naar buiten zocht. In een eerder leven was hij bibliothecaris in Boden geweest. Hij was bijzonder belezen en net zo verslaafd aan alcoholhoudende dranken. Het hele scala van kruipbramenlikeur tot zelfgestookte alcohol. Een verslaving die gedurende een periode van tien jaar zijn sociale leven had geruïneerd, waarna hij in een gestolen bestelwagen naar Stockholm was gekomen. Daar hield hij zich in leven als bedelaar en kruimeldief.

Maar belezen was hij.

'... dat we genadebrood eten,' zei Benseman.

Pärt knikte instemmend en strekte zich uit naar zijn biertje. Muriel haalde een klein zakje en een lepel tevoorschijn. Benseman reageerde meteen.

'Je zou toch stoppen met die troep?'

'Ik weet het. Dat doe ik ook.'

'Wanneer dan?'

'Ik ga het doen!'

En dat deed ze, onmiddellijk. Niet omdat ze haar shot niet wilde hebben, maar omdat ze plotseling de twee jongemannen in het oog kreeg die tussen de bomen aan kwamen slenteren. Een van hen droeg een zwart jack met capuchon. Zijn kameraad droeg net zo'n jack in donkergroen. Beiden droegen grijze trainingsbroeken, zware schoenen en handschoenen.

Ze waren op jacht.

Het dakloze trio reageerde vrij snel. Muriel trok haar plastic zak naar zich toe en begon te rennen. Benseman en Pärt strompelden achter haar aan. Plotseling dacht Benseman aan het flesje bier dat hij achter de vuilnisbak had verstopt. Het kon het verschil betekenen tussen vannacht wakker liggen en slapen. Hij liep terug en struikelde bij een van de banken.

Zijn evenwichtsgevoel was niet fantastisch.

Zijn reactievermogen ook niet. Toen hij probeerde overeind te komen kreeg hij een harde schop in zijn gezicht en hij viel op zijn rug. De man in het zwarte jack stond vlak naast hem. Zijn kameraad had een mobiel tevoorschijn gehaald en zette de camera aan.

Dat was de inleiding tot een zeldzaam brute mishandeling. Gefilmd in een park waar geen geluid naar buiten doordrong en waar maar twee doodsbange getuigen waren die zich een eind verderop in het struikgewas hadden verstopt.

Muriel en Pärt.

Maar ook van die afstand konden ze zien hoe het bloed uit Bensemans mond en oren liep en hoorden ze zijn doffe gekreun bij elke schop die zijn middenrif en gezicht raakte.

Keer op keer. Op keer.

Wat ze niet konden zien was hoe Bensemans spaarzame tanden in het wangvlees werden geschopt en door de huid naar buiten drongen. Wat ze wel zagen was dat de lange Norrlander zijn ogen probeerde te beschermen, waarmee hij las.

Muriel huilde stilletjes en duwde de kapotgestoken binnenkant van haar elleboog over haar mond. Haar uitgemergelde lichaam trilde. Uiteindelijk pakte Pärt de hand van het jonge meisje en trok haar weg van het weerzinwekkende tafereel. Ze konden niets doen. Of ze konden de politie alarmeren, dat konden ze doen, dacht Pärt, en hij trok Muriel zo snel als hij kon mee naar de Lidingövägen.

Het duurde een tijd voor de eerste auto naderde. Pärt en Muriel begonnen te schreeuwen en te zwaaien toen de auto op een afstand van vijftig meter was, waarna deze uitweek en langsreed.

'Verdomde klootzakken!' schreeuwde Muriel.

De volgende chauffeur had zijn vrouw naast zich, een goed verzorgde dame in een mooie, cerisekleurige jurk. Ze gebaarde opgewonden in de auto.

'Rij niet tegen die junks aan! Denk eraan dat je gedronken hebt!'

Ook de grijze Jaguar passeerde hen.

Toen Bensemans hand stukgetrapt werd was het licht boven het water bij Värta gedoofd. De jongen met de mobiel zette de camera uit en zijn kameraad pakte Bensemans biertje op.

Daarna begonnen ze te rennen.

De lange Norrlander bleef in de duisternis op de grond achter. Zijn verbrijzelde hand krabde in het grind, zijn oogleden waren dicht. *A Clockwork Orange*, was de laatste gedachte van Benseman. Wie had dat ook alweer geschreven? Daarna stopte zijn hand met bewegen.

Het dekbed was naar beneden gegleden en ontblootte haar naakte dijbeen. De ruwe, warme tong likte over haar huid. Ze bewoog in haar slaap en voelde het kietelen. Toen de tong een beet in haar dijbeen werd keek ze op en duwde de kat weg.

'Nee!'

Dat was niet bedoeld voor de kat maar voor de wekker. Ze had zich verslapen. Ernstig. Bovendien was haar kauwgom van de bedrand gevallen en in haar lange, zwarte haar terechtgekomen. Een halve crisis.

Ze vloog overeind.

Een uur vertraging zette haar hele ochtendschema onder druk. Haar simultaanvermogen werd getest, vooral in de keuken: de melk voor de koffie stond op het punt over te koken, terwijl het geroosterde brood begon te roken en ze met haar blote rechtervoet in doorzichtig kattenbraaksel trapte op het moment dat een onuitstaanbaar intieme verkoper aanbelde, zijn voornaam noemde en haar garandeerde dat hij haar niets wilde verkopen, alleen wilde uitnodigen voor een cursus financieel advies.

Bijna een hele crisis.

Olivia Rönning was nog steeds gestrest toen ze zich de Skånegatan op haastte. Niet opgemaakt, met het lange haar haastig opgestoken in iets wat aan een knot deed denken. Haar lichte, suède jack hing open. Eronder was een geel T-shirt zichtbaar dat aan de onderkant een beetje rafelig was, haar gebleekte jeans eindigde bij een paar afgetrapte sandalen.

De zon scheen vandaag.

Ze stopte een seconde om de weg te kiezen. Wat was het snelst? De rechter. Ze begon op een drafje te rennen terwijl ze tegelijkertijd naar de aanplakbiljetten op de winkels gluurde: OPNIEUW DAKLOZE ERNSTIG MISHANDELD!

Olivia rende verder.

Ze was op weg naar haar geparkeerde auto, waarmee ze naar Sörentorp in Ulriksdal zou rijden. Naar de Politieacademie. Ze was drieëntwintig en zat in haar derde jaar. Over zes maanden zou ze solliciteren als politiekandidaat bij een bureau in de omgeving van Stockholm. Een halfjaar later zou ze agent zijn.

Lichtelijk buiten adem bereikte ze haar witte Mustang en haalde de sleutels tevoorschijn. De auto was een erfenis van haar vader, Arne, die vier jaar geleden was overleden aan kanker. Het was een cabriolet uit 1988, met roodleren bekleding, een automatische versnelling en een 4-cilinder lijnmotor die bromde als een V8. Het was jarenlang haar vaders oogappel geweest. Nu was hij van haar. Niet in fantastische conditie; de achterruit moest ze zo nu en dan vastplakken met plakband en de lak had veel beschadigingen, maar hij werd bijna altijd goedgekeurd.

Ze hield van de auto.

Met een paar eenvoudige bewegingen deed ze het dak naar beneden en ging achter het stuur zitten. Daar rook ze bijna altijd dezelfde geur, een paar seconden lang. Niet van de bekleding, maar van haar vader, de auto rook naar Arne. Een paar seconden, daarna was het weg.

Ze stopte de oordopjes in haar mobiel, selecteerde Bon Iver, draaide de sleutel om, schakelde en reed weg.

Het was bijna zomervakantie.

*

Het was tijd voor een nieuw nummer van *Situation Sthlm*, het daklozentijdschrift. Nummer 166, met prinses Victoria op het omslag en interviews met Sahara Hotnights en Jens Lapidus. De redactie aan de Krukmakargatan 34 was gevuld met dakloze verkopers die hun exemplaren van het nieuwe nummer kochten. Ze kochten ze voor 20 kronen, de helft van de verkoopprijs, en hielden de rest als ze ze verkochten.

Een eenvoudige deal.

En een doorslaggevend verschil voor veel van hen. Met het geld van de verkoop hielden ze het hoofd boven water. Sommigen gaven het uit aan hun verslaving, anderen aan het terugbetalen van leningen. De meesten gewoon om eten voor die dag te kunnen kopen.

En om een zeker gevoel van eigenwaarde te houden.

Het was toch werk wat ze deden, waarvoor ze betaald kregen. Ze stalen niet, jatten niet uit winkels en beroofden geen bejaarden. Dat deden ze alleen als ze in de problemen zaten. Een paar van hen. De meesten stelden eer in hun verkoperswerk.

Moeilijk werk.

Op sommige dagen, als het slecht weer was of ijzig koud, stonden ze tien tot twaalf uur op hun vaste verkooppunten en verkochten ze nauwelijks een tijdschrift. Dan was het niet prettig om met een lege maag in een vuilnisbak te zoeken en te proberen in slaap te vallen voordat de nachtmerries begonnen.

Maar vandaag kwam er dus een nieuw nummer uit. Normaal gesproken was het een feestelijk moment voor iedereen in de zaal. Met een beetje geluk konden ze de eerste dag al een flinke stapel verkopen. Vandaag hing er echter geen vrolijke sfeer.

Integendeel.

Er was crisisberaad.

De vorige avond was opnieuw een van hun kameraden zwaar mishandeld. Benseman, de Norrlander die zo enorm veel had gelezen. Hij had botbreuken over zijn hele lichaam, zijn milt was gescheurd en de artsen hadden de hele nacht gevochten om de ernstige inwendige bloedingen te stoppen. De man die de leiding over de receptie had was 's ochtends in het ziekenhuis geweest.

'Hij zal het overleven... maar het lijkt een hele tijd te gaan duren voordat hij hier terug is.'

De mensen knikten. Meelevend. Gespannen. Het was niet de eerste mishandeling van de afgelopen tijd, het was de vierde, en het waren allemaal daklozen geweest. Zwervers, zoals de media ze noemden. En allemaal op dezelfde manier. Een paar jongemannen kozen een dakloze uit op een van de ontmoetingsplekken en sloegen hem in elkaar. Gewelddadig. En ze filmden het en zetten het op internet.

Dat was bijna het ergste.

Het was zo ontzettend vernederend. Alsof ze alleen dienstdeden als boksballen in een docusoap over amusementsgeweld.

Het was bijna net zo onaangenaam dat het alle vier verkopers van *Situation Sthlm* waren geweest. Was dat toeval? Er waren ongeveer vijfduizend daklozen in Stockholm, en maar een fractie daarvan was verkoper.

'Kiezen ze alleen ons?'

'Waarom zouden ze dat doen?'

Daar hadden ze natuurlijk geen antwoord op. Nog niet. Maar het idee was onprettig genoeg om de verwarde menigte in de ruimte bang te maken.

'Ik heb een busje traangas gekocht.'

Dat kwam van Bo Fast. De daklozen keken naar hem. Bo hield zijn spray omhoog voor iedereen die het wilde zien.

'Je weet toch dat dat illegaal is,' zei Jelle.

'Hoezo?'

'Zo'n ding.'

'Nou en? Hoe legaal is het om in elkaar geslagen te worden?'

Jelle had daar geen goed antwoord op. Hij stond bij een muur met Arvo Pärt naast zich. Een stukje verderop stond Vera. Voor één keer hield ze haar mond. Ze was vreselijk van streek geweest toen Pärt had gebeld om te vertellen wat er met Benseman was gebeurd, een paar minuten nadat Jelle en zij het park hadden verlaten. Ze was ervan overtuigd dat ze de mishandeling had kunnen voorkomen als ze gebleven was. Daar dacht Jelle anders over.

'Wat zou je dan gedaan hebben?'

'Vechten. Je weet dat ik degenen heb geslagen die probeerden onze mobieltjes te jatten in Midsommarkransen!'

'Die waren straalbezopen en een van hen was min of meer een dwerg.'

'Dan had jij toch kunnen helpen?'

Daarna waren ze voor de nacht uit elkaar gegaan en nu stonden ze hier. Vera was stil. Pärt en zij kochten allebei een stapel tijdschriften. Jelle had geld voor maar vijf exemplaren.

Ze liepen samen naar buiten en plotseling begon Pärt te huilen. Hij leunde tegen de ruwe gevel en sloeg een smerige hand voor zijn gezicht. Jelle en Vera keken naar hem. Ze snapten het. Hij was erbij geweest en had het gezien en had helemaal niets kunnen doen.

Nu kwamen de beelden terug.

Vera sloeg voorzichtig een arm rond Pärts schouders en trok zijn hoofd tegen zich aan. Pärt was een breekbare man.

Eigenlijk heette hij Silon Karp, hij was de zoon van twee Estlandse vluchtelingen en afkomstig uit Eskilstuna. Tijdens een nachtelijke heroïneroes in een rommelkamer op een zolder in de Brunnsgatan had hij een oude krant met een foto van de verlegen componist gezien en was de enorme gelijkenis tussen Silon en Pärt hem opgevallen. Hij zag zijn dubbelganger, heel gewoon. En één shot later was hij in zijn dubbelganger opgegaan en waren ze één geworden. Hij was Arvo Pärt. Sindsdien noemde hij zich Pärt. En omdat de mensen met wie hij omging er maling aan hadden hoe mensen in werkelijkheid heetten, bleef hij Pärt.

Arvo Pärt.

Hij had jarenlang als postbode in de zuidelijke buitenwijken gewerkt, maar zwakke zenuwen en een sterke zucht naar opiaten hadden hem naar beneden getrokken in datgene wat nu zijn ontwortelde bestaan was. Als dakloze verkoper van *Situation Sthlm*.

Nu stond hij ontroostbaar te huilen tegen de schouder van Drammerige Vera, om wat er was gebeurd met Benseman, om alle rottigheid, om al het geweld. Maar hij huilde waarschijnlijk voornamelijk omdat zijn leven was zoals het was.

Vera streelde over zijn samengeklitte haar en keek op naar Jelle. Jelle keek naar zijn stapel tijdschriften.

Daarna liep hij weg.

*

Olivia reed in Sörentorp door de schoolhekken naar binnen en parkeerde haar auto meteen rechts. Hij stak een beetje af bij de antracietkleurige sedans van verschillende merken. Dat kon haar niet schelen. Ze keek naar de hemel en overwoog of ze het dak zou sluiten, maar besloot het niet te doen.

'Ben je niet bang dat het gaat regenen?'

Olivia draaide zich om. Het was Ulf Molin, een man van haar leeftijd en uit haar klas, die het vreemde vermogen had om altijd in de buurt van Olivia op te duiken zonder dat ze het merkte. Nu stond hij ineens achter haar auto. Ik vraag me af of hij me besluipt, dacht ze.

'Dan doe ik het dak dicht.'

'Tijdens de les?'

Dit soort ontzettend zinloze gesprekken was Olivia behoorlijk zat. Ze pakte haar tas en begon weg te lopen. Ulf volgde haar.

'Heb je dit gezien?'

Ulf kwam naast haar lopen en hield haar zijn hippe tablet voor.

'Dat is de mishandeling van vannacht, van een dakloze.'

Olivia keek ernaar en zag hoe de bloedende Benseman op verschillende plekken op zijn lichaam werd geschopt.

'Het staat weer op dezelfde site,' zei Ulf.

'Trashkick?'

'Ja.'

Ze hadden de site gisteren op school besproken en iedereen was verontwaardigd geweest. Een van de leraren had uitgelegd hoe de eerste film en een webadres waren geplaatst op 4chan.org, een site die door talloze jongeren werd bezocht. De film en het adres waren heel snel weggehaald, maar velen hadden het adres gezien en daarna had het zich verspreid. Het adres was van de site Trashkick.com.

'Kunnen ze die site niet sluiten?'

'Waarschijnlijk is hij van een obscure Amerikaanse webhost. Het is niet gemakkelijk voor de politie om die op te sporen en te sluiten.'

Dat had hun leraar uitgelegd.

Ulf liet zijn tablet zakken.

'Dit is de vierde film die is geplaatst. Het is zo verdomd ziek.'

'Dat ze mishandelen of dat ze het plaatsen?'

'Tja... allebei.'

'En wat vind jij het ergst?'

Ze wist dat ze hem niet moest uitnodigen voor een gesprek, maar ze moest nog een paar honderd meter naar het schoolgebouw lopen en Ulf ging dezelfde kant op. Bovendien hield ze ervan om reflecties af te dwingen. Waarom wist ze niet. Het was waarschijnlijk een manier om afstand te houden.

De aanval.

'Ik denk dat het allebei even erg is,' zei Ulf. 'Ze mishandelen om het te kunnen plaatsen. Als ze het nergens konden plaatsen zouden ze misschien niet mishandelen.'

Mooi, dacht Olivia. Lange zin, samenhangende gedachte, verstandige reflectie. Als hij minder sloop en meer nadacht zou hij absoluut een paar treden kunnen stijgen op haar ladder met zorgvuldig uitgekozen contacten. Bovendien was hij goed getraind, een halve kop groter dan zij en had hij bruin, krullend haar.

'Wat doe je vanavond? Zullen we een biertje gaan drinken of zo?'

Daarom bleef hij op zijn oude niveau staan.

Het klaslokaal was bijna vol. Er zaten vierentwintig leerlingen in Olivia's klas, verdeeld over vier basisgroepen. Ulf zat naast haar. Vooraan bij het bord stond Åke Gustafsson, hun mentor. Een man van ruim veertig met een lange politiecarrière achter de rug. Hij was heel populair op school, was een beetje pietluttig en had overal een mening over. Charmant, vond Olivia. Ze vond zijn wenkbrauwen mooi, van de dichtbegroeide soort die vlak boven zijn ogen een eigen leven leken te leiden. Nu had hij een map in zijn hand. Op de tafel ernaast lag nog een stapel.

'Omdat we over een paar dagen afscheid van elkaar nemen heb ik, enigszins buiten de opleiding om, besloten om jullie een vrijwillige opdracht voor de zomervakantie mee te geven. Ik heb hier een verslag met een aantal oude, niet-opgeloste Zweedse moorden, dat ik zelf heb samengesteld. Ik wil jullie vragen om er een uit te kiezen en een analyse te maken over wat er anders gedaan had kunnen worden met behulp van de huidige politiemethodes, zoals DNA-techniek, geografische analyse, elektronisch afluisteren, enzovoort. Het is een oefening in het coldcasewerk. Vragen?'

'Het is dus geen verplichte opdracht?'

Olivia gluurde naar Ulf. Hij stelde altijd vragen omwille van het vragen. Åke had toch al gezegd dat het vrijwillig was?

'Het is volkomen vrijwillig.'

'Maar krijgen we extra punten als we het doen?'

Toen de les voorbij was liep Olivia naar voren en pakte een map. Åke gebaarde dat ze naar hem toe moest komen en knikte naar de map in haar hand.

'Je vader heeft aan een van de onderzoeken gewerkt.'

'Is dat zo?'

'Ja, ik vond het wel grappig om dat erbij te doen.'

Olivia ging een flink eind van het schoolgebouw af op een bank zitten, naast drie mannen. De mannen zwegen allemaal, ze waren namelijk van brons. Een van hen stelde Bildsköne Bengtsson voor, een notoire zwendelaar van vroeger.

Olivia had nog nooit van hem gehoord.

De andere twee waren Tumba-Tarzan en agent Björk. De laatste had een politiepet op zijn schoot. Iemand had er een leeg bierblikje op gezet.

Olivia opende de map. Eigenlijk was ze niet van plan geweest om tijdens de zomervakantie huiswerk te maken, ook al was het vrijwillig. Het was voornamelijk een manier om uit het lokaal te komen en niet te hoeven horen hoe Ulf alles tot vervelens toe herhaalde.

Nu was ze echter nieuwsgierig. Haar vader was bij een van de onderzoeken betrokken geweest.

Ze bladerde snel door het verslag. Het waren beknopte samenvattingen met informatie over handelswijze, plaatsen en data, en de onderzoeken. Ze was vrij vertrouwd met de politieterminologie. Ze had haar ouders gedurende haar hele jeugd rechtszaken horen bespreken aan de keukentafel. Haar moeder, Maria, was strafpleiter.

Bijna helemaal achteraan vond ze de zaak. Tussen de hoofdverantwoordelijken voor het onderzoek stond Arne Rönning.

Commissaris bij de recherche.

Haar vader.

Olivia keek op en liet haar blik ronddwalen. De omgeving was bijzonder rustig. De school lag in een groot en bijna ongerept natuurgebied, met goed verzorgde grasvelden en mooie bosgedeelten die zich helemaal uitstrekten tot Edsviken. Er hing een serene sfeer.

Ze dacht aan Arne.

Ze had innig van haar vader gehouden, en nu was hij dood. Hij was maar negenenvijftig geworden. Onrechtvaardig, dacht ze. Daarna begonnen de gedachten weer. De gedachten die haar vaak kwelden, die haar een bijna fysieke pijn bezorgden en die met haar verraad te maken hadden.

Tegenover hem.

Ze hadden een nauwe en innige band gehad tijdens haar hele jeugd en toen hij plotseling ziek werd, had ze hem in de steek gelaten. Ze was naar Barcelona gegaan om Spaans te leren, te werken, te relaxen... Het gewoon leuk te hebben!

Ik ben gevlucht, dacht ze. Hoewel ik dat toen niet begreep. Ik ging ervandoor, omdat ik het niet kon accepteren dat hij ziek was, dat hij achteruitging, dat hij zelfs dood kon gaan.

Maar dat ging hij. Toen Olivia in Barcelona was.

Ze kon zich het telefoontje van haar moeder nog steeds herinneren.

'Papa is vannacht overleden.'

Olivia streek over haar ogen en dacht aan haar moeder. In de tijd na haar vaders dood, toen ze was teruggekeerd uit Barcelona. Het was een verschrikkelijke tijd geweest. Maria was gebroken en had zich opgesloten in haar verdriet. Een verdriet waarin geen plaats was voor Olivia's schuldgevoelens en angst. In plaats daarvan hadden ze om elkaar heen geslopen, zwijgend, alsof ze bang waren dat hun wereld zou instorten als ze hun gevoelens aan elkaar vertelden.

Mettertijd was dat minder geworden, maar het was nog steeds iets waarover ze niet praatten. Verre van dat.

Ze miste haar vader heel erg.

'Heb je een zaak gevonden?'

Het was Ulf, die op zijn wonderlijke manier voor haar was gematerialiseerd.

'Ja.'

'Welke dan?'

Olivia keek naar haar verslag.

'De zaak op Nordkoster.'

'Wanneer was dat?'

'Zevenentachtig.'

'Waarom heb je die gekozen?'

'Heb jij iets gevonden? Of misschien doe je het niet? Het was tenslotte niet verplicht.'

Ulf glimlachte en ging naast haar op de bank zitten.

'Stoor ik je als ik hier zit?'

'Ja.'

Olivia was er vrij goed in om haar grenzen aan te geven. Bovendien wilde ze zich concentreren op het onderzoek dat ze net had opengeslagen.

Het onderzoek waaraan haar vader had meegewerkt.

Het bleek een heel spectaculaire zaak te zijn, en zo interessant samengevat door Åke dat Olivia meer wilde weten.

Ze nam de auto naar de Koninklijke Bibliotheek en ging naar de benedenverdieping, waar de speciale leeszalen voor kranten op microfilm zich bevonden. De vrouw die in de zaal werkte liet haar zien waar ze het materiaal kon vinden en welke lezers ze kon gebruiken. Alles was nauwkeurig bijgehouden. Elke krant vanaf de jaren vijftig stond op microfilm. Ze hoefde alleen een krant en een jaartal te kiezen en kon bij een lezer gaan zitten en beginnen.

Olivia begon met een plaatselijke krant, *Strömstad Tidning*, die het nieuws op Nordkoster versloeg. De datum en plaats van de moord had ze in het verslag gevonden. Toen ze de zoekfunctie startte duurde het niet lang voordat de vette kop het scherm bedekte: MACABERE MOORD OP STRAND VAN KOSTER. Het artikel was geschreven door een verhoudingsgewijs opgewonden journalist en gaf veel informatie over plaats en tijdstip.

Ze was begonnen.

De uren daarna werkte ze zich via *Bohusläningen* en *Hallandsposten* in steeds grotere cirkels naar buiten. Kranten in Göteborg. Avondbladen in Stockholm. Grote landelijke kranten.

Ze maakte koortsachtig aantekeningen, uitgebreid en beknopt.

De zaak had in het hele land om meerdere redenen veel aandacht getrokken. Het was een doortrapte, meedogenloze moord die door onbekende daders op een jonge zwangere vrouw was gepleegd. Er waren geen verdachten gevonden. Er was geen motief ontdekt. Zelfs de naam van het slachtoffer was niet bekend.

De zaak was gedurende al die jaren een onopgelost raadsel gebleven.

Olivia merkte dat ze steeds gefascineerder raakte. Door de zaak, maar vooral door de moord zelf. Wat zich op Nordkoster had afgespeeld tijdens die nacht met helder maanlicht en de gruwelijke manier waarop de naakte, zwangere vrouw was vermoord.

Met behulp van het getijde.

Het getijde?

Een zuivere martelmethode, dacht Olivia. Een extreme vorm van verdrinking. Langzaam en duivels.

Waarom juist op zo'n spectaculaire manier?

Olivia's fantasie sloeg op hol. Was er een occult verband? Getijdeaanbidders? Maanaanbidders? De moord had 's avonds laat plaatsgevonden. Was het een vorm van offeren? Een rite? Een sekte? Zou de baby uit haar gesneden worden en aan een maangod geofferd worden?

Nu moet je ophouden, dacht ze.

Olivia zette de lezer uit, leunde naar achteren en keek naar haar volgekrabbelde blocnote: een combinatie van feiten en speculaties, waarheden en gissingen, en min of meer geloofwaardige hypothesen van diverse misdaadverslaggevers en criminologen.

Volgens een 'betrouwbare bron' waren er sporen van Rohypnol in het lichaam van de vrouw aangetroffen. Rohypnol is een klassieke verkrachtingsdrug, dacht Olivia. Maar ze was toch hoogzwanger? Was ze bedwelmd? Waarom?

Volgens de politie was er in de duinen een donkere stoffen mantel gevonden. Op de mantel waren haren van de vrouw aangetroffen. Waar was de rest van haar kleding als het de mantel van het slachtoffer was? Hadden de moordenaars die meegenomen en waren ze de mantel vergeten?

De vrouw was op een internationale opsporingslijst geplaatst, maar dat had geen resultaat opgeleverd. Wat vreemd dat niemand een zwangere vrouw mist, dacht Olivia.

Volgens de politie was de vrouw tussen de vijfentwintig en dertig jaar, en misschien van Latijns-Amerikaanse afkomst. Wat werd daarmee bedoeld? Hoe groot was het gebied dat dat besloeg?

De moord op het strand was gezien door een negenjarige jongen die volgens een plaatselijke journalist Ove Gardman heette. De jongen was naar huis gerend en had zijn ouders gealarmeerd. Waar zou hij tegenwoordig wonen? Zou ze contact met hem kunnen opnemen?

Volgens de politie was de vrouw bewusteloos, maar leefde ze nog toen Gardmans ouders op het strand aankwamen. Ze hadden nog een reanimatiepoging gedaan, maar toen de traumahelikopter arriveerde was de vrouw dood. Hoe ver weg woonden de Gardmans? Hoe lang had het geduurd voordat de helikopter arriveerde?

Olivia ging staan. Haar hersenen waren murw van alle indrukken en gedachten. Halverwege verloor ze bijna haar evenwicht.

Haar bloed bevond zich ergens ter hoogte van haar enkels.

Ze liet zich in haar auto in de Humlegårdsgatan vallen en voelde hoe leeg haar maag was. Een leegte die ze vulde met een energiereep uit het handschoenenvak. Ze had urenlang in de leeszaal gezeten en was verbijsterd toen ze zag hoe laat het was. De tijd was daarbeneden verdwenen. Olivia keek op haar blocnote. Ze voelde hoe gefascineerd ze was geraakt door de oude strandzaak. Niet alleen omdat Arne eraan had gewerkt, dat was een persoonlijk ding, maar om alle merkwaardige ingrediënten. Vooral één specifiek detail had zich in haar vastgezet: de identiteit van de vermoorde vrouw was nooit vastgesteld. Ze was en bleef anoniem. Gedurende al die jaren.

Dat prikkelde Olivia. Ze wilde meer weten.

Stel dat haar vader nog had geleefd, wat had hij haar dan kunnen vertellen?

Ze pakte haar mobiel.

Åke Gustafsson en een vrouw van middelbare leeftijd stonden op een van de uitgestrekte gazons van de Politieacademie. De vrouw was een Roemeense en verzorgde de catering van de school. Ze bood Åke een sigaret aan.

'Tegenwoordig roken er niet zoveel mensen meer,' zei ze.

'Nee.'

'Dat heeft waarschijnlijk met kanker te maken.'

'Waarschijnlijk.'

Daarna rookten ze.

Halverwege de sigaret ging Åkes mobiel.

'Hallo, met Olivia Rönning. Tja, ik heb de zaak op Nordkoster gekozen en ik wil...'

'Dat begrijp ik,' onderbrak Åke haar. 'Daar was je vader tenslotte bij betrokken...'

'Dat is de reden niet.'

Olivia wilde de grenzen duidelijk afbakenen. Dit was zij, en het was nu. Het had niets met haar vader te maken. In elk geval niet met betrekking tot haar mentor. Ze had een opdracht gekozen en die zou ze op haar manier uitvoeren. Zo was ze.

'Ik heb de zaak gekozen omdat ik hem interessant vind,' zei ze.

'Maar heel lastig.'

'Ja, daarom bel ik. Ik wil het volledige moordonderzoek graag bekijken. Waar is dat?'

'Waarschijnlijk in het centrale archief in Göteborg.'

'Ja? Oké, dat is jammer.'

'Maar je zou het toch niet in mogen zien.'

'Waarom niet?'

'Omdat het een onopgeloste moord is die niet verjaard is, niemand wordt toegelaten tot een open onderzoek als je niet bij de onderzoeksgroep hoort.'

'O... dus wat moet ik dan doen? Hoe krijg ik meer informatie?'

Het bleef stil aan de andere kant van de lijn.

Oliva zat achter het stuur met haar mobiel tegen haar oor. Waar dacht hij aan? Ze zag een vrouwelijke parkeerwachter met flinke passen naderen en haar auto stond op een gehandicaptenplek. Niet zo best. Ze startte de motor op het moment dat ze Åkes stem weer hoorde.

'Je kunt proberen te praten met degene die het onderzoek leidde,' zei hij. 'Dat is Tom Stilton.'

'Ik weet het.'

'Waar kan ik hem vinden?'

'Geen idee.'

'Op het politiebureau?'

'Ik denk het niet. Maar vraag het aan Olsäter, Mette Olsäter. Zij is commissaris en ze hebben regelmatig samengewerkt, misschien weet zij het.'

'Waar kan ik haar vinden?'

'Bij de recherche, in gebouw C.'

'Dankjewel!'

Olivia reed voor de neus van de parkeerwachter weg.

*

'Situation Stockholm! Een nieuw nummer! Lees over prinses Victoria en steun de daklozen!'

De stem van Drammerige Vera had geen moeite om de menigte te bereiken die de Söderhallen in wilde om hun tassen vol te laden met een combinatie van maagvulling en overvloed. Haar verschijning was als gemaakt voor het grote podium van Dramaten. Een enigszins verlepte variant van Margaretha Krook in de kracht van haar leven. Dezelfde scherpe blik en natuurlijke autoriteit, en een uitstraling waaraan je niet kon ontsnappen.

Ze verkocht goed.

De helft van haar stapel was al weg.

Arvo Pärt verkocht minder goed, of liever gezegd niets. Hij stond een stukje verderop tegen een muur geleund. Het was zijn dag niet en hij wilde niet alleen zijn. Hij keek naar Vera, wier kracht hij bewonderde. Hij wist van haar duistere nachten, dat wisten de meesten in haar omgeving. Toch stond ze daar en zag ze eruit alsof de wereld van haar was. Een dakloze. Als je de sjofele, groezelige caravan uit de jaren zestig tenminste niet als woning beschouwde.

Vera deed dat wel.

'Ik ben niet dakloos,' had ze gezegd tegen iemand die een tijdschrift kocht en iets van haar leven wilde weten. 'Ik bevind me tussen twee woningen.'

Wat deels waar was. Ze stond op de lijst bij Bostad Först, een politiek project om de situatie van de Stockholmse zwervers te verbeteren. Als ze geluk had zou ze komende herfst een woning krijgen, hadden ze gezegd. Een proefappartement. Als ze zich goed gedroeg zou het misschien van haar kunnen worden.

Vera was van plan zich te gedragen.

Ze gedroeg zich altijd. Bijna altijd. Ze had haar caravan en een vervroegd pensioen van ruim vijfduizend kronen in de maand. Dat schaafde ze in dunne plakjes tot het voldoende was voor het meest noodzakelijke. De rest groef ze op uit containers.

Ze had niets te klagen.

'Situation Stockholm!'

Nu had ze weer drie nummers verkocht.

'Blijf je hier staan?' vroeg Jelle. Hij was vanuit het niets aan komen sluipen met zijn vijf nummers en ging een stukje bij Vera vandaan staan.

'Ja. Waarom?'

'Dit is Bensemans plek.'

Elke verkoper had zijn eigen plek in de stad. Die plek stond aangegeven op een plastic kaart die rond hun hals hing, samen met hun naam. Op Bensemans kaart stond BENSEMAN/SÖDERHALLEN.

'Benseman lijkt hier voorlopig niet te staan,' zei Vera.

'Dit is zijn plek. Heb je hier een invalplek?'

'Nee. Jij wel?'

'Nee.'

'En wat doe jij hier dan?'

Jelle gaf geen antwoord. Vera deed een stap in zijn richting.

'Heb je er iets op tegen dat ik hier sta?'

'Ja.'

'Kunnen we delen?' zei Jelle.

Vera glimlachte en keek naar Jelle met de blik waaraan hij het liefst zo snel mogelijk wilde ontsnappen. Net als nu. Hij keek naar de grond. Vera ging vlak voor hem staan, bukte een stukje en probeerde zijn blik van onderaf op te vangen. Het was kansloos. Jelle draaide zijn hoofd weg. Vera lachte haar hese lach, waardoor vier gezinnen met kleine kinderen in elegante designwandelwagens onmiddellijk uitweken.

'Jelle!' lachte ze.

Pärt zette zich van de muur af. Waren er problemen? Hij wist dat Vera temperament had. Over Jelle wist hij niet zoveel. Er werd gezegd dat hij afkomstig was van een afgelegen plek aan de scherenkust. Rödlöga, had iemand gezegd, en dat Jelle de zoon van een zeehondenjager was. Maar er werd zoveel gezegd dat weinig inhoud had. Nu stond de vermeende zoon van een zeehondenjager voor de hal en had een woordenwisseling met Vera, of wat het ook was.

'Waar maken jullie ruzie over?'

'We hebben geen ruzie,' zei Vera. 'Jelle en ik hebben nooit ruzie. Ik zeg waar het op staat en hij staart naar de grond. Of niet soms?'

Vera draaide zich naar Jelle, maar die was al vijftien meter verderop. Hij was niet van plan om ruzie met Vera te maken over Bensemans plek. Het kon hem helemaal niet schelen waar Vera haar tijdschriften verkocht. Dat moest iedereen voor zichzelf weten.

Hij was zesenvijftig en eigenlijk kon niets hem schelen.

*

Olivia stuurde haar auto op de late zomeravond, op weg naar Söder. Het was een drukke dag geweest die rustig was begonnen. Ze had zoals gewoonlijk een beetje met Ulf Molin gepraat, en had daarna de moordzaak gevonden. Die had zich plotseling in haar vastgezet. Om meerdere redenen, zowel privé als andere.

De uren in de Koninklijke Bibliotheek hadden veel energie gekost.

Het was ineens zo veranderd, dacht ze. Dit was helemaal niet wat ze van plan was geweest. Na een zware en intensieve periode, met wekenlang school en een weekendbaan in de Kronoberg-gevangenis, had ze bijna zomervakantie. Daarin had ze willen ontspannen. Het was haar gelukt om wat geld te sparen zodat ze haar hoofd een tijdje boven water kon houden. Een lastminutereis was een van haar plannen. Bovendien had ze al bijna een jaar geen seks gehad en ze was van plan geweest om daar ook iets aan te doen.

En dan dit?

Misschien moest ze de opdracht toch overslaan? Het was tenslotte vrijwillig. Op dat moment belde Lenni.

'Ja?'

Lenni was haar beste vriendin sinds de middelbare school. Een meisje dat ronddobberde in het leven en vertwijfeld probeerde iets te zoeken om zich aan vast te klampen om niet te zinken. Zoals altijd wilde ze naar de stad om uit te gaan, bang om iets te missen. Ze had vier andere vriendinnen zover gekregen om mee te gaan, want ze wilde Jakob niet missen, de man in wie ze op dit moment geïnteresseerd was. Ze had op Facebook gelezen dat hij vanavond naar Strand in Hornstull zou gaan.

'Je moet meegaan! Het wordt hartstikke gaaf! We zien elkaar om acht uur bij Lollo thuis en...'

'Lenni...'

'Ja?'

'Ik kan niet, ik moet... Ik heb een schoolopdracht waaraan ik vanavond moet werken.'

'Maar Jakobs vriend Erik gaat ook en hij heeft al een paar keer naar je gevraagd! En hij is hartstikke knap! Helemaal perfect voor jou!'

'Maar ik kan niet.'

'Je bent hartstikke saai, Ollan! Je zou echt wat seks moeten hebben om weer in vorm te komen!'

'Een andere keer.'

'Dat zeg je tegenwoordig altijd. Maar goed, geef mij de schuld niet als je iets mist.'

'Dat beloof ik. Ik hoop dat het lukt met Jakob.'

'Ja, duim maar voor me. Knuffel!'

Olivia kon niets terugzeggen omdat Lenni het gesprek had verbroken. Ze was al op weg naar iets anders, daar waar het gebeurde.

Waarom had ze eigenlijk nee gezegd? Ze had tenslotte met de gedachte aan mannen gespeeld toen Lenni belde. Was ze zo verschrikkelijk saai geworden als Lenni beweerde? Een schoolopdracht? Waarom had ze dat excuus gebruikt?

Olivia deed kattenvoer in het etensbakje en haalde kattenpoep uit de bak. Daarna ging ze achter haar laptop zitten. Eigenlijk had ze zin in een bad, maar de afvoer was verstopt waardoor de vloer overstroomde als ze het bad leeg liet lopen en ze had op dit moment geen energie om daar iets aan te doen. Dat zou ze op haar to-dolijst voor morgen zetten, een lijst die ze een groot deel van het voorjaar soepel voor zich uit had geschoven.

Nu ging ze naar Google Earth.

Nordkoster.

Ze was nog steeds gefascineerd door de mogelijkheid om thuis op een beeldscherm gebouwen en huizen over de hele wereld van zo dichtbij te kunnen bekijken. Ze kreeg altijd een beetje het gevoel dat ze spioneerde als ze daarmee bezig was. Bijna alsof ze een 'peeping Tom' was.

Hoewel het gevoel nu anders was, merkte ze. Hoe meer ze inzoomde op het eiland, het landschap, de kleine wegen, de huizen, hoe dichter ze bij haar doel kwam, des te sterker werd het gevoel. En toen was ze er.

Bij Hasslevikarna.

Het noordelijke deel van het eiland.

Een kleine baai, dacht ze. Ze probeerde zo dichtbij mogelijk te komen, en dat was vrij dichtbij. Ze zag de duinen en het strand waar de zwangere vrouw levend begraven was. Ze zag het voor zich, op het scherm.

Grijs, korrelig.

Ze begon meteen te fantaseren. Waar was de zwangere vrouw begraven?

Was het daar?

Of daar?

Waar had de jas gelegen die ze gevonden hadden?

En waar had het jongetje gezeten dat alles had gezien? Was dat bij de rotsen aan de westkant van het strand? Of aan de oostkant, bij de bosrand?

Plotseling merkte ze dat het haar irriteerde dat ze niet nog dichterbij kon komen. Nog verder naar beneden. Bijna met haar voeten op het strand. Er zijn.

Maar dat kon niet, dichterbij dan dit kwam ze niet. Ze zette de laptop uit. Nu zou ze een biertje nemen. Zo een waarover Ulf een paar keer gezeurd had. Maar deze zou ze zelf nemen, thuis, zonder dat ze met klasgenoten in een café hoefde te zitten.

Alleen.

Olivia had het naar haar zin als single. Daar had ze helemaal zelf voor gekozen. Ze had nooit problemen met mannen gehad, integendeel. Haar hele jeugd was een bevestiging geweest dat ze aantrekkelijk was. Eerst alle schattige kleinemeisjesfoto's en Arnes overvloed aan vakantiefilms met de kleine Olivia in het middelpunt. Daarna de blikken toen ze de grote wereld in stapte. Een tijdje was het een sport voor haar geweest om een zonnebril op te zetten en alle jongens die ze ontmoette te observeren. Hoe hun ogen haar zochten en haar niet loslieten voordat ze langsgelopen was. Daar had ze snel genoeg van gehad. Ze wist wie ze was en wat ze had. Het gaf haar een veilig gevoel.

Ze hoefde niet te jagen, zoals Lenni.

Ze had haar moeder en haar kleine appartement. Eigenlijk was het niet van haar, ze had het ondergehuurd van een neef die bij Exportrådet in Zuid-Afrika werkte. Hij zou daar twee jaar blijven en gedurende die tijd woonde zij hier. Te midden van zijn meubels, iets wat ze voor lief moest nemen.

En ze had Elvis. De kat die was achtergebleven na een intense relatie met een sexy Jamaïcaan. Een man tegen wie ze aan was gevallen in de Nova Bar aan de Skånegatan, die haar eerst verschrikkelijk geil had gemaakt en op wie ze later verliefd was geworden.

Ze had hem de omgekeerde versie verteld.

Ze hadden bijna een jaar gereisd en gelachen en seks gehad en daarna had hij een vriendin uit zijn geboortestreek ontmoet. Zoals hij het uitdrukte. De vriendin was allergisch voor katten, dus bleef de kat in de Skånegatan. Ze had hem Elvis gedoopt toen de Jamaïcaan vertrokken was. Hij had hem Ras Tafari genoemd, de naam die Haile Selassie in de jaren dertig had gebruikt.

Elvis was meer haar smaak.

Nu hield ze net zoveel van de kat als van haar Mustang.

Ze dronk haar biertje op. Het smaakte haar.

Toen ze op het punt stond om er nog een open te maken ontdekte ze dat het zwaar bier was, en bedacht ze dat ze niet had geluncht. En geen avondeten had gehad. Als ze ergens mee bezig was, had voedsel een lage prioriteit. Nu voelde ze dat ze iets in haar maag nodig had om de lichte duizeligheid tegen te gaan. Zou ze naar beneden rennen voor een pizza?

Nee.

Een beetje duizeligheid was alleen maar prettig.

Ze nam haar tweede biertje mee naar de kleine slaapkamer en ging op de sprei liggen. Aan de muur tegenover het bed hing een langwerpig, grijswit, houten masker. Een Afrikaans object van haar neef. Ze wist nog steeds niet of ze het mooi vond of niet. Er waren nachten waarin ze wakker werd uit een nare droom en het maanlicht op haar terugkaatste vanaf de witte mond van het masker, wat niet prettig was. Olivia keek naar het plafond en bedacht plotseling iets. Ze had al urenlang geen contact via haar mobiel gehad, wat ongewoon voor haar was. Haar mobiel was een deel van haar outfit. Ze voelde zich naakt als ze hem niet in haar zak had. Nu pakte ze hem, controleerde haar mail, sms'jes en agenda en belandde op SVT Play. Een beetje nieuws voordat ze in slaap viel, dat was perfect.

'En hoe bent u van plan te reageren?' vroeg de verslaggever.

'Dat kan ik nog niet onthullen.'

Degene die nog niets kon onthullen in de nieuwsuitzending heette Rune Forss en was commissaris bij de politie in Stockholm, een man van ruim vijftig. Hij had de opdracht gekregen om de herhaalde gevallen van mishandelde daklozen aan te pakken. Een opdracht waarvan Forss blijkbaar geen gat in de lucht sprong. Hij leek van de oude stempel te zijn. Het deel van de oude stempel dat van mening was dat de daklozen veel aan zichzelf te wijten hadden. Van het een kwam het ander, vooral als het ging om verstoring van de openbare orde. En helemaal als het ging om mensen die geen baan hadden en zich weigerden te gedragen als alle anderen.

Ze hadden dat in grote lijnen aan zichzelf te danken.

Het was een houding die absoluut niet werd aangeleerd op de Politieacademie, maar iedereen wist dat die bestond. Bij sommigen. Een paar medecursisten van Olivia waren al aangestoken door hetzelfde jargon.

'Gaan jullie infiltreren tussen de daklozen?' vroeg de verslaggever.

'Infiltreren?'

'Ja? Doen alsof jullie daklozen zijn? Om de daders te kunnen pakken?'

Toen Forss de vraag goed had begrepen leek het hem bijna moeite te kosten om een glimlach te verbergen.

'Nee.'

Olivia klapte haar mobiel dicht.

*

In de geflatteerde versie zat een van die daklozen op een eenvoudige stoel naast het bed van een zwaargewonde man. Haar handen lagen op de deken van de man in een poging wat troost te bieden. Maar in de echte versie, die overeenkomt met wat er gebeurde, had het personeel van de receptie van het ziekenhuis de beveiliging gebeld op het moment dat Drammerige Vera op weg naar de liften door de hal was geslopen. De bewakers haalden haar in toen ze niet ver van Bensemans kamer was.

'Je mag hier niet komen!'

'Waarom niet? Ik wil op bezoek bij een vriend die...'

'Meekomen!'

En dus werd Vera naar buiten gebracht.

Wat een verfraaide beschrijving is van de onnodig ruwe en enorm gênante manier waarop de bewakers de schreeuwende Vera langs de starende mensen door de grote ziekenhuishal sleepten en haar de straat op duwden. Hoewel ze al haar mensenrechten had opgedreund. In haar eigen versie.

Ze werd eruit gezet.

In de zomeravond.

Daarna begon ze aan haar lange wandeling naar haar caravan in het bos in Solna. Alleen. In een nacht waarin gewelddadige jongemannen rondliepen en Rune Forss op zijn buik sliep.

De vrouw die net een hap gebak naar haar mond bracht had felrood gestifte lippen, een flinke bos kroezig grijs haar en volume. Zo had haar man het een keer genoemd: 'Mijn vrouw heeft volume.' Wat betekende dat ze dik was. Een feit dat haar met regelmatige tussenpozen dwarszat, en met regelmatige tussenpozen niet. In de periodes waarin het haar dwarszat probeerde ze dat volume te verminderen, met nauwelijks merkbaar resultaat. In de andere periodes genoot ze van wie ze was. Nu zat ze in haar ruime kantoor in gebouw C bij de recherche en at ze stiekem een stuk taart. Met een half oor volgde ze het nieuws op de radio. Een bedrijf dat MWM heette, Magnuson World Mining, was net benoemd tot Zweeds bedrijf van het jaar in het buitenland.

'Het nieuws is vandaag ontvangen met krachtige protesten van veel kanten,' zei de verslaggever. 'Het bedrijf is ernstig bekritiseerd met betrekking tot hun methodes voor wat betreft het winnen van coltan in Congo. Directeur van het bedrijf Bertil Magnuson antwoordde als volgt op de kritiek.'

De taart etende vrouw zette de radio uit. De naam Bertil Magnuson was haar bekend in verband met een verdwijning in de jaren tachtig.

Haar blik ging naar een foto die op de rand van haar bureau stond. Haar jongste dochter, Jolene. Het meisje glimlachte naar haar, met haar aparte glimlach en haar raadselachtige ogen. Ze had het syndroom van Down en was negentien. Lieve Jolene, dacht de vrouw, wat heeft het leven voor je in petto? Ze wilde net het laatste stuk taart pakken toen er op de deur werd geklopt. Snel verstopte ze het stuk achter een paar staande mappen en draaide zich om.

'Kom binnen!'

De deur ging open en een jonge vrouw keek naar binnen. Ze loenste een beetje en droeg haar haar in een zwarte, slordige knot.

'Mette Olsäter?' vroeg de vrouw met de sprieterige knot.

'Waar gaat het over?'

'Mag ik binnenkomen?'

'Waar gaat het over?'

De jonge vrouw leek niet goed te weten of het betekende dat ze binnen mocht komen of niet. Ze bleef in de deuropening staan.

'Ik ben Olivia Rönning. Ik zit op de Politieacademie en ik ben op zoek naar Tom Stilton.'

'Waarom?'

'Ik ben bezig aan een schoolopdracht over een zaak waarvan hij het onderzoek heeft geleid en ik wil hem een paar vragen stellen.'

'Welke zaak is dat?'

'De moord op Nordkoster in 1987.'

'Kom binnen.'

Olivia liep naar binnen en deed de deur dicht. Er stond een stoel voor Olsäters bureau, maar Olivia durfde daar niet uit zichzelf op te gaan zitten. De vrouw achter het bureau was niet alleen onmiskenbaar dik, maar ze straalde ook autoriteit uit.

Commissaris.

'Wat is het voor schoolopdracht?'

'We moeten oude moordonderzoeken bekijken en controleren wat er vandaag met moderne methodes anders gedaan zou kunnen worden.'

'Een coldcaseoefening?'

'Zoiets.'

Het werd stil. Mette gluurde naar haar taart. Ze wist dat die te zien was als ze de jonge vrouw vroeg om te gaan zitten, dus liet ze haar staan.

'Stilton is gestopt,' zei ze kort.

'O? Wanneer dan?'

'Is dat belangrijk?'

'Nee, ik... Maar misschien kan hij antwoord op mijn vragen geven, ook al is hij gestopt. Waarom is hij gestopt?'

'Privéredenen.'

'Wat doet hij nu?'

'Geen idee.'

Net een echo van Åke Gustafsson, dacht Olivia.

'Weet u waar ik hem kan vinden?'

'Nee.'

Mette Olsäter keek strak naar Olivia. De hint was duidelijk. Het gesprek was wat haar betreft afgelopen.

'Toch bedankt,' zei Olivia.

Ze betrapte zichzelf erop dat ze een bijna onzichtbare buiging maakte voordat ze naar de deur liep. Halverwege het kantoor draaide ze zich naar Mette om.

'U hebt een beetje slagroom of zoiets op uw kin.'

Daarna trok ze de deur snel dicht.

Mette ging net zo snel met haar hand naar haar kin en haalde het dotje slagroom weg.

Irritant.

Maar ook grappig. Daar zou Mårten, haar man, vanavond hard om moeten lachen. Hij hield van gênante situaties.

Het was minder grappig dat Olivia Rönning op zoek was naar Tom. Ze zou hem waarschijnlijk niet vinden, maar alleen al het feit dat ze zijn naam had genoemd, had Mette aangegrepen, en ze vond het niet prettig om zich zo te voelen.

Ze had een analytische geest en was een briljante onderzoeker met een getraind intellect en een indrukwekkend simultaanvermogen. Dat was geen opschepperij, het was een feit dat haar op de positie had gebracht waar ze nu zat, als een van de meest ervaren moordonderzoekers van het land. Een vrouw die ijskoud bleef als haar sentimentelere collega's verstrikt raakten in irrelevante emoties.

Dat gebeurde Mette nooit.

Af en toe werd ze echter geraakt, in zeldzame gevallen die bijna altijd met Tom Stilton te maken hadden.

Olivia was Mettes kamer uit gelopen met een gevoel van... Ja, van wat? Ze wist het niet goed. Misschien omdat de vrouw zo van slag was geweest toen ze naar Tom Stilton had gevraagd? Waarom zou dat zijn? Hij had het onderzoek naar de Nordkoster-moord een aantal jaar geleid en daarna was het onderzoek vastgelopen. En nu was hij gestopt. Big deal. Ze kon die Stilton wel op eigen houtje te pakken krijgen. Of de zaak laten vallen, als het zo gecompliceerd was. Hoewel ze dat niet zou doen. Nog niet. En niet zo gemakkelijk. Er waren meer manieren om informatie te krijgen, nu ze toch in het recherchegebouw was.

Een daarvan was Verner Brost, en nu rende ze half door een saaie kantoorgang. Zeven meter voor haar liep een man.

'Sorry!'

De man ging langzamer lopen. Hij was bijna zestig en op weg om een lichte lunch te eten. Hij leek niet in een goed humeur te zijn.

'Ja?'

'Olivia Rönning.'

Olivia had hem ingehaald en stak haar hand uit. Ze had altijd een stevige handdruk gehad, omdat ze het haatte om een slap handje te krijgen. Verner Brost gaf een slap handje. Hij was net benoemd tot hoofd van de afdeling cold cases in Stockholm. Een ervaren onderzoeker, met voldoende patina en cynisme en een roeping, over het geheel genomen een goede employé.

'Ik wil u vragen of u aan de strandzaak werkt.'

'De strandzaak?'

'De moord op Nordkoster in 1987.'

'Nee.'

'Kent u de zaak?'

Brost nam de jonge, opdringerige vrouw nauwlettend op.

'Ik ken de zaak.'

Olivia negeerde de onmiskenbaar afgemeten toon.

'Waarom hebt u hem niet op de agenda staan?'

'Hij is niet toegankelijk.'

'Niet toegankelijk? Wat bedoelt u met...'

'Heb je al geluncht?'

'Nee.'

'Ik ook niet.'

Verner Brost draaide zich om en liep verder naar Plommonträdet, de kantine in het politiebureau.

Don't pull ranks, dacht Olivia, en ze voelde zich net zo bevoogd als zijn bedoeling was.

Niet toegankelijk?

'Wat bedoelde u met "niet toegankelijk"?'

Olivia liep een paar passen achter Brost. Hij liep als in trance naar de kantine en zette een bord eten en een licht biertje op een blad zonder zijn tempo aan te passen. Daarna ging hij bij een tafeltje zitten en begon in opperste concentratie te eten. Olivia was tegenover hem gaan zitten.

Ze had al vrij snel begrepen dat deze man op voedsel uit was, snel. Proteïnen, calorieën, bloedsuiker. Het ging waarschijnlijk om een nogal belangrijke opname.

Ze wachtte een tijdje voordat ze verderging.

Ze hoefde niet lang te wachten. Brost werkte zijn eten met indrukwekkende haast naar binnen, leunde achterover op zijn stoel en liet een nauwelijks verborgen boer.

'Wat bedoelde u met "niet toegankelijk"?' vroeg ze opnieuw.

'Ik bedoelde dat we niet aan de voorwaarden voldoen om deze zaak op te pakken,' zei Brost.

'Waarom niet?'

'Hoe goed ben je op de hoogte?'

'Ik zit in het derde jaar van de Politieacademie.'

'Niet op de hoogte dus.'

Hij glimlachte toen hij het zei. Hij kon het gesprek waarschijnlijk kort houden. Misschien kreeg hij haar zover dat ze hem op een stuk muntcake bij de koffie trakteerde?

'Als we aan een zaak beginnen, dan is de voorwaarde dat we iets kunnen toepassen wat nog niet eerder is gedaan.'

'DNA? Geografische analyse? Nieuwe getuigenissen?'

Ze is toch enigszins op de hoogte, dacht Brost.

'Zoiets, of nieuw technisch bewijs, of dat we iets vinden wat in het oude onderzoek over het hoofd gezien is.'

'Maar dat hebben jullie niet bij de strandzaak?'

'Nee.'

Brost glimlachte toegeeflijk. Olivia glimlachte terug.

'Wilt u een kop koffie?' vroeg ze.

'Graag.'

'Iets erbij?'

'Een stukje muntcake zou lekker zijn.'

Olivia was snel terug. Ze had haar volgende vraag paraat voordat de koffie op tafel stond.

'Dat onderzoek is geleid door Tom Stilton, nietwaar?'

'Ja.'

'Weet u waar ik hem kan vinden?'

'Hij werkt al jaren niet meer bij de politie.'

'Ik weet het, maar woont hij nog in de stad?'

'Dat weet ik niet, een tijdje geleden werd gefluisterd dat hij naar het buitenland is gegaan.'

'Aha... eh... dan kan het lastig worden om met hem in contact te komen.'

'Inderdaad.'

'Waarom is hij gestopt? Hij was toch niet zo oud?'

'Nee.'

Olivia zag dat Brost in zijn koffie roerde met de duidelijke bedoeling haar blik te ontwijken.

'Waarom is hij dan gestopt?'

'Privéredenen.'

Dan houdt het op, dacht Olivia. Met privéredenen had ze niets te maken. Dat ging haar schoolopdracht niets aan.

Maar Olivia was Olivia.
'Hoe was de muntcake?' vroeg ze.
'Lekker.'
'Wat waren het voor privéredenen?'
'Weet je niet wat privé betekent?'
Zo lekker was de muntcake blijkbaar niet, dacht ze.

Olivia liep het politiegebouw in de Polhemsgatan uit. Ze was geïrriteerd. Ze hield er niet van als ze niet verder kwam. Ze ging in haar auto zitten, pakte haar laptop, ging naar Google en toetste 'Tom Stilton' in.

Er verschenen een aantal artikelen. Ze hadden allemaal met de politie te maken, op één na. Dat was een reportage over een brand op een booreiland voor de kust van Noorwegen in 1975. Een jonge Zweed had een heldendaad verricht door het leven van drie Noorse booreilandmedewerkers te redden. De Zweed heette Tom Stilton en was eenentwintig jaar. Olivia bewaarde het artikel. Daarna begon ze zijn persoonsgegevens te zoeken.

Twintig minuten later stond ze op het punt het op te geven.

Ze had op Eniro gezocht. Geen Tom Stilton. Andere pogingen gaven hetzelfde resultaat. Geen treffers, zelfs niet op birthday.se. Op goed geluk keek ze op de site van de Rijksdienst voor het Wegverkeer. Hetzelfde resultaat.

De man bestond niet.

Was hij misschien naar het buitenland vertrokken? Zoals Brost had gezegd? Zou hij in Thailand zitten met een paraplucocktail en opscheppen over zijn moordonderzoeken tegenover een stel laveloze barbies? Of misschien was hij van de verkeerde kant?

Homoseksueel?

Dat was hij niet.

In elk geval vroeger niet. Toen was hij tien jaar lang met dezelfde vrouw getrouwd geweest. Marianne Boglund, generalist, een gespecialiseerde laborante in een forensisch laboratorium. Dat had Olivia geconstateerd toen ze Stilton uiteindelijk vond in het huwelijksregister van de belastingdienst.

Met een adres, maar zonder telefoonnummer.

Ze schreef het adres op.

Bijna aan de andere kant van de aarde, in een klein kustdorp in Costa Rica, lakte een oude man zijn nagels. Hij zat op de veranda van een heel merkwaardig huis en heette Bosques Rodriguez. Vanaf zijn zitplek kon hij aan een kant de zee zien, en aan de andere kant het regenwoud. Hij had hier zijn hele leven gewoond, op dezelfde plek, in hetzelfde merkwaardige huis. Vroeger werd hij de oude café-eigenaar van Cabuya genoemd. Tegenwoordig wist hij niet hoe ze hem noemden. Hij ging zelden naar Santa Teresa, waar zijn vroegere café lag. Hij vond dat het plaatsje zijn ziel had verloren. Dat had waarschijnlijk met de surfers te maken, en alle toeristen die ernaartoe stroomden en de prijs opdreven van alles wat opgedreven kon worden.

Inclusief het water.

Bosques glimlachte.

Buitenlanders dronken altijd water uit plastic flessen die ze voor schaamteloze prijzen kochten en daarna weggooiden. Daarna hingen ze posters op waarin ze iedereen opriepen om het milieu te beschermen.

Zo is de lange Zweed in Mal Pais niet, dacht Bosques.

Helemaal niet.

De twee jongens zaten zwijgend in het zand onder een kapotgewaaide palmboom, met hun ruggen naar de Stille Oceaan. Een stukje verderop zat een man met een dichtgeslagen laptop op schoot. Hij zat op een eenvoudige bamboestoel voor een laag gebouw met afbladderende verf in blauw en groen, een soort restaurant dat op onregelmatige tijden alcohol en eigengevangen vis verkocht.

Op dit moment was het dicht.

De jongens kenden de man. Hij was een van de bewoners van hun dorp. Hij was altijd vriendelijk tegen hen, speelde met hen en dook naar schelpen. Nu begrepen ze dat ze stil moesten zijn. De man had een naakt bovenlichaam en droeg een dunne, lichte, korte broek. Hij had blote voeten. Zijn haar was dun en blond en er rolden tranen over zijn gebruinde wangen.

'De lange Zweed huilt,' fluisterde een van de jongens met een stem die verdween in de zwoele wind. De andere jongen knikte. De man met de laptop huilde al uren. Eerst in zijn huis in het dorp, tijdens de laatste uren van de nacht. Daarna had hij frisse lucht nodig gehad en was hij naar het strand gegaan. Nu zat hij met zijn gezicht naar de Stille Oceaan gekeerd en huilde nog steeds.

Een aantal jaar geleden was hij hier terechtgekomen, in Mal Pais, op het schiereiland Nicoya in Costa Rica. Een paar huizen langs een stoffige kustweg. De zee aan de ene en het regenwoud aan de andere kant. In zuidelijke richting was niets, in het noorden lagen Playa Carmen en Santa Teresa en nog wat andere dorpen. Allemaal met dezelfde aantrekkingskracht op rugzaktoeristen. Lange, prachtige surfstranden, goedkope kamers en nog goedkopere maaltijden.

En niemand die vragen stelde.

Ideaal, had hij toen gedacht. Om zich te verstoppen en opnieuw te beginnen.

Onbekend.

Onder de naam Dan Nilsson.

Met een reservekapitaal waarmee hij nauwelijks zijn hoofd boven water kon houden tot hem werd gevraagd om gids te worden in het naburige natuurreservaat Cabo Blanco. Dat was perfect voor hem. Met zijn auto met vierwielaandrijving was hij er in een halfuur en met zijn uitstekende talenkennis kon hij communiceren met de meeste toeristen die daar kwamen. In het begin waren dat er niet zoveel, maar afgelopen jaar kwamen er voldoende om hem vier dagen in de week bezig te houden. De andere drie dagen had hij contact met de plaatselijke bevolking. Nooit met toeristen of surfers. Hij was geen watermens, en hij was niet geïnteresseerd in wiet. De man met het verleden dat onbekend moest blijven, leefde heel matig en teruggetrokken.

Hij had een personage uit een van de boeken van Graham Greene kunnen zijn.

Nu zat hij op een bamboestoel met zijn laptop op schoot en huilde. Met twee kleine, ongeruste jongens in de buurt die er geen idee van hadden waarom de lange Zweed zo verdrietig was.

'Zullen we vragen wat er met hem is?'

'Nee.'

'Misschien is hij iets verloren wat wij kunnen zoeken?'

Dat was hij niet, maar hij had een beslissing genomen. Eindelijk. Een beslissing waarvan hij nooit had gedacht dat hij die zou moeten nemen. Nooit. Nu had hij het gedaan.

Hij kwam overeind.

Het eerste wat hij pakte was zijn pistool, een Sig Sauer. Hij woog hem even in zijn hand en keek naar het raam. Hij wilde niet dat de twee jongens het zouden zien. Hij wist dat ze hem op een afstandje gevolgd waren. Dat deden ze altijd. Nu zaten ze in de struiken te wachten. Hij liet het pistool zakken, liep naar zijn slaapkamer en deed het raamluik dicht. Met enige moeite schoof hij het houten bed een stuk opzij en legde zo de stenen vloer bloot. Een van de tegels lag los en hij tilde hem op. Onder de tegel lag een leren tas. Hij pakte de tas, legde het pistool in de ruimte en liet de tegel weer zakken. Hij merkte dat hij accuraat handelde, effectief. Hij wist dat hij niet van zijn koers mocht afwijken, niet mocht nadenken, waardoor hij het risico liep zich te bedenken. Hij nam de leren tas mee naar de zitkamer, liep naar zijn printer, pakte een volgeschreven vel A4-papier en stopte dat in de tas, waarin al een paar voorwerpen zaten.

Toen hij zijn huis uit liep was de zon boven de bomen gestegen en het zonlicht scheen op zijn eenvoudige veranda. De hangmat bewoog sloom in de droge bries en hij begreep dat de weg heel stoffig zou zijn. Hij keek om zich heen naar de jongens. Ze waren weg of hadden zich verstopt. Een keer had hij ze onder een deken achter het huis betrapt. Hij dacht dat er een grote varaan onder was geglipt en had de deken voorzichtig weggetrokken.

'Wat doen jullie hier?!'

'We spelen dat we varanen zijn!'

Hij ging met de tas in zijn hand achter het stuur zitten en reed de weg op. Hij ging naar Cabuya, een dorp dat een stuk verderop lag.

Daar zou hij een vriend bezoeken.

Je had huizen en huizen, en dan had je Bosques' huis. Daar was er maar een van. Oorspronkelijk was het een houten vissershut met twee kamers geweest die eeuwen geleden was gebouwd door Bosques' vader. Het gezin Rodriguez was echter flink gegroeid, en vader Rodriguez had bij de komst van ieder nieuw kind een stuk aan het huis gebouwd. Langzamerhand slonk de voorraad hout en daarna was zijn vader gaan improviseren, zoals hij het noemde. Hij was gaan bouwen met wat voorhanden was. Dat waren stukken plaatijzer en laminaat en verschillende soorten netten. Soms drijfhout, en delen van een vissersboot die schipbreuk had geleden. De steven had vader Rodriguez voor zichzelf gereserveerd. Hij had het huis er aan de zuidkant mee uitgebreid en hij kon met enige moeite zijn lichaam naar binnen persen en genieten van een goedkope likeur terwijl hij Castaneda las.

Zo was zijn vader.

Rodriguez junior, Bosques, bleef langzamerhand alleen over in het huis. Vanwege zijn seksuele geaardheid had hij geen kinderen en zijn laatste minnaar was een paar jaar geleden overleden.

Bosques was nu tweeënzeventig en had de cicaden al jarenlang niet gehoord. Hij was een goede vriend.

'Wat moet ik met de tas doen?' vroeg hij.

'Je moet hem naar Gilberto Lluvisio brengen.'

'Maar hij is politieagent.'

'Juist daarom,' zei Dan Nilsson. 'Ik vertrouw hem. Hij vertrouwt mij. Soms. Als ik op 1 juli niet terug ben moet je hem naar Lluvisio brengen.'

'Wat moet hij ermee?'

'Hij zal ervoor zorgen dat de tas bij de Zweedse politie terechtkomt.'

'Hoe dan?'

'Dat staat op een vel papier in de tas.'

'Oké.'

Bosques schonk wat rum in Nilssons glas. Ze zaten aan de voorkant van het merkwaardige huis, op datgene wat bij gebrek aan relevante bouwtermen een veranda genoemd moest worden. Nilsson had het ergste stof weggespoeld met lauw water. Nu joeg hij een zwerm insecten weg en nam een slok rum. Hij was, zoals gezegd, een heel matige man, en Bosques was verbaasd geweest toen Nilsson had gevraagd of hij rum in huis had. Nu keek hij enigszins nieuwsgierig naar de lange Zweed. Het was een ongewone situatie. Niet alleen door de rum, er was iets aan het gedrag van de Zweed. Hij kende hem al vanaf het moment dat hij naar deze omgeving was gekomen. Nilsson had het huis van zijn zus in Mal Pais gehuurd en had het later van haar gekocht. Dat was het begin van een lange, innige vriendschap geweest. Bosques' seksuele geaardheid was nooit op Nilsson overgeslagen, dat niet. Maar er was iets aan de houding van de Zweed wat Bosques was bevallen.

Heel goed.

Nilsson nam nooit iets voor vanzelfsprekend aan en dat deed Bosques ook niet. Diverse omstandigheden hadden hem geleerd om voorzichtig te zijn met wat hij had. Het kon namelijk plotseling verdwenen zijn. Zolang het er was, was het goed, daarna was er ineens niets.

Zoals Nilsson.

Hij was er. Dat was goed. Maar binnenkort was hij er misschien niet meer, dacht Bosques plotseling.

'Is er iets gebeurd?'

'Ja.'

'Wil je erover praten?'

'Nee.'

Dan Nilsson kwam overeind en keek naar Bosques.

'Bedankt voor de rum.'

'*De nada.*'

Nilsson bleef voor Bosques staan, net zo lang tot Bosques zich gedwongen voelde om ook overeind te komen, en toen hij stond sloeg Nilsson zijn armen om hem heen. Het was een heel korte omhelzing, zoals mannen doen die haastig afscheid van elkaar nemen, het speciale eraan was dat ze elkaar nog nooit omhelsd hadden.

En dat ook nooit meer zouden doen.

Drammerige Vera had een radio, een kleine transistor die ze had gevonden tussen het grofvuil in de Döbelnsgatan, compleet met antenne. De behuizing was kapot maar hij werkte. Nu zaten ze met een stel in het Glasblåsarpark en luisterden naar *Radioskugga*, het radioprogramma voor daklozen dat een uur per week werd uitgezonden. Deze aflevering ging over de gewelddaden van de afgelopen tijd. De ontvangst was een beetje krakerig, maar ze wisten allemaal waar het over ging. Benseman. Trashkick. En dat er een paar sadisten rondliepen die nieuwe slachtoffers onder de daklozen zochten om te mishandelen en dat op internet te zetten.

Het was geen prettig gevoel.

'We moeten bij elkaar blijven!' riep Muriel. Ze had haar shot gehad, waardoor ze wilde meepraten. Pärt en de vier anderen die op de banken zaten keken naar Muriel. Bij elkaar blijven? Wat bedoelde ze?

'Hoezo bij elkaar blijven?'

'Samenzijn. Zodat ze niet... zodat niemand alleen is en ze die kunnen aanvallen... alleen...'

Muriel ging steeds zachter praten nu iedereen naar haar keek en sloeg haar ogen neer. Vera liep naar haar toe en streelde over het piekerige haar.

'Goed bedacht, Muriel, we mogen niet alleen zijn. Als we alleen zijn, zijn we bang en dan ruiken ze dat meteen. Het zijn net honden. Ze ruiken degenen die bang zijn en mishandelen ze.'

'Precies.'

Muriel strekte haar hoofd een beetje. In een andere tijd had ze Vera graag als haar moeder gehad. Een moeder die haar haar streelde en haar verdedigde als de mensen naar haar keken. Die had ze nooit gehad, en nu was het te laat.

Nu was het te laat voor bijna alles, dacht Muriel.

'Hebben jullie gehoord dat de politie een team heeft samengesteld dat jacht gaat maken op die klootzakken?'

Vera keek om zich heen en zag dat een paar van de anderen knikten, hoewel het niet bepaald enthousiast was. Iedereen hier had zijn eigen ervaringen met de politie, vroeger en nu, en die ervaringen gaven geen aanleiding voor meer enthousiasme. Ze geloofden geen nanoseconde dat de politie meer zou doen om daklozen te beschermen dan voor de media noodzakelijk was. Ze wisten waar ze zich bevonden op de prioriteitenschaal en dat was niet bovenaan.

Het was niet eens onderaan.

Het was op de achterkant van het kebabservet waarmee Rune Forss zijn mond afveegde.

Dat wisten ze.

*

De zaal in de Politieacademie was bijna vol. Het was de laatste dag van het voorjaarssemester en ze hadden bezoek van het SKL, het landelijk gerechtelijk laboratorium in Linköping, voor een college over forensische techniek en methodiek.

Het was een lang college met gelegenheid om vragen te stellen.

'Er wordt geëist dat we vaker DNA afnemen. Wat vinden jullie daarvan?'

'We vinden dat positief. In Engeland nemen ze zelfs DNA af van inbrekers, waardoor ze een enorm DNA-bestand tot hun beschikking hebben.'

'En waarom doen wij dat niet?'

De vraag kwam zoals gewoonlijk van Ulf.

'Het probleem, als je het tenminste een probleem moet noemen, is de opslag van persoonsgegevens. Wij mogen zo'n bestand niet aanleggen.'

'Waarom niet?'

'Om privacyredenen.'

Zo ging het al een hele tijd. Olivia's aandacht werd getrokken toen het uiteindelijk ging over de laatste ontwikkelingen op het gebied van DNA-analyses. Ze stelde zelfs een vraag, wat Ulf met een glimlach opmerkte.

'Kan het vaderschap vastgesteld worden door DNA van een ongeboren baby af te nemen?'

'Ja.'

Het antwoord was kort en kwam van een van de sprekers, een roodharige vrouw in een eenvoudig gesneden, blauwgrijze jurk. Een vrouw die Olivia's aandacht al had getrokken toen ze voorgesteld werd.

Ze heette Marianne Boglund en was generalist bij het SKL.

Het had een paar seconden geduurd voor het kwartje was gevallen, maar toen het viel, viel het hard. Zij was de vrouw die met Tom Stilton getrouwd was geweest, en nu stond ze op het podium.

Olivia overwoog of ze een onverschrokken poging zou doen. Gisteren was ze langs het adres gereden dat op naam van Stilton had gestaan, maar daar woonde geen Stilton.

Ze besloot inderdaad een onverschrokken poging te doen.

Om kwart over twee was het afgelopen. Olivia had gezien dat Marianne Boglund na de lezing met haar mentor Åke Gustafsson naar zijn kantoor was gegaan, en ze besloot om in de gang voor de gesloten deur te wachten.

En te wachten.

Zou ze kloppen, of was dat een beetje te onverschrokken? Stel dat ze daarbinnen seks hadden?

Ze klopte.

'Ja?'

Olivia deed de deur open, groette en vroeg of ze even met Marianne Boglund mocht praten.

'Nog heel even,' antwoordde Åke.

Olivia knikte en trok de deur dicht. Ze hadden geen seks gehad. Hoe was ze op dat idee gekomen? Te veel films? Of omdat Boglund een mooie vrouw was en Åke Gustafsson aantrekkelijke wenkbrauwen had?

Marianne Boglund kwam naar buiten en stak haar hand uit.

'Wat kan ik voor je doen?'

Haar handdruk was stevig en droog, de blik in haar ogen afstandelijk. Ze was geen vrouw die gemakkelijk iets over zichzelf losliet. Olivia had al spijt van haar beslissing.

'Ik ben op zoek naar Tom Stilton,' zei ze.

Stilte.

'Ik kan geen adres van hem vinden, niemand weet waar hij is, ik wilde alleen vragen of u weet waar ik hem kan vinden.'

'Nee.'

'Kan hij naar het buitenland vertrokken zijn?'

'Geen idee.'

Olivia knikte, bedankte, draaide zich om en liep weg door de gang. Marianne bleef staan en keek de jonge vrouw na. Plotseling liep ze haar een paar stappen achterna, maar ze bedacht zich daarna.

Marianne Boglunds antwoord tuimelde rond in Olivia's hoofd. Ze had dat antwoord nu een paar keer van verschillende personen gehoord. Het was blijkbaar een gangbaar antwoord, in elk geval voor wat betreft Stilton. Ze voelde zich een beetje ontmoedigd.

En een klein beetje smoezelig.

Ze was in iemands privésfeer binnengedrongen, dat was duidelijk. Boglund had een scherpe blik in haar ogen gekregen, toen ze de naam Stilton noemde. Het was iets waar Olivia blijkbaar niets mee te maken had.

Waar was ze eigenlijk mee bezig?

'Waar ben je mee bezig?'

Het was niet haar gedachte die zich had gematerialiseerd. Het was uiteraard Ulf. Hij kwam naast haar lopen op weg naar haar auto en glimlachte naar haar.

'Hoezo?'

'DNA van een ongeboren kind? Waarom wilde je dat weten?'

'Nieuwsgierigheid.'

'Gaat het om de zaak op Nordkoster?'

'Ja.'

'Waar gaat het over?'

'Een moord.'

'Ja, dat snap ik.'

En nu zegt ze niets meer, dacht Ulf, zoals gewoonlijk.

'Waarom doe je altijd zo verschrikkelijk geheimzinnig?' vroeg hij.

'Doe ik dat?'

'Ja.'

Olivia was overrompeld, zowel door de persoonlijke vraag als het feit dat Ulf hem stelde. Hoezo geheimzinnig?

'Wat bedoel je?'

'Dat je altijd wegglipt met een excuus of een...'

'Heb je het over je uitnodiging om een biertje te gaan drinken?'

'Dat ook, maar je zet nooit iets door. Je vraagt en antwoordt en daarna ga je weg.'

'Ja?'

Waar wilde hij naartoe? Vragen en antwoorden en weggaan?

'Zo ben ik waarschijnlijk,' zei ze.

'Blijkbaar.'

Olivia had haar patroon kunnen volgen en kunnen wegrijden, maar plotseling dacht ze aan Molin senior. Ulf was de zoon van een van de hoogste bazen bij de recherche, Oskar Molin. Wat natuurlijk zijn fout niet was. In het begin had het Olivia een beetje geïrriteerd, hoewel ze niet goed snapte waarom. Misschien omdat Ulf een kleine voorsprong op de rest van de klas had? Maar dat was gewoon stom. Hij moest hetzelfde doen en presteren als alle anderen. Bovendien werd er thuis waarschijnlijk grote druk op hem uitgeoefend. Maar daarna zou hij beslist meer kans hebben om promotie te maken. Met een vader die de grootste obstakels weg kon nemen.

En wat dan nog?

'Heb jij contact met je vader?' vroeg ze.

'Ja, natuurlijk. Waarom vraag je dat?'

'Ik ben op zoek naar een voormalige rechercheur. Hij is gestopt en niemand lijkt te weten waar hij is. Hij heet Tom Stilton. Misschien weet jouw vader iets.'

'Stilton?'

'Ja, Tom.'

'Ik kan het vragen.'

'Dank je.'

Olivia stapte in haar auto en reed weg.

Ulf bleef staan en schudde zijn hoofd. Wat een moeilijke vrouw. Niet hooghartig, maar moeilijk. Ze hield altijd afstand. Hij had geprobeerd haar mee te krijgen als hij een biertje ging drinken met een paar anderen van de klas, maar ze had altijd een excuus. Ze moest leren, ze moest trainen, ze moest dingen die alle anderen ook moesten, maar die hadden toch tijd om een biertje te drinken. Een beetje geheimzinnig, dacht Ulf. Maar knap, enigszins loensend, met mooie volle lippen, rechte schouders, zonder make-up.

Hij was niet van plan het op te geven.

*

Olivia ook niet. Niet voor wat betreft de strandzaak of de verdwenen rechercheur. Misschien was er een verband tussen zijn verdwijning en de strandzaak? Misschien had hij iets ontdekt en was hij tegengehouden en was hij naar het buitenland vertrokken? Maar waarom zou hij dat doen? Hij was tenslotte om persoonlijke redenen gestopt. Was dat de scherpte in Boglunds ogen geweest?

Olivia merkte dat ze zich liet meeslepen. Dat was het nadeel van een rijke fantasie en opgroeien met ouders die aan de keukentafel intriges oplosten. Ze probeerde altijd een samenzwering te vinden. Een verband.

Een raadsel waarbij ze in slaap kon vallen.

De witte auto reed de Klarastrandsleden op. De muziek in haar oordopjes was somber en suggestief, Deportees deze keer. Olivia hield van teksten met inhoud.

Toen ze langs de konijnenheuvel reed, glimlachte ze. Hier had haar vader altijd vaart geminderd, terwijl hij via de achteruitkijkspiegel naar zijn dochter keek.

'Hoeveel zijn het er vandaag?'

En de kleine Olivia had geteld of haar leven ervan afhing.

'Zeventien! Ik heb er zeventien gezien!'

Olivia verdrong de herinnering en gaf gas. Er was ongewoon weinig verkeer op de weg. De vakantie was begonnen, bedacht ze. De mensen trokken naar het platteland. Ze dacht aan het vakantiehuis op Tynningö. De familieplek, waar ze de zomers had doorgebracht, met Maria en Arne in een beschermde idylle. Een klein meer, rivierkreeften, zwemles en wespen.

Nu was Arne weg, en de rivierkreeften ook, en waren alleen haar moeder en zij over. En het vakantiehuis, dat heel sterk verbonden was met Arne, die regelde en viste en altijd ideeën had voor dingen om 's avonds te doen. Hij werd daar een andere vader. Een dochtervader, die tijd had voor alles waarvoor geen tijd was in hun werkhuis, zoals Olivia het huis in Rotebro waar ze was opgegroeid had genoemd. Waar altijd afspraken en planningen waren en ze 'nu niet, Olivia, dat doen we later' te horen kreeg. In het zomerhuis was het andersom geweest.

Maar nu was Arne er niet meer. Alleen haar moeder Maria, en dat was niet hetzelfde. Voor haar werd het huisje al snel een belasting. Iets waar ze voortdurend voor moest zorgen, zodat Arne zich er niet voor zou schamen als hij het zou kunnen zien. Maar hoe zou hij dat moeten doen? Hij was tenslotte dood. Het kon hem niet meer schelen of de verf op de gevel afbladderde. Dat kon Maria wel iets schelen. Soms had Olivia het idee dat het neurotisch was. Dat Maria moest blijven klussen aan het huisje om iets anders op afstand te houden. Misschien moest ze er met haar over praten? Misschien moest ze...

'Ja?'

Haar mobiel was overgegaan.

'Hallo, met Ulf.'

'Hallo.'

'Ik heb met mijn vader over Stilton gepraat.'

'Nu al? Mooi. Dankjewel. Wat zei hij?'

'Geen idee, zei hij.'

'Oké. Hij heeft dus geen idee waar Stilton is?'

'Nee, maar hij kent de moord op Nordkoster wel.'
'Aha.'
Het bleef stil. Olivia was op weg naar de Centralbrug. Wat moest ze nog meer zeggen? Dankjewel? Ze zou niet weten waarvoor.
'Toch bedankt.'
'Graag gedaan. Als je ergens hulp bij nodig hebt, bel je maar.'
Olivia drukte het gesprek weg.

*

Bosques' zus had Dan Nilsson naar Paquera gereden, aan de andere kant van het schiereiland. Hij had de veerboot naar Puntaneras genomen en daarna een taxi naar San José. Dat was duur, maar hij wilde het vliegtuig niet missen.
Hij stapte uit de taxi bij Juan Santamaria, de internationale luchthaven van San José. Het was heet en vochtig. Zijn dunne overhemd vertoonde zweetplekken tot zijn middel. Een eind verderop stroomden net gearriveerde toeristen naar buiten, enthousiast over de warmte. Costa Rica! Eindelijk waren ze er!
Nilsson liep het gebouw in.
'Welke gate moet ik hebben?'
'Zes.'
'Waar is de douane?'
'Daar.'
'Bedankt.'
Hij liep naar de douane. Hij was nog nooit deze kant op gereisd, alleen het land in. Heel lang geleden. Nu ging hij het land uit. Hij moest echter wel, en hij moest zich dwingen om niet na te denken. Om aan één stadium tegelijk te denken. Dit was het veiligheidsstadium, daarna kwam het gatestadium, en daarna zou hij aan boord gaan. Als hij daar eenmaal was, dan was hij er. Dan maakte het niet zoveel uit als hij instortte, dat lukte hem. Als hij arriveerde, kwam het volgende stadium.
Het Zweedse stadium.

Hij schoof heen en weer op zijn vliegtuigstoel.
Zoals hij al had verwacht was het verleden stukje bij beetje komen bovendrijven en was hij ingestort in het vliegtuig.
Stukje bij beetje.
Toen de professionele, vriendelijke stewardessen hadden gedaan wat ze

moesten doen en het licht in het vliegtuig eindelijk was gedimd, had hij geslapen.

Dat dacht hij tenminste.

Hoewel hij datgene wat zich afspeelde in de droomachtige waaktoestand in zijn hersenen nauwelijks als slaap kon beschouwen. Het was eerder een marteling. Met ingrediënten die kwellend duidelijk waren.

Een strand, een moord, een slachtoffer.

Daar draaide alles om.

En daar zou alles om blijven draaien.

*

Olivia was de afvoer in de badkamer aan het repareren. Met toenemende walging was het haar met behulp van een tandenborstel en een geleende schroevendraaier gelukt om een grauwzwarte worst van een paar decimeter op te vissen. Een haarworst, die het waterslot had verstopt. Ze walgde nog meer toen ze besefte dat een deel van het haar waarschijnlijk niet van haar was, maar dat het gedurende vele jaren verzameld was. Ze droeg de haarworst op een armlengte afstand naar de vuilnisemmer en knoopte de plastic zak dicht zodra ze hem erin had laten vallen. Ze had het gevoel dat hij tot leven zou kunnen komen.

Nu zou ze haar mail openen.

Spam. Spam. Spam. Daarna ging haar mobiel.

Het was haar moeder Maria.

'Ben je al wakker?' vroeg ze.

'Het is halfnegen.'

'Met jou weet je dat nooit.'

'Wat is er?'

'Hoe laat haal je me morgen op?'

'Hoezo?'

'Heb je afplakband gekocht?'

Tynningö? Natuurlijk! Maria had een paar dagen geleden gebeld en uitgelegd dat het tijd was om de zonkant onder handen te nemen, de kant die het meest te lijden had. De kant die Arne zo goed onderhouden had. Die zouden ze dit weekend schilderen. Ze had niet gevraagd of Olivia andere plannen had. Die had je niet in Maria's wereld als je Maria's dochter was en Maria iets van plan was.

Dit weekend moest er geschilderd worden.

'Ik kan niet.'

Olivia zocht bliksemsnel in haar hersenen naar een excuus.

'Hoezo kan je niet? Waarom niet?'

Een fractie van een seconde voor ze zou worden ontmaskerd, keek ze naar haar laptop. De strandzaak.

'Ik moet dit weekend naar Nordkoster.'

'Nordkoster? Wat moet je daar doen?'

'Het is... het heeft met school te maken, een opdracht.'

'Kun je dat volgend weekend niet doen?'

'Nee, het... ik heb al een ticket gekocht.'

'Maar dan kun je toch...'

'En weet je wat voor opdracht het is? Het is een moordonderzoek waaraan papa gewerkt heeft! In de jaren tachtig. Grappig, vind je niet?'

'Wat?'

'Dat het dezelfde zaak is.'

'Hij heeft aan heel veel zaken gewerkt.'

'Ik weet het, maar toch.'

De rest van het gesprek was tamelijk kort. Maria leek te beseffen dat ze Olivia niet kon dwingen om mee te gaan naar Tynningö. Dus vroeg ze hoe het met Elvis was en hing op zodra Olivia antwoord had gegeven.

Olivia opende de site van SJ om de treinreis te reserveren.

*

Jelle was de hele dag alleen geweest. Hij had wat tijdschriften verkocht en was naar Ny Gemenskap in de Kammakargatan geweest waar hij een goedkope maaltijd had gegeten. Hij had mensen ontlopen, zoals hij zo vaak mogelijk deed. Hij had Vera en misschien een paar andere daklozen, verder ontweek hij elk contact. Dat deed hij nu een paar jaar, en daarmee had hij een stolp van eenzaamheid gecreëerd. Isolatie, zowel lichamelijk als mentaal. Hij had een innerlijke lege ruimte gevonden, waarin hij probeerde te blijven. Een lege ruimte die was ontdaan van het verleden. Alles wat was geweest en nooit meer zou komen. Hij had mentale problemen en slikte medicijnen om zijn psychoses te onderdrukken. Om enigszins te kunnen functioneren. Of te overleven, dacht hij, dat was het waarschijnlijk eerder. Van wakker worden tot in slaap vallen, met zo weinig mogelijk contact met zijn omgeving.

En zo weinig mogelijk gedachten.

Gedachten aan wie hij vroeger was geweest. In een ander leven, een ander universum, voordat de bliksem voor het eerst insloeg. Die een normaal bestaan had weggevaagd en een kettingreactie had veroorzaakt van instortingen en chaos en uiteindelijk de eerste psychose. En de hel die daarop volgde, waardoor hij heel anders was geworden. Iemand die langzamerhand en doelbewust alle sociale netwerken had vernietigd. Om zich te kunnen laten vallen. Om los te laten en aan alles te ontsnappen.

Formeel gezien was het zes jaar geleden. Voor Jelle was het aanzienlijk langer dan dat. Voor hem had elk jaar dat voorbij was gegaan alle normale tijdsbegrippen uitgewist. Hij bevond zich in een tijdloos niets. Hij haalde tijdschriften, verkocht tijdschriften, at soms, zocht beschutte slaapplekken. Plekken waar hij met rust werd gelaten. Waar niemand vocht of zong of luidruchtige, weerzinwekkende nachtmerries had. Een tijdje geleden had hij een oude, houten schuur gevonden, deels ingestort, afgelegen, een stuk buiten de stad.

Daar kon hij doodgaan als het tijd was.

Hij was nu op weg daarnaartoe.

*

De televisie met groot scherm hing aan een muur in de kil ingerichte kamer. Tegenwoordig kon je een 42 cm-scherm voor een spotprijs op de kop tikken. Vooral als je hem kocht van iemand die minder gewetensvol was. Dit scherm was zo gekocht, en twee jongemannen die jacks met capuchons droegen keken ernaar. Een van hen zapte een beetje gejaagd tussen de zenders. Plotseling reageerde de ander.

'Kijk!'

De zapper had een zender gevonden waarop een man werd getrapt.

'Dat is verdomme die vent uit het park! Dat is verdomme ons filmpje!'

Een paar seconden later verscheen een presentatrice in beeld die een nieuw discussieprogramma presenteerde.

'Dit was een kort stukje uit een van de omstreden geweldsfilms op de site Trashkick. Daar praten we straks verder over.'

Ze maakte een gebaar naar de coulissen.

'Ze is een bekende journaliste die al jarenlang schrijft over ernstige maatschappelijke problemen, zoals drugs, escortactiviteiten en mensenhandel... Op dit moment werkt ze aan een serie artikelen over aan jongeren gerelateerd geweld... Eva Carlsén!'

De vrouw die de studio in kwam lopen, droeg een zwarte spijkerbroek en een zwart colbertje met een wit T-shirt eronder. Ze had opgestoken blond haar en halfhoge hakken die een sportief lichaam droegen. Ze liep tegen de vijftig en wist wat ze deed. Ze viel op zonder dat ze daar moeite voor hoefde te doen.

Eva Carlsén ging op een van de studiostoelen zitten.

'Welkom. Een paar jaar geleden heb je een opmerkelijk boek geschreven over de zogenaamde escortactiviteiten in Zweden, een schuilnaam voor luxe prostitutie, maar op dit moment richt je je op het geweld van jongeren. Zo begin je je serie artikelen...'

De presentatrice pakte een tijdschrift op.

'... Angst is de moeder van het kwaad en geweld is de roep om hulp van het verdwaalde kind. Die angst is de voedingsbodem voor het zinloze geweld van jongeren dat we tegenwoordig zien. Angst om op te groeien in een maatschappij waarin je niet nodig bent.'

De presentatrice liet het tijdschrift zakken en keek naar Carlsén.

'Heftige woorden. Is de situatie inderdaad zo ernstig?'

'Ja en nee. Als ik schrijf over het zinloze geweld van jongeren doel ik natuurlijk op specifiek geweld, gepleegd door specifieke individuen, in een beperkte omvang. Het is niet zo dat alle jongeren zich bezighouden met geweld, integendeel, het gaat om een vrij kleine groep.'

'Maar toch, we zijn allemaal geschokt door de films die op internet zijn geplaatst, waarin dakloze mensen zwaar mishandeld worden. Wie doet zoiets?'

'Beschadigde kinderen, gekwetste kinderen, kinderen die nooit een kans hebben gekregen op empathie vanwege het verraad van de volwassen wereld. Nu projecteren ze hun gekwetstheid op mensen die ze beschouwen als nog waardelozer dan zijzelf, in dit geval de daklozen.'

'Jezus, wat een onzin,' zei de jongen in het donkergroene jack. Zijn kameraad wilde de afstandsbediening pakken.

'Wacht! Ik wil het horen.'

Op het scherm schudde de presentatrice haar hoofd.

'Wie is daar schuldig aan?' vroeg ze.

'Iedereen,' antwoordde Eva Carlsén. 'Iedereen die heeft bijgedragen aan het creëren van een maatschappij waarin jonge mensen buiten alle vangnetten kunnen belanden, waardoor ze onmenselijk gedrag gaan vertonen.'

'En hoe moeten we dat volgens jou rechtzetten? Kan het rechtgezet worden?'

'Dat is een politieke kwestie, onze maatschappij zorgt voor de voorwaarden. Ik kan alleen vertellen wat er gebeurt, waarom het gebeurt, en welke gevolgen het heeft.'

'Weerzinwekkende films op internet?'

'Onder andere.'

De jongen drukte op de afstandsbediening. Toen hij hem op tafel legde werd een kleine tatoeage op zijn onderarm zichtbaar.

Twee letters in een ronde cirkel: KF.

'Hoe heette dat wijf?' vroeg zijn vriend.

'Carlsén. We moeten nu naar Årsta!'

*

Edward Hopper zou het geschilderd hebben als hij nog had geleefd en Zweed was geweest, en als hij zich deze nacht in een bos bij het Järlameer ten oosten van Stockholm had bevonden.

Hij zou het licht gevangen hebben van die ene lantaarn, hoog op een metalen paal, zoals het zacht en geel op de lange, verlaten weg scheen. Asfalt, leegte, de drukkende groene schaduwen van het bos, en precies aan de rand van de lichtcirkel de eenzame figuur, een man, sjofel, lang, een beetje gebogen, misschien op weg naar de lichtcirkel, misschien niet... Hij zou tevreden over het schilderij zijn geweest.

Of niet.

Misschien zou hij geïrriteerd zijn doordat de man plotseling van het pad afsloeg en in het bos verdween, en tot teleurstelling van de schilder een verlaten weg achterliet.

De man die verdween kon het niet schelen.

Hij was op weg naar de deels ingestorte houten schuur achter een gesloten werktuigopslagplaats. Daar had hij een dak tegen de regen, muren tegen de wind, een vloer tegen de ergste kou. Geen verlichting, maar wat moest hij daarmee? Hij wist hoe het er binnen uitzag. Hoe hij er zelf uitzag was hij jaren geleden vergeten.

Hier sliep hij in het beste geval.

In het slechtste geval, zoals vannacht, bekroop het hem. Het ging niet om ratten of kakkerlakken of spinnen, dieren mochten wat hem betreft kruipen zoveel als ze wilden. Datgene wat hem bekroop kwam vanbinnen.

Over wat lang geleden was gebeurd. En daar kon hij niet mee omgaan.

Hij kon het niet doodslaan met een steen of bang maken met heftige gebaren. Hij kon het niet eens wegkrijgen met geschreeuw. Hoewel hij dat probeerde, vannacht ook, hij probeerde datgene wat hem bekroop weg te schreeuwen, terwijl hij wist dat het geen zin had.

Hij kon het verleden niet wegkrijgen met geschreeuw.

Niet eens met een uur onafgebroken schreeuwen. Hij ruïneerde alleen zijn stembanden. Als hij dat had gedaan, dan nam hij wat hij niet wilde nemen, omdat hij wist dat het tegelijkertijd hielp en ruïneerde.

Hij nam medicijnen.

Haldol en Stesolid.

Dat doodde wat hem bekroop en bracht het schreeuwen tot zwijgen. En het verminkte opnieuw een stukje van zijn waardigheid.

Daarna viel hij in slaap.

De baai had dezelfde vorm als destijds. De klippen lagen waar ze altijd hadden gelegen. Het strand liep in een wijde bocht langs dezelfde dichte bosrand. Als het eb was, was het strand nog steeds droog en heel uitgestrekt, helemaal tot de in toom gehouden zee. In dat opzicht was er in die drieëntwintig jaar niets veranderd aan Hasslevikarna. Het was nog steeds een mooie, rustige plek. Degenen die er nu naartoe gingen om te genieten konden zich nauwelijks voorstellen wat er destijds was gebeurd.

Hier, tijdens de nacht waarin het springtij was geweest.

*

Hij kleedde zich om op het toilet en liep de aankomsthal van Landvetter uit in een kort leren jack en een zwarte spijkerbroek. Hij had lege handen en liep meteen naar de rij taxi's. Een vermoeide immigrant stapte uit de eerste auto en deed het achterportier voor hem open.

Dan Nilsson stapte in.

'Centraal station.'

Hij zou met de trein naar Strömstad gaan.

*

Ze voelde het al toen de *Kostervåg* de haven uit was en het open water voor hen lag. De grote rode boot deinde op de golven. De hele Noordzee lag voor haar. Toen de snelheid naar negen tot tien meter per seconde kroop, kreeg Olivia een naar gevoel in haar maag. Ze werd gewoonlijk nooit zeeziek. Ze was veel op zee geweest in de boot van haar ouders, voornamelijk in de beschutting van de scherenkust, maar ook daar kon het spoken. De enige keren dat ze er last van had, was als er een lange golfslag was, zoals nu.

Ze keek waar het toilet was. Aan de linkerkant, recht tegenover de kantine. De overtocht zou niet veel tijd kosten, dus moest ze het redden. Ze had een kop koffie en een kaneelbroodje gekocht, zoals je op dit soort boten deed, en ging bij een van de grote ramen zitten. Ze was nieuwsgierig naar deze scherenkust, die zo anders was dan de bekende oostkust. Hier waren de rotsen laag, gepolijst, donker.

Gevaarlijk, dacht ze toen ze zag hoe de golven tegen een nauwelijks zichtbare blinde klip sloegen.

Maar voor de kapitein zou het dagelijkse routine zijn, dacht ze. Drie keer heen en weer tijdens het winterseizoen, en minstens twintig keer in juni. Olivia keek om zich heen. De salon zat vrij vol, ook al was het een vroege boot. Eilandbewoners die naar huis gingen na hun nachtdienst in Strömstad. Zomergasten op weg naar hun eerste vakantieweek. En een paar dagjesmensen, zoals zij.

Bijna tenminste. Ze zou namelijk één nacht op het eiland blijven. Niet langer. Ze had een huisje gehuurd op een vakantiepark midden op het eiland. Vrij duur, het was immers hoogseizoen. Ze keek weer naar buiten. In de verte zag ze een donkere kuststrook en ze besefte dat het Noorwegen moest zijn. Zo dichtbij? dacht ze op het moment dat haar mobiel overging. Het was Lenni.

'Je zou net zo goed dood kunnen zijn! Je hebt al hartstikke lang niet gebeld! Waar ben je?'

'Ik ben op weg naar Nordkoster.'

'En waar ligt dat?'

Lenni's geografische kennis was niet best, ze kon Göteborg nauwelijks op de kaart aanwijzen. Maar ze had andere talenten. En dat was onder andere waar ze Olivia nu deelgenoot van maakte. Het was fantastisch gegaan met Jakob, ze hadden min of meer een relatie en maakten plannen om samen naar Peace & Love te gaan.

'Erik is met Lollo naar huis gegaan, toen we naar Strand waren geweest, maar hij vroeg eerst naar jou.'

Leuk, dacht Olivia, ik ben in elk geval eerste keus.

'Wat ga je op dat eiland doen? Heb je iemand ontmoet?'

Olivia legde het een beetje uit, niet alles, omdat ze wist dat Lenni maar matig geïnteresseerd was in de details van haar schoolopdracht.

'Wacht, er wordt aangebeld,' onderbrak Lenni haar. 'Dat is Jakob waarschijnlijk. We spreken elkaar snel, Ollan! Bel als je terug bent.'

Lenni hing op, precies op het moment dat de boot de zeestraat tussen de Kostereilanden naderde.

Hij meerde aan bij de Västrasteiger op het zuidoostelijke deel van Nordkoster. Een paar eilandbewoners met brommers met laadvlak stonden zoals gebruikelijk bij de steiger. De eerste lading van die dag was gearriveerd.

Olivia was een van hen.

Ze liep naar de steiger en voelde hoe die heen en weer schommelde. Ze verloor bijna haar evenwicht en het duurde een paar seconden voordat ze besefte dat de steiger vastlag. Zij was degene die heen en weer schommelde.

'Veel zeegang?'

De vrouw die het vroeg, een oudere dame met grijs haar, een lange, zwarte regenjas en een gezicht dat grote delen van haar leven over de zee had uitgekeken, liep naar Olivia toe.

'Nogal.'

'Ik ben Betty Nordeman.'

'Olivia Rönning.'

'Heb je geen bagage bij je?'

Olivia had een sporttas in haar hand en was van mening dat dat een vorm van bagage was. Ze zou tenslotte maar één nacht blijven.

'Alleen deze.'

'Heb je een extra stel kleren meegenomen?'

'Nee. Waarom?'

'Je voelt toch dat er een aanlandige wind staat? Die gaat toenemen en als we regen krijgen wordt het hier een hel. Je wilt toch niet de hele tijd in het huisje zitten?'

'Nee, maar ik heb een extra trui bij me.'

Betty Nordeman schudde haar hoofd. Dat die bewoners van het vasteland het toch nooit leerden. Alleen omdat de zon scheen in Strömstad trokken ze eropuit in zwembroek en met een snorkel en een uur later moesten ze Leffe in rennen om regenkleding en laarzen en wat al niet meer te kopen.

'Zullen we gaan?'

Betty begon te lopen en Olivia volgde haar. Ze wees naar een aantal viskorven die op de kade lagen.

'Zijn dat kreeftenkorven?'

'Ja.'

'Wordt hier veel op kreeft gevist?'

'Minder dan vroeger. Ze hebben besloten dat we nog maar veertien korven per visser mogen hebben. Vroeger hadden we er zoveel als we wilden. Maar dat is misschien maar goed ook, de kreeften zijn immers bijna verdwenen.'

'Jammer, ik vind kreeft lekker.'

'Ik niet. De eerste keer dat ik kreeft heb gegeten, was meteen de laatste keer. Sindsdien eet ik krab. Maar zij houden van kreeft!'

Betty wees naar een paar enorme luxejachten die een stuk verder lagen.

'Noren. Ze varen hiernaartoe en kopen alle kreeften die we vangen. Binnenkort kopen ze waarschijnlijk heel Nordkoster.'

Olivia lachte. Ze kon zich voorstellen dat het spanningen opleverde tussen de Noorse nieuwe rijken en de oude eilandbewoners. Zo dicht als ze bij elkaar woonden.

'Maar het vissen begint niet voor september, dus ze moeten tot die tijd geduld hebben... Of ze in laten vliegen vanuit Amerika, zoals Magnuson een keer heeft gedaan.'

'Wie is dat?'

'Ik zal hem aanwijzen als we erlangs lopen.'

Ze liepen tussen de houten huizen bij het water door: een paar rode en zwarte vissershutten; restaurant Strandkanten; een paar winkeltjes met een combinatie van scherenkustkitsch en oud vissersgerei; Leffes wasserij; Leffes vis; Leffes kajaks; en Leffes terras.

'Die Leffe lijkt overal in te zitten.'

'Ja, we noemen hem MVA op het eiland, manusje-van-alles, hij is opgegroeid aan de oostkust. Hij was een keer in Strömstad, kreeg hoofdpijn en is toen gebleven. Daar is het!'

Ze waren inmiddels een eind bij de haven vandaan. Kleine en grote huizen stonden langs de smalle straat. Bijna allemaal waren ze goed onderhouden, gepleisterd en keurig geschilderd. Dat zou mama graag zien, dacht Olivia, waarna ze naar het huis keek waar Betty naar wees. Het was een groot, prachtig, onder architectuur gebouwd huis, dat fantastisch lag op een heuvel die naar zee afliep.

'Dat is het huis van Magnuson. Bertil Magnuson, je weet wel, degene die dat mijnbouwbedrijf bezit. Hij heeft het in de jaren tachtig laten bouwen, zwart, geen enkele vergunning had hij, en daarna kocht hij dat af.'

'Hoe dan?'

'Hij liet honderd kreeften vanuit Amerika invliegen voor de gemeenteambtenaren en toen was het probleem uit de wereld. Er gelden andere regels voor bewoners van het vasteland dan voor ons.'

De wandeling ging verder naar het meest spaarzaam bebouwde deel van het eiland. Betty vertelde en Olivia luisterde. Betty was goed in praten. Olivia had moeite om bij te houden wie stiekem op kreeft had gevist, wie vreemd was gegaan met de vrouw van een ander en wie zijn tuin niet netjes bijhield.

Grote en kleine overtredingen.

'En daar woonde zijn compagnon trouwens, degene die verdwenen is.'

'Wiens compagnon?'

Betty keek Olivia aan.

'Van Magnuson, degene over wie ik je verteld heb.'

'O ja. En wie is er verdwenen? Magnuson?'

'Nee, zijn compagnon, dat zei ik toch. Ik kan me niet herinneren hoe hij heette. In elk geval verdween hij, ik meen me te herinneren dat ze dachten dat hij ontvoerd of vermoord was.'

Olivia bleef staan.

'Wat? Is dat hier gebeurd?'

Betty glimlachte om Olivia's opgewonden gezichtsuitdrukking.

'Nee, dat was ergens in Afrika, een eeuwigheid geleden.'

Olivia's fantasie sloeg op hol.

'Wanneer verdween hij?'

'Ik denk dat het ergens in de jaren tachtig was.'

Olivia voelde dat ze iets op het spoor was. Kon het met de moord te maken hebben?

'Was dat hetzelfde jaar waarin die vrouw werd vermoord? Bij Hasslevikarna?'

Betty bleef plotseling staan en draaide zich naar Olivia om.

'Ben je daarom hier? Als moordtoerist?'

Olivia probeerde Betty te doorgronden. Was ze verontwaardigd over de vraag? Olivia legde snel uit dat ze op het eiland was omdat ze op de Politieacademie zat en bezig was met een schoolopdracht over de strandzaak.

'Aha. Je wordt dus politieagent.'

Betty keek naar Olivia met een ongelovige blik in haar ogen.

'Ja, dat is de bedoeling, maar ik ben nog niet klaar met...'

'Tja, ieder zijn ding.'

Betty had geen interesse om iets over Olivia's opleiding te horen.

'Maar nee, hij is niet hetzelfde jaar verdwenen als de moord op het strand.'

'Wanneer verdween hij dan?'

'Veel eerder.'

Olivia voelde een steek van teleurstelling. Maar wat had ze dan gedacht? Dat ze een soort verband zou vinden tussen een verdwenen man en de strandzaak zodra ze voet op Nordkoster zou zetten? In een zaak waarmee de politie bovendien jarenlang bezig was geweest?

Een paar fietsende gezinnen met kinderen kwamen hen tegemoet. Betty begroette iedereen. En ze bleef praten.

'Die moord op het strand vergeet niemand op het eiland. Het was afschuwelijk. Het heeft jarenlang aan ons gekleefd.'

'Was jij hier toen het gebeurde?'

'Ja, natuurlijk. Waar had ik anders moeten zijn?'

Betty keek naar Olivia alsof het de stomste vraag was die haar ooit was gesteld. Olivia nam niet de moeite om haar te vertellen dat er een hele wereld buiten Nordkoster lag waar Betty had kunnen zijn. Daarna volgde een lang verhaal over wat Betty had gedaan toen de ambulancehelikopter kwam en het eiland overspoeld werd door politie.

'Ze hebben iedereen op het eiland verhoord en ik vertelde wat ik dacht dat er was gebeurd.'

'En wat dacht je?'

'Satanisme. Racisme. Vandalisme. Het was beslist iets wat op isme eindigde. Dat heb ik verteld.'

'Narcisme?'

Het was bedoeld als een grapje, maar het duurde een paar seconden voordat Betty dat besefte. Nam ze een oude eilandbewoner in de maling? Daarna begon ze te lachen. Grotestadshumor moest je nemen zoals die was.

'Dit is het vakantiepark.'

Betty wees naar een rij kleine, gele, goed verzorgde huisjes aan de rand van een mooi grasveld, die opnieuw geschilderd waren voor het hoogseizoen, en gebouwd waren in de vorm van een hoefijzer.

Meteen erachter begon een donker bos.

'Tegenwoordig is mijn zoon Axel hiervoor verantwoordelijk. Hij is degene bij wie je hebt gereserveerd.'

Ze naderden de huisjes en Betty begon weer te praten. Ze wees van huisje naar huisje.

'Hier hebben allerlei soorten mensen gelogeerd, moet je weten...'

Olivia keek naar de huisjes. Ze waren allemaal genummerd met glanzende, messing cijfers. Er heerste orde en netheid bij de Nordemans.

'Weet je nog wie hier logeerden toen de moord plaatsvond?'

Betty Nordeman vertrok haar mondhoeken een beetje.

'Je bijt je er wel in vast. Maar ja, dat weet ik inderdaad nog. Gedeeltelijk.'

Betty wees naar de eerste van de rij vakantiewoningen.

'Daar logeerden bijvoorbeeld twee homofielen. Dat moest destijds natuurlijk stilgehouden worden. Het was anders dan tegenwoordig, nu de een na de ander uit de kast komt. Ze beweerden dat ze vogelaars waren, maar ik zag dat ze nergens anders naar keken dan naar elkaar.'

Homofielen, dacht Olivia. Ze had die uitdrukking niet vaak gehoord. Zouden twee homofielen een vrouw op het strand kunnen doden? Als het inderdaad homofielen waren. Dat kon natuurlijk ook gespeeld zijn.

'In nummer twee logeerde een gezin met kinderen, voor zover ik het me herinner. Ja, dat klopt. Een vader en een moeder met twee kinderen die rondrenden en de schapen in de wei bang maakten. Een van hen bezeerde zich aan de afrastering en de ouders waren vreselijk verontwaardigd, omdat ze vonden dat het de verantwoordelijkheid van de boer was. God straft onmiddellijk, dacht ik. Nummer vier stond leeg, weet ik nog, en in vijf verbleef een Turk. Hij is hier een hele tijd geweest, wekenlang. Hij droeg altijd een rode fez en had een hazenlip en lispelde vreselijk. Maar hij was vriendelijk en beleefd. Hij heeft me zelfs een keer een handkus gegeven.'

Betty lachte bij de herinnering. Olivia dacht na over de beleefde Turk. De vrouw had donker haar gehad, kon ze Turks geweest zijn? Een Koerd? Eerwraak? In de kranten had gestaan dat ze misschien Latijns-Amerikaans was, maar waar hadden ze dat op gebaseerd? Betty knikte naar huisje zes.

'En daar logeerden een paar drugsverslaafden. Maar daar wil ik niets van weten, dus heb ik ze eruit geschopt. Ik moest het hele huisje daarna schoonboenen. Hemel! Ik vond oude spuiten en bebloede servetten in de prullenmand.'

Drugs? Ze had ergens gelezen dat de vrouw Rohypnol in haar lichaam had. Kon dat ermee te maken hebben? Meer kon ze niet denken voor Betty verderging.

'Hoewel, als ik erover nadenk heb ik ze er voor de moord uit gegooid... Ja, dat was zo, want daarna hebben ze een boot gestolen waarmee ze naar het vasteland zijn gevaren. Om nieuwe drugs te kopen, als je het mij vraagt.'

Daarmee verdween het spoor voor Olivia.

'Wat een fantastisch geheugen heb je,' zei ze.

Betty haalde adem en smulde van het compliment.

'Ja, dat heb ik inderdaad, maar we houden natuurlijk ook gegevens bij.'

'Maar toch!'

'Ja, ik ben nu eenmaal geïnteresseerd in mijn medemensen. Zo ben ik gewoon.'

Betty keek zelfingenomen naar Olivia en wees naar het huisje helemaal achteraan met het cijfer tien.

'En daar logeerde die sloerie uit Stockholm. Eerst sliep ze daar en later op een Noors luxejacht in de haven. Een echte slet was ze. Ze stelde zich tentoon aan die arme kreeftenjongens bij de steiger, zodat ze hun ogen uit hun hoofd keken. Zij is ook verhoord door de politie.'

'Informatief?'

'Dat weet ik niet, ze hebben eerst hier met haar gepraat, en daarna hebben ze haar meegenomen naar Strömstad om daar verder te praten. Dat vertelde Gunnar.'

'Wie is dat?'

'Gunnar Wernemyr, politieagent, hoewel hij nu met pensioen is.'

'En hoe heette zij? De slet?'

'Zij heette... Hoe heette ze ook alweer, ik herinner het me niet, maar ze had dezelfde naam als Kennedy's vrouw.'

'Hoe heette die dan?'

'Weet je niet hoe Kennedy's vrouw heette? Ze is later met die Griek getrouwd, Onassis.'

'Nee?'

'Jackie... Jackie Kennedy. Zo heette die slet, meer kan ik me niet herinneren. En dit is jouw huisje!'

Betty wees naar een van de gele huisjes en liep met Olivia mee naar de deur.

'De sleutel hangt binnen. Als je iets nodig hebt, dan kun je Axel daar vinden.'

Betty wees naar een betonnen huis op de heuvel. Olivia deed de deur open en zette haar sporttas neer, Betty bleef buiten staan.

'Ik hoop dat het goed genoeg is.'

'Het is fantastisch.'

'Mooi. Misschien zien we elkaar vanavond in de haven, MVA gaat trombone spelen in Strandkanten, mocht je dat leuk vinden. Tot ziens.'

Betty begon weg te lopen. Plotseling wist Olivia weer wat ze de hele tijd had willen vragen, maar waarvoor ze geen gelegenheid had gekregen.

'Mevrouw Nordeman!'

'Betty.'

'Betty... ik vraag me iets af. Er was toch een kleine jongen die gezien heeft wat er op het strand is gebeurd?'

'Dat was Ove, de zoon van Gardman. Ze woonden in het bos.'

Betty wees naar het donkere bos.

'Zijn moeder is dood en zijn vader zit in een tehuis in Strömstad, maar Ove woont nog in dat huis.'

'Is hij er nu?'

'Nee, hij is op reis. Hij is een, hoe heet dat ook alweer... marinebioloog, maar als hij in Zweden is komt hij af en toe hiernaartoe om het huis te inspecteren.'

'Oké. Bedankt.'

'En Olivia, denk aan wat ik over het weer heb gezegd, het wordt elk uur erger, dus ga niet in je eentje naar de klippen aan de noordkant of zoiets. Misschien kan Axel met je mee als je daarnaartoe wilt. Het kan daarboven gevaarlijk zijn als je verdwaalt.'

Betty knikte. Olivia bleef een tijdje staan en keek haar na. Daarna keek ze naar het betonnen huis waar haar zoon Axel blijkbaar woonde. Het idee dat een vreemde man met haar mee zou gaan als lijfwacht omdat het een beetje waaide was komisch.

*

Hij had in Strömstad een rolkoffer gekocht. Een reistas met wielen en een lang handvat. Toen hij op de boot naar Koster stapte zag hij eruit als elke willekeurige toerist.

Dat was hij niet.

Een toerist misschien, maar niet willekeurig.

Hij was een man die de hele weg vanaf Göteborg had gevochten tegen een groeiende chaos in zijn borstkas en die het niet was gelukt om die de baas te worden.

Tot hij op de boot stapte.

Nu wist hij dat het niet lang meer zou duren. Nu moest hij zich beheersen. Er was geen plaats voor zwakte en hij mocht niet verzaken. Hij moest zich vermannen.

Hij was vanbinnen leeg toen de boot de haven uitvoer. Koud, kaal. Net als de rotsen die voorbijgleden. Plotseling dacht hij aan Bosques.

Ze hadden elkaar omhelsd.

*

Olivia was op het eenpersoonsbed in het huisje gaan liggen. Ze had slecht geslapen in de trein. Nu rekte ze zich uit en inhaleerde de licht schimmelachtige geur. Misschien geen schimmel, dacht ze, maar het was wel bedompt. Haar blik gleed over de kale muren. Geen schilderij, geen poster, niet eens een oud, groen, glazen ornament in een touwhanger. Betty zou nooit geïnterviewd worden voor *Sköna Hem*. En Axel ook niet, als hij degene was die verantwoordelijk was voor de inrichting. Ze pakte de kaart weer op, die ze had gekocht voor ze in Strömstad op de boot was gestapt. Het was een vrij gedetailleerde kaart van het eiland, met namen van veel plaatsen. Vreemde namen. Spannende namen. Skumbuktarna, helemaal aan de noordwestkant, alleen dat al. Skumbuktarna! En niet zo ver daarvandaan, op de kaart, Hasslevikarna.

Haar eigenlijke doel.

De plek van de moord.

Want dat was tenslotte waarvoor de reis bedoeld was. Om naar de plek van de moord te gaan en te kijken hoe die eruitzag.

Een moordtoerist?

Goed, dan was ze dat maar. Maar ze zou naar het strand gaan. Naar de plek waar een eenzame, jonge vrouw was begraven en verdronken.

Met een baby in haar buik.

Olivia liet de kaart op haar borst zakken en gleed weg in haar fantasie, naar Hasslevikarna en het strand, het water, eb, duisternis, de naakte jonge vrouw in het zand, de kleine jongen die zich verstopte, en de daders. Drie, had in het onderzoeksrapport gestaan, gebaseerd op de getuigenis van de jongen, maar hoe zeker konden ze daarvan zijn? Het was donker, gruwelijk en ver weg geweest. Hoe wisten ze dat de jongen het goed had gezien? Een doodsbange negenjarige laat op de avond? Of wisten ze dat niet? Waren ze er alleen van uitgegaan dat hij het goed had gezien? Hadden ze het gewoon geaccepteerd omdat ze niets anders hadden? Stel dat het er vijf waren geweest? Een kleine sekte? Ze was weer op hetzelfde punt beland, wat niet bepaald constructief was.

Olivia kwam overeind en voelde dat het tijd was. Ze zou de moordtoerist spelen.

Wat Betty had gezegd over het weer klopte, afgezien van het feit dat het nu, 's middags, al regende. De aanlandige wind was toegenomen en de temperatuur was bedenkelijk gedaald.

Het was waarschijnlijk afschuwelijk buiten.

Olivia kreeg de voordeur nauwelijks open toen ze naar buiten wilde. Hij sloeg dicht zonder dat ze hem aanraakte. Haar extra trui hielp een beetje, maar de wind trok aan haar haar zodat het moeilijk was om iets te zien, en de regen stroomde op haar neer. Waarom had ze verdomme geen regenjas meegenomen? Hoe amateuristisch kon je zijn? Echt iets voor een vastelander, zoals Betty gezegd zou hebben. Olivia keek naar Axels huis.

Nee, er waren grenzen.

Ze koos een pad dat het donkere, verwilderde bos in leidde. Er was duidelijk al decennnialang niets aan gedaan. Droge, harde takken, in elkaar verstrengeld, bijna zwart, hier en daar onderbroken door roestige schapenhekken.

Maar ze volgde het pad en dat ging redelijk. Het voordeel was dat het hier minder hard waaide. Het regende alleen. Eerst hield ze de kaart beschermend boven haar hoofd, tot ze besefte dat dat een stom idee was. De kaart was haar enige mogelijkheid om de weg naar het strand te vinden.

Eerst wilde ze naar het huis van de jongen, die Ove Gardman heette. Volgens Betty lag het hier ergens, in het bos, waaraan Olivia begon te twijfelen. Ze zag alleen woeste struiken, omgevallen bomen en hekken.

Maar plotseling zag ze het.

Het was een eenvoudig, zwart, houten huis. Twee verdiepingen, midden in het bos, op een kleine, open plek. Met een steile helling aan de achterkant en zonder tuin. Ze keek naar het huis. Het zag er verlaten uit, een beetje spookachtig. In elk geval onder de gegeven omstandigheden, met de toenemende wind en duisternis. Ze huiverde. Waarom wilde ze het huis zien? Ze wist immers dat de jongen, of de man van tweeëndertig jaar die hij nu was, hier niet was. Dat had Betty verteld. Ze schudde haar hoofd, pakte haar mobiel en maakte een paar foto's van het huis. Misschien kon ze die aan haar rapport toevoegen, dacht ze.

Ove Gardmans huis.

Ze bedacht dat ze hem moest bellen als ze terug was in het huisje.

Het kostte Olivia bijna een halfuur om bij Skumbuktarna te komen. Ze moest het zien, al was het alleen maar om er op het juiste moment over te beginnen: 'Is er iemand die al eens bij Skumbuktarna is geweest?'

Nu was zij er, bijna, en ze besefte ineens waarvoor Betty haar had gewaarschuwd. De zee lag volkomen open voor haar. De regen zwiepte uit de zwarte wolken. De wind huilde rond de klippen. De enorme golven van de Noordzee sloegen tegen de rotsen en stortten op het land. Hoeveel meter kon ze niet zien.

Ze hurkte achter een rots, keek naar de zee en dacht dat ze op een veilige plek stond. Plotseling sloeg er een enorme golf over de rots en het water stroomde rond haar benen. Toen ze voelde hoe de zuigkracht aan haar lichaam trok raakte ze in paniek en gilde.

Als ze niet in een spleet was gevallen, was ze in de zee beland, maar dat besefte ze veel later pas. Nu rende ze. Zo hard mogelijk. Weg van de zee naar het land.

Ze rende en rende tot ze struikelde en op haar buik op een stenen plateau viel. Daar drukte ze zich hijgend tegen de grond, tegen Moeder Aarde, met een bloedende wond op haar voorhoofd van de val in de spleet.

Het duurde een hele tijd voordat ze zich omdraaide, naar de razende zee bij Skumbuktarna keek en besefte wat een idioot ze was geweest.

Daarna begon ze over haar hele lichaam te trillen.

Ze was doornat.

*

Voor een tromboneavond met MVA was het vrij leeg in het gerenommeerde restaurant Strandkanten. Of misschien was het juist daarom. Een paar eilandbewoners aan de tafels, achter glazen bier, MVA in een hoek met zijn trombone, en Dan Nilsson.

Hij zat aan een tafeltje vlak bij het water. De wind zwiepte de regen tegen het raam. Hij was hier meteen naartoe gegaan vanaf de boot. Niet omdat hij honger of dorst had, of om aan het weer te ontsnappen, maar om moed te verzamelen.

Alle moed die hij in zich had.

Hij wist dat er een minimaal risico was dat hij herkend zou worden, hij had hier jaren geleden tenslotte een vakantiewoning gehad. Maar dat was een risico dat hij moest nemen.

Nu zat hij hier met een glas bier voor zich. Een van de serveersters fluisterde tegen MVA in een trombonepauze: 'Die man bij het raam ziet eruit als een politieagent.' MVA antwoordde dat er iets bekends aan zijn gezicht was. Dat hoorde Nilsson echter niet. Hij was in gedachten heel ergens anders. Verder naar het noorden op het eiland.

Waar hij eerder was geweest. Een plek die hij vanavond opnieuw zou bezoeken. En daarna nog een plek.

En als het klaar was, dan was het klaar. Of misschien niet klaar. Dat wist hij niet. Dat zou hij moeten uitzoeken.

*

Behalve dat ze doornat was, haar voorhoofd bloedde en ze in een shocktoestand verkeerde, was ze getroffen door nog een ramp. Ze was de kaart kwijt. Misschien had de enorme golf hem meegenomen. In elk geval had ze geen kaart meer en ze wist niet hoe ze moest lopen. In de zomerzon en de juniwarmte is Nordkoster, met zijn bossen en heidevelden en plotseling opduikende rotsen, geen groot eiland, maar in de storm, de stromende regen en de invallende duisternis is het groot genoeg om te verdwalen.

Voor iemand van het vasteland.

Vooral als je er nog nooit was geweest. Zoals Olivia.

Ze bevond zich in the middle of nowhere. Met donker bos voor zich en gladde rotsen achter zich. En omdat haar mobiel nat was geworden en daardoor was uitgevallen, had ze weinig keus.

Ze moest verder lopen. In de ene of de andere richting.

Dus liep ze rillend in de ene of de andere richting.

Meerdere keren.

*

Dan Nilsson wist precies hoe hij moest lopen, ook al was het aardedonker door het noodweer. Hij had geen kaart nodig. Hij trok zijn rolkoffer over het grindpad, sloeg af naar het binnenland en nam het pad waarvan hij wist dat het op zou duiken en dat leidde naar de plek waar hij naartoe moest.

De eerste plek.

*

Normaal gesproken was ze niet bang in het donker. Ze had in haar eentje in het huis in Rotebro geslapen sinds ze heel klein was. Op het platteland was het hetzelfde. Ze vond het juist kalmerend als de duisternis inviel, waardoor alles verdween en ze alleen was.

Dat was ze nu ook, maar dan onder enigszins andere omstandigheden. Nu was ze alleen in een omgeving die ze niet kende. De donder rommelde en het stroomde van de regen. Ze zag nauwelijks meer dan een paar meter voor zich. Alleen bomen en rotsen. Ze gleed uit over het mos, struikelde over stenen, kreeg zonder waarschuwing takken in haar gezicht en gleed naar beneden in diepe spleten. En ze hoorde geluiden. Het gehuil van de wind of het gedreun van de zee rondom haar maakte haar niet bang, ze wist wat het was. Maar de andere geluiden? Dat plotselinge doffe gebrul dat door de duisternis brak. Waren dat schapen? Zo klonken schapen toch niet? En die ijle schreeuw die ze daarnet tussen de bomen had gehoord, waar kwam die vandaan? Er waren nu toch geen kinderen buiten? Plotseling hoorde ze het geschreeuw weer, dichterbij, en nog een schreeuw. Ze drukte zich tegen een boomstam en staarde in de duisternis. Waren dat ogen in de verte? Gele? Waren het bosuilen? Waren er bosuilen op Nordkoster?

Ineens zag ze de schaduw.

Een bliksemflits verlichtte het bos en onthulde een schaduw die tussen de bomen door gleed, maar een paar meter bij haar vandaan. Dacht ze. Ze werd doodsbang.

Het licht verdween net zo snel als het gekomen was en het werd weer donker. Ze wist niet wat ze tussen de bomen had gezien.

Was het een mens?

*

De man die zijn rolkoffer door het dichte bos tilde, was een mens. Een gedreven mens. Door de regen plakte zijn blonde haar in natte slierten tegen zijn gezicht. Dat kon hem niet schelen. Hij had erger weer dan dit meegemaakt. Op andere plekken op de aarde. Met heel andere opdrachten. Veel onaangenamere opdrachten, vond hij. Hij bezat een zekere empirische bereidheid. Of die hem deze keer zou helpen, wist hij niet.

Hij had geen ervaring met deze opdracht.

*

Ze had het weliswaar alleen op de kaart en op Google Earth gezien, maar omdat de regenwolken plotseling hadden besloten om naar het vasteland te trekken en er een koude maan zichtbaar werd, herkende ze het.

Hassleviken.

Of Hasslevikarna, zoals het op de verdwenen kaart had gestaan.

Ze had een hele tijd in totale verwarring rondgedwaald. Haar kleding was nog steeds nat. De wond op haar voorhoofd bloedde niet meer, maar ze trilde over haar hele lichaam en nu was ze terechtgekomen op de plek waar ze eigenlijk naartoe had gewild. Een eeuwigheid geleden.

Nu trilde ze ook om andere redenen.

Het vreemde blauwe licht van de maan benadrukte de eigenaardige sfeer in de baai. Bovendien was het blijkbaar eb. Het strand leek eindeloos. Het begon bij de duinen en strekte zich tot in het oneindige uit.

Ze bereikte één kant van het strand en ging op een grote steen zitten.

Hier was het dus gebeurd. De gruwelijke moord.

Dit was het strand. Dit was de plek waar de naakte vrouw was begraven.

Ze raakte met haar hand de rotsen voor zich aan. Had de jongen hier gezeten toen hij het had gezien? Op de plek waar zij nu zat? Of was het aan de andere kant van het uitgestrekte strand gebeurd? Ze kwam overeind en keek uit over het strand.

Op dat moment zag ze de man. Hij kwam in de verte uit de bosrand met een... Wat had hij bij zich? Een rolkoffer? Olivia ging op haar hurken zitten en zocht bescherming achter de stenen. Ze zag dat de man zijn rolkoffer losliet en over het strand begon te lopen, in de richting van de zee. Langzaam, steeds verder weg. Plotseling bleef hij staan en keek naar de maan... en daarna naar het zand en weer omhoog. De wind rukte aan zijn haar en jack. Hij ging op zijn hurken zitten en boog zijn hoofd, alsof hij bad, daarna ging hij weer staan. Olivia duwde haar gebalde hand tegen haar mond. Waar was die man mee bezig? Op deze plek? Nu het eb en volle maan was?

Wie was hij?

Was hij krankzinnig?

Ze vond het moeilijk om te bepalen hoe lang de man daar stond. Het kon drie minuten of een kwartier zijn. Ze wist het niet. Plotseling draaide hij zich om en liep langzaam het strand weer op, naar zijn rolkoffer. Hij draaide zich nog een keer om en keek naar de zee. Daarna verdween hij in het bos.

Olivia bleef zitten. Lang genoeg om er zeker van te zijn dat de man ver weg was.

Als hij niet in het bos was blijven staan.

*

Dat was hij niet. Hij was op weg naar de tweede plek. De plek die eigenlijk belangrijker was. Zijn bezoek aan het strand was een daad van verdriet geweest. Op de tweede plek zou hij actie ondernemen.

Hij wist natuurlijk waar het groene huis stond, maar hij herinnerde zich niet dat het omringd werd door zo'n dichte haag. Dat was echter in zijn voordeel. Het zorgde ervoor dat hij eenvoudig naar binnen kon glippen en zich kon verstoppen. Niemand zou hem van buitenaf zien.

Hij zag dat er licht brandde in het huis en dat irriteerde hem. Er waren mensen. Hij zou langs de haag moeten sluipen om in de achtertuin te komen, waar hij moest zijn.

De man begon voorzichtig te lopen met de koffer in zijn hand. De duisternis maakte het moeilijk om te zien waar hij zijn voeten neerzette. Toen hij bijna ter hoogte van het huis was, hoorde hij dat er aan de andere kant een deur openging. De man duwde zijn lichaam in de haag, waardoor hij een stevige tak in zijn gezicht kreeg, en bleef doodstil staan. Plotseling zag hij een kleine jongen rond de hoek van het huis rennen, tien meter bij hem vandaan. De jongen lachte en ging tegen de muur staan. Speelde hij verstoppertje? Nilsson haalde zo stil mogelijk adem. Als de jongen zich omdraaide en in zijn richting keek, was hij betrapt. De afstand was niet groot genoeg.

'Johan!'

Een vrouw riep. De jongen kroop een beetje in elkaar en draaide zijn hoofd een stukje naar de haag. Heel even dacht Nilsson dat hun blikken elkaar ontmoetten. De jongen bewoog niet.

'Johan!'

De vrouw riep nu harder. Ineens maakte de jongen zich los van de muur, begon weer te rennen en verdween achter het huis. Nilsson bleef bij de haag staan tot hij de deur aan de andere kant van het huis dicht hoorde slaan. Het werd stil. Hij wachtte minutenlang voordat hij weer begon te lopen.

*

Waarschijnlijk zou ze doodgegaan zijn in het bos. Doodgevroren of iets dergelijks. Dat gebeurde echter niet en dat was niet haar verdienste.

Dat kwam door Axel.

Toen ze uiteindelijk bij een natte kei helemaal uitgeput in elkaar zakte hoorde ze een stem.

'Ben je verdwaald?'

Een lange man met brede schouders, kortgeknipt haar en een intense blik in zijn ogen stond een meter bij haar vandaan en keek naar haar natte verschijning. Hij hoefde eigenlijk geen antwoord op zijn de vraag te hebben. Ze gaf ook geen antwoord.

'Wie ben je?' vroeg ze.

'Axel. Mijn moeder zei dat ik je achterna moest gaan. Ze is bij het huisje geweest, maar je was nog niet terug. Ben je verdwaald?'

'Ja,' zei ze.

'Dat heb je goed gedaan.'

'Hoezo?'

'Verdwalen op dit eiland, zo groot is het niet.'

'Dank je.'

Axel hielp Olivia met opstaan. Hij keek naar haar.

'Je bent doornat. Ben je uitgegleden?'

Uitgegleden? Bij Skumbuktarna? Noemden de eilandbewoners dat zo? Dat je uitgleed? Als de halve Noordzee over je heen stroomde?

Merkwaardig volk.

'Kun je me terughelpen?'

'Natuurlijk. Neem mijn jas maar.'

Axel sloeg zijn grote, warme jack rond de bevroren Olivia, bracht haar door het dichtbegroeide bos naar het kleine gele huisje terug en bood aan om iets te eten langs te brengen.

Een held, dacht Olivia terwijl ze gewikkeld in een deken op bed zat met een bord lauwe *pyttipanna* in haar handen. Iemand die levens redt.

Die niet zoveel praat, maar gewoon doet.

Axel Nordeman.

'Ben jij een van de kreeftenjongens?' had ze een beetje voor de grap gevraagd.

'Ja,' had hij geantwoord. Meer niet.

Heel anders dan Ulf Molin.

Door het eten en de warmte keerde het meeste leven weer in Olivia terug, en dat gold ook voor haar mobiel. Die was inmiddels droog, met behulp van een geleende haarföhn.

Toen ze haar sms'jes en mailtjes had doorgenomen, herinnerde ze zich plotseling weer dat ze Ove Gardman wilde bellen. Ze had het de vorige dag al geprobeerd, en later in de nachttrein, maar had het antwoordapparaat gekregen. Nu wilde ze het opnieuw proberen. Ze keek naar de klok, het was bijna tien uur. Ze belde en kreeg het antwoordapparaat weer. Ze sprak een nieuw bericht in en vroeg of hij haar terug wilde bellen zodra hij de boodschap hoorde. Daarna beëindigde ze de verbinding en kreeg een enorme hoestbui.

Longontsteking, schoot het door haar hoofd.

*

Er schoten heel andere dingen door Nilssons hoofd. Hij zat op zijn hurken, de rolkoffer stond naast hem. Ver achter hem was het groene huis zichtbaar. Het licht was inmiddels uit.

Met een enorme krachtsinspanning schoof hij de grote steen opzij. De kleinere had hij al weggetild. Hij keek in het vrijgekomen gat. Een diep gat, precies zoals hij zich herinnerde. Hij had het zelf gegraven. Lang geleden. Voor alle zekerheid.

Hij keek naar de rolkoffer.

*

Plotseling overviel de vermoeidheid haar. Haar hele lichaam voelde slap. Het ronddwalen eiste zijn tol. Het lukte haar ternauwernood om het dekbed open te slaan en eronder te kruipen. Het bedlampje verspreidde een warm schijnsel in de kamer en ze voelde hoe ze langzaam wegzakte. Plotseling zag ze haar vader voor zich. Hij schudde zijn hoofd even toen hij naar haar keek.

'Dat had verkeerd kunnen aflopen.'

'Ik weet het. Het was stom van me.'

'Het is niets voor jou. Je hebt anders altijd alles onder controle.'

'Dat heb ik van jou.'

Arne glimlachte en Olivia voelde de tranen over haar wangen lopen. Hij zag er zo mager uit, zoals hij er op het eind uitgezien moest hebben, toen zij naar Barcelona was gevlucht.

'Slaap lekker.'

Olivia deed haar ogen open. Had Arne dat gezegd? Ze schudde haar hoofd en voelde hoe warm haar gezicht en haar voorhoofd waren. Koorts? Natuurlijk kreeg ze koorts. In het vakantiehuisje aan de westkust dat ze voor één nacht had gehuurd. Hoe onwerkelijk kan het worden? Wat doe ik hier?

Axel?

Hij was misschien nog niet naar bed, hij woonde alleen op de heuvel, had hij gezegd. Misschien deed hij een computerspelletje. Een kreeftenjongen? Waarschijnlijk niet. Maar stel dat hij plotseling op de deur klopte om te vragen of het eten lekker was geweest?

'Het was heerlijk.'

'Mooi. Heb je nog iets anders nodig?'

'Nee, niets. Misschien een thermometer.'

'Een thermometer?'

Daarna zou het een tot het ander leiden en als het bedlampje uit was zouden ze allebei naakt en verschrikkelijk opgewonden zijn, dacht Olivia koortsig.

*

Drammerige Vera was naar een voetbalwedstrijd geweest. BK Situation had tegen een ontwenningskliniek uit Rågsved gespeeld. De wedstrijd was geëindigd in 2-0 voor Situation. Pärt had beide doelpunten gemaakt.

Daar zou hij lang op kunnen teren.

Nu liep hij samen met Vera en Jelle terug en genoot van de warme avond.

De wedstrijd was op het voetbalveld van Tanto gespeeld. Omdat ze na de wedstrijd een meningsverschil met de scheidsrechter hadden gehad, waren ze pas tegen elf uur vertrokken. Nu was het bijna halftwaalf.

Pärt was blij omdat hij twee doelpunten had gemaakt. Vera was blij omdat ze een flesje zwarte nagellak in een container bij Zinken had gevonden. Jelle was terneergeslagen, maar dat was meestal zo, dus er was niemand die daar aandacht aan schonk.

Vera had honger en stelde voor om bij het Chinese restaurant Dragon House in Hornstull langs te gaan. Ze had haar maandelijkse toelage net gehad en was van plan om haar minder bemiddelde vrienden te trakteren. Dat ging echter niet door. Pärt durfde niet naar binnen en Jelle hield niet van Chinees eten. Dus werd het een feestmaaltijd met worstjes en bijgerechten bij Abrahams Grill in de Hornsgatan. Toen Pärt zijn enorme portie kreeg glimlachte hij.

'Lekker.'

Daarna slenterden ze verder door de Hornsgatan.

'Weet iemand hoe het met Benseman is?'

'Hetzelfde.'

Plotseling werden ze ingehaald door een kleine man met afzakkende schouders, een piekerige paardenstaart en een puntneus. De man keek tijdens het lopen naar Jelle.

'Hallo! Hoe is het?' vroeg de kleine man met een piepstem.

'Een beetje pijn in mijn tanden.'

'Oké. Later!'

De kleine man liep verder.

'Wie was dat in vredesnaam?' vroeg Vera terwijl ze naar de man met de paardenstaart keek.

'Minken,' zei Jelle.

'Minken? Wie is dat?'

'Iemand van vroeger.'

'Dakloos?'

'Nee, voor zover ik weet niet. Hij heeft een kamer in Kärrtorp.'

'Kun je daar dan niet slapen?'

'Nee.'

Jelle was niet van plan om bij Minken te slapen. Hun relatie bestond min of meer uit het gesprek dat ze net hadden gehad.

Tegenwoordig.

En Jelle wist al wat er nu zou komen.

'Je mag in de caravan slapen, als je dat wilt,' zei Vera.

'Ik weet het. Dank je.'

'Maar dat wil je niet?'

'Nee.'

'Waar ga je dan slapen?'

'Daar vind ik wel een oplossing voor.'

Ze hadden dit gesprek de afgelopen tijd een paar keer gevoerd, Vera en hij. Het ging niet om het slapen in haar caravan, dat wisten ze allebei. Het ging om iets waar Jelle geen behoefte aan had, en de enige manier om Vera zo min mogelijk te kwetsen was om haar aanbod af te slaan.

Dan zei hij ook nee tegen het andere.

Voor dit moment.

*

Olivia draaide zich om in haar bed. Haar koortsdromen kwamen en gingen. Het ene moment was ze op het strand van Hasslevikarna, het volgende moment in Barcelona. Plotseling voelde ze hoe een ijskoude hand langs haar naakte voet bij de bedrand streek.

Ze vloog overeind.

Met haar elleboog stootte ze het kleine nachtkastje om en de lamp viel op de vloer. Ze liet zich tegen de muur vallen en keek om zich heen. De kamer was leeg. Ze schoof het dekbed een stukje weg. Haar hart bonkte zo dat ze begon te hijgen. Had ze gedroomd? Natuurlijk had ze gedroomd, wat anders? Er was niemand behalve zij.

Ze ging op de rand van het bed zitten, pakte het bedlampje van de grond en probeerde te kalmeren. Diep ademhalen, dat had Maria haar geleerd toen ze als klein meisje een nachtmerrie had gehad. Ze veegde het zweet van haar voorhoofd en ineens hoorde ze het. Een geluid. Een stem, buiten, aan de andere kant van de deur.

Axel?

Olivia wikkelde de deken rond haar lichaam, liep naar de deur en deed open. Twee meter voor haar stond een man met een rolkoffer in zijn hand. De man van Hasslevikarna. Olivia gooide de deur dicht, deed hem op slot en rende naar het enige raam. Ze trok het rolgordijn naar beneden terwijl ze tegelijkertijd om zich heen keek naar een voorwerp dat dienst kon doen als wapen, wat dan ook!

Er werd op de deur geklopt.

Olivia stond doodstil. Ze trilde over haar hele lichaam. Zou Axel het horen als ze schreeuwde? Waarschijnlijk niet, de wind maakte te veel lawaai.

Er werd opnieuw geklopt.

Olivia begon te hyperventileren en liep voorzichtig naar de deur.

Stilte.

'Ik ben Dan Nilsson, het spijt me dat ik stoor,' klonk de stem door de deur.

Dan Nilsson?

'Wat is er? Wat wil je?' riep Olivia.

'Mijn mobiel heeft geen bereik en ik moet een taxiboot bellen. Ik zag hier licht branden en... Heb je misschien een mobiel die ik kan lenen?'

Ze had een mobiel, maar dat wist de man buiten niet.

'Het is maar een kort gesprek,' zei hij door de deur. 'Ik wil er graag voor betalen.'

Betalen voor een kort telefoongesprek. Naar een taxiboot? Olivia aarzelde. Ze kon liegen en zeggen dat ze geen mobiel had en hem wegsturen. Of hem naar Axel sturen. Tegelijkertijd begon ze nieuwsgierig te worden. Wat had hij bij Hasslevikarna gedaan? Midden op het strand tijdens eb in de maneschijn? Wie was hij? Wat zou haar vader gedaan hebben?

Hij zou de deur opengedaan hebben.

Dat deed Olivia ook. Voorzichtig. Op een kier. Ze gaf haar mobiel met één hand aan.

'Bedankt,' zei Nilsson.

Hij pakte de mobiel aan, toetste een nummer in en bestelde een taxiboot bij de Västrasteiger. De taxi zou er over een kwartier zijn.

'Bedankt voor het lenen,' zei hij.

Olivia pakte de mobiel via de kier weer aan. Nilsson draaide zich om en begon weg te lopen.

Ineens deed Olivia de deur helemaal open.

'Ik heb je vanavond bij Hasslevikarna gezien.'

Olivia stond in het tegenlicht van het bedlampje toen Nilsson zich omdraaide. Hij keek naar haar en knipperde met zijn ogen alsof hij ergens op reageerde, hoewel ze niet wist waarop. Het was in een fractie van een seconde weer verdwenen.

'Wat deed je daar?' vroeg hij.

'Ik was verdwaald en kwam daar terecht.'

'Een mooie plek.'

'Ja.'

Stilte... En wat deed jij daar? Begreep hij niet dat dat de onderliggende vraag was?

Dat deed hij misschien, maar het was een vraag die hij niet van plan was te beantwoorden.

'Welterusten.'

Nilsson liep weg, met het beeld van Olivia op zijn netvlies.

*

De trombone lag in de zwarte foedraal en MVA zat ernaast, op de kade onder restaurant Strandkanten. Het was een lange avond geweest en hij had flink wat gedronken. Nu probeerde hij een beetje te ontnuchteren. Hij zou morgenochtend een rokerij openen. Leffes rokerij. Versgerookte vis voor de vastelanders, dat zou waarschijnlijk geld opleveren. De grove eilandbewoner naast hem was nuchter. Hij had nachtdienst op de taxiboot en had net een reservering gehad.

'Wie dan?'

'Iemand vanbuiten.'

Vanbuiten kon van alles betekenen, van Strömstad tot Stockholm.

'Wat krijg je ervoor?'

'Tweeduizend.'

MVA maakte een ruwe berekening. Het uurloon viel niet uit in het voordeel van de rokerij.

'Is dat hem?' vroeg MVA terwijl hij knikte naar een man met een leren jack en een spijkerbroek, die aan kwam lopen.

Een man die klaar was. Met Nordkoster. Nu moest hij nog één ding doen. In Stockholm.

*

Ze was uiteindelijk in slaap gevallen, met de lamp aan en de deur op slot en de naam Dan Nilsson op haar lippen.

De man van Hasslevikarna.

De rest van de nacht werd Olivia gekweld door koortsdromen. Urenlang. Plotseling drong er een schreeuw door haar keel via haar wijd open mond naar buiten. Een angstige schreeuw. Het koude zweet stroomde uit haar poriën en haar handen klauwden in de lucht. Op het raamkozijn achter haar zat een spin die toekeek hoe de jonge vrouw vertwijfeld uit het gat van haar angst probeerde te kruipen.

Het duurde een hele tijd voor dat was gelukt.

Ze herinnerde zich de nachtmerrie tot in het kleinste detail. Ze was ingegraven op een strand. Naakt. Het was eb en de maan scheen en het was koud. De zee begon op te komen. Dichter- en dichterbij. Het water stroomde naar haar hoofd, maar het was geen water, het was een lavastroom van duizenden kleine zwarte krabben die naar haar gezicht en in haar open mond stroomden.

Op dat moment had ze geschreeuwd.

Olivia vloog uit bed en hijgde. Ze trok de deken met één hand naar zich toe, droogde het zweet van haar gezicht en staarde om zich heen. Was de hele nacht een droom geweest? Had de man echt voor de deur gestaan? Ze liep naar de deur en deed hem open. Ze had lucht nodig, zuurstof, en liep de duisternis in. De wind was flink afgenomen. Ze voelde dat ze moest plassen. Ze liep de trap af en ging op haar hurken achter een grote struik zitten. Toen zag ze hem, links naast zich.

De rolkoffer.

De rolkoffer van de man lag op de grond.

Ze liep ernaartoe en keek in de duisternis om zich heen. Ze zag niets. Of niemand. In elk geval niet Dan Nilsson. Ze hurkte bij de koffer. Zou ze hem openmaken?

Ze trok de rits van de ene kant naar de andere en tilde het deksel van de koffer voorzichtig op.

Hij was leeg.

*

Van een afstandje kon de groezelige caravan met het zwakke gele schijnsel achter het ovale raam er idyllisch uitzien, weggescholen in het nachtelijke groen van het bos Niets, in de buurt van Pampas Marina in Solna.

Binnen verdween die idylle echter.

De caravan was behoorlijk versleten. Ooit had het kooktoestel op flessengas gewerkt, nu was het kapotgeroest. Ooit had het plexiglas raam in het dak licht naar binnen gelaten, nu was het daar te smerig voor. Ooit had er een gordijn van lange, gekleurde, plastic linten voor de deur gehangen, nu waren er maar drie halve linten over. Ooit was het de vakantiedroom van een gezin met twee kinderen uit Tumba geweest, nu was het de droom van Drammerige Vera.

In het begin had ze de caravan vaak schoongemaakt en had ze geprobeerd het hygiënisch niveau hoog te houden. Maar met al haar vondsten uit containers die ze naar de caravan sleepte, was het niveau aanzienlijk gedaald. Nu liepen er overal mieren en de oorwurmen kropen in alle hoeken weg.

Maar liever dit dan slapen in voetgangerstunnels of fietskelders.

Vera had de muren versierd met krantenartikelen over daklozen en posters die ze af en toe vond. Boven één bank hing iets wat leek op een kindertekening van een harpoen, boven de andere bank hing een uitgeknipte spreuk: NIET DE BUITENGESLOTENEN MOETEN DE MAATSCHAPPIJ IN, DE INGESLOTENEN MOETEN NAAR BUITEN!

Dat vond Vera leuk.

Nu zat ze bij de versleten laminaattafel en lakte haar nagels zwart.

Dat ging niet zo goed.

Het was het moment in de nacht dat niets goed ging. De tijd waarin ze wakker was. Vera was 's nachts vaak urenlang wakker, door de duisternis en door kramp. Ze durfde zelden te gaan slapen, en als ze uiteindelijk in slaap viel was het meer een collaps. Ze zakte gewoon weg in een toestand van verdoving.

Dat ging al een hele tijd zo.

Het had met haar ziel te maken, net als voor veel van de mensen om haar heen gold, een ziel die heel lang geleden was verwond en verminkt.

In haar geval, dat nauwelijks uniek was, maar iedereen had zijn persoonlijke details, waren er twee dingen die haar het meest verminkt hadden, zowel fysiek als psychisch. De klappen van haar vaders grote sleutelbos hadden witte littekens in haar gezicht en onzichtbare littekens vanbinnen achtergelaten.

Ze had klappen met een sleutelbos gehad.

Vaker dan ze had verdiend, vond ze. Blind voor het besef dat een kind het nooit verdient om met een sleutelbos in zijn gezicht geslagen te worden, accepteerde ze een aantal van de klappen. Ze wist dat ze een lastig kind was geweest.

Wat ze destijds niet wist, was dat ze een lastig kind in een ernstig ontwricht gezin was geweest, met twee ouders die de dingen waarmee ze niet konden omgaan afreageerden op de enige die in de buurt was.

Hun dochter Vera.

De sleutelbos had haar verwond, maar wat er met haar oma was gebeurd, had haar verminkt.

Vera hield van haar oma, en haar oma hield van Vera, en telkens als Vera met de sleutelbos in haar gezicht was geslagen, was haar oma in elkaar gekrompen.

Machteloos. En bang, voor haar eigen zoon. Tot ze het niet meer aankon.

Vera was dertien toen het gebeurde. Ze kwam met haar ouders op bezoek in haar oma's boerderij in Uppland. Ze dronken de meegebrachte sterkedrank en een paar uur later ging haar oma naar buiten. Ze kon de ellende niet meer horen of zien. Ze wist wat er zou volgen: de sleutelbos. Toen dat gebeurde lukte het Vera om weg te komen, deze keer, en ze rende naar buiten om haar oma te halen.

Ze vond haar in de schuur. Hangend aan een ruw touw aan de binnenste dakbalk.

Dood.

Het was een enorme schok voor haar, maar daar bleef het niet bij. Toen ze probeerde haar stomdronken ouders te waarschuwen, lukte dat niet. Dus had ze haar oma zelf naar beneden gehaald en op de vloer gelegd. Urenlang had ze naast het lichaam van haar oma zitten huilen, tot haar traanbuisjes uiteindelijk opgedroogd waren.

Dat had haar verminkt.

En daarom was het moeilijk om de pasgevonden zwarte nagellak zo egaal te krijgen als ze wilde. Het schoot uit. Deels omdat Vera het beeld van haar oma voor zich zag, maar ook omdat ze trilde.

Op dat moment dacht ze aan Jelle.

Dat deed ze bijna altijd als het wakker zijn te veel pijn deed. Ze dacht aan zijn ogen, er was iets aan zijn ogen wat haar meteen was opgevallen toen ze elkaar voor het eerst bij de krant zagen. Hij keek niet, hij zag, dacht Vera. Het was alsof hij haar zag, achter het haveloze uiterlijk, als degene die ze in een andere wereld zou zijn.

Of had kunnen zijn. Als de middelen haar niet hadden ontbroken en ze niet in verkeerd gezelschap was terechtgekomen, en niet was begonnen aan de lijdensweg tussen instellingen en instituten.

Het was alsof hij de andere Vera zag. De sterke, oorspronkelijke. Degene die in elke verzorgingsstaat een goede burger had kunnen zijn.

Als die verzorgingsstaat er nog was geweest.

Maar dat is niet zo, dacht Vera, die hebben ze met de grond gelijk gemaakt. Maar gelukkig hebben we de postcodeloterij!

Ze glimlachte en zag dat haar pinknagel heel mooi was geworden.

De man op het bed had een paar discrete sneeën in zijn gezicht, en daarmee waren zijn wallen weggetoverd. Verder was hij intact. Het korte grijze haar werd om de vijf dagen geknipt, de rest van zijn lichaam nam hij in zijn privésportzaal een verdieping lager onder handen.

Hij hield zijn leeftijd op afstand.

Vanaf het tweepersoonsbed in zijn slaapkamer kon hij de Cedergrenska-toren zien, die vlakbij lag en Stocksunds beroemde baken was. Jachtmeester Albert Gotthard Nestor Cedergren had het pronkstuk aan het eind van de negentiende eeuw laten bouwen.

Zelf woonde hij in de Granhällsvägen, bij het water, in een aanzienlijk kleinere woning van ruim 420 vierkante meter, met zeezicht. Dat was echter voldoende. Hij had zijn parel op Nordkoster tenslotte ook nog.

Nu lag hij op zijn rug en kreeg een zachte, exclusieve lichaamsmassage van zijn bed. Zelfs de binnenkanten van zijn dijbenen kwamen aan de beurt. Een luxe die de twintigduizend kronen die het had gekost, waard was.

Hij genoot.

Vandaag zou hij de koning ontmoeten.

'Ontmoeten' was misschien een slordige woordkeuze. Hij zou aanwezig zijn bij een plechtigheid in de Kamer van Koophandel, waar de monarch de hoofdpersoon was. Zelf was hij hoofdpersoon nummer twee. De plechtigheid zou namelijk ter ere van hem plaatsvinden. Hij zou een onderscheiding krijgen voor het meest succesvolle Zweedse bedrijf in het buitenland van het afgelopen jaar, of hoe de formulering ook zou luiden.

Tenslotte was hij Bertil Magnuson, oprichter en CEO van Magnuson World Mining AB.

MWM.

'Bertil! Wat denk je van deze?'

Linn Magnuson kwam de slaapkamer in zweven in een van haar creaties. Het was de mooie, cerisekleurige jurk die ze pasgeleden ook had gedragen.

'Prachtig.'

'Vind je? Is het niet een beetje te... je weet wel...'

'Uitdagend?'

'Nee, eenvoudig? Je weet toch wie er allemaal komen.'

Dat wist Bertil. Ongeveer. De crème de la crème van het Stockholmse bedrijfsleven, een paar adellijke machthebbers, een paar uitverkoren politici, niet op regeringsniveau maar bijna. Of misschien wel? Misschien zou Borg een paar minuten binnenwippen als hij geluk had. Dat gaf wat extra glans. Erik zou helaas niet komen. Zijn laatste tweet luidde: *Brussel. Vergadering met machthebbers in commissie. Hoop dat ik tijd heb voor de kapper.*

Erik was altijd heel precies op zijn uiterlijk.

'En deze?' vroeg Linn.

Bertil ging rechtop zitten. Niet als reactie op de volgende creatie die zijn vrouw droeg, een dure, rood-witte jurk die ze bij Udda & Rätt in de Sibyllegatan had gekocht, maar omdat zijn blaas samentrok.

Daar had hij de laatste tijd nogal last van. Hij ging vaker naar het toilet dan waar een man in zijn positie tijd voor had. Een week geleden had hij een professor geologie ontmoet die hem doodsbang had gemaakt. De man had verteld dat hij op zijn vierenzestigste incontinent was geworden.

Bertil was zesenzestig.

'Ik vind dat je die moet dragen,' zei hij.

'Vind je? Misschien wel. Hij is prachtig.'

'Jij ook.'

Bertil gaf Linn een lichte kus op haar wang. Hij had haar graag meer gegeven. Ze was buitengewoon mooi voor haar leeftijd, ze was net vijftig geworden, en hij hield ontzettend veel van haar, maar zijn blaas hield hem tegen en hij liep de slaapkamer uit.

Hij voelde dat hij zenuwachtig was.

Het was op veel manieren een belangrijke dag voor hem, en een nog belangrijkere voor MWM. Zijn bedrijf. Na het nieuws over de onderscheiding was de kritiek op hun exploratie in Congo stapsgewijs gegroeid. Er werd van alle kanten op het bedrijf afgegeven, er werd geschreven en gedemonstreerd. Over twijfelachtige methodes en uitbuiting en schending van het volkerenrecht en alles wat ze konden bedenken.

Aan de andere kant hadden ze zolang als Bertil zich kon herinneren kritiek gekregen. Er werd altijd kritiek geleverd zodra het goed ging met Zweden in het buitenland. MWM deed het uitstekend. Het kleine bedrijf dat hij ooit met een collega was begonnen, was uitgegroeid tot een internationaal conglomeraat van grote en kleine bedrijven, verspreid over de hele wereld.

MWM was tegenwoordig een grote speler.

Hij was een grote speler.

Met een te kleine blaas.

*

Ze was uiteindelijk lang nadat ze had moeten uitchecken wakker geworden in het huisje. Axel had het niet erg gevonden. Olivia had de schuld van de koorts aan haar doornatte kleding gegeven. Axel had het nog steeds niet erg gevonden. Toen ze probeerde uit te leggen dat ze normaal gesproken altijd heel vroeg wakker werd, had hij gevraagd of ze nog een nacht wilde blijven. Dat wilde ze, op een bepaald niveau, zijn niveau, maar op een ander niveau, het kattenniveau, wist ze dat ze terug moest.

Het had heel wat overredingskracht gekost om Elvis onder te brengen bij de buurman, een vreemde snuiter die bij Per Sounds werkte, maar het was gelukt.

Twee nachten.

Drie zou niet gaan.

'Helaas, ik zou graag gebleven zijn,' zei ze.

'Vind je het eiland mooi?'

'Ik vind het eiland heel mooi. Het weer is nogal slecht, maar ik kom beslist terug.'

'Dat zou leuk zijn.'

Zo praten alleen echte kreeftenjongens, dacht ze toen ze door de Badhusgatan in Strömstad liep en voelde dat haar keel opgezet was. Ze was op weg naar Gunnar Wernemyr, de gepensioneerde politieagent die volgens Betty Nordeman de slet Jackie uit Stockholm had verhoord. Olivia had Wernemyr op Eniro gevonden en had hem gebeld voordat ze de boot van Nordkoster had genomen. Hij was heel vriendelijk geweest en had er niets op tegen om met een jonge politiestudente te praten nu hij gepensioneerd was. Hij had bovendien in minder dan drie seconden begrepen naar welke Jackie uit Stockholm Olivia benieuwd was. In verband met de moord bij Hasslevikarna.

'Ze heette Jackie Berglund. Ik herinner me haar heel goed.'

Op het moment dat ze naar rechts afsloeg en de Västra Klevgatan in liep, ging haar mobiel. Het was Åke Gustafsson, haar mentor. Hij was nieuwsgierig.

'Hoe gaat het ermee?'
'Met de strandzaak?'
'Ja. Heb je Stilton te pakken gekregen?'
Stilton? Aan hem had ze de afgelopen dagen niet gedacht.
'Nee. Maar ik heb met Verner Brost gepraat, van de afdeling cold case. Hij vertelde dat Stilton om privéredenen is gestopt. Weet jij daar iets over?'
'Nee. Of misschien toch.'
'Nee? Of toch?'
'Hij is om privéredenen gestopt.'
'Oké. Nee, verder heb ik niet veel ontdekt.'
Ze vond dat ze haar belevenissen op Koster beter kon bewaren voor een uitgebreid verslag. Als dat er tenminste van zou komen.

Wernemyr woonde op de eerste verdieping van een mooi, oud gebouw met een prachtig uitzicht over de haven. Gunnars vrouw Märit had koffiegezet en had Olivia een lepel met bruine vloeistof voor haar keel gegeven.
Nu zaten ze in de groen geschilderde keuken, die sinds het begin van de jaren zestig duidelijk niet meer was gerenoveerd. Op de vensterbanken vochten kleine porseleinen hondjes, foto's van de kleinkinderen en roze Mårbacka-geraniums om een plekje. Olivia was altijd nieuwsgierig naar foto's. Ze wees er een aan.
'Zijn dat de kleinkinderen?'
'Ja. Ida en Emil. Onze oogappels,' zei Märit. 'Ze komen volgende week hiernaartoe en blijven dan tot na midzomer. Het zal zo leuk zijn om weer voor ze te kunnen zorgen.'
'Ach, je overdrijft,' zei Gunnar met een glimlach. 'Je vindt het altijd heel fijn als ze weer naar huis gaan.'
'Dat klopt, het is natuurlijk veel werk. Hoe voelt je keel?'
Märit keek meelevend naar Olivia.
'Iets beter. Bedankt.'
Olivia nam een slok koffie uit het keurige, porseleinen kopje met de rode rozen. Haar oma had dezelfde gehad. Daarna praatten ze met z'n drieën over de huidige politieopleiding. Märit had bij het politiearchief in Strömstad gewerkt.
'Tegenwoordig hebben ze alles gecentraliseerd in het archief in Göteborg,' zei ze.
'Daar ligt het onderzoeksrapport waarschijnlijk,' zei Gunnar.
'Ja,' zei Olivia.

Ze hoopte dat hij niet al te geheimzinnig zou doen als hij over het onderzoek vertelde. Dat was tenslotte jaren geleden vastgelopen.

'Goed, wat wil je weten over Jackie Berglund?'

Hij gaat niet geheimzinnig doen, dacht Olivia.

'Hoe vaak hebben jullie haar verhoord?' vroeg ze.

'Een paar keer. We hebben op Nordkoster een informatief gesprek met haar gehad, en daarna op het bureau,' zei Gunnar.

'Waarom is ze naar het bureau gebracht voor een verhoor?'

'Dat was vanwege het luxejacht. Heb je daarover gehoord?'

'Niet echt...'

'Tja, die Jackie was duidelijk een escortmeisje.'

Een luxehoer, dacht Olivia, op haar Rotebro-manier.

'Je weet wel, zo'n luxehoer,' zei Märit op haar Strömstad-manier.

Olivia glimlachte even. Gunnar ging verder:

'Ze bevond zich aan boord van een Noors luxejacht met twee Noren die meteen na de moord van het eiland vertrokken waren. Of probeerden van het eiland te vertrekken, maar een van onze politieboten stopte het jacht op zee, controleerde waar het vandaan kwam en bracht het terug naar het eiland. En omdat de Noren erg dronken waren en Jackie Berglund merkbaar onder invloed van iets anders dan alcohol was, zijn ze hiernaartoe gebracht zodat we ze konden verhoren als ze nuchter waren.'

'En u leidde het verhoor?'

'Ja.'

'Gunnar was de beste ondervrager van de westkust,' zei Märit, eerder als een constatering dan als opschepperij.

'Wat hebt u uit ze gekregen?' vroeg Olivia.

'De ene Noor zei dat ze hadden gehoord dat de wind zou aanwakkeren tot een storm en dat ze van het eiland vertrokken waren omdat ze op tijd in de thuishaven wilden zijn. De andere zei dat de sterkedrank op was en dat ze naar Noorwegen wilden varen om meer te halen.'

Heel verschillende versies, dacht Olivia.

'En wat zei Jackie Berglund?'

'Dat ze er geen idee van had waarom ze wegvoeren, ze was gewoon meegegaan.'

'Dat varen is niet mijn ding,' zei Märit met een onmiskenbaar Stockholms accent.

Olivia keek naar Märit.

'Dat zei Jackie Berglund. We hebben er nog om gelachen toen je thuiskwam en het vertelde, weet je nog?'

Märit glimlachte naar Gunnar, die een beetje in verlegenheid was gebracht. Het was waarschijnlijk niet helemaal volgens het boekje om verhoorinformatie aan zijn vrouw te lekken. Het kon Olivia niet schelen.

'Maar wat zeiden ze over de moord?' vroeg ze.

'Daarover waren ze het eens, ze waren geen van allen bij Hasslevikarna geweest, niet op de avond van de moord en ook niet daarvoor.'

'Was dat waar?'

'Dat weten we niet zeker, de zaak is tenslotte nooit opgelost. Maar we hadden niets waarmee we ze aan de plaats delict konden verbinden. Ben je trouwens familie van Arne Rönning?'

'Dat is mijn vader, of eigenlijk was hij dat.'

'We hebben gelezen dat hij overleden is,' zei Gunnar. 'Dat spijt me.'

Olivia knikte en Märit pakte een fotoalbum met foto's van Gunnars politiecarrière. Op een van de foto's stond hij met Arne en een andere politieagent.

'Is dat Tom Stilton?' vroeg Olivia.

'Ja.'

'Aha... Hebt u er enig idee van waar Stilton tegenwoordig is?'

'Nee.'

*

Ze had uiteindelijk toch de ceriseroze jurk gekozen. Daar had ze nu eenmaal een zwak voor. Een beetje eenvoudig, maar mooi. Nu stond ze naast haar man en glimlachte. Het was geen gespeelde glimlach. Ze glimlachte omdat ze trots op hem was. Net als ze wist dat hij trots op haar was. Ze hadden nooit problemen gehad met de beroepsmatige balans. Hij deed zijn ding en zij deed haar ding en ze hadden allebei succes. Zij op een iets lager niveau, globaal gezien, maar succesvol. Ze was carrièrecoach, en ze had de afgelopen jaren veel werk gehad. Iedereen wilde carrière maken en zij kende de trucjes. Een deel had ze geleerd van Bertil, hij had heel veel ervaring, maar het grootste deel was haar eigen verdienste.

Ze was bekwaam.

Toen de Zweedse monarch zich naar haar toe boog en een compliment maakte over de cerisekleurige jurk wist ze dat het geen vleierij was die indirect voor Bertil was bedoeld. Het was voor haar bedoeld.

'Bedankt.'

Het was niet de eerste keer dat ze elkaar zagen. De monarch en Bertil deelden hun interesse in de jacht, vooral de jacht op sneeuwhoenders. Ze hadden een paar keer in dezelfde groep gejaagd en waren daardoor *on speaking terms* gekomen. Zoveel als met een koning mogelijk is, dacht ze. Maar het was voldoende om uitgenodigd te worden voor een paar dinertjes met mensen uit de intieme kring rond het koningshuis. Een beetje stijve bijeenkomsten naar Linns smaak, de koningin was tenslotte geen lolbroek, maar belangrijk voor Bertil. Er werden contacten gelegd, en het was nooit verkeerd om te verspreiden dat ze af en toe bij de koning dineerden.

Linn glimlachte in zichzelf, zoiets was belangrijk in Bertils wereld, maar minder belangrijk in die van haar. Het was belangrijker om de rotzooi te stoppen die MWM op dit moment over zich heen kreeg. Die rotzooi had ook invloed op haar. Op weg naar de plechtigheid had er een kleine groep met spandoeken gestaan die MWM beschuldigden van heel onaangename dingen. Ze zag dat Bertil zich eraan ergerde. Hij wist dat het in de media zou komen en dat zijn onderscheiding daarmee iets van haar glans verloor. Dat was jammer.

Ze keek om zich heen. De meeste gasten kende ze. Ze hadden namen zoals Pirre en Tusse en Latte en Pygge en Mygge. Ze had nooit goed geweten wie wie was. In haar wereld hadden de mensen normale namen. Maar ze wist dat ze belangrijk voor Bertil waren, de mensen met wie hij jaagde, ging varen, met wie hij zakendeed en goed bevriend was.

Maar met wie hij geen verhouding had. Zo goed kende ze haar man.

Ze waren nog steeds verliefd op elkaar en hadden een goed seksleven. Het gebeurde niet zo vaak, maar het was absoluut bevredigend.

Bevredigend, dacht ze. Wat een woord voor seks. Ze glimlachte op het moment dat Bertil naar haar keek. Hij zag er vandaag mooi uit met de purperen stropdas, het zwarte, elegante kostuum en de handgemaakte Italiaanse schoenen. Het enige wat ze niet mooi vond was het lichtblauwe overhemd met de witte kraag. Dat was bijna het lelijkste wat ze kon bedenken. Ze voerde al jarenlang een campagne tegen dat soort overhemden.

Tevergeefs.

Bepaalde dingen zaten dieper dan littekens. Voor Bertil was dat een blauw overhemd met een witte kraag. Het was een archetypisch symbool voor hem. Het signaleerde een verbondenheid waarmee zij helemaal niet bekend was.

Tijdloze klasse, vond hij.

Ronduit belachelijk, vond zij. En lelijk.

Bertil kreeg zijn onderscheiding uit handen van de koning. Hij boog een beetje naar alle richtingen, keek naar Linn en knipoogde naar haar. Hopelijk hield zijn blaas het, dacht ze. Dit was geen situatie om naar het toilet te gaan.

'Champagne!'

Een paar obers liepen rond met glazen gekoelde Grande Cuvée. Linn en Bertil pakten allebei een glas en hieven dat.

Op dat moment vibreerde de mobiel in Bertils zak.

Hij liep een stukje weg met zijn glas champagne, haalde zijn mobiel uit zijn zak en nam op.

'Magnuson.'

Hij hoorde een stukje van een opgenomen gesprek. Het was heel kort, maar voor Magnuson was het schokkend.

'Ik weet dat je bereid bent om ver te gaan, Bertil, maar moord?'

'Niemand kan ons ermee in verband brengen.'

'Maar wíj weten het.'

'Wij weten niets... als we dat niet willen.'

De dialoog stopte.

Bertil liet zijn mobiel na een paar seconden zakken. Het was alsof zijn arm bevroren was. Hij wist precies welk gesprek het was. Hij wist precies wanneer het had plaatsgevonden en hij wist precies van wie de stemmen waren.

Nils Wendt en Bertil Magnuson.

Hij had zelf de laatste zin uitgesproken.

Wij weten niets... als we dat niet willen.

Wat hij niet wist was dat het gesprek was opgenomen.

'Proost, Bertil!'

De koning hief zijn glas naar Bertil. Met heel veel moeite hief Bertil zijn eigen glas en dwong een glimlach op zijn gezicht.

Een krampachtige glimlach.

Linn reageerde meteen. Zijn blaas? dacht ze. Snel baande ze zich een weg naar hem toe en glimlachte.

'Als u het niet erg vindt, majesteit, dan steel ik mijn man een paar seconden van u.'

'Maar natuurlijk, natuurlijk.'

De koning deed niet moeilijk. Vooral niet tegen een vrouw zoals Linn Magnuson, die haar duidelijk afwezige man wegtrok.

'Je blaas?' fluisterde ze.

'Wat? Ja.'

'Kom mee.'

Een doortastende vrouw moet reageren als haar man problemen heeft, dus nam ze de leiding over Bertil en nam hem mee naar het dichtstbijzijnde toilet, waar hij als een schaduw zonder licht naar binnen glipte.

Linn wachtte voor de deur.

Wat een geluk was, maar om een heel andere reden.

Bertil leegde zijn blaas niet.

Hij boog over het toilet en braakte de hapjes en champagne en lichtgeroosterde boterhammen met jam van die ochtend uit.

De grote speler was gekrompen.

*

De passagier op de stoel naast haar in de schommelende X2000 vertelde dat hij het gebrek aan ruimte vervelend vond als de bacillen door de lucht vlogen. Olivia was het met hem eens. Bovendien hield ze haar hand voor haar neus en mond als ze hoestte en probeerde ze zo veel mogelijk opzij te draaien. Het hielp niet veel. Ter hoogte van Linköping ging de passagier op een andere plek zitten.

Olivia had pijn in haar borst en voelde dat haar voorhoofd alarmerend warm was. Ze had een uur lang aantekeningen op haar mobiel gemaakt. Daarna had ze nagedacht over het gesprek in Strömstad en Jackie Berglund... Dat varen is niet mijn ding. En wat was jouw ding dan, Jackie? dacht Olivia. Ingehuurd worden op een luxejacht en met Noren neuken? Terwijl er tegelijkertijd een jonge vrouw wordt verdronken op een kwartier afstand van jullie orgie?

Plotseling dook er een heel andere vraag op in Olivia's koortsige hoofd.

Wat wist ze over de verdronken vrouw?

Ze besefte hoe gekleurd haar mening was door het feit dat niemand iets wist over het 'arme' slachtoffer. En dat ze zich een beeld had gevormd van een weerloze, jonge vrouw die was blootgesteld aan gruwelijke verschrikkingen.

Stel dat het helemaal niet zo was. Niemand wist tenslotte iets over het slachtoffer. Niet eens haar naam. Stel dat ze ook was ingehuurd. Een escortmeisje.

Maar ze was zwanger geweest!

Kalmeer, Olivia, er zijn grenzen.

Is dat zo? Op school hadden ze onderzoek naar pornosites op internet gedaan. Hoe moeilijk het was om ze op te sporen, hoe moeilijk het was om... Zwangere vrouwen! Af en toe, tussen de miljarden pornofilms die uitgebraakt werden, waren er speciale sites voor 'kinky stuff'. *Fucking pregnant women?* Ze herinnerde het zich omdat ze het walgelijk had gevonden. Seks met ezels of Siamese tweelingen, oké, dat was gewoon zielig, maar seks met hoogzwangere vrouwen?

De realiteit was dat daar helaas een markt voor was.

Stel dus dat het slachtoffer op het strand een vriendin van Jackie was, die was ingehuurd omdat ze zwanger was. En dat er iets misgegaan was op het jacht en dat het geëindigd was met moord.

Of anders – nu draaiden haar koortsfantasieën op volle toeren – was een van de Noren misschien de vader van haar kind en had ze geweigerd het te laten aborteren? Jackie en zij hadden misschien vaker seks gehad met die Noren en toen was het slachtoffer zwanger geworden en had ze geprobeerd de Noor te chanteren en toen was alles misgelopen en hadden ze haar vermoord.

Haar mobiel ging.

Het was haar moeder, Maria, die wilde dat ze kwam eten.

'Vanavond?'

'Ja. Of heb je andere plannen?'

'Ik zit in de trein vanuit Nordkoster en...'

'Hoe laat kom je aan?'

'Een uur of vijf, daarna moet ik...'

'Je klinkt niet goed. Ben je ziek?'

'Ik heb een beetje...'

'Heb je koorts?'

'Misschien, ik heb niet...'

'Is je keel opgezwollen?'

'Een beetje.'

In vijf seconden hadden Maria's ongeruste vragen Oliva gereduceerd tot een vijfjarige. Ze was ziek en haar moeder was bezorgd.

'Hoe laat?'

'Zeven uur,' zei Maria.

*

Hotel Esplanade aan de Strandvägen is heel mooi. Gezien vanaf de zeekant is het een indrukwekkend gebouw met oudere architectuur. Vooral als je naar het dak kijkt, met zijn eigenzinnige vormen van torens en hoeken en metselwerk. Het biedt naar buiten toe een waardige aanblik.

Wat er achter die aanblik verborgen ligt, is een andere zaak.

Bertil Magnuson werd niet in beslag genomen door de schoonheid van de straat terwijl hij over de kade liep. Op een gepaste afstand van eventuele Pygges of Mygges of Tusses. Zijn enigszins ongeruste vrouw had hem bij het Nybroplan uit de auto gelaten, nadat hij haar had verzekerd dat hij zich goed voelde. De plechtigheid en de koning en het scanderen waren gewoon een beetje te veel geweest.

'Ik voel me goed,' zei hij.

'Zeker?'

'Zeker. Ik moet nadenken over een verdrag waarover we woensdag onderhandelen. Ik wil een stukje lopen.'

Dat deed hij vaker als hij ergens over wilde nadenken, dus Linn liet hem gaan en reed weg.

Bertil was onmiskenbaar aangeslagen. Hij had meteen geweten wie er achter het opgenomen gesprek op zijn mobiel zat.

Nils Wendt.

Ooit een heel goede vriend. Een musketier. Een van de drie die in de jaren zestig door dik en dun bij elkaar bleven op de Handelshogeschool. De derde was Erik Grandén, tegenwoordig staatssecretaris bij Buitenlandse Zaken. Het trio had zichzelf beschouwd als een moderne variant op de drie helden van Dumas. Ze hadden zelfs een motto: één voor allen.

Verder reikte hun fantasie niet.

Maar ze waren ervan overtuigd geweest dat ze de wereld verbaasd zouden laten staan. In elk geval delen ervan, en dat was gelukt.

Grandén was een politiek wonderkind en was op zijn zesentwintigste voorzitter van de Gematigde Jeugd Liga. Bertil was samen met Wendt MWM begonnen – Magnusson Wendt Mining. Het werd zowel in het binnen- als in het buitenland al snel een bijzonder succesvol prospectiebedrijf.

Tot het misging.

Niet met het bedrijf. Dat groeide, zowel in omvang als financieel, en was na een paar jaar beursgenoteerd. Maar de relatie tussen Bertil en Wendt ging mis, en het eindigde ermee dat Wendt uit beeld verdween, waarna Wendt werd veranderd in World – Magnuson World Mining.

En nu was Wendt terug.

Met een heel onbehaaglijk gesprek tussen hem en Bertil. Een gesprek waarvan Bertil helemaal niet wist dat het opgenomen was, maar waarvan hij onmiddellijk het gevaar had beseft. Als het openbaar zou worden, was Bertil Magnusons tijd als grote speler voorbij. Op alle niveaus.

Hij keek naar de Grevgatan. Daar was hij geboren, in een industriegezin op een keurig adres. In zijn kinderkamer had hij de klok van de Hedvig Eleonora-kerk gehoord. Zijn vader en oom, Adolf en Viktor Magnuson, hadden een klein maar sterk mijnbouwbedrijf opgebouwd. Ze hadden een voortreffelijk gevoel voor mineralen gehad en waren naar de internationale mijnbouw overgestapt. Langzamerhand hadden ze het familiebedrijf op de wereldkaart gezet en hadden Bertil een trampoline naar het bedrijfsleven gegeven.

Zelf was hij eigenzinnig geweest, had gedurfde ideeën gehad. Hij had geholpen met het beheren van het familiebedrijf, maar hij had tegelijkertijd beseft dat er veel meer markten dan de traditionele te exploiteren waren. De broers hadden hem gewaarschuwd.

Exotische markten.

Moeilijke markten.

Wat marchanderen met allerlei dictatoriale machthebbers inhield. Mensen met wie de broers zich nooit zouden inlaten. Maar de tijden veranderden en de vader en oom stierven. Zodra Adolf en Viktor begraven waren, begon Bertil een dochterbedrijf. Samen met Nils Wendt.

De ongekend getalenteerde Wendt. Een van de musketiers. Een genie op het gebied van prospecteren en het analyseren van mineralen en marktstructuren. Allemaal dingen waar Bertil minder goed in was. Samen werden ze industriële pioniers in meer dan één werelddeel. Azië. Australië. En vooral Afrika. Tot ze onenigheid kregen en Wendt plotseling verdween, naar aanleiding van een heel onaangename gebeurtenis die Bertil had verdrongen, waarna hij had gedaan alsof er niets was gebeurd.

Dat had Nils Wendt blijkbaar niet gedaan.

Want het moest Nils zijn die had gebeld en het gesprek had afgespeeld. Een andere mogelijkheid was er niet. Daarvan was Bertil overtuigd.

Toen hij bij de Djurgårdsbrug was, had hij de eerste vraag in zijn hoofd gesteld: waar is hij verdomme op uit? De tweede was: meer geld? Zijn mobiel ging over op het moment dat hij de derde vraag had bedacht: waar is hij?

Bertil hield hem voor zich, ter hoogte van zijn dijbeen, en keek naar het display. Daarna nam hij op en hield hem zonder iets te zeggen bij zijn oor.

Stilte.

'Hallo?'

Het was Erik Grandén. De ijverige twitteraar die op een kapper in Brussel hoopte. Bertil herkende zijn stem meteen.

'Hallo, Erik.'

'Gefeliciteerd met je onderscheiding.'

'Dank je.'

'Hoe was de koning? In vorm?'

'Ja.'

'Leuk, leuk. Is er een afterparty?'

'Nee, ik... Dat doen we vanavond. Heb je een kapper gevonden?'

'Nog niet, degene die ik wilde had geen tijd. Vreemd. Maar ik heb een tip gekregen over een salon waar ik hopelijk voor mijn vlucht morgenochtend terechtkan. Ik neem in het weekend contact met je op. Doe de groeten aan Linn.'

'Bedankt. Dag.'

Bertil verbrak de verbinding en dacht aan Erik. Grandén. De derde musketier. Ook een grote speler, op zijn gebied, met een enorm contactennetwerk in zowel binnen- als buitenland.

'Neem hem in het bestuur op,' had Bertils moeder na de dood van zijn vader gezegd, toen Bertil vertelde over het wijdvertakte netwerk van zijn vriend Erik.

'Maar hij weet niets over mijnbouw,' had Bertil gezegd.

'Dat weet jij ook niet. Wat jij kunt is je omringen met mensen die daar wel iets van weten. De juiste mensen. Daar heb je talent voor. Neem hem in het bestuur op.'

De tweede keer dat ze het zei, besefte Bertil dat het een briljant idee was. Waarom had hij dat zelf niet bedacht? Hij had waarschijnlijk door de bomen het bos niet gezien. Erik was te vertrouwd geweest, niet alleen als vriend maar ook als musketier. Natuurlijk moest Erik in het bestuur van MWM zitten.

En zo gebeurde het.

Erik belandde in het bestuur. In het begin was het meer een vriendendienst van zijn kant, maar omdat hij na verloop van tijd een flinke hoeveelheid aandelen in het bedrijf had, kon hij net zo goed een beetje verantwoordelijkheid nemen. Hij kon immers aan touwtjes trekken die Bertil niet tot zijn beschikking had. Hij was Erik Grandén.

Zo was het jarenlang gebleven, tot Erik zo hoog op de politieke ladder was gestegen dat de bestuurspost een beetje gevoelig begon te worden. In een particulier bedrijf dat bovendien heel veel kritiek in de media kreeg. Hij vertrok dus.

Nu regelden ze datgene wat geregeld moest worden als vrienden onder elkaar. Dat lag minder gevoelig.

Naar buiten toe waren ze alleen goede vrienden. Tot nu toe.

Erik had geen idee van het opgenomen gesprek en de herkomst ervan.

Als hij erachter kwam, zouden de musketiersbanden ernstig op de proef gesteld worden.

Ook op politiek niveau.

*

Het was bijna zeven uur 's avonds. Jelle had drie kranten verkocht. In vier uur tijd. Dat was 120 kronen, waarvan 60 voor hem. Een uurloon van 15 kronen dus. Maar het was voldoende voor een blik visballetjes. Eigenlijk hield hij niet van visballetjes, het ging hem om de kreeftensaus. Hij was trouwens helemaal niet bijzonder geïnteresseerd in voedsel, dat was hij nooit geweest, ook niet in de periodes waarin hij geen geldgebrek had gehad. Eten betekende voeding voor hem. Als er geen eten was, dan moest je je voeding op een andere manier zien te krijgen. Dat was mogelijk. Het eten was niet zijn grootste probleem, dat was het wonen.

Hij had zijn houten schuur bij het Järlameer, maar die plek begon hem op zijn zenuwen te werken. Er had zich iets vastgezet in de muren. Iets wat zich kenbaar maakte zodra hij naar binnen liep, waardoor het steeds moeilijker werd om er te slapen. De muren hebben mijn geschreeuw veel te lang aangehoord, dacht hij, het is tijd om te verhuizen.

Hoewel, verhuizen, dat deed je vanaf een woning of een flat, je verhuisde niet van een kale schuur zonder inrichting. Daaruit vertrok je.

Hij was van plan te vertrekken en daar stond hij net aan te denken. Hij had op diverse plekken in de stad geslapen, soms ook in logementen, maar dat was niets voor hem – door ruzies en dronkenschap en drugs en personeel dat iedereen 's ochtends voor acht uur de straat op stuurde – dus daar was hij mee gestopt. Hij moest iets anders vinden.

'Hé, Jelle! Heb je je haar met een handgranaat gekamd?'

Drammerige Vera kwam aanlopen met een brede glimlach op haar gezicht en wees naar Jelles warrige haar. Ze had dertig kranten verkocht bij Ringen en nu was ze hier, bij de Söderhallen op de Medborgarplatsen. Een plek waarop Jelle onlangs beslag had gelegd. Benseman was er tenslotte niet. Hij vond het een goede plek, maar de drie verkochte kranten van vandaag waren daarmee in tegenspraak.

'Hoi,' zei hij.

'Hoe gaat het?'

'Niet zo best... drie kranten.'

'Ik heb er dertig verkocht.'

'Goed van je.'

'Hoe lang wil je nog blijven staan?'

'Ik weet het niet, ik heb er nog een paar over.'

'Ik kan ze van je kopen.'

Het gebeurde vaker dat verkopers van elkaar kochten om elkaar te helpen. Voor de inkoopsprijs dus, waarna ze hoopten dat zij meer geluk hadden. Vera's aanbod was dus heel redelijk.

'Dank je, maar ik...'

'Daar ben je te trots voor, of niet soms?'

'Misschien.'

Vera lachte en stak haar arm door die van Jelle.

'Trots kun je niet eten.'

'Ik heb geen honger.'

'Je voelt koud aan.'

Vera voelde aan Jelles hand. Die was inderdaad heel koud, wat een beetje vreemd was omdat het minstens twintig graden was. Zijn hand zou niet koud moeten zijn.

'Heb je vannacht weer in dat krot geslapen?'

'Ja.'

'Hoe lang ga je dat nog volhouden?'

'Ik weet het niet...'

Het werd stil. Vera keek naar Jelles gezicht en Jelle keek naar de Söderhallarna en de seconden werden een minuut. Daarna keek Jelle naar Vera.

'Is het goed als ik...'

'Ja.'

Meer zeiden ze niet. Meer hoefde er niet gezegd te worden. Jelle pakte zijn versleten rugzak, stopte de stapel kranten erin en daarna gingen ze op weg. Naast elkaar, allebei verdiept in hun gedachten. Over de caravan, en hoe het daar zou gaan.

Als je verdiept bent in je gedachten, dan merk je het niet als er bij het park Björns trädgård een paar jongemannen in donkere jacks met capuchon staan, die je met hun blikken volgen. Je merkt niet eens dat ze in dezelfde richting beginnen te lopen.

*

De rode schakelwoning was in het midden van de jaren zestig gebouwd. De familie Rönning was tot nu toe de tweede eigenaar. Het was een prettig huis, goed onderhouden, in een achterafstraatje in een buurt met allemaal dezelfde huizen. Olivia was hier als enig kind opgegroeid, maar het had in de buurt gewemeld van speelkameraadjes. Nu waren de meesten het volwassen leven binnengestapt en woonden ze op andere plekken. Hier woonden inmiddels voornamelijk ouders.

Zoals Maria.

Olivia zag haar achter het keukenraam toen ze de garageoprit op liep. Haar moeder, de strafpleitster van Spaanse afkomst met de rappe tong, de knappe vrouw van wie haar vader boven alles had gehouden.

En zij van hem, dat had Olivia altijd gevoeld. Thuis had altijd een kalme en bedaarde sfeer gehangen, en er was maar heel zelden ruzie geweest. Wel woordenwisselingen, geschillen en oneindige discussies, maar nooit op een nare manier. Nooit iets waarvan een kind buikpijn krijgt.

Ze had zich thuis altijd veilig gevoeld.

En geliefd. In elk geval door Arne, het meest door hem. Maria was zoals ze was. Ze was misschien geen softe moeder, maar ze was altijd aanwezig als dat nodig was. Als iemand ziek was, bijvoorbeeld, zoals nu. Dan was haar moeder er, met zorgzaamheid en recepten en vermaningen.

Goedschiks of kwaadschiks.

'Wat eten we?'

'Knoflookkip speciaal.'

'En wat is er speciaal aan?'

'Dat wat niet in het recept staat. Hier, drink dit,' zei Maria.

'Wat is het?'

'Warm water, gember, een beetje honing en een paar geheime druppels.'

Olivia glimlachte even en dronk. Wat was het geheim? Rook ze munt met haar snotterige neus? Misschien. Ze voelde hoe de zachte, lauwe drank behaaglijk door haar zere keel gleed en dacht: mama Maria.

Ze waren gaan zitten bij de witte eettafel in de gepoetste keuken. Olivia kon zich er nog steeds over verbazen hoe haar moeder het Scandinavische inrichtingsgevoel had omarmd. Er was geen spoor van vurige kleuren. Alles was wit en ingetogen. Als tiener had ze een tijdje gerebelleerd en een intens rode kleur op de muren van haar kamer gekozen. Die was inmiddels teruggebracht tot een aanzienlijk discretere beige kleur.

'En hoe was het op Nordkoster?' vroeg Maria.

Olivia vertelde geselecteerde delen van haar bezoek aan het eiland, heel geselecteerde delen. Dat sloot alles uit wat essentieel was. Daarna aten ze en dronken ze een glas lekkere rode wijn. Koorts en rode wijn? had Olivia gedacht toen Maria inschonk. Maar zo dacht Maria niet. Rode wijn was altijd goed.

'Hebben papa en jij weleens gepraat over de moord op Nordkoster?' vroeg Olivia.

'Niet voor zover ik me kan herinneren, maar jij was net geboren, dus bleef er niet veel tijd over voor gesprekken.'

Klonk ze een beetje teleurgesteld? Nee, schaam je, Olivia, stel je niet aan.

'Ben je daar de hele zomer mee bezig?' vroeg Maria.

Is ze ongerust over het zomerhuisje? Over het afplakband en het schuren?

'Dat denk ik niet, ik wil alleen nog wat dingen nakijken en daarna een verslag schrijven.'

'Wat wil je nakijken?'

Sinds Arne gestorven was, kreeg Maria zelden de kans om met een glas lekkere wijn aan de keukentafel te zitten en rechtszaken te bespreken. Dat gebeurde eigenlijk nooit meer, dus greep ze haar kans.

'Er was een meisje op het eiland toen de moord plaatsvond, Jackie Berglund, naar wie ik nieuwsgierig ben.'

'Waarom dat?'

'Omdat zij en een paar Noren bijna meteen na de moord met een boot van het eiland vertrokken zijn, en ik vond hun ondervraging vrij nietszeggend.'

'Denk je dat ze het slachtoffer kenden?'

'Misschien.'

'Was ze vanaf het begin op de boot?'

'Misschien wel. Die Jackie was een escortmeisje.'

'Aha...'

Aha wat? dacht Olivia. Wat bedoelde ze daarmee?

'Misschien was het slachtoffer ook een escortmeisje,' ging Maria verder.

'Daar heb ik ook aan gedacht.'

'Dan moet je met Eva Carlsén praten.'

'Wie is dat?'

'Ik heb haar gisteren in een discussieprogramma gezien, ze heeft een boek over escortactiviteiten geschreven, zowel van vroeger als van nu. Het leek me een heel capabele vrouw.'

Net als jij, dacht Olivia, en ze sloeg de naam Eva Carlsén in haar geheugen op.

Toen ze met een overvolle maag werd gedwongen om een taxi te nemen, betaald door Maria, voelde ze zich een stuk beter. Zoveel beter dat ze de vraag bijna vergat die ze aan het begin had willen stellen.

'Het onderzoek op Nordkoster is geleid door een commissaris die Tom Stilton heet, kun jij je hem herinneren?'

'Tom, ja!'

Maria glimlachte aan de andere kant van het hek.

'Hij was verschrikkelijk goed in squash. We hebben een paar keer gespeeld. En knap was hij ook, hij leek een beetje op George Clooney. Waarom vraag je dat?'

'Ik heb geprobeerd hem te pakken te krijgen, hij is blijkbaar gestopt bij de politie.'

'Ja, dat herinner ik me, dat was een paar jaar voordat papa overleed.'

'Weet je waarom dat was?' vroeg Olivia.

'Dat hij stopte?'

'Ja.'

'Nee. Maar ik herinner me dat hij in dezelfde periode gescheiden is. Dat heeft Arne verteld.'

'Van Marianne Boglund.'

'Ja. Hoe weet je dat?'

'Ik heb met haar gepraat.'

De taxichauffeur stapte plotseling uit de auto, waarschijnlijk om te benadrukken dat hij weg wilde. Olivia deed snel een stap naar Maria toe.

'Tot ziens, mama, heel erg bedankt voor het avondeten en het medicijn en de wijn en alles.'

Moeder en dochter omhelsden elkaar.

*

Hotel Oden in de Karlbergsvägen was een alledaags, middenklasse hotel in Stockholm met alledaagse kamers. Die waren ingericht met een tweepersoonsbed, wat laagdrempelige grafische kunst en een televisie aan een lichtgrijze muur. *Aktuellt* zond net een speciaal item uit naar aanleiding van de onderscheiding voor het bedrijf van het jaar, die was uitgereikt aan mijnbouwbedrijf MWM. Achter de presentatrice verscheen een foto van CEO Bertil Magnuson.

De man die op de rand van het tweepersoonsbed zat, had net gedoucht. Hij was halfnaakt en had een handdoek rond zijn heupen geslagen, zijn haar was nog nat. Hij zette het geluid harder.

'De onderscheiding van mijnbouwbedrijf MWM voor Zweeds bedrijf van het jaar in het buitenland heeft sterke gevoelens opgeroepen bij milieu- en mensenrechtenorganisaties, zowel in Zweden als in het buitenland. Het bedrijf houdt zich bezig met mineraalwinning, en wordt al jarenlang bekritiseerd om de banden die het heeft met landen met corrupte regimes en dictators. Al in de jaren tachtig, toen het bedrijf zich vestigde in voormalig Zaïre, was de kritiek hard. Het bedrijf is aangeklaagd omdat het via omkoping een goede relatie met president Mobutu heeft opgebouwd, iets waar de onderscheiden journalist Jan Nyström onderzoek naar deed toen hij in 1984 zo tragisch verongelukte in Kinshasa. Maar ook nu worden de methodes van MWM in twijfel getrokken. Onze verslaggever Karin Lindell is ter plaatse in het oostelijk deel van Congo.'

De man op het bed leunde een beetje naar voren. De handdoek rond zijn heupen gleed op de vloer. Hij keek geconcentreerd naar het item. Een heel blonde verslaggeefster verscheen in een scherm achter de presentatrice. Ze stond voor een omheind terrein.

'In de provincie Noord-Kivu in Oost-Congo bevindt zich een van MWM's installaties ten behoeve van coltanwinning, dat ook wel het grijze goud wordt genoemd. We mogen het terrein niet betreden, militairen bewaken de ingang, maar de bevolking in Walikale heeft verteld over de verschrikkelijke arbeidsomstandigheden die hier heersen.'

'Er zijn eveneens geruchten geweest over kinderarbeid in dit mijnbouwbedrijf, klopt dat?'

'Ja. Dat klopt, maar ook over gericht fysiek geweld tegen de plaatselijke bevolking. Helaas weigert iedereen die geïnterviewd is om in beeld te komen, omdat ze bang zijn voor represaillemaatregelen. Een vrouw drukte zich als volgt uit: "Als je een keer verkracht bent, dan protesteer je de volgende keer niet zo snel meer."'

De naakte man op het bed kneep hard in de sprei.

'Je noemde coltan het grijze goud. Wat bedoel je daarmee?'

Karin Lindell hield een grijs stuk steen omhoog.

'Dit ziet eruit als een waardeloze steen, maar het is coltan. Daaruit wordt het element tantaal gewonnen, een van de belangrijkste componenten in de moderne elektronica. Tantaal wordt over de hele wereld gebruikt voor onder meer printkaarten voor computers en mobiele telefoons. Het is dus een ongekend begerenswaardig erts, dat al vele jaren blootstaat aan illegale winning en omvangrijke smokkel.'

'Maar MWM's coltanwinning in Congo is toch niet illegaal?'

'Dat klopt. MWM is een van de weinige bedrijven die zijn oude vergunning om coltan te winnen nog heeft. Ze hebben die gekregen van het vroegere dictatoriale regime.'

'En waar richt de kritiek zich op?'

'Zoals ik al zei op kinderarbeid en geweld, plus het feit dat niets van wat er gewonnen wordt ten gunste komt aan Congo. Alles wordt het land uit gesluisd.'

De presentatrice draaide zich naar de foto van Bertil Magnuson op de achtergrond.

'Aan de telefoon hebben we Bertil Magnuson, CEO van MWM. Wat is uw commentaar op deze informatie?'

'Ten eerste vind ik de toon van de reportage onnodig hard, en de weergave ervan is opvallend tendentieus. Over de feitelijke gegevens kan ik geen commentaar geven. Ik wil alleen onderstrepen dat ons bedrijf een langdurige en verantwoordelijke speler is binnen de grondstoffensector, en ik ben ervan overtuigd dat het economische nut van verantwoordelijk ontgonnen bodemschatten van groot belang is om de armoede in deze regio te verminderen.'

De man op het bed zette de televisie uit en pakte de handdoek van de vloer. Hij heette Nils Wendt. Niets van wat er in de reportage was gezegd, was nieuw voor hem. Het had zijn overtuiging alleen gesterkt. Hij zou zich nog een tijdje met Bertil Magnuson bezighouden.

Eén voor allen.

*

Jelle was eerder in de caravan geweest, meerdere keren zelfs, korte bezoekjes om diverse redenen. Voornamelijk om Vera gezelschap te houden als ze zich beroerd voelde. Maar hij was nooit blijven slapen. Deze keer zou hij dat wel doen. Het was in elk geval zijn bedoeling toen ze er aankwamen. De caravan had drie slaapplaatsen. Twee banken met een tafel ertussen en een bank dwars aan de andere kant. Die was te kort voor Jelle, de andere waren te smal om met zijn tweeën naast elkaar te liggen, maar niet om op elkaar te liggen.

Jelle wist wat er zou komen. Hij had er de hele weg naar de caravan aan gedacht. Hij zou seks hebben met Drammerige Vera. Een gedachte die al was begonnen bij de Medborgarplatsen, en die langzamerhand was gegroeid tot iets anders. Tot begeerte.

Of geilheid.

Vera had naast hem gelopen, had naast hem in de metro gezeten, had zwijgend naast hem gestaan op de zesenzestig meter lange roltrap naar Västra Skogen, had hem een arm gegeven toen ze door Niets liepen en had de hele tijd geen woord gezegd. Hij ging ervan uit dat zij aan hetzelfde dacht.

Dat deed ze inderdaad en dat deed iets met haar lichaam. Dat veranderde van temperatuur en werd warm vanbinnen. Ze wist dat ze een mooi lichaam had. Het was sterk en weelderig, met borsten die nooit hadden gevoed en waarvoor ze een vrij grote cupmaat nodig had als ze een keer een beha droeg. Dat gebeurde niet zo vaak. Ze was niet onzeker over haar lichaam. Dat zou reageren. Dat was altijd zo geweest als het nodig was, wat inmiddels ontzettend lang geleden was. Ze was opgewonden en zenuwachtig en wilde dat het fijn zou zijn.

'Er staat wodka in de kast.'

Vera wees naar een van de fineerkasten achter Jelle. Hij draaide zich om, trok het deurtje open en zag een halflege fles Explorer. Of halfvol, wat een kwestie van karakter was.

'Wil jij hebben?'

Jelle keek naar Vera. Ze had een kleine koperen lamp aan de wand aangedaan. Het gaf net voldoende licht.

'Nee,' zei ze.

Jelle deed het deurtje weer dicht en keek naar Vera.

'Zullen we?'

'Ja.'

Vera ontblootte haar bovenlichaam terwijl Jelle zwijgend tegenover haar zat en naar haar naakte borsten keek. Het was de eerste keer dat hij die naakt zag, en hij voelde dat zijn lid stijf werd. Hij had al meer dan zes jaar geen vrouwenborsten meer aangeraakt, zelfs niet in gedachten. Hij had nooit seksfantasieën, maar nu zat hij tegenover een paar mooie, grote borsten die beschenen werden door het zachte licht aan de wand. Hij begon zijn overhemd uit te trekken.

'Het is nogal krap hier.'

'Ja.'

Vera deed haar rok en haar broekje uit en boog zich een beetje naar voren. Ze was nu helemaal naakt. Jelle was gaan staan en had naar beneden getrokken wat naar beneden getrokken moest worden. Hij zag dat zijn lid omhoogstond en besefte dat hij bijna vergeten was hoe dat eruitzag. Vera zag het ook en spreidde haar benen een beetje. Jelle boog zich voorover, strekte zijn hand en streelde Vera's dijbeen. Ze keken elkaar aan.

'Wil je dat ik het licht uitdoe?' vroeg ze.

'Nee.'

Hij had niets te verbergen. Hij wist dat Vera wist waar het om ging, wie ze waren, er was niets onbehaaglijks aan. Als ze het licht aan wilde, dan wilde hij dat ook. De vrouw voor hem was wie ze was en hij zou met haar vrijen. Toen zijn hand haar schoot raakte voelde hij hoe vochtig ze was. Hij streek met zijn vingers langs haar zachte schaamlippen en Vera sloot haar rechterhand rond Jelles penis. Daarna deed ze haar ogen dicht.

Ze had alle tijd van de wereld.

De jongemannen stonden in het donker buiten de caravan. Ze wisten dat ze onzichtbaar waren. Het zwakke licht achter het ovale raam van de caravan scheen nauwelijks naar buiten, maar het was voldoende om te kunnen zien wat er binnen gebeurde.

Drammerige Vera ging op de smalle bank liggen en deed een kussen onder haar hoofd. Ze zette één been op de vloer, waardoor Jelle ruimte had om op haar te komen liggen. Het was niet moeilijk om zijn lid naar binnen te brengen, maar hij deed het voorzichtig, langzaam, en hij hoorde Vera hijgen.

Ze deden het.

Ze hadden seks met elkaar.

Hun lichamen bewogen op en neer met kleine ritmische stoten. De bank beperkte hun bewegingen, wat heel opwindend was. Als Jelle zich inhield, deed Vera dat ook.

In de duisternis achter het raam doofde het discrete opnamelampje van een mobieltje.

Vera voelde dat Jelle klaar ging komen en kwam bijna op hetzelfde moment ook klaar. Toen hij in haar bleef liggen gingen de laatste rillingen door haar lichaam. Daarna viel ze in slaap.

Jelle hield zijn penis in haar, net zo lang tot hij vanzelf naar buiten gleed. Zijn elleboog deed pijn. Hij had zich hard tegen de wand gestoten. Voorzichtig kwam hij overeind en ging op de rand van de bank zitten. Hij zag dat Vera in slaap was gevallen en hoorde haar gelijkmatige ademhaling, op een manier die hij niet kende. Hij had Vera eerder zien slapen, of liever gezegd uitdoven, tijdens de nachten waarin hij bij haar had gezeten.

Hier. In deze caravan. Zonder dat hij bleef slapen.

De nachten waarin ze had gevochten om niet ten onder te gaan. Om niet toe te geven aan de manische wormen die in haar hersenen kronkelden en naar buiten wilden. Hij had haar soms urenlang vastgehouden en zachtjes tegen haar gepraat over licht en duisternis, over zichzelf, over van alles om haar maar bij hem te houden. Vaak had het geholpen. Dan viel ze uiteindelijk met haar hoofd op zijn borstkas in slaap, met een onaangenaam diepe ademhaling.

Nu ademde ze heel gelijkmatig.

Jelle bukte zich en streek voorzichtig over de witte, smalle littekens. Hij had het verhaal over de sleutelbos meerdere keren gehoord, en elke keer had hij een machteloze woede gevoeld.

Tegen een kind?

Hij legde een deken over Vera's naakte lichaam, kwam overeind en ging op de andere bank zitten. Een beetje afwezig trok hij zijn kleren aan en ging liggen.

Daar lag hij een hele tijd.

Tot hij overeind kwam.

Hij vermeed het om naar Vera te kijken.

Voorzichtig deed hij de caravandeur dicht. Hij wilde haar niet wakker maken, niet uitleggen wat hij niet kon uitleggen. Waarom hij wegging. Dus vertrok hij gewoon. Met zijn rug naar de caravan toe, het bos in.

Recht door Niets.

*

Bertil Magnuson had zichzelf weer in de hand bij de Djurgårdsbrug en had ingezien dat hij moest reageren. Hoe had hij nog niet bedacht. Het eerste wat hij deed was zijn mobiel uitzetten. Hij had overwogen om een ander nummer te nemen, maar had de risico's daarvan beseft. Dan zou Wendt misschien naar zijn huis bellen, naar de villa, en dan kon Linn opnemen. Dat zou niet goed zijn.

Dat zou een ramp zijn.

Hij stelde zich er dus tevreden mee zijn mobiel uit te zetten, zijn hoofd in het zand te steken en te hopen dat het bij dit ene gesprek zou blijven.

Voordat hij naar huis ging, ging hij nog even langs het hoofdkantoor in de Sveavägen. Het personeel had bloemen en champagne gekocht. Het hele bedrijf was immers deelgenoot van zijn onderscheiding. Niemand begon over de demonstraties bij de plechtigheid. Uiteraard. De loyaliteit was honderd procent. Als iemand die niet bezat, was er snel een vervanger voor hem gevonden.

In zijn kantoor had hij telefonisch commentaar gegeven in een televisiereportage over MWM. Een echte klotereportage. Na zijn commentaar had hij zijn secretaresse gevraagd om een persbericht te schrijven waarin MWM's waardering voor de onderscheiding onderstreept werd, en dat het bedrijf daardoor gestimuleerd werd om te blijven investeren in de Zweedse mijnbouw in het buitenland. Niet in het minst in Afrika.

De koe bij de hoorns vatten.

Nu naderde hij de villa in Stocksund. Het was laat en hij hoopte dat Linn niet op het idee was gekomen om Jan en alleman uit te nodigen om het te vieren. Daar had hij de energie niet meer voor.

Ze had het niet gedaan.

Linn had een kleine, eenvoudige maaltijd voor twee op de veranda klaargemaakt. Ze kende haar man. Ze aten onder relatieve stilte, tot Linn haar bestek weglegde.

'Hoe voel je je?'

Ze keek uit over het water terwijl ze het vroeg.

'Goed. Je bedoelt met...'

'Nee, ik bedoel puur in het algemeen.'

'Waarom vraag je dat?'

'Omdat je afwezig lijkt.'

Ze kende haar man heel goed. Bertil was weggegleden zodra hij zijn glas wijn in zijn hand had. Dat deed hij anders niet. Hij had het vermogen om de dingen te houden waar ze hoorden, en thuis was hij van haar. Daar waren ze privé, intiem, hadden ze contact met elkaar.

Dat was nu niet zo.

'Komt het door de demonstraties?'

'Ja,' loog Bertil. De waarheid stond niet op het menu.

'Het is niet de eerste keer, waarom maak je je daar druk over?'

'Het lijkt erger te worden.'

Dat had Linn ook gemerkt. Ze had de reportage over MWM eerder op de avond gezien. Die was opvallend negatief en agressief geweest.

'Wil je erover praten? Of we er iets...'

'Nee. Niet nu, dat trek ik niet. Vond de koning je jurk mooi?'

Dat was dat.

Dus werden ze toch privé, en intiem. Zo intiem dat – zoals Linn altijd vond – het flink knalde in de slaapkamer. Kort, maar bevredigend. En met een voor Bertil ongewoon intense betrokkenheid. Alsof hij iets wilde vergeten, dacht Linn. Dat vond ze prima, zolang het om zakelijke problemen ging en niets anders.

Toen Linn in slaap was gevallen, stond Bertil zachtjes op.

Gewikkeld in zijn elegante grijze ochtendjas liep hij naar de veranda zonder het licht aan te doen, pakte zijn mobiel en stak een cigarillo op. Hij was jaren geleden gestopt met roken, maar vandaag had hij op weg naar huis plotseling een pakje gekocht. Eigenlijk zonder erbij na te denken. Met licht trillende handen zette hij zijn mobiel aan, wachtte en zag dat hij vier berichtjes had. De twee eerste waren felicitaties van mensen die beseften dat het belangrijk was om op goede voet te blijven met Bertil Magnuson. De derde beller had niets ingesproken. Misschien iemand die van gedachten was veranderd en dacht dat het niet zo belangrijk was om op goede voet te blijven, en toen kwam de vierde. Het was een deel van het opgenomen gesprek.

'Ik weet dat je bereid bent om ver te gaan, Bertil, maar moord?'

'Niemand kan ons ermee in verband brengen.'

'Maar wíj weten het.'

'Wij weten niets... als we dat niet willen. Waarom ben je zo geschokt?'

'Omdat een onschuldige man vermoord is!'

'Dat is jouw interpretatie.'

'En wat is die van jou?'

'Ik heb een probleem opgelost.'

Een paar zinnen erbij. Van dezelfde personen die praatten over een probleem dat was opgelost. Heel veel jaren geleden.

Plotseling was er vandaag een nieuw probleem ontstaan.

Een probleem waarvan Bertil niet wist hoe hij het moest hanteren. Als er problemen ontstonden, belde hij ergens naartoe en dan was het uit de wereld. Hij had heel wat machthebbers overal ter wereld gebeld om problemen uit de wereld te helpen. Deze keer had hij niemand om te bellen. Hij was degene die gebeld werd.

Hij haatte de situatie.

En hij haatte Nils Wendt.

Toen hij zich omdraaide zag hij dat Linn achter het slaapkamerraam naar hem stond te kijken.

Hij verstopte de cigarillo razendsnel achter zijn rug.

*

Vera werd wakker door een geluid. Een geluid dat ze niet herkende. Dat binnendrong in haar slaap en waardoor ze overeind kwam op haar elleboog. De bank naast haar was leeg. Kwam het geluid van Jelle? Was hij naar buiten gegaan om te plassen? Vera kwam overeind en wikkelde de deken rond haar naakte, warme lichaam. De deken had Jelle neergelegd, dacht ze. Nadat ze de liefde hadden bedreven. Want dat hadden ze gedaan. De liefde bedreven. Zo voelde Vera het, en het verwarmde haar verminkte ziel. Het had zo goed gevoeld, terwijl het zo verkeerd had kunnen zijn. Ze glimlachte even, ze zou vannacht niet dromen over de sleutelbos, dat wist ze, en ze deed de deur open.

De klap was recht in haar gezicht.

Vera wankelde naar achteren en viel op de bank. Het bloed stroomde uit haar mond en neus. Een van de jongens was in de caravan voordat ze overeind had kunnen komen en sloeg haar nog een keer. Maar Vera was een taaie. Ze dook weg, kwam met wild zwaaiende armen overeind en begon te slaan. De nauwe ruimte maakte het gevecht chaotisch. De jongen sloeg en Vera sloeg en toen de andere jongen al filmend binnenkwam besefte hij dat hij moest helpen om dat wijf neer te slaan.

Dus werd het twee tegen één en dat was één te veel. En omdat ze hard weerstand bood kreeg ze harde klappen terug. Het duurde bijna tien minuten voordat ze een enorme klap met de gasfles op haar neusbeen kreeg en ze op de grond viel. Na nog een paar minuten was ze bewusteloos geschopt. Toen ze uiteindelijk roerloos op de vloer lag, met een naakt en bebloed lichaam, begon een van de jongens weer te filmen.

Kilometers daarvandaan zat een eenzame man op de vloer van een bouwvallige houten schuur en worstelde met zijn armzaligheid. Wegsluipen als een rat. Hij wist hoe Vera zich zou voelen als ze wakker werd en hoe ze naar hem zou kijken als ze elkaar weer zagen en hij geen goede verklaring zou hebben. Hij zou helemaal geen verklaring hebben.

Het was misschien het beste als ze elkaar niet meer zouden zien, dacht Jelle.

Een paar eenzame bladeren van het vorige jaar dwarrelden in de zachte wind over de grond, tussen de bomen was het glinsterende water zichtbaar, aan de andere kant waren de rotsen en het bos, en ergens daarbinnen was een opening, een parkeerplek, waar de gemeente een joggingpad wilde aanleggen.

Als ze de sjofele caravan tenminste wegkregen.

Arvo Pärt strompelde door het bos. Hij had moeite met lopen omdat hij spierpijn had. De voetbalwedstrijd had sporen nagelaten, maar twee doelpunten wogen met gemak op tegen een beetje fysieke pijn, daarom was hij niet op weg naar Vera. Dat was om een andere pijn. Hij had 's nachts een man ontmoet bij het Trekantenmeer, ze hadden wat blikjes bier gedronken en plotseling was de man wild geworden.

'Jezus, jij bent Arvo Pärt niet!'

'Wat bedoel je, verdomme?'

'Arvo Pärt schrijft muziek en is bekend en waarom zeg jij verdomme dat je Arvo Pärt heet? Ben je niet goed bij je hoofd?'

Arvo Pärt, die heel lang geleden heel grondig had verdrongen dat hij Silon Karp heette, was eerst boos geworden, daarna had hij een klap op zijn mond gekregen en uiteindelijk was hij gaan huilen. Waarom mocht hij Arvo Pärt niet zijn? Dat wás hij toch?

Nu strompelde hij naar de caravan van Drammerige Vera. Hij wist dat hij daar troost zou vinden. Vera wist hoe ze mensen moest kalmeren die een beetje in de war waren.

En ze wist vooral dat hij Arvo Pärt was.

'Vera!'

Pärt had twee keer geklopt. Nu riep hij. Je deed Vera's deur niet zomaar open, dan kon ze boos worden.

Dat kon ze deze ochtend niet. Ze kon helemaal niets. Dat besefte Pärt onmiddellijk toen hij voldoende moed had verzameld om de deur open te doen en hij een naakt lichaam zag liggen in een opgedroogde plas bloed met een rij mieren eromheen.

Hij herkende haar gezicht niet.
Haar kunstgebit lag bij de drempel.

*

Olivia werd met een ruk wakker. Ze voelde zich opgefrist en merkte dat haar keel veel beter was. Haar moeders medicijn, dacht ze. Misschien was het iets voor Maria om zich met alternatieve geneesmiddelen bezig te houden? Honing met een beetje hocus pocus. In plaats van paranoïde te doen over het zomerhuis. Daarna dacht ze aan Eva Carlsén, de vrouw die Maria op de televisie had gezien en die een boek over escortactiviteiten had geschreven.

Ze vond Eva Carlsén op Eniro.

Olivia had voorgesteld om af te spreken, dat deed ze liever dan het telefonisch af te handelen. Ze vond het niet prettig om door de telefoon te praten, ze was altijd nogal kort van stof. Bovendien wilde ze notities maken. Dus spraken ze af op Skeppsholmen. Eva Carlsén had daar een afspraak tot elf uur en om halftwaalf zaten ze op een van de banken op Skeppsholmen en keken naar de plek waar de *Vasa* tenonder was gegaan.

'En daar ben je Jackie Berglund tegengekomen?'

'Ja.'

Eva Carlsén had verteld over haar onderzoek rond escortactiviteiten. Hoe het was begonnen met een vriendin van haar die had verteld dat ze dat werk een paar jaar had gedaan, en dat had Eva nieuwsgierig gemaakt. Ze had al snel geconstateerd dat het werk ook nu nog floreerde. Hoofdzakelijk op internet. Maar er was ook een verborgen activiteit die exclusiever was, en daarbij was Jackie Berglund in beeld gekomen. Ze leidde een van de verborgen escortbedrijven waarvoor niet werd geadverteerd en die niet op internet stond.

'Hoe heette het bedrijf?' vroeg Olivia.

'Red Velvet.'

'Leidde zij het?'

'Ja, en dat doet ze nog steeds, voor zover ik weet. Ze is een heel ondernemende zakenvrouw.'

'Op wat voor manier?'

'Ze heeft de lange weg gekozen. Ze is begonnen als escortmeisje, heeft zich opgewerkt, trok een tijdje met Minken op, nam een stel meisjes in dienst en begon een eigen bedrijf.'

'Crimineel?'

'Grensgebied, escortactiviteiten zijn op zich niet crimineel, maar als er op een georganiseerde manier seksuele diensten worden aangeboden, dan wordt het als bordeelwerk beschouwd.'

'En dat was bij haar zo?'

'Waarschijnlijk, maar ik heb daar nooit bewijs voor gevonden.'

'Heb je het geprobeerd?'

'Ja, maar ik kreeg het gevoel dat ze personen op heel hoge posities had die haar beschermden.'

'Zoals?'

'Dat weet ik niet. Ik heb wat materiaal meegenomen, ik weet niet of er iets bij is wat je wilt...'

'Graag!'

Eva Carlsén gaf Olivia de map en keek haar onderzoekend aan.

'Waarom ben je zo geïnteresseerd in Jackie Berglund?'

'Ze komt voor in een oude moordzaak waarmee ik bezig ben, als schoolopdracht. Het gaat om een vrouw die vermoord is op Nordkoster.'

'Wanneer was dat?'

'In 1987.'

Eva Carlsén reageerde zichtbaar.

'Ken je die zaak?' vroeg Olivia.

'Jazeker, het was verschrikkelijk, ik had daar een zomerhuisje.'

'Op Nordkoster?'

'Ja.'

'Was je op het eiland toen het gebeurde?'

'Ja.'

'Is dat waar? Wat toevallig. Vertel! Ik ben er geweest en heb Betty Nordeman gesproken, die...'

'De vrouw met het vakantiepark.'

Eva glimlachte even.

'Ja. Zij was er ook bij geweest en vertelde heel veel over de mensen die in de huisjes hadden gelogeerd. Maar vertel.'

Eva Carlsén keek uit over het water.

'Eigenlijk was ik daar om mijn huisje leeg te halen, ik zou het verkopen en ik was er alleen voor het weekend. Ik hoorde 's avonds een helikopter en zag dat het een ambulancehelikopter was en dacht dat er iemand van een boot was gevallen of zo, maar de volgende ochtend kwam de politie om met iedereen op het eiland te praten en... Tja, het was heel onaangenaam... Maar dat jullie die oude moordzaak als schoolopdracht krijgen? Gaat de politie de zaak opnieuw onderzoeken?'

'Nee, wat de recherche betreft lijkt de zaak gesloten te zijn. Ik krijg de man die het onderzoek destijds leidde niet eens te pakken. Maar ik werd nieuwsgierig naar Jackie Berglund.'

'Was zij op Nordkoster toen het gebeurde?'

'Ja.'

'Wat deed ze daar?'

Olivia vertelde dat Jackie op het eiland was geweest op het tijdstip van de moord en dat de politie haar had verhoord maar dat het nergens toe had geleid. Eva Carlsén knikte.

'Die vrouw kan bij van alles betrokken zijn geweest. Ik heb een paar jaar geleden een interview met haar gedaan, ik kan je het bestand sturen als je dat wilt.'

'Dat zou fantastisch zijn.'

Olivia trok een vel papier van haar blocnote, schreef haar mailadres erop en gaf het aan haar.

'Dank je. En wees een beetje voorzichtig,' zei Eva.

'Wat bedoel je?'

'Als je navraag doet naar Jackie Berglund, ze omringt zich met nogal hardhandige personen.'

'Oké.'

Eva maakte aanstalten om op te staan.

'Waar werk jij op dit moment aan?' vroeg Olivia.

'Ik schrijf een serie artikelen over jongerengeweld, wat zich manifesteert in die films op internet, jongeren die daklozen mishandelen en op het net zetten.'

'Ik heb het gezien. Afschuwelijk.'

'Ja. Vanochtend was er een nieuw geval.'

'Net zo weerzinwekkend?'

'Nee, deze keer was het nog erger.'

*

Jelle had de hele nacht nagedacht over zijn bezoek aan de caravan, en was pas tegen zonsopgang even in slaap gevallen. Nu zat hij bij de liefdadigheidsvereniging Ny Gemenskap en probeerde zijn lichaam wakker te krijgen met behulp van een middelmatige kop pikzwarte koffie. Hij zou Vera opzoeken in Ringen, of waar ze ook zou staan, en zijn excuses aanbieden.

Veel meer kon hij niet doen.

Op het moment dat hij wilde opstaan piepte zijn mobiel. Hij had een sms. Het berichtje was verschrikkelijk slecht gespeld, maar de inhoud was glashelder en de naam eronder was kort.

Pärt.

Jelle had vrij veel kunnen denken voordat hij de rand van Niets bereikte. Zijn fantasie was weggevlogen naar een ijskoude plek. Hij had een stukje gerend, nu liep hij haastig en hijgend tussen de bomen en de rotsen door, en op dat moment zag hij hem. Bij de caravan stond Rune Forss.

Politie.

Jelle had eerder met Forss te maken gehad en wist precies wat voor type hij was. Nu stond Forss bij de afgezette caravan en rookte een sigaret. Jelle ging achter een boom staan en probeerde te kalmeren. Zijn hart had het afgelopen halfuur in zijn borstkas gebonkt, het zweet liep over zijn lichaam. Ineens zag hij een hand tussen de struiken die hem wenkte.

Het was Pärt.

Jelle liep naar Pärt toe, die met een behuild gezicht op een grote steen zat. Speeksel en snot vemengden zich op zijn kin. Hij had zijn trui uitgetrokken. Het naakte bovenlichaam was volledig getatoeëerd met porseleinen borden met een blauw-rood motief, zowel voor als achter. Hij droogde zijn vertwijfelde gezicht met zijn trui. Pärt had haar gevonden en had alarm geslagen en was gebleven tot de politie kwam en Drammerige Vera in de ambulance werd gelegd en de ambulance met loeiende sirenes wegreed.

'Leefde ze?'

'Ik denk het wel... ja...'

Jelle staarde naar de grond en zakte een beetje in elkaar. Ze leefde in elk geval. Pärt vertelde dat de politie hem had verhoord. Ze hadden geconstateerd dat de mishandeling uren eerder had plaatsgevonden, ergens gedurende de nacht. Jelle wist precies wanneer het was gebeurd. Toen hij de caravan uit was geslopen en was verdwenen.

Zonder reden.

Hij was weggeslopen als een rat.

Plotseling begon hij te braken.

De man die de caravan uit kwam heette Janne Klinga en zat in Rune Forss' team dat onderzoek deed naar de mishandelde daklozen. MD werd het team intern genoemd. Klinga liep naar de rokende Forss.

'Dezelfde daders?' vroeg hij.

'Misschien, misschien niet.'

'Als die vrouw overlijdt is het een moordonderzoek.'

'Klopt, maar dan hoeven we de papieren niet te veranderen, MD kan ook staan voor moordonderzoek daklozen, dat is mooi.'

Klinga keek naar hem. Hij was niet enthousiast over Forss.

Na haar gesprek met Eva belde Olivia op weg naar huis met Lenni en stelde voor dat ze met elkaar af zouden spreken. Ze had het gevoel dat ze haar vriendin heel lang had verwaarloosd.

Nu zat ze bij Blå Lotus, een klein terras niet ver van haar appartement. Ze dronk zwarte thee en dacht aan Eva Carlsén. Ze hadden onmiddellijk een band met elkaar gehad, zoals je dat soms met bepaalde vrouwen hebt. Het was heel anders geweest dan haar gesprek met die kille Marianne Boglund. Eva was open en geïnteresseerd.

De map die ze had gekregen lag opengeslagen voor haar op tafel. Jackie Berglund had een eigen tabblad. In afwachting van Lenni begon Olivia te lezen.

Het was nogal omvangrijk materiaal.

Je bent flink opgeklommen sinds de Noren op Nordkoster, dacht Olivia terwijl ze Jackies activiteiten bestudeerde. Het aanbod van de escortdame van Red Velvet was omvangrijk. Toch was het, zoals Eva in een voetnoot opmerkte, waarschijnlijk niet het meest winstgevende deel. Dat gebeurde via heel andere kanalen en voor heel andere klanten.

Hooggeplaatste klanten, dacht Olivia. En juist daarom zou ze er heel veel voor overhebben om een blik op Jackies klantenbestand te kunnen werpen. Welke namen zou ze vinden? Namen die ze herkende?

Het voelde als het boek *De vijf als detectives.*

Hoewel zij alleen was, in plaats van met z'n vijven. Ze was drieëntwintig jaar, zat op de Politieacademie en er werd van haar verwacht dat ze die periode te boven was. Toch wist ze dat ze het niet helemaal verzon. Ze had een niet-opgeloste, concrete moordzaak met een concreet lijk en een concreet raadsel om op te lossen. Een raadsel waarmee haar eigen vader ooit had geworsteld. Ze wilde net een energiereep openmaken en opeten toen ze Lenni zag.

'Hé, kanjer, het spijt me dat ik laat ben.'

Lenni bukte zich en omhelsde Olivia. Ze droeg een dun, geel, laag uitgesneden zomerjurkje en rook sterk naar Madame, haar favoriete parfum. Het lange blonde haar was net gewassen en haar mond glansde knalrood. Lenni was altijd een beetje over the top, maar het beste en meest loyale wat Olivia had.

'Wat doe jij? Schrijf je een proefschrift?'

'Nee, het is die schoolopdracht, je weet wel.'

Lenni zuchtte hardop.

'Ben je nog niet klaar? Het lijkt alsof je er al eeuwen mee bezig bent.'

'Dat ben ik niet, maar het is nogal veelomvattend dus dat kost...'

'Wat drink je?'

Trouw aan haar gewoonte onderbrak Lenni haar toen ze vond dat het onderwerp saai werd, zoals nu. Olivia vertelde wat ze in haar beker had. Lenni verdween in het café om te bestellen. Toen ze weer naar buiten kwam had Olivia het materiaal over Jackie Berglund opgeborgen en had ze zich erop ingesteld om volledig bijgepraat te worden over Lenni's leven.

Dat gebeurde ook, met alle details, met inbegrip van details die Olivia niet wilde horen. Ze kreeg foto's te zien van Jakob, zowel met als zonder kleren, en hoorde over de idiote baas op Lenni's werk, op dit moment in een videotheek. Olivia lachte om Lenni's dodelijke en messcherpe opmerkingen over het lot en de avonturen van haar en anderen. Lenni had het fantastische vermogen om ervoor te zorgen dat Olivia ontspande en langzaam terugkeerde naar het leven van een normale drieëntwintigjarige. Ze had er bijna spijt van dat ze die avond niet mee was gegaan naar Strand. Ik ben waarschijnlijk een beetje saai geworden, dacht ze. Eerst opgeslokt door de Politieacademie en nu die strandzaak.

Dus sprak ze met Lenni af dat ze vanavond een filmavond zouden houden. Alleen zij tweeën. Naar griezelfilms kijken, bier drinken en kaasknabbels eten. En alles zou net zoals vroeger zijn.

Voordat ze over Jackie Berglund had gehoord.

*

Het rouletteballetje draaide steeds langzamer en belandde uiteindelijk op het cijfer nul. Het cijfer dat elk waterdicht systeem kon ruïneren, als zo'n systeem tenminste bestond.

Sommigen beweerden dat en geloofden er ook in.

Dat deed Abbas niet, geen seconde. Abbas el Fassi was croupier en had de meeste systemen langs zien komen. Hier, in Casino Cosmopol in Stockholm, en bij een aantal andere casino's overal ter wereld. Hij wist dat er geen systeem bestond dat een vermogen bij de roulettetafel kon opleveren. Er was geluk en er was bedrog.

Geen systeem.

Maar geluk, zoals gezegd, kon bij alle roulettetafels bergen geld opleveren. Vooral als de maximuminzet bij de tafel op nul was gezet en het balletje daar terechtkwam. Wat net was gebeurd. Dat betekende een flink bedrag voor de speler. In dit geval een bedrijfsmanager die de wallen onder zijn ogen had laten weghalen en een groot probleem had dat hem kwelde.

Bertil Magnuson haalde ook een aanzienlijke winst binnen en schoof Abbas' fooi naar hem toe, zoals gebruikelijk was. Een ander deel schoof hij naar de man naast zich, Lars Örnhielm, die meestal Latte werd genoemd, zonnebankbruin was en Armani droeg. Hij was een van de vrienden uit Bertils entourage. Latte accepteerde de fiches vrolijk en verspreidde ze meteen over de tafel. Als een scharrelkip, dacht Abbas.

Op dat moment vibreerde Bertils mobiel in zijn zak.

Hij was vergeten om hem uit te zetten.

Bertil kwam overeind terwijl hij zijn mobiel pakte en wrong zich tussen de gieren achter de spelers door om een rustig plekje te vinden.

Maar niet zover weg dat Abbas hem niet kon volgen met zijn blik, als de professionele croupier die hij was. Hij zag niets, maar hield alles in de gaten. Volkomen gericht op de speeltafel, maar met facetogen die een wesp jaloers zouden maken.

Daarom zag hij hoe Magnuson, een van zijn stamgasten, zijn mobiel zonder een woord te zeggen bij zijn oor hield. Met een gezichtsuitdrukking die vertelde dat hij iets hoorde wat hij niet prettig vond.

Abbas dacht later na over dat gesprek toen hij de Riche binnenliep. Niet omdat het zo lang had geduurd, maar omdat Magnuson meteen na het gesprek weggegaan was uit het casino. Met een klein vermogen op de tafel en een duidelijk onthutste speelmakker die niet had begrepen dat Magnuson weg was voordat zijn fiches op waren. Op dat moment had Latte beseft dat hij hem achterna moest gaan, maar voor hij dat deed probeerde hij Magnusons kapitaal zo goed mogelijk te beheren en verloor hij alles binnen een kwartier.

Een scharrelkip.

Daarna vertrok hij.

Abbas dacht na over het gesprek. Waarom was Magnuson meteen daarna vertrokken? Waar ging het over? Zaken? Misschien, maar hij had Magnuson lang genoeg als stamgast om te weten dat hij zijn geld in de gaten hield. Hij was niet gierig, maar hij gaf het ook niet nodeloos uit. Nu had hij meerdere briefjes van duizend achtergelaten en was gewoon vertrokken.

Abbas bestelde een glas water zonder koolzuur bij de bar en ging aan de zijkant staan. Hij was vijfendertig jaar, een waarnemer, van Marokkaanse afkomst en opgegroeid in Marseille. In een vroeger leven had hij in zijn levensonderhoud voorzien als straatverkoper van illegaal nagemaakte merktassen. Eerst in Marseille, daarna in Venetië. Na een dramatisch verlopen messengevecht bij de Ponte de Rialto had hij zijn activiteiten naar Zweden verplaatst. Daarna was er heel wat politioneel water onder een aantal bruggen door gelopen, wat ermee eindigde dat Abbas van levensbeschouwing en beroep veranderde, een opleiding tot croupier volgde en gefascineerd raakte door het soefisme.

Tegenwoordig had hij een vaste aanstelling bij Casino Cosmopol.

Een glijer, zouden sommigen met een vluchtige blik op hem zeggen. Tenger, gladgeschoren. Soms bracht hij een discrete streep kajal aan om zijn ogen te accenturen. Hij droeg altijd goed gesneden kleding, in discrete kleuren, perfect op maat gemaakt. Van een afstand zag het eruit alsof ze op zijn lichaam waren geschilderd.

'Hallo!'

Het meisje dat al een tijdje naar Abbas stond te kijken was blond en nuchter en een beetje eenzaam. Hij zag er ook een beetje eenzaam uit, dus had ze bedacht dat ze samen eenzaam konden zijn.

'Hoe is het?'

Abbas keek naar het jonge meisje. Was ze negentien? Twintig?

'Ik ben hier niet,' zei hij.

'Wat zeg je?'

'Ik ben hier niet.'

'Je bent hier niet?'

'Nee.'

'Het ziet eruit alsof je dat wel bent.'

Het meisje glimlachte onzeker, en Abbas glimlachte terug. Zijn tanden leken extra wit in het bruine gezicht, zijn zachte stem klonk merkwaardig genoeg moeiteloos boven de harde muziek bij de bar uit.

'Dat denk je alleen maar,' zei hij.

Het meisje nam een snelle beslissing. Lastige mannen waren haar ding niet, en deze was er absoluut een. Hij heeft iets geslikt, dacht ze, ze knikte naar hem en ging terug naar haar eenzame hoek.

Abbas keek haar na en dacht aan Jolene Olsäter. Zij was van dezelfde leeftijd en had het syndroom van Down.

Jolene zou precies begrepen hebben wat hij bedoelde.

*

De projectorlamp ging uit in de krappe kamer in het politiebureau in de Bergsgatan. Rune Forss deed de plafondlamp aan. Hij en zijn MD-groep hadden net gekeken naar een kopie van een met een mobiel gefilmde video op internet. De film had de mishandeling van Vera Larsson in de caravan in Niets getoond.

'Geen rechtstreekse beelden van de gezichten van de daders.'

'Nee.'

'Maar het begin van de film was interessant.'

'Toen ze seks hadden?'

'Ja.'

Ze zaten met z'n vieren in de kamer, met inbegrip van Janne Klinga. Ze hadden allemaal gereageerd toen het mobieltje door het ovale raam in de caravan had gefilmd en ze de naakte man boven op een vrouw hadden gezien van wie ze aannamen dat het Vera Larsson was. Het gezicht van de man was vluchtig zichtbaar toen hij zijn hoofd even draaide. Te snel om de gelaatstrekken te kunnen zien.

'Die man moeten we te pakken zien te krijgen.'

Rune Forss kreeg bijval. Zelfs als het niet waarschijnlijk was dat de man Vera Larsson had mishandeld, dan was hij toch bijzonder interessant. Hij was min of meer op het tijdstip van de mishandeling ter plaatse geweest.

'Stuur de film naar de afdeling techniek en vraag of ze zijn gezicht kunnen bewerken, zodat we een scherper beeld krijgen.'

'Denk je dat het een andere dakloze is?' vroeg Klinga.

'Geen idee.'

'Was Vera Larsson een prostituee?'

'Niet voor zover ik gehoord heb,' zei Forss. 'Maar met dat soort weet je het nooit.'

*

Vanuit het perspectief van een doktersserie was de setting helemaal goed. Het groengele licht, de apparatuur, de positie van de doktoren rond het lichaam, de verpleegsters aan de rand, het zachte uitwisselen van medische termen, het transporteren van kleine en grote instrumenten tussen handen in rubberhandschoenen.

Een normale operatie.

Van binnenuit gezien, vanuit het perspectief van de patiënt, zag het er enigszins anders uit. Ten eerste was er geen uitzicht omdat de ogen dicht waren. Ten tweede was er geen waarneming omdat de patiënt onder narcose was.

En ten derde, iets waarvan we maar heel weinig weten, was er een gewaarwording van stemmen en een innerlijke caleidoscoop van beelden, een maalstroom van herinneringen die langzaam in elkaar overliepen, diep vanbinnen, op een plek die niemand kent voordat hij zelf op die plek is beland.

Daar was Vera.

Terwijl de buitenwereld druk bezig was met haar lichaam, haar organen en alles wat kapot was gegaan, was Vera op een heel andere plek.

Alleen.

Met een sleutelbos en een opgehangen lichaam.

En een spierwit kind dat verdrietig met een pen op haar hand schreef: *was dit de bedoeling... was dit de bedoeling...*

Buiten, ver weg, stond het grote Söderziekenhuis als een enorme bunker van skeletwitte stenen, met rijen verlichte ramen. Een stukje naast het parkeerterrein stond een eenzame man met lang haar in het donker. Hij zocht een raam om naar te staren.

Achter dat waarnaar hij bleef kijken ging het licht plotseling uit.

Er lag die ochtend een matte floers over de mensen in het Glasblåsarpark, alsof de wind een rouwsluier van dauw had verspreid. Drammerige Vera was dood. Hun geliefde Vera was dood. Vlak na middernacht was haar licht ten gevolge van inwendig letsel gedoofd. De artsen hadden gedaan wat ze konden, klinisch en professioneel, maar toen Vera's hart een dunne streep werd hadden de verpleegsters het overgenomen.

Ad mortem.

Zwijgend druppelden ze het park binnen, de een na de ander. Ze knikten naar elkaar, huiverden en gingen op de banken zitten. Een redacteur van de daklozenkrant, die Vera jarenlang had verkocht, kwam naar hen toe. Hij zei een paar bewogen woorden over kwetsbaarheid, en over Vera als levende warmtebron. Ze knikten allemaal en waren het met hem eens.

Daarna verzonken ze weer in hun eigen herinneringen.

Hun geliefde Vera was dood. De vrouw die zoveel moeite had gehad om te leven, die vocht tegen haar hersenschimmen en afschuwelijke jeugdherinneringen en het leven niet aankon, was dood.

Ze zou nooit meer in de dalende zon staan en plotseling hees lachen, of zichzelf verliezen in een warrige discussie over de verwaarlozing van wat zij 'de verdwaalde werkelijkheid' noemde.

De sneeuwploeg was niet meer.

Jelle kwam ongemerkt aan de rand van het park staan en ging op de verste bank zitten. Een duidelijke uiting van zijn dubbele behoefte: ik ben hier, min of meer, maar houd afstand. Hij wist niet waarom hij hiernaartoe was gekomen. Of misschien wist hij het wel. Hij was de enige die wist wie Vera Larsson was. De doodgetrapte vrouw uit het noorden van Uppland. Behalve degenen die hier op de banken zaten was er niemand die om haar gaf, of om haar rouwde.

Alleen deze groep buitengesloten schooiers. En hij.

De man die seks met haar had gehad en naar haar had gekeken toen ze sliep en de witte littekens had gestreeld en daarna was vertrokken.

Als een laffe rat.
Jelle kwam weer overeind.

Uiteindelijk had hij een beslissing genomen. Eerst had hij lukraak gezocht naar een portiek, of een rommelkamer op zolder, wat dan ook, als hij er maar met rust werd gelaten. Uiteindelijk werd het de houten schuur bij het Järlameer. Daar was hij veilig. Daar zou hij niet gestoord worden.

Daar kon hij zuipen.

Jelle zoop nooit. Het was jaren geleden dat hij sterkedrank had gedronken. Nu had hij wat geld bij de krant geleend en daar had hij een fles wodka en vier biertjes voor gekocht.

Dat moest voldoende zijn.

Hij liet zich op de vloer zakken. Een paar grote wortels hadden de planken omhooggedrukt en hij rook de bedompte lucht van vochtige aarde. Hij had een stuk bruin karton neergelegd en had die met tijdschriften bedekt. Dat was voldoende voor dit jaargetijde. In de winter kreeg hij het ijskoud zodra hij in slaap viel.

Hij keek naar zijn handen. Mager, met dunne, lange vingers. Net klauwen, dacht hij toen zijn hand zich om het eerste blikje sloot.

En het tweede.

Daarna spoelde hij het bier weg met een paar slokken wodka. Toen hij de roes voelde opkomen had hij de vraag al vijf keer zachtjes aan zichzelf gesteld.

'Waarom ben ik weggegaan?'

Hij had het antwoord niet gevonden. Dus veranderde hij de vraag, en stelde hem een beetje harder.

'Waarom ben ik niet gebleven?'

Een gelijksoortige vraag, opnieuw vijf keer gesteld en hetzelfde antwoord: geen idee.

Na het derde blikje bier en de vijfde slok wodka begon hij te huilen.

Langzame, dikke tranen die over zijn oneffen huid liepen.

Jelle huilde.

Je kunt huilen omdat je iemand kwijtgeraakt bent, of omdat je iets niet gekregen hebt. Je kunt huilen om veel redenen, banale of diep tragische, of zonder reden. Dan huil je alleen omdat een bepaald gevoel een luik naar het verleden heeft opengezet.

Jelles tranen hadden een onmiddellijke oorzaak. Drammerige Vera. Maar de tranen hadden een diepere oorsprong, dat wist hij. Ze werden veroorzaakt door de vrouw van wie hij gescheiden was, door de paar verdwenen vrienden, maar vooral door de oude vrouw op haar doodsbed. Zijn moeder, die zes jaar geleden gestorven was. Hij had aan haar sterfbed gezeten, in de oncologische kliniek Radiumhemmet. Haar met morfine verdoofde lichaam had roerloos onder de dunne deken gelegen, de hand die hij vasthield leek op een verschrompelde vogelklauw. Maar hij had het gevoeld toen die plotseling een beetje samentrok en hij had gezien hoe zijn moeder haar ogen opendeed en had gehoord hoe er een paar woorden uit haar smalle, droge lippen kwamen. Hij had zich heel dicht naar haar gezicht gebogen, dichterbij dan hij jarenlang was geweest, en had gehoord wat ze zei. Elk woord. Zin na zin.

Daarna stierf ze.

En nu lag hij hier te huilen.

Toen de dronkenschap hem langzamerhand naar een chaos van weerzinwekkende herinneringen voerde, kwam de eerste schreeuw, en toen de beelden van rook en vuur en een bebloede harpoen verschenen, brulde hij het uit.

*

Hij wisselde moeiteloos tussen Frans en Portugees. Frans in de linkermobiel en Portugees in de rechter, terwijl hij in zijn exclusieve CEO-kantoor zat, helemaal boven in het gebouw aan de Sveavägen met uitzicht op het graf van Palme.

Een oud haatobject in zijn kringen.

Niet het graf, maar de man die was doodgeschoten.

Olof Palme.

Toen het nieuws over de moord bekend werd, had Bertil Magnuson met Latte en een paar andere vrolijke heren met dezelfde politieke overtuiging in nachtclub Alexandra gezeten.

'Champagne!' had Latte geroepen, en champagne werd het.

De hele nacht lang.

Nu, vijfentwintig jaar later, was de moord nog steeds niet opgelost, wat Bertil weinig kon schelen. Hij voerde onderhandelingen met Congo. Een grondbezitter buiten Walikale had een absurd hoge financiële vergoeding geëist. De Portugese filiaalchef had een probleem. De Franse vertegenwoordiger van het bedrijf wilde dat ze zouden tegemoetkomen aan die eis, maar dat wilde Bertil niet.

'Ik bel de legerleider in Kinshasa.'

Hij belegde een telefonische vergadering met een andere twijfelachtige machthebber. Dwarse grondeigenaren waren een klein probleem voor Bertil Magnuson. Daar kwam uiteindelijk altijd een oplossing voor.

Op de zachte of de harde manier.

Helaas was geen van die manieren geschikt voor zijn echte probleem. Het opgenomen gesprek.

Bertil had geconstateerd dat Wendts telefoontje niet getraceerd kon worden. Hij wist dus niet of Wendt vanuit het buitenland belde of in Zweden was, maar hij ging ervan uit dat Wendt vroeg of laat een bepaalde vorm van contact met hem wilde. Anders hadden zijn telefoontjes toch geen enkele zin?

Daarom belde hij K Sedovic, een heel betrouwbare man. Hij vroeg hem om alle hotels, motels, jeugdherbergen en hostels in Stockholm en omgeving te controleren op Nils Wendt. Als hij in Zweden was. Het was een afstandssschot, dat wist Bertil. Ook al was Wendt in Zweden, dan hoefde hij niet in een hotel te logeren. En vooral niet onder zijn echte naam.

Maar wat moest hij anders doen?

*

Een mooie, goed geconserveerde vrouw, die in haar jonge jaren succesvol moest zijn geweest als escortmeisje, dacht Olivia. Ze had geleefd van haar uiterlijk en haar lichaam. Olivia spoelde een stuk verder. Ze zat aan de keukentafel met haar laptop en keek naar het interview met Jackie Berglund dat Eva Carlsén haar had gestuurd. Het vond plaats in Jackies winkel in Östermalm, Udda & Rätt in de Sibyllegatan. Een typische winkel voor haar soort en haar milieu. Kokette inrichtingsdetails gecombineerd met peperdure merkkleding. Een façadewinkel, had Eva het genoemd. Een façade voor Jackies andere activiteiten.

Red Velvet.

Het interview dat Eva afnam was een paar jaar geleden opgenomen. Het bleek dat Jackie haar bedrijf zelfstandig leidde. Olivia controleerde op internet of de winkel nog steeds bestond. Dat was inderdaad zo. De winkel had dezelfde naam, hetzelfde adres en dezelfde eigenares: Jackie Berglund.

Het was een bezoekje waard, dacht Olivia.

Ze keek het interview af. Eva had Jackie laten vertellen over haar achtergrond als escortdame. Ze schaamde zich daar niet voor, integendeel, het was haar manier om te overleven geweest. Ze ontkende categorisch dat er seksuele dienstverlening had plaatsgevonden.

'We waren geisha's, chique gezelschapsdames die voor evenementen en diners werden gevraagd om de sfeer te verhogen, en bovendien legden we contacten.'

Dat netwerken kwam een paar keer terug. Toen Eva probeerde uit haar te krijgen om wat voor soort contacten het ging, was Jackies antwoord ontwijkend, om niet te zeggen afwijzend. Ze beschouwde dat als een privézaak.

'Waren het zakelijke contacten?' vroeg Eva.

'Wat zouden het anders moeten zijn?'

'Vriendschappelijke contacten.'

'Allebei.'

'Heb je die contacten nog steeds?'

'Sommige.'

Zo ging het verder. Het was duidelijk waar Eva op uit was, in elk geval voor Olivia. Ze wilde uit haar krijgen of de contacten synoniem waren voor klanten. Geen klanten in de winkel, maar klanten voor de activiteit die schuilging achter de boetiek. Red Velvet, Jackies escortbureau.

Jackie was echter veel te geslepen om daar in te trappen. Ze glimlachte bijna toen Eva voor de vierde keer naar haar klanten vroeg. De glimlach verdween echter razendsnel toen Eva de volgende vraag stelde.

'Heb je een klantenregister?'

'Van de boetiek?'

'Nee.'

'Ik geloof niet dat ik begrijp wat je bedoelt.'

'Een klantenregister van je andere activiteit, als leverancier van escortmeisjes. Van Red Velvet.'

Oliva snapte niet hoe ze de vraag had durven stellen. Haar respect voor Eva steeg nog een stukje. Blijkbaar snapte Jackie ook niet hoe ze de vraag had durven stellen. Ze keek naar Eva met een blik die uit een heel andere wereld kwam. Een verboden wereld. Een blik waardoor Olivia onmiddellijk moest denken aan Eva's waarschuwing. Een vrouw met zo'n blik in haar ogen moest je niet dwarszitten. Vooral niet als je drieëntwintig was en niet voorbereid was. En dacht dat je Sherlock Holmes was.

Olivia kon het niet laten om even naar zichzelf te glimlachen in de laptopcamera. Plotseling dacht ze aan de Duitse politie die een Trojaans paard had ontwikkeld dat via de camera alles registreerde wat er voor de laptop gebeurde.

Ze duwde de klep een stukje naar beneden.

*

Het was bijna middernacht toen Jelle wakker werd in zijn bedompte houten schuur. Langzaam, moeizaam, met dichtgeplakte ogen en een kurkdroge mond. Hij had een verschrikkelijke kater en zat onder het braaksel, hoewel hij zich niet kon herinneren dat hij had overgegeven. Hij ging heel voorzichtig zitten en leunde met zijn rug tegen de wand. Tussen de planken sijpelde nachtlicht naar binnen. Hij was duizelig en bleef een hele tijd zitten terwijl hij voelde hoe er een enorme razernij door hem heen stroomde die zijn zicht vertroebelde. Plotseling kwam hij overeind en schopte de deur met een enorme trap open. De planken vlogen alle kanten op. De moord op Vera en zijn eigen verraad zaten als een breekijzer in zijn lichaam. Hij ramde zijn vuist tegen het deurkozijn en liep naar buiten, de leegte in.

Het was ver na middernacht toen hij de stenen trappen links van de Katarinagarage op begon te lopen. De trappen, die waren vernoemd naar de kunstenaar Harald Lindberg, verbonden de Katarinavägen met de Klevgränd. Ze bestonden uit vier bordessen en in totaal honderdnegentien treden, met verlichting bij elk bordes.

Het regende, een krachtige, lauwe zomerregen, maar dat deerde hem niet. Hij had besloten dat het tijd was.

Ooit, ergens in het stenen tijdperk, was hij atletisch gebouwd en gespierd geweest, met zijn lengte van één meter tweeënnegentig. Dat was hij nu niet meer. Hij wist dat zijn conditie belabberd was, dat de spieren verdwenen waren, dat zijn lichaam zich jarenlang in een fysiek braakland had bevonden, dat hij bijna een wrak was.

Bijna, maar nu zou dat veranderen.

Hij liep de trappen op, tree voor tree, en nam de tijd. Het kostte hem zes minuten om naar boven te lopen, naar de Klevgränd, en vier minuten om weer naar beneden te komen. Toen hij de tweede keer omhoog begon te lopen was hij kapot.

Helemaal.

Hij liet zich op het eerste bordes vallen en voelde zijn hart als een smidshamer bonken in zijn lichaam, dat niet begreep wat deze man plotseling bezielde, waar hij mee bezig was, waar hij toe in staat was.

Dat was niet zoveel. Nog niet, nu hij zweette en hijgde terwijl hij met veel moeite probeerde om de juiste toetsen van zijn mobiel in te drukken. Uiteindelijk lukte het en kon hij de gefilmde moord op Vera op internet zien.

De film begon met de rug van een man die seks had met een vrouw. Vera en hij. Hij startte de film opnieuw. Was zijn gezicht te zien? Hij twijfelde, maar hij wist dat Forss en zijn team elk beeld nauwkeurig zouden bekijken. De man in de caravan zou bijzonder interessant voor hen zijn. Wat zou er gebeuren als ze hem konden identificeren? Hem konden verbinden aan de plaats delict? Vooral Forss?

Jelle vond het geen prettig idee. Hij mocht die klootzak niet. Forss kon hem heel veel problemen bezorgen als hij het idee kreeg dat Jelle betrokken was bij de moord op Vera.

Jelle speelde de film een stukje verder af. Op het moment dat ze Vera begonnen te mishandelen zette hij hem uit en keek hij uit over de Katarinavägen. Wat een laffe klootzakken, dacht hij, ze hebben gewacht tot ik weg was. Ze durfden niet toen ik er nog was. Ze wilden haar te pakken nemen als ze alleen was.

Arme Vera.

Hij schudde zijn hoofd en streek met een hand over zijn ogen. Wat had hij eigenlijk gevoeld voor Vera? Voordat gebeurde wat gebeurd was?

Verdriet.

Vanaf het moment dat hij haar had ontmoet, hadden haar ogen zich aan de zijne vastgezogen, alsof hij een touwladder naar het leven was. Dat was hij niet. Integendeel. Hij was de afgelopen jaren een flink stuk naar beneden geklommen. Nog niet tot de bodem, waar Vera zich bevond, maar hij stond daar niet veel treden boven.

Nu was zij dood en zat hij hier. Helemaal kapot. Op een stenen trap in de buurt van Slussen. Hij dacht aan haar, hoe hij haar alleen in de caravan had achtergelaten en weg was gegaan. Het was tijd om er iets aan te doen. De trappen op te lopen, nacht na nacht, tot hij zo'n goede conditie had dat hij kon afrekenen met degenen met wie hij moest afrekenen.

De mannen die Vera hadden vermoord.

*

Het was zoals Bertil Magnuson had gevreesd. K Sedovic had verslag uitgebracht. Er logeerde geen Nils Wendt in Stockholm. Waar kon hij dan zijn? Als hij tenminste hier was. Hij had nauwelijks contacten van vroeger over, daar had Bertil discreet naar geïnformeerd. Wendt was een doorgestreepte naam.

Dus?

Bertil kwam overeind en liep naar het raam. De auto's reden geluidloos door de Sveavägen. Een paar jaar geleden was er geluidsisolerend glas aangebracht in de kantoorkant die op straat uitkeek. Een verstandige investering, dacht Bertil, en ineens kreeg hij een idee.

Een ingeving over de plek waar Nils Wendt en zijn weerzinwekkende bandje zouden kunnen zijn.

De jongen met het blonde haar deed voorzichtig. Zijn skateboard was in het midden gebarsten. Hij had hem de vorige dag in een container gevonden en had hem zo goed mogelijk gerepareerd. De wielen waren versleten en het was een steile, geasfalteerde afdaling. Daarna volgde een lang, recht stuk naar de felgekleurde flatgebouwen in Flemingsberg, met wat struiken en bomen. Her en der was een speelveldje. Aan bijna elk balkon hing een schotel. Er woonden hier veel mensen die naar buitenlandse zenders wilden kijken.

De jongen keek naar de zevende verdieping van een van de blauwe flatgebouwen.

Ze zat aan de laminaattafel in de keuken en rookte naar het raam gedraaid, dat op een kier stond. Ze wilde geen rook in de flat. Het liefst wilde ze helemaal stoppen met roken. Dat wilde ze al jaren, maar het was de enige slechte gewoonte die ze had en ze wist dat het weinig resultaat zou hebben. Als ze stopte met roken begon ze met iets anders, iets wat erger was.

Ze heette Ovette Andersson en was de moeder van Acke, een tienjarige jongen met blond haar.

Ovette was tweeënveertig.

Ze blies rook naar buiten en keek uit gewoonte naar de klok aan de muur, hoewel die al een tijd stilstond. Nieuwe batterijen, nieuwe sokken, nieuwe lakens, een nieuw bestaan, dacht ze. De lijst was oneindig lang. Helemaal bovenaan stond een paar nieuwe voetbalschoenen voor Acke. Die zou hij krijgen zodra er geld voor was, dat had ze hem beloofd. Als de huur en de rest waren betaald. De rest bestond onder andere uit een flinke schuld bij de deurwaarder en het afbetalen van een plastisch chirurgische ingreep. Ze had jaren geleden een lening genomen om haar borsten te laten vergroten.

Nu moest ze elk dubbeltje omdraaien.

'Hoi!'

Acke zette zijn gebarsten skateboard neer en liep meteen naar de koelkast om er koud water uit te pakken. Hij vond koud water heerlijk. Ovette zette altijd een paar liter in de koelkast zodat het er was als hij thuiskwam.

Ze woonden in een tweekamerflat in een van de flatgebouwen. Acke zat op de Annerstaschool in het centrum. Nu was het zomervakantie. Ovette trok Acke naar zich toe.

'Ik moet vanavond werken.'

'Dat weet ik.'

'Het kan laat worden.'

'Dat weet ik.'

'Heb je voetbaltraining?'

'Ja,' loog Acke, maar dat wist Ovette niet.

'Vergeet je sleutel niet.'

'Nee.'

Acke had zo lang als hij zich kon herinneren al een eigen sleutel. Hij zorgde een groot deel van de dag voor zichzelf. Het deel dat zijn moeder in de stad was om te werken. Dan voetbalde hij tot het te donker werd en daarna ging hij naar huis en warmde het eten op dat zijn moeder had gekookt. Het was altijd lekker. Daarna ging hij gamen.

Als hij niets anders te doen had.

*

Olivia had haast en haatte grote supermarkten. Vooral die waar ze nog nooit was geweest. Ze haatte het om rond te dwalen door smalle paden met de onder hun last bezwijkende schappen omdat ze op zoek was naar een blikje vongole, waarna ze uiteindelijk gedwongen was het aan een personeelslid te vragen.

'Hoe zei u dat het heet?'

'Vongole.'

'Is dat een groente?'

Ze had vandaag echter geen tijd om kieskeurig te zijn. Ze kwam van de autokeuring in Lännersta en was afgeslagen naar de ICA Maxi in Nacka. Nu haastte ze zich van het parkeerterrein naar de glazen ingang terwijl ze bedacht dat ze waarschijnlijk geen vijf- of tienkronenmunt had en dus een mandje moest nemen. Ze had geen tijd om het briefje van vijftig in haar zak te wisselen. Een paar meter voor de ingang stond een lange, magere man met een krant in zijn hand. Het was een van de daklozen die in hun levensonderhoud voorzagen door *Situation Sthlm* te verkopen. De man had wondjes in zijn gezicht, zijn lange haar zat in de war en glansde van het vet, aan zijn kleding was te zien dat hij de afgelopen weken heel dicht bij de grond had doorgebracht. Olivia keek naar de man. Op de identiteitskaart rond zijn nek stond JELLE. Ze liep snel langs hem. Soms kocht ze een krant, maar vandaag niet. Dat deed ze alleen als ze geen haast had. Ze liep door de glazen draaideur naar binnen en bleef daar abrupt staan. Langzaam draaide ze zich om en keek opnieuw naar de man voor de deur. Zonder dat ze wist waarom, liep ze weer naar buiten, ging een paar meter bij hem vandaan staan en keek naar hem. De man draaide zich om en deed een paar stappen in haar richting.

'Situation Stockholm?'

Olivia zocht in haar zak en pakte het briefje van vijftig, terwijl ze tegelijkertijd naar het gezicht van de man staarde. De man pakte het geld aan en gaf haar het wisselgeld en een krant.

'Dank je.'

Olivia pakte de krant en bereidde zich voor op haar vraag.

'Ben jij soms Tom Stilton?'

'Hoezo? Ja.'

'Er staat Jelle op je ID.'

'Tom Jesper Stilton.'

'Oké.'

'Hoezo?'

Olivia liep weer door de draaideur naar binnen en stopte op dezelfde plek als daarnet. Ze probeerde haar geschokte ademhaling te kalmeren en draaide zich om. De man stopte net zijn stapel kranten in een versleten rugzak en begon weg te lopen. Olivia wist niet wat ze moest doen, maar ze wist in elk geval dat ze iets moest doen. Ze ging weer naar buiten en liep de man achterna. Hij liep behoorlijk snel en ze moest het laatste stuk hollen om hem in te halen. Olivia ging voor hem staan.

'Wat is er? Wil je meer kranten kopen?' vroeg hij.

'Nee. Ik heet Olivia Rönning en ik zit op de Politieacademie. Ik wil met je praten. Over de strandzaak op Nordkoster.'

Het vermoeide gezicht van de man vertoonde geen enkele reactie. Hij draaide zich om en stak de weg over. Een auto moest hard remmen en de chauffeur stak zijn middelvinger op. De man bleef lopen. Olivia bleef staan. Een hele tijd. Net zo lang tot hij afsloeg en uit het zicht verdween en zo bewegingsloos en star dat een oudere man zich geroepen voelde om voorzichtig aan haar te vragen of ze zich wel goed voelde.

Olivia voelde zich allesbehalve goed.

Ze ging in haar auto zitten en probeerde zich te vermannen. Haar auto stond op het parkeerterrein voor de supermarkt waar ze net de man had ontmoet die het moordonderzoek op Nordkoster zestien jaar geleden had geleid.

Voormalig commissaris Tom Stilton.

Jelle?

Hoe had hij Jesper in Jelle kunnen veranderen?

Volgens haar mentor was hij een van de beste moordonderzoekers van Zweden geweest, met een van de snelste carrières in de politiegeschiedenis. En nu verkocht hij *Situation Sthlm*. Een dakloze, die in een bedroevend slechte fysieke staat was. Zo bedroevend dat Olivia haar best had moeten doen om zichzelf ervan te overtuigen dat hij het echt was.

Maar hij was het.

Ze had een aantal foto's van Stilton gezien toen ze de krantenartikelen over de moordzaak in de bibliotheek had gelezen, en ze had een oude foto van hem bij Gunnar in Strömstad gezien. Ze was gefascineerd geweest door zijn intense blik, en had gevonden dat hij zowel een aantrekkelijk als karakteristiek uiterlijk had.

Dat was niet meer zo.

Zijn fysieke verval had zijn uiterlijk van elk karakter beroofd. Zelfs zijn ogen waren gedoofd. Het magere lichaam droeg het langharige hoofd, dat absoluut niet meer op vroeger leek, met tegenzin.

Toch was het Stilton.

Toen ze langs hem liep had ze in eerste instantie instinctief gereageerd, een vaag gevoel had zich gevormd tot een beeld terwijl ze zich naar binnen haastte. Tom Stilton? Dat kan niet. Ze was dus weer naar buiten gegaan en had zijn gezicht bestudeerd.

De neus. De wenkbrauwen. Het litteken bij zijn ene mondhoek. Hij was het. En nu was hij verdwenen.

Olivia keek opzij. Op de stoel naast haar lag een blocnote waarop ze een flink aantal vragen en gedachten over de strandzaak had opgeschreven, om te worden beantwoord door de verantwoordelijke moordonderzoeker.

Tom Stilton.

Een sjofele dakloze.

De dakloze zat intussen bij het Järlameer, met zijn rugzak nog op zijn rug. Zo zat hij soms, niet ver van de houten schuur. Een paar dichte struiken, langzaam stromend water onder een oude houten brug, relatieve stilte.

Hij trok een tak van de struik naast hem, haalde de bladeren eraf, boog voorover en roerde ermee in het bruine water.

Hij was geïrriteerd.

Niet omdat hij herkend was, daar moest hij mee leven. Hij was inderdaad Tom Jesper Stilton en hij was niet van plan om een andere naam aan te nemen. Maar over wat ze had gezegd, het meisje dat voor hem was gaan staan en zo verbijsterd naar hem had gekeken.

Olivia Rönning.

Hij kende haar naam. Heel goed zelfs.

'Ik wil met je praten over de strandzaak op Nordkoster.'

Er zijn eeuwigheden en eeuwigheden, en er zijn eonen. De eeuwigheid van de eeuwigheid. Dat was ongeveer de afstand die Stilton voelde ten opzichte van zijn verleden. Toch was er maar één woord nodig geweest om de eon te laten krimpen tot de grootte van een teek, waarna die gulzig bij hem naar binnen drong.

De strandzaak.

Wat klonk dat onbelangrijk, dacht hij. Een eenvoudig te construeren woord. Strand en zaak. Zelf had hij het woord nooit gebruikt. Hij vond dat het een van de weerzinwekkendste moorden die hij had onderzocht degradeerde. Het klonk als een krantenkop. Zelf had hij de moord altijd Nordkoster genoemd. Concreet. Duidelijk.

En onopgelost.

Waarom Olivia Rönning zich voor Nordkoster interesseerde was zijn probleem niet. Ze kwam uit een andere wereld. Maar ze had een teek in zijn mentale lichaam gestopt. Ze had een snee gemaakt en het verleden losgelaten en dat irriteerde hem. Hij wilde niet geïrriteerd zijn. Niet door het verleden, en al helemaal niet door datgene wat hem al bijna achttien jaar irriteerde.

Jelle trok de tak uit het water.

*

De zomerregen plensde op de demonstranten die zich op het trottoir tegenover het hoofdkantoor van MWM in de Sveavägen hadden verzameld. Op hun spandoeken stonden diverse leuzen: VERLAAT CONGO NU!, PLUNDERAARS!, STOP KINDERARBEID! Iets verderop stond een groepje politieagenten.

Bij de Olof Palmestraat leunde een man tegen een gevel. Hij observeerde de demonstranten, bekeek de spandoeken en las een van de pamfletten.

MWM's coltanwinning verwoest onvervangbaar natuurgebied! In het spoor van de hebberigheid worden gorilla's met uitsterven bedreigd omdat hun voedselvoorziening verdwijnt! Bovendien worden ze gedood voor het vlees en verkocht als bushmeat! Stop MWM's gewetenloze verkrachting van de natuur!

Het pamflet was geïllustreerd met gruwelijke foto's van dode gorilla's, als bloedende jezusfiguren vastgemaakt aan houten palen.

De man liet het pamflet zakken. Hij keek langs de gevel omhoog, naar de bovenste verdieping, waar eigenaar en CEO Bertil Magnuson zijn kantoor had. Daar bleven de ogen van de man op hangen. Hij wist dat Bertil in zijn kantoor was. Hij had hem zien arriveren in de glanzende grijze Jaguar en naar binnen zien glippen.

Je bent oud geworden, Bertil, dacht Nils Wendt. Hij streek met een hand over de zak met het cassettebandje.

En binnenkort zul je je nog veel ouder voelen.

*

In het centrum zou de werkdag over een uur voorbij zijn, voor Ovette Andersson was die net begonnen. Op haar werkplek, het gebied tussen de Rijksbank en de Kunstacademie, was het in principe dag en nacht druk. Auto's reden met een slakkengang door de straat op zoek naar wat in de prostitutiewet 'verkopers van seks' werd genoemd. Alsof het een zakelijke transactie met geslachtsproducten was.

Het duurde niet lang voordat de eerste auto naast Ovette stopte en het raam naar beneden gleed. Toen de formaliteiten afgehandeld waren en Ovette in de auto stapte verdrong ze de laatste gedachte aan Acke. Hij was naar zijn voetbaltraining. Hij had het naar zijn zin. En hij zou binnenkort nieuwe voetbalschoenen krijgen.

Ze trok het portier dicht.

*

Het was bijna zeven uur 's avonds toen Olivia haar appartement binnenstapte. Elvis lag uitgestrekt op de halmat, met zijn poten uitgestrekt alsof hij op een *Playboy*-omslag stond. Hij had aandacht nodig. Olivia pakte hem op en duwde haar gezicht in de zachte vacht van haar geliefde kat. Hij rook vaag naar het eten dat ze 's ochtends voor hem had klaargezet.

Nu ging hij op haar schouder liggen, zijn favoriete positie, en begon aan haar haar te trekken.

Met de kat op haar schouder pakte ze een pak sap uit de koelkast en ging aan de keukentafel zitten. Terwijl ze vanaf Nacka naar huis reed, had ze nagedacht over Stilton. Ze had hem eindelijk gevonden en hij was een dakloze. Prima. Ze ging ervan uit dat er redenen voor waren die haar niets aangingen. Maar hij was nog steeds een belangrijke bron voor de strandzaak. Blijkbaar een totaal ongeïnteresseerde bron, maar toch. Ze kon de zaak natuurlijk laten voor wat die was, het was tenslotte vrijwillig, maar zo zat ze niet in elkaar.

Integendeel.

De ontmoeting met Stilton had de zaak een nieuwe dimensie gegeven, voor haar en haar gemakkelijk te verleiden fantasie. Had Stiltons reis van gevierde commissaris tot fysiek wrak iets met de strandzaak te maken? Was hij zes jaar geleden iets op het spoor gekomen en was hij daarom gestopt bij de politie? Maar ze had overal gehoord dat hij om privéredenen was gestopt.

'Niet alleen,' had Åke Gustafsson toegegeven toen ze hem opnieuw had gebeld en een beetje onder druk had gezet.

'Wat was er nog meer?'

'Er was een conflict over een onderzoek.'

'De strandzaak?'

'Dat weet ik niet, ik zat toen op de Politieacademie en heb het via via gehoord.'

'Er was dus nog een reden dat hij gestopt is?'

'Dat zou kunnen.'

Meer had Olivia's fantasie niet nodig. Misschien was hij gestopt omdat er een conflict was geweest dat met de strandzaak te maken had, of het ging om een andere zaak die daarmee te maken had. Waar was Stilton mee bezig toen hij stopte? Kon ze daarachter komen?

Ze nam een besluit. Ze zou Stilton niet loslaten. Ze zou hem opjagen zolang dat nodig was. Of, concreter gezegd, ze zou naar de redactie van *Situation Sthlm* gaan en zo veel mogelijk over Stilton te weten zien te komen.

En daarna nam ze weer contact met hem op.

Een beetje beter voorbereid deze keer.

*

Ze kwamen elkaar 's nachts, net na één uur, toevallig tegen op Harald Lindbergs trappen. Stilton liep voor de vierde keer naar beneden terwijl Minken naar boven liep.

Ze ontmoetten elkaar op het tweede bordes.

'Hallo.'

'Pijn in je tanden?'

'Ga zitten.'

Stilton wees naar een traptrede. Minken reageerde meteen. Niet alleen om de afgemeten toon, maar ook omdat Stilton niet verder liep. Wilde hij praten? Minken keek naar de bewuste traptrede en vroeg zich af wanneer er voor het laatst hondenpoep op had gelegen. Hij ging zitten en Stilton nam naast hem plaats. Zo dichtbij dat Minken een onaangename lucht van afval en ammoniak en zweet in zijn neus kreeg.

'Hoe is het, Tom?' vroeg hij met zijn piepstem.

'Ze hebben Vera doodgeschopt.'

'Was zij de vrouw in die caravan?'

'Ja.'

'Kende je haar?'

'Ja.'

'Weet je wie het gedaan heeft?'

'Nee. Jij?'

'Waarom zou ik dat moeten weten?'

'Vroeger wist je het eerder dan de meeste anderen als er iets aan de hand was. Ben je dat kwijtgeraakt?'

Het was een opmerking waar iedereen behalve Stilton een kopstoot op de neuswortel voor gekregen zou hebben. Je gaf Stilton geen kopstoot. Minken slikte en keek naar de stinkende dakloze naast hem. Jaren geleden waren de rollen aanzienlijk omgedraaid geweest. Toen had Minken een paar treden lager op de sociale ladder gestaan en Stilton absoluut een paar treden hoger.

Nu was het zoals het was. Minken trok aan zijn paardenstaart.

'Wil je hulp?'

'Ja,' zei Stilton.

'Oké. En wat ben je van plan te gaan doen? Als je ze te pakken krijgt?'

'Ze de groeten van Vera doen.'

Stilton ging staan. Twee traptreden lager draaide hij zich om.

'Ik ben 's nachts rond deze tijd hier. Laat wat van je horen.'

Hij liep verder naar beneden terwijl Minken enigszins overrompeld

bleef zitten. Er was iets veranderd aan Stilton, iets in zijn manier van bewegen, of zijn ogen.
Hij keek recht uit zijn ogen.
De afgelopen jaren was zijn blik weggegleden zodra je probeerde die te vangen. Nu had hij in Minkens ogen gekeken en was zijn blik geen millimeter verplaatst.
Jelle had de blik van Tom Stilton terug.
Wat was er gebeurd?

Stilton was tevreden met de ontmoeting op de trap. Hij kende Minken en wist waar hij toe in staat was. Een van Minkens weinige talenten was dingen opvangen. Een opmerking hier, een afgeluisterd gesprek daar. Hij bewoog zich voortdurend in de juiste kringen, ving overal fragmenten op en voegde die samen tot een patroon. Een naam. Een gebeurtenis. Onder andere omstandigheden zou hij een fantastische omgevingsanalyticus geweest kunnen zijn.
Onder heel andere omstandigheden.
Maar Minken had voordeel van zijn talent, vooral nadat hij in contact was gekomen met de toenmalige commissaris Tom Stilton. Stilton had al snel beseft hoe hij voordeel kon hebben van Minkens absorberende vermogen en gewetenloze verlinken.
'Ik verlink niet!'
'Sorry.'
'Denk je verdomme dat ik een verrader ben?'
Stilton kon zich het gesprek nog steeds herinneren. Minken was verschrikkelijk verontwaardigd geweest.
'Ik beschouw je als een informant. Hoe zie jij jezelf?' vroeg Stilton.
'Informant is goed. Twee vakmensen die ervaringen uitwisselen is beter.'
'En wat is jouw vak?'
'Evenwichtskunstenaar.'
Op dat moment had Stilton beseft dat Minken een complexere verklikker was dan de anderen die hij gebruikte, en dat hij voorzichtig met hem zou moeten omgaan.
Een evenwichtskunstenaar.

Een uur later liep Stilton met een verhuisdoos in zijn handen door het bos Niets. Hij was de ontmoeting met Minken vergeten en was volledig geconcentreerd op de grauwe caravan. Hij had besloten er te gaan wonen.

Voorlopig.

Hij wist dat de politie het onderzoek had afgerond en dat de gemeente hem daar weg wilde hebben. Maar de moord op Vera had zand in de ambtelijke molens gestrooid en de caravan stond er nog. Zolang dat zo was wilde Stilton er slapen. Als hem dat lukte.

In het begin was het absoluut niet gemakkelijk. Alleen al het zien van de bank waarop ze seks hadden gehad, bracht hem uit zijn evenwicht. Maar hij zette de doos op de vloer en ging op de bank ertegenover zitten. Het was hier droog, er hing een lamp en er waren slaapplaatsen. En met een nieuwe slang en wat geknutsel zou hij het kooktoestel op flessengas waarschijnlijk ook weer aan de praat krijgen. De mieren konden hem niet schelen. Hij keek om zich heen. De politie had de meeste persoonlijke spullen van Vera meegenomen, met inbegrip van de tekening van een harpoen die hij een keer had gemaakt. Hier, bij de tafel, toen Vera wilde weten hoe zijn jeugd was geweest.

'Als een harpoen?'

'Ongeveer.'

Hij had een beetje over Rödlöga verteld. Hoe het was om op te groeien bij een oma die herinneringen had aan de tijden van zeehondenjachten en jutten. Vera had elk woord in zich opgezogen.

'Dat klinkt als een fijne jeugd. Of niet soms?'

'Het was fijn.'

Meer hoefde ze niet te weten. Meer wist niemand, behalve Mette en Mårten Olsäter en zijn ex-vrouw. Maar daar bleef het bij.

Zelfs Abbas el Fassi wist niets.

Nu zat Rune Forss waarschijnlijk in een felgeel kantoor op het politiebureau en bestudeerde de tekening van de harpoen terwijl hij zich afvroeg of het iets te maken kon hebben met de moord op Vera Larsson. Stilton glimlachte. Forss was een idioot. Hij zou de moord op Vera nooit oplossen. Hij zou het niet eens proberen. Hij zou zijn uren noteren en zijn rapport opstellen en daarna zou hij zijn dikke vingers in een bowlingbal persen.

Daar lag zijn betrokkenheid.

Stilton ging op de bank liggen, maar kwam meteen daarna weer overeind.

Het was absoluut niet gemakkelijk om Vera's caravan in beslag te nemen. Hij voelde dat ze nog steeds aanwezig was. Hij zag het ook. Het opgedroogde bloed op de vloer had sporen achtergelaten. Hij kwam overeind en stompte hard met zijn vuist tegen de wand.

Daarna keek hij weer naar de bloedsporen.

Hij had nooit in termen van wraak gedacht. Als moordonderzoeker had hij een afstandelijke houding tegenover zowel slachtoffer als dader gehad. In sommige gevallen was hij hoogstens geraakt door familieleden. Mensen die nietsvermoedend plotseling een blikseminslag in hun hart kregen. Hij kon zich nog steeds herinneren dat hij op een vroege ochtend een alleenstaande moeder moest wekken om haar te vertellen dat haar enige zoon net had bekend dat hij drie mensen had vermoord.

'Mijn zoon?'

'U hebt een zoon die Lage Svensson heet.'

'Ja? Wat zei u dat hij gedaan heeft?'

Dat soort gesprekken. Die konden Stilton een tijdje bijblijven.

Maar nooit wraak.

Tot nu. Met Vera. Dat was anders.

Hij liet zich weer op de bank zakken en keek naar het smerige plafond. De regen kletterde op het gebarsten plexiraam. Langzaam begon hij iets binnen te laten van wat hij anders buitensloot.

Hoe was hij hier terechtgekomen? In een caravan met mieren en een opgedroogde plas bloed en een lichaam dat bijna niets meer kon.

Hij wist wat het had veroorzaakt, zes jaar geleden, dat zou hij nooit vergeten. Het waren zijn moeders laatste woorden geweest. Maar hij was er toch verbijsterd over hoe snel hij de grip op zijn leven was kwijtgeraakt. Hoe gemakkelijk het was geweest toen hij de beslissing eenmaal had genomen. Hoe snel hij zichzelf had leeggemaakt. Doelbewust. Hoe hij alles had losgelaten wat hij kon loslaten en zich actief had ingespannen om af te zakken. En hoe gemakkelijk het een op het ander was gevolgd. Hoe het hem zonder enige weerstand was gelukt om zich terug te trekken. Af te glijden. Uit te schakelen. Hoe eenvoudig het was om weg te zakken in een vegetatieve toestand zonder eisen.

In de leegte.

Hij had nagedacht in die leegte, vele malen, nadat hij zichzelf uit het bestaan van alle anderen had gesneden. Over primaire zaken zoals leven en dood, het bestaan. Hij had dingen in perspectief gezien, had geprobeerd een anker te vinden, een bedoeling, iets om zijn leven aan op te hangen. Hij had niets gevonden. Geen spijker. Niet eens een punaise. Door zijn val van een bestaan in de normaliteit naar een leven vol minachting had hij met lege handen gestaan. Zowel fysiek als mentaal.

Een tijdlang had hij geprobeerd om zijn bestaan als een vorm van vrijheid te zien. Vrij van sociale dwang, van verantwoordelijkheid, van alles.

Hij was een vrij mens!

Het was een leugen waar een deel van de daklozen gebruik van maakte. Hij had het vrij snel losgelaten. Hij was geen vrij mens, en dat wist hij.

Maar hij was wel een mens.

Een wrak in een caravan, zouden velen vinden, wat terecht was. Maar wel een wrak dat had geleerd dat iemand die zijn laagste punt heeft bereikt toch vaste grond onder zijn voeten heeft. Dat was meer dan veel mensen aan de top konden zeggen. Stilton ging zitten. Zou het in Vera's caravan ook zo worden? Dat hij voortdurend aan het piekeren was? Daarom had hij juist uit de houten schuur weggewild. Hij zocht in zijn rugzak en haalde een pillendoosje tevoorschijn dat hij op de tafel legde.

Zijn vluchtdoosje.

Hij had vrij snel na zijn neergang geleerd hoe hij bepaalde problemen kon oplossen. Je vlucht. Je schenkt een glas water in, neemt een paar Stesolids en slikt je dosis vlucht door.

Moeilijker dan dat was het niet.

'Je bent net Ljugarbenke.'

'Wie?'

Stilton kon zich het gesprek nog goed herinneren. Hij zat met een oude bajesklant op het Mosebackeplein en voelde zich heel beroerd. Toen hij uiteindelijk zijn doosje pakte, had de man hoofdschuddend naar hem gekeken.

'Je bent net Ljugarbenke.'

'Wie?'

'Hij vluchtte altijd. Zodra hem iets dwarszat slikte hij een pilletje, ging op de vloer liggen en luisterde naar Tom Waits, die in die tijd nog alcoholist was, maar wat had het voor nut? Hij stierf dertig jaar later op dezelfde vloer en het duurde een week voordat iemand reageerde. Tom Waits deed het niet. Zo is dat. Je vlucht, en als je ver genoeg vlucht, dan is er niemand die je vindt voordat het door de brievenbus begint te stinken. Wat heb je daaraan?'

Stilton had gezwegen. Waarom zou hij antwoord geven op iets waarop hij zelf geen antwoord had? Als je de grip kwijt bent, dan ben je die kwijt en dan vlucht je om het uit te kunnen houden.

Stilton pakte het pillendoosje.

Hij had maling aan Ljugarbenke.

*

Acke was niet naar zijn voetbaltraining gegaan, zoals Ovette dacht. Hij was op een heel andere plek, ver bij zijn huis vandaan.

Hij was opgehaald door een paar oudere jongens en zat nu ineengedoken bij een rotswand. Zijn ogen zogen zich vast aan wat er een stukje verderop gebeurde. Het was de tweede keer dat hij mee was. Hier. In de enorme ondergrondse ruimte die oorspronkelijk was bedoeld voor een waterzuiveringsinstallatie, ergens in Årsta.

Diep, diep onder de grond.

In de verte hadden ze gekleurde schijnwerpers opgehangen. De lampen verlichtten de ruimte in blauw en groen en rood. Acke kon het geluid van wat er bezig was duidelijk horen. Het was geen prettig geluid. Hij merkte dat hij zijn handen voor zijn oren hield en haalde ze snel weg. Hij mocht zijn handen waarschijnlijk niet voor zijn oren houden.

Acke was bang.

Hij haalde een aansteker tevoorschijn en speelde er een beetje mee.

Het zou al snel zijn beurt zijn.

Hij dacht aan het geld. Als het goed ging zou hij geld krijgen, dat hadden ze beloofd. Als het niet goed ging, kreeg hij niets. Er was nooit geld, alleen voor de hoogstnoodzakelijke dingen. Nooit voor iets anders. Iets wat mama en hij samen konden doen. Zoals vrienden van hem met hun ouders deden. Naar Gröna Lund of zoiets gaan. Zijn moeder zei dat ze daar geen geld voor had.

Acke wilde het geld aan haar geven. Hij had al een smoes bedacht. Hij zou zeggen dat hij een kraslot had gevonden waarop honderd kronen was gevallen.

Dat zou hij vanavond krijgen als het goed was gegaan.

En dat zou hij aan zijn moeder geven.

Het licht dat van het staal weerkaatste, verblindde Ackes ogen.

De twee gestalten hurkten achter een bestelwagen.

Het was bijna twaalf uur 's middags, midden in een villawijk in Bromma. Een vader die een kinderwagen duwde passeerde op het trottoir aan de overkant. De oordopjes van zijn mobiel zaten in zijn oren en het gesprek ging over het werk. Vaderschapsverlof hebben was één ding, het werk loslaten iets heel anders. Gelukkig kon het tegenwoordig gecombineerd worden. Dus met volledige focus op het werk en iets minder focus op het kind in de wagen liep hij langs en verdween.

De gestalten keken elkaar aan.

De straat was weer leeg.

Snel liepen ze de tuin in naar de achterkant van het huis. De tuin stond vol appelbomen en grote seringenstruiken, waardoor ze redelijk beschermd waren tegen blikken van buitenaf. Ze braken de keukendeur stil en effectief open en gingen naar binnen.

Een halfuur later stopte er een taxi voor de gele villa in Bromma. Eva Carlsén stapte uit. Ze keek naar haar huis en bedacht dat ze een nieuw pannendak moest hebben. En nieuwe afvoerpijpen. Dat was haar taak nu. Eerder was het de taak van haar man Anders geweest, maar na de scheiding was zij degene die alles moest regelen.

De praktische zaken. Het onderhoud van het huis, het bijhouden van de tuin en al het andere.

Ze liep door het hek naar binnen. Plotseling sneed de woede als een scheermes door haar hersenen. Snel en effectief sneed die de wond weer open. In de steek gelaten! Afgewezen! Gedumpt! Het kwam met zoveel kracht omhoog dat ze moest blijven staan. Heel even verloor ze haar evenwicht. Verdomme, dacht ze. Ze haatte het om geen controle over zichzelf te hebben. Ze was een logisch denkende vrouw en vond het verschrikkelijk als ze haar zelfbeheersing verloor. Ze haalde een paar keer diep adem om zichzelf te kalmeren. Hij is het niet waard, dacht ze. Hij is het niet waard, hij is het niet waard. Alsof het een mantra was.

Ze liep verder naar het huis.

Twee paar ogen volgden haar van het hek tot de voordeur. Toen ze uit het zicht was, slopen ze bij de gordijnen vandaan.

Eva opende haar handtas om de sleutel te pakken. Plotseling zag ze iets bewegen in het huis van de buren. Monika stond waarschijnlijk te spioneren. Haar buurvrouw had altijd een enorme zwak voor Anders gehad. Ze had achter het hek met glinsterende ogen gelachen om zijn grapjes, en ze had haar leedvermaak nauwelijks kunnen verbergen toen ze over de scheiding hoorde.

Eva pakte de sleutel, stak hem in het slot en duwde de deur open. Ze besloot een douche te nemen om alle destructieve gevoelens weg te spoelen, zodat ze zich op andere dingen kon concentreren, zoals haar serie artikelen. Ze deed een paar stappen de hal in en draaide zich naar de garderobe om haar jas op te hangen.

Op dat moment werd ze van achteren neergeslagen.

*

De verkoopbijeenkomst was net afgelopen en iedereen wilde de stad in om te verkopen. Olivia moest bij de deur opzijstappen om de onafgebroken pratende, illustere stroom daklozen met stapels kranten in hun handen erdoor te laten. Muriel kwam als laatste naar buiten. Ze had bij wijze van ontbijt een Galax genomen en voelde zich fantastisch. Ze had geen kranten bij zich omdat ze geen verkoopster was. Om *Situation Sthlm* te mogen verkopen moest je aan bepaalde voorwaarden voldoen. Bijvoorbeeld gebruikmaken van de sociale steun die de maatschappij bood. Of contacten hebben binnen de sociale dienst, de penitentiaire behandeling of de psychiatrie. Muriel had dat allemaal niet. Ze was alleen blij als ze deed wat ze wilde en op jacht naar drugs kon gaan. Nu liep ze het laatst van allemaal naar buiten, waarna Olivia de kans had om naar binnen te gaan. Ze liep meteen naar de receptie en vroeg naar Jelle.

'Jelle? Ik weet niet waar hij is, hij was vandaag niet bij de bijeenkomst.'

De man achter de receptie keek naar Olivia.

'Woont hij ergens?' vroeg ze.

'Nee, hij is dakloos.'

'Maar hij komt hiernaartoe?'

'Ja, als hij kranten haalt.'

'Heeft hij een mobiel?'

'Dat denk ik wel, als die niet gejat is.'

'Heb je zijn nummer?'

'Dat mag ik niet geven.'

'Waarom niet?'

'Omdat ik niet weet of hij wil dat ik dat doe.'

Dat respecteerde Olivia. Zelfs als dakloze had je recht op een zekere integriteit. Ze liet haar mobiele nummer achter en vroeg de man of hij het aan Stilton wilde geven als hij opdook.

'Je kunt naar de telecomwinkel bij Hornstull gaan,' zei Bo Fast, die in een hoek zat en het gesprek gehoord had. Olivia draaide zich naar hem om.

'Daar komt hij weleens,' zei hij.

'O ja? Dank je.'

'Heb je Jelle ontmoet?'

'Eén keer.'

'Hij is nogal bijzonder...'

'Op wat voor manier?'

'Gewoon, bijzonder.'

Goed, dacht Olivia. Hij is bijzonder. In verhouding tot wat? Andere daklozen? Zijn verleden? Wat bedoelde hij? Ze had een heleboel vragen maar beschouwde Bo Fast niet als een informatiebron. Ze moest waarschijnlijk wachten tot de juiste bron contact met haar opnam, als hij dat tenminste deed.

Waaraan ze twijfelde.

*

Het ambulancepersoneel drukte een zuurstofmasker op Eva Carlséns gezicht en tilde haar snel in de ambulance. Haar achterhoofd bloedde hevig. Als haar buurvrouw Monika de open deur midden op de dag niet had gezien en nieuwsgierig was geworden, was het misschien slecht afgelopen. De ambulance verdween met loeiende sirenes, waarna een politieagent een blocnote en een pen tevoorschijn haalde en zich tot Monika wendde.

Nee, ze had geen vreemde personen of auto's in de buurt gezien en niets ongewoons gehoord.

De politieagenten in de villa hadden meer succes. Het hele huis leek doorzocht te zijn. Overal vonden ze leeggehaalde lades en kasten, omgegooide bureaus en kapot serviesgoed.

Het was pure vernieling.

'Een inbraak?' zei de ene politieagent tegen de andere.

*

Stilton had meer kranten nodig. Hij had alle kranten die hij nog had verkocht, inclusief het exemplaar dat Olivia Rönning had gekocht. Nu kocht hij er tien bij.

'Jelle!' riep de receptionist naar hem.

'Ja?'

'Er is hier een meisje geweest dat naar je vroeg.'

'O ja?'

'Ze heeft haar mobiele nummer achtergelaten...'

Stilton kreeg een briefje met een nummer en zag dat er Olivia Rönning onder stond. Hij liep naar de ronde tafel en ging zitten. Aan de muur achter hem hing een groot aantal foto's in zwarte lijsten van daklozen die het afgelopen jaar waren overleden. Gemiddeld stierf er één per maand en kwamen er drie bij.

Vera's foto was net opgehangen.

Stilton wreef het briefje met het nummer geïrriteerd tussen zijn vingers. Hij hield er niet van als mensen hem volgden. Als hij niet met rust gelaten werd. Als ze probeerden zijn leegte binnen te stappen. Vooral als dat mensen met een dak boven hun hoofd waren, zoals Olivia Rönning.

Hij keek weer naar het briefje. Hij had twee mogelijkheden. Haar bellen om het achter de rug te hebben, antwoord op haar vragen te geven en te verdwijnen. Of gewoon niet bellen, maar dan liep hij het risico dat ze naar Vera's caravan zou komen en naar binnen zou willen. Dat wilde hij absoluut niet.

Hij belde.

'Olivia.'

'Met Jelle. Tom Stilton. Bel me terug.'

Stilton verbrak de verbinding. Hij was niet van plan om zijn beltegoed aan Rönning te verspillen.

'Hallo, met Olivia. Wat fijn dat je belt.'

'Ik heb haast.'

'Goed, maar ik... Kunnen we elkaar ontmoeten? Heel kort? Ik kan...'

'Wat zijn het voor vragen?'

'Eh... Wil je dat ik ze nu stel?'

Stilton gaf geen antwoord, wat Olivia als een bevestiging beschouwde. Gelukkig had ze haar blocnote naast zich liggen en ze begon haar vragen te stellen. Snel, omdat ze niet wist of ze nog een keer contact met hem zou hebben. Of er nog een volgende keer zou zijn.

‘Was de vrouw op het strand bedwelmd toen ze verdronk? Waar waren haar kleren, hebben jullie die gevonden? Hebben jullie DNA van de baby afgenomen? Wisten jullie zeker dat er behalve het slachtoffer maar drie mensen op het strand waren? Hoe wisten jullie dat ze van Latijns-Amerikaanse afkomst was?’

Het lukte Olivia om nog een paar vragen te stellen voordat Stilton het gesprek plotseling verbrak. Midden in een zin.

Olivia zat in haar auto met de kap naar beneden en een zwijgende mobiel in haar hand.

‘Verdomde klootzak!’ vloekte ze.

‘Wie? Ik?’

Een voetganger liep net voor de auto langs en dacht dat Olivia’s woorden voor hem bedoeld waren.

‘Je staat verdomme op een zebrapad!’

Wat ook zo was. Ze was boven op de rem gaan staan toen Stilton belde en was op een zebrapad tot stilstand gekomen. Daar stond ze nog. De voetganger stak zijn middelvinger naar haar op voordat hij verder liep.

‘Jij ook nog een fijne dag!’ riep Olivia hem na, waarna ze woedend plankgas gaf.

Wie dacht Stilton verdomme dat hij was? Een sjofele dakloze die haar als oud vuil behandelde? En dacht hij dat hij daarmee weg zou komen?

Ze maakte een streng verboden U-bocht en reed weg.

De winkel heette Mobiele Telefoons en lag in de Långholmsgatan, recht tegenover de metro-ingang bij Hornstull. Achter de smerige etalage lagen mobieltjes, wekkers en nog wat spullen. Olivia liep vastbesloten naar de winkeldeur en deed hem open. Een smoezelig, grijs gordijn hing voor de ingang. De winkelruimte had een oppervlakte van vier vierkante meter en had rondom glazen vitrines met mobieltjes. Honderden. Van alle merken, alle kleuren en allemaal tweedehands. Op een paar planken achter de toonbank stonden gele en blauwe plastic bakken met nog meer tweedehandsmobieltjes. En in een klein gedeelte helemaal achterin lagen eveneens tweedehandsmobieltjes die blijkbaar gerepareerd moesten worden.

Het was niet bepaald de Media Markt.

‘Hallo, ik ben op zoek naar Tom Stilton, weet jij waar ik hem te pakken kan krijgen?’ vroeg Olivia aan de man die bij een van de glazen vitrines stond. Ze probeerde eruit te zien alsof ze vriendelijk en kalm was en op zoek was naar een vriend, hoewel ze zich zo absoluut niet voelde.

'Stilton? Die ken ik niet...'
'Jelle dan, misschien noemt hij zich Jelle.'
'Echt? Heet Jelle Stilton?'
'Ja.'
'Jezus, is dat niet zo'n smerige stinkkaas?'
'Dat klopt.'
'Heet hij net als die stinkkaas?'
'Blijkbaar. Weet je waar hij is?'
'Nu?'
'Ja?'
'Nee. Hij komt hier soms langs, als ze mobieltjes hebben gejat, ze stelen als raven van elkaar, maar dat is alweer een paar dagen geleden.'
'Aha...'
'Maar je kunt het aan Wejle vragen. Hij staat kranten te verkopen bij de metro, misschien weet hij waar Jelle is.'
'En hoe ziet Wejle eruit?'
'Die zie je niet over het hoofd.'

De winkeleigenaar had helemaal gelijk. Wejle zag je niet over het hoofd. Behalve dat hij met een bijzonder doordringende stem *Situation Sthlm* verkocht, had hij een uiterlijk waarmee hij zich duidelijk onderscheidde van de stroom metroreizigers. De slappe hoed, bijvoorbeeld, afgezet met veren van beschermde vogels. Zijn snor, die deed denken aan Åke Gustafssons wenkbrauwen. En zijn ogen, die donker, intens en heel vriendelijk waren.
'Jelle, lieve dame, Jelle vind je niet waar je hem hebt neergezet.'
Olivia vermoedde dat hij bedoelde dat Jelle wispelturig was.
'En waar hangt hij de laatste tijd uit?'
'Dat is geheim.'
'Sorry?'
'Jelle sluipt 's nachts rond, waar weet niemand precies. Je kunt met hem op een bank bij Jakan zitten pimpelen en praten over het al dan niet bestaan van nertsen en plotseling is hij verdwenen. Als een zeehondenjager, hij wordt één met de rotsen.'
Olivia besefte dat Wejle waarschijnlijk veel kwaliteiten had als verkoper, maar niet als informant. Ze kocht een krant van hem die ze al had en liep naar haar auto.
Op dat moment belde hij.

Stilton had een beslissing genomen. Hij besefte dat hij onbeschoft had gereageerd tijdens het gesprek met Olivia, wat hem niet veel zorgen baarde. Sociale finesse was geen deugd in de kringen waar hij zich ophield. Maar hij was bang dat ze boos was en hem nog meer achterna zou zitten. Hij wilde het achter de rug hebben. Echt, deze keer.

Maar niet in de caravan. Hij zou haar naar een plek laten komen die haar zou laten beseffen dat ze allebei hun eigen wereld hadden, en dat die werelden elkaar maar één keer zouden raken.

Vandaag.

Het duurde even voordat Olivia het gevonden had. Ze woonde zelf verbazingwekkend dichtbij, bijna om de hoek. Het adres Bondegatan 25A was het probleem dus niet, maar wel waar de grofvuilopslag was. Stilton had haar weliswaar de noodzakelijke cijfercombinaties van de traliehekken gegeven, maar het kostte toch tijd.

Vooral toen ze in een van de betonnen gangen een man tegenkwam in een korte broek met brede bretels en een nekkraag die niet was gewassen sinds hij omgedaan was. Bovendien had de man een wonderlijke rode bril op en leek hij aangeschoten.

'En waar denk jij naartoe te gaan? Naar Bibblan?' vroeg hij.

'Bibblan?'

'Ze moet vandaag wassen, dus je moet haar tijd niet inpikken, anders beland je in de droogtrommel!'

'Ik zoek de vuilnisruimte.'

'Ga je daar pitten?'

'Nee.'

'Goed zo. Ik heb rattengif gestrooid.'

'Zitten er ratten in het grofvuil?'

'Sommigen noemen ze bevers, ze zijn tot een halve meter groot. Geen omgeving voor een jonge meid zoals jij.'

'Waar vind ik de vuilnisruimte?'

De man met de nekkraag wees naar een gang en Olivia glipte langs hem. Op weg naar de ratten.

'Zijn hier ratten?'

Olivia stelde de vraag op het moment dat Stilton de stevige metalen deur openduwde.

'Nee.'

Hij verdween in de duisternis. Olivia trok de deur verder open en liep achter hem aan.

'Doe de deur dicht.'

Olivia wist niet zeker of ze dat moest doen. De deur was tenslotte een vluchtweg. Maar ze deed het wel. Op dat moment rook ze de stank. Een stank waar bepaalde vuilnisruimtes geen last van hebben – vuilnisruimtes waar het ventilatiesysteem werkte zoals het moest – maar hier was dat niet zo.

De stank was verschrikkelijk.

Olivia hield een hand voor haar neus en mond en probeerde haar ogen aan de duisternis te laten wennen. Die was niet volledig, midden op de vloer brandde een theelichtje. Met behulp daarvan zag ze de contour van Stilton bij de muur. Hij zat op de betonnnen vloer.

'Je hebt een theelichtje tot je beschikking,' zei hij.

'Tot mijn beschikking?'

'Tot het opgebrand is.'

Stiltons stem was kalm en kortaf. Hij had besloten hoe hij zich zou opstellen. Olivia had echter besloten om antwoord op al haar vragen te krijgen.

Daarna zou ze weggaan en nooit meer een voet in de buurt van Tom Stilton zetten.

De stinkkaas.

'Tja, wat betreft mijn vragen...'

'De vrouw op het strand was niet bedwelmd. De hoeveelheid Rohypnol in haar lichaam was voldoende om haar kalm te houden, maar niet om buiten bewustzijn te raken. Ze was dus wakker toen ze begraven werd. Haar jas was het enige kledingstuk dat we gevonden hebben. We gingen ervan uit dat de daders de rest meegenomen hadden, maar dat ze de jas in de duisternis over het hoofd hadden gezien. Het enige van waarde dat we in de jas vonden was een oorbel.'

'Daar stond niets over in...'

'We hebben bloedproeven van de baby genomen. Die zijn voor DNA-analyse naar Engeland gestuurd om een eventueel vaderschap te kunnen vaststellen als iemand zich zou melden. Dat gebeurde echter niet. We wisten niet zeker of er behalve het slachtoffer maar drie personen op het strand waren. De getuige was negen. Hij was doodsbang en heeft de gebeurtenis in het donker van ongeveer honderd meter afstand gezien. Het was echter het enige wat we hadden. We hebben die informatie niet kunnen weerleggen. De vrouw was waarschijnlijk van Latijns-Amerikaanse afkomst, maar dat hebben we niet vast kunnen stellen. Ove Gardman woonde in de buurt van het strand, hij alarmeerde zijn ouders en het duurde ongeveer vijfenveertig minuten voordat de ambulancehelikopter ter plaatse was. Nog meer vragen?'

Oliva staarde in het donker naar Stilton. Het theelichtje flakkerde een beetje. Hij had antwoord gegeven op alle vragen die ze in haar mobiel had gerateld, in precies dezelfde volgorde waarin zij ze had gesteld. Wie was hij verdomme?

Ze probeerde concreet te blijven.

'Waarom was de oorbel belangrijk?'

'Omdat het slachtoffer geen gaatjes in haar oren had.'

'En het was zo'n oorbel?'

'Ja. Ben je klaar?'

'Nee, ik zou heel graag willen weten wat jullie voor theorieën hadden,' zei ze.

'We hadden er veel.'

'Zoals?'

'Drugs, dat de vrouw een drugskoerier was, voor een kartel werkte en dat er iets mis was gegaan met de levering. We hebben een junk verhoord die voor de moord plaatsvond op het eiland was, maar dat leidde nergens toe. Illegale immigratie, dat de vrouw haar smokkelaars niet kon betalen. Mensenhandel, dat de vrouw zich prostitueerde of had geprobeerd voor haar pooier te vluchten en was vermoord. Geen enkele theorie hield stand. Het grootste probleem was dat de vrouw nooit geïdentificeerd is.'

'En niemand heeft haar als vermist opgegeven?'

'Nee.'

'Maar er moet toch een vader van het kind zijn geweest?'

'Ja, maar misschien wist hij niet dat ze zwanger was. Of was hij een van de daders.'

Daar had Olivia nog niet aan gedacht.

'Waren er theorieën over een sekte?' vroeg ze.

'Een sekte?'

'Ja, dat het door een sekte is gedaan die zich bezighoudt met eb en vloed en de maan en...'

'We hebben nooit aan een sekte gedacht.'

'Oké. Maar de plek dan, Nordkoster? Dat is tenslotte een lastige plek om naartoe te komen en te vertrekken. Geen ideale plek voor een moord.'

'En hoe ziet de ideale plek voor een moord eruit?'

'Een die je snel kunt verlaten als je een heel geavanceerde moord hebt gepland.'

Stilton zweeg een paar seconden.

'De plek verbaasde ons.'

Op dat moment doofde het theelichtje.

'Je tijd is voorbij.'

'Jackie Berglund,' zei Olivia.

Het was nu aardedonker in de grofvuilruimte. Ze zagen elkaar niet meer. Alleen het geluid van hun ademhaling was te horen. Komen de bevers nu tevoorschijn? dacht Olivia.

'Wat is er met Jackie Berglund?'

Stilton gaf haar nog een paar seconden in de duisternis.

'Ik heb het idee dat zij er op de een of andere manier bij betrokken was, ze was tenslotte een escortmeisje en het slachtoffer was dat misschien ook, of misschien kende ze Jackie. Zijn jullie nagegaan of er een connectie tussen hen was?'

Stilton gaf niet meteen antwoord. Hij dacht aan Jackie Berglund en het feit dat het meisje in de duisternis hetzelfde dacht als hij tijdens het onderzoek had gedaan.

'Nee. Ben je klaar?' zei hij in plaats daarvan.

Olivia was nog lang niet klaar, maar ze begreep dat Stilton dat wel was en kwam overeind.

Waarschijnlijk kwam het door de duisternis, de relatieve anonimiteit, maar terwijl ze op de tast naar de metalen deur liep, stelde ze nog een vraag. Achter zich, in de duisternis.

'Waarom ben je een zwerver?'

'Ik ben dakloos.'

'En waarom ben je dat?'

'Omdat ik geen plek heb om te wonen.'

Meer zei hij niet. Olivia was bij de deur en duwde de deurkruk naar beneden. Ze wilde hem net opendoen toen hij weer begon te praten.

'Luister.'

'Ja?'

'Je vader was bij het onderzoek betrokken.'

'Ik weet het.'

'Waarom vraag je het hem niet?'

'Hij is vier jaar geleden gestorven.'

Olivia duwde de deur open en liep naar buiten.

Hij wist dus niet dat haar vader dood was, dacht ze op weg naar haar auto. Hoe lang was hij al dakloos? Vanaf het moment dat hij bij de politie was gestopt? Zes jaar? Maar zo snel takel je toch niet af? Dat kost toch tijd?

Had hij het contact verbroken met iedereen met wie hij werkte?

Merkwaardig.

Hoe dan ook, ze had antwoord op haar vragen gekregen en zou waarschijnlijk nooit meer iets met Stilton te maken krijgen. Nu hoefde ze alleen een rapport te maken over de informatie die ze had verzameld en een conclusie te schrijven. Daarna zou ze het verslag aan Åke Gustafsson geven.

Hoewel... dat met die oorbel. De vrouw op het strand had een oorbel in haar jaszak gehad, maar ze had geen gaatjes in haar oren. Waar kwam die oorbel vandaan?

Olivia besloot om nog even te wachten met het schrijven van haar verslag.

Stilton had een nieuw theelichtje in de vuilnisruimte aangestoken. Hij was van plan te blijven zitten tot hij zeker wist dat ze weg was. Daarna was hij waarschijnlijk voorgoed van haar af. Stilton was zich er volledig van bewust dat hij haar veel te veel informatie had gegeven, met het oog op zijn geheimhoudingsplicht. Veel te veel details. Maar dat kon hem niet schelen. Hij had geen enkele band meer met zijn politieverleden. Misschien zou hij ooit nog eens aan iemand uitleggen waarom dat was.

Hij had er alleen geen idee van aan wie.

Toch had hij heel bewust een belangrijk detail achtergehouden voor Olivia. De baby in de buik van de vermoorde vrouw had het overleefd na een acute keizersnede door de helikopterarts. Informatie die nooit openbaar was gemaakt om het kind te beschermen.

Daarna dacht hij aan Arne Rönning. Hij was dus dood? Triest. Hij was een goede politieagent geweest, en een goed mens. Ze hadden een paar jaar een vrij nauw persoonlijk contact gehad. Ze hadden elkaar vertrouwd, hadden elkaar gemogen, hadden een aantal geheimen gedeeld. En nu was hij dood en was zijn dochter plotseling opgedoken.

Stilton keek naar zijn magere handen. Ze trilden een beetje. Het ophalen van het onderzoek naar de Kostermoord had hem aangegrepen. En dan ook nog het bericht van Arnes dood. Hij pakte het doosje Stesolid en draaide het deksel eraf, maar bedacht zich.

Hij zou zich vermannen. Hij zou niet zoals Ljugarbenke worden. Hij moest een paar moordenaars vinden.

Hij blies het theelichtje uit en ging staan. Het was tijd om naar de stenen trappen te gaan.

*

Het was een flinke wond. Als de klap iets hoger was geweest, had ze een schedelbasisfractuur kunnen hebben, zei de arts tegen Eva Carlsén.

Nu waren een paar hechtingen, een verband en pijnstillers voldoende. De arts, een vrouw uit Tunesië, had de juiste hoeveelheid inlevingsvermogen die Eva nodig had. Niet met betrekking tot de wond, die zou helen, maar met betrekking tot de overval. De schending, het feit dat er vreemde mensen in haar woning waren geweest die tussen haar persoonlijke eigendommen hadden gezocht. Het was een afschuwelijk gevoel.

Waren het inbrekers geweest?

Wat had ze van waarde in huis? Schilderijen? Camera? Computer? Geen contanten, dat wist ze. Of waren het geen inbrekers geweest? Hadden ze het op haar persoonlijk voorzien? Hadden ze in de villa gewacht tot ze thuiskwam om haar neer te slaan?

Zou het met dat discussieprogramma over jeugdgeweld te maken hebben?

Ze ging licht verdoofd naar huis, controleerde alles en constateerde dat er niets gestolen was, alleen geschonden. En dat voelde ze.

Daarna reed ze naar het politiebureau Västerort in Solna. Op weg daarnaartoe verweet ze het zichzelf dat ze op Eniro te vinden was. Dat was niet goed, als je bedacht waar ze mee bezig was.

Ze zou het zo snel mogelijk veranderen.

*

De schemering viel in boven Stockholm, het verkeer in het centrum werd minder dicht. De grote kantoren in de Sveavägen waren een paar uur eerder leeggestroomd. De enige die nog over was zat in zijn CEO-kantoor op de bovenste verdieping. Bertil Magnuson probeerde kalm te blijven met behulp van een glas whisky. Op den duur geen goede manier, maar nu had hij het nodig. Hij ging zo meteen naar huis en wist dat Linn haar radar aan zou hebben. Ze zou toeslaan bij de kleinste afwijking in zijn gedrag.

Hoewel toeslaan, nee, dat was onrechtvaardig. Zo was ze niet. Toeslaan gebeurde in zijn andere wereld. Naar rechts en naar links. Hij nam geen mensen gevangen, maar er vielen doden zodra dat voordeliger was. Dat was een onderdeel van de zakencultuur. En soms doodde je, hoewel je dat eigenlijk niet wilde, maar moest. Zoals hij ook had gedaan, indirect. Helaas was dat niet helemaal waterdicht geweest omdat er iemand was die lekte.

Nils Wendt, die een opgenomen gesprek bezat dat Bertil niet te pakken kon krijgen. Hij wist niet eens waar het was.

Bertil nam een flinke slok, stak een cigarillo op en keek uit over de Sveavägen en de Adolf Fredrik-begraafplaats. Hij dacht na over zijn eigen dood. In een Amerikaanse folder had hij gelezen dat er tegenwoordig kisten met airco bestonden. Interessant. Het idee van een kist met airco stond hem aan, mischien met een ingebouwde massagemotor die het lijk in vorm hield. Hij glimlachte.

Waar zou hij straks liggen? Ze hadden een familiegraf op de Norra-begraafplaats, maar daar wilde hij niet naartoe. Hij wilde een eigen plek hebben. Een mausoleum. Een ereplek voor een van de grootste industrielen van Zweden.

Of zoals de familie Wallenberg, met hun geheime grafheuvels in hun geboortestreek. Hoewel hij geen Wallenberg was. Geen Mygge of Pygge of zo. Hij was een selfmade man, ook al hadden zijn vader en oom hem op weg geholpen.

Hij was Bertil Magnuson.

Tot dusver had de whisky zijn werk gedaan. Hij wist weer wat hij waard was.

Nu moest hij alleen nog afrekenen met dat onderkruipsel Nils.

*

Olivia had een Indiase maaltijd bij Shanti gekocht. Lekker, snel en flink gekruid. Na het eten besloot ze een dutje op de bank te doen, met Elvis op haar buik. Toen ze weer wakker was tolden de gedachten opnieuw door haar hoofd. Ze begon de ontmoeting in de vuilnisruimte samen te vatten. Ooit zal ik het aan mama vertellen, dacht ze. De ontmoeting met Stilton in de vuilnisruimte waar ratten zo groot als bevers langs de muren slopen en de stank afkomstig had kunnen zijn uit een film over... Ze kon geen goede vergelijking bedenken en begon dus opnieuw, met de vuilnisruimte.

Toen ze alle antwoorden in haar hoofd had doorgenomen, concentreerde ze zich op één moment. Dat was toen ze Stilton haar hypothese over Jackie Berglund had verteld en had gevraagd of Stilton dezelfde gedachtegang had gehad. Er was een hiaat in het gesprek geweest. Stilte, seconden langer dan tijdens de eerdere vragen en antwoorden. Hij had even niets gezegd en had nagedacht. Dat had hij bij zijn andere antwoorden niet gedaan, dacht Olivia.

Waarom zou hij dat gedaan hebben?

Omdat er iets met Jackie was!

Ze zette de beledigde Elvis op de vloer en trok de map die ze van Eva Carlsén had gekregen naar zich toe. Het was weliswaar bijna negen uur, maar het was zomer en nog niet donker en ze kon in elk geval haar verontschuldigingen aanbieden.

'Sorry dat ik zo laat nog langskom.'

'Dat hindert niet, kom binnen.'

'Dank je.'

Eva nodigde Olivia met een gebaar uit om binnen te komen. Op het moment dat Olivia de map aan Eva wilde geven, zag ze haar verbonden hoofd.

'Wat is er gebeurd?'

'Er is ingebroken en ik ben neergeslagen, dus ik kom net bij het ziekenhuis en de politie vandaan.

'O. Dat spijt me. Dan zal ik je niet...'

'Dat hindert niet, ik voel me nu goed.'

'Hebben ze hier ingebroken?'

'Ja.'

Eva liep voor Olivia uit naar de zitkamer. Een paar lage lampen verspreidden een kalm, zacht schijnsel over het bankstel. Het meeste was rechtgezet na de inbraak. Eva maakte een gebaar naar een stoel en Olivia ging zitten.

'Wat hebben ze gestolen?'

'Niets.'

'Niets? Maar waarom...?'

'Ik denk dat ze me bang wilden maken.'

'Om... waar je over aan het schrijven bent?'

'Ja.'

'Wat verschrikkelijk... Degenen die daklozen mishandelen?'

'Vermoorden. De vrouw in de caravan is overleden.'

'Ik weet het.'

'We moeten maar afwachten of ik straks op Trashkick te zien ben,' glimlachte Eva. 'Wil je iets drinken? Ik was net van plan om koffie te zetten.'

'Graag.'

Eva liep naar de keuken.

'Zal ik je helpen?' vroeg Olivia.

'Nee, dat hoeft niet.'

Olivia keek om zich heen in de persoonlijk ingerichte kamer. Krachtige kleuren, mooie kleden en boekenkasten langs alle muren. Zou ze alles gelezen hebben? vroeg Olivia zich af. Ze kreeg een plank met foto's in het oog. Trouw aan haar karakter werd ze nieuwsgierig. Ze stond op en liep naar de plank: een heel oude trouwfoto, waarschijnlijk de vader en moeder van Eva. Een aanzienlijk nieuwere trouwfoto van Eva en een goedgebouwde man. Daarnaast een foto van een veel jongere Eva met een knappe jongen naast haar.

'Wil je melk? Suiker?' klonk Eva's stem uit de keuken.

'Melk graag.'

Eva kwam binnen met twee bekers in haar handen. Olivia liep naar haar toe en pakte er een aan. Eva maakte een gebaar naar de bank.

'Ga zitten.'

Olivia liet zich op de zachte bank vallen, zette haar beker op tafel en knikte naar Eva's trouwfoto.

'Is dat je man?'

'Was. We zijn gescheiden.'

Eva ging op een stoel zitten en vertelde dat haar ex jarenlang een succesvolle sportman was geweest, dat ze elkaar op de School voor Journalistiek hadden leren kennen, dat hij een nieuwe vrouw had ontmoet, dat ze inmiddels een jaar gescheiden was en dat de scheiding een hel was geweest.

'Hij heeft zich gewoon als een enorme klootzak gedragen,' zei ze.

'Wat verschrikkelijk.'

'Ja. Ik kan niet meteen beweren dat ik geluk heb gehad met de mannen in mijn leven, ik heb er voornamelijk verdriet en teleurstellingen van gehad.'

Eva glimlachte boven haar beker. Olivia vroeg zich af waarom ze een trouwfoto had staan als hij echt zo'n klootzak was. Zij zou alles meteen weggehaald hebben. Ze knikte weer naar de foto's.

'En die knappe jongen naast je, was dat de eerste teleurstelling?'

'Nee, dat is mijn broer Sverker, hij is overleden aan een overdosis. Maar nu genoeg over mij.'

Eva praatte plotseling op een heel andere toon. Olivia schrok en beet op haar tong. Ze was duidelijk weer eens over een grens gegaan met haar persoonlijke vragen. Dat ze dat toch nooit leerde!

'Het spijt me, het was niet mijn bedoeling om... Het spijt me.'

Eva keek naar Olivia. Een paar seconden lang was haar gezicht merkwaardig strak, daarna zakte ze terug op de stoel en glimlachte.

'Ik ben degene die sorry moet zeggen. Het is... Ik heb een afschuwelijke hoofdpijn en het is een vreselijke dag geweest, het spijt me. Hoe gaat het met jou? Heb je wat aan het materiaal gehad?'

'Jazeker, maar er is één ding waarover ik iets wil vragen. Weet jij voor wie Jackie Berglund in 1987 werkte, toen ze een escortmeisje was?'

'Ja. Dat was Carl Videung, een vrij bekende man. Hij was de eigenaar van Gold Card. Volgens mij staat dat in de map.'

'O ja? Dan heb ik dat over het hoofd gezien. Wat was Gold Card?'

'Het escortbedrijf waar Jackie Berglund onder andere werkte.'

'Oké, dank je. Carl Videung, wat een grappige naam.'

'Vooral voor een pornokoning.'

'Was hij dat?'

'Destijds wel. Ben je nog steeds met Jackie bezig?'

'Ja.'

'Je weet wat ik heb gezegd.'

'Over haar? Dat ik voorzichtig moet zijn.'

'Ja.'

*

Jackie Berglund stond bij het panoramaraam van haar appartement in Norr Mälarstrand en keek uit over het water. Ze hield van haar appartement, met de zes kamers op de bovenste etage en het fantastische uitzicht over de heuvels van Söder. Het enige wat haar stoorde was de wilgenboom aan de andere kant van de straat. Die verpestte het uitzicht gewoon. Ze vond dat er iets aan gedaan moest worden.

Ze draaide zich om en liep de grote zitkamer in. Een gevierde binnenhuisarchitect had ongeveer een jaar geleden de vrije hand van haar gekregen en had een wonder verricht, een combinatie van oud en warm en opgezette dieren. Helemaal in Jackies stijl. Ze vulde haar glas met droge martini en zette een cd op met tangomuziek, ze was gek op de tango. Af en toe had ze mannen te gast met wie ze danste, maar ze konden zelden de tango dansen. Ooit vind ik een man die dat wel kan, dacht ze, een mysterieuze man met een soepel onderlichaam en een beperkte woordenschat.

Daar keek ze naar uit.

Ze wilde net een nieuwe martini inschenken toen de telefoon ging. Niet die het dichtstbij was, maar die in de werkkamer. Ze keek naar de klok, het was bijna halfeen 's nachts. Een normaal tijdstip voor die telefoon om over te gaan.

Klanten.

'Jackie Berglund.'

'Hallo Jackie, met Latte.'

'Hoi.'

'Luister, we hebben hier een feestje en we hebben wat hulp nodig.'

Stamgasten, zoals Lars Örnhielm, wisten hoe ze zich aan de telefoon moesten uitdrukken als ze Jackie belden. Niet te duidelijk. Geen verkeerde woordkeuze.

'Hoeveel?'

'Zeven tot acht. *High-class.*'

'Voorkeuren?'

'Niet speciaal, maar je weet dat we graag een happy ending willen.'

'Oké. Waar?'

'Ik sms.'

Jackie hing op en glimlachte. Happy ending, gestolen van het menu van de Aziatische meisjes als ze wilden weten of ze moesten afsluiten met een speciale massage.

Latte had meisjes nodig die een happy ending konden leveren.

Dat was geen enkel probleem.

*

Diezelfde avond kwam Acke verslagen thuis. Behoorlijk verslagen. De tienjarige liep achter de flatgebouwen in Flemingsberg langs, buiten het bereik van de straatverlichting, hinkend en met zijn skateboard onder zijn arm. Hij had pijn, die was veroorzaakt door de klappen die hij had gekregen. Veel klappen. Op plekken die onder zijn kleren zaten. Hij voelde zich heel eenzaam terwijl hij naar huis hinkte en moest ineens aan zijn vader denken. De man die niet bestond. Over wie zijn moeder nooit praatte. Maar hij moest er zijn. Ergens. Alle kinderen hadden tenslotte een vader.

Hij verdrong de gedachte en sloot zijn hand rond de sleutel rond zijn nek. Hij wist dat zijn moeder in de stad aan het werk was en hij wist wat voor werk ze deed.

Dat hadden een paar oudere schoolkameraden hem een tijdje geleden na de voetbaltraining verteld.

'Een prostituee! Je moeder is een prostituee!'

Acke wist niet wat een prostituee was. Zodra hij thuiskwam zocht hij het op internet op.

Toen hij het wist haalde hij de karaf koud water die zijn moeder in de koelkast had gezet voordat ze naar de stad ging en dronk hem bijna helemaal leeg. Daarna ging hij naar bed.

Hij dacht aan zijn moeder en dat hij haar misschien kon helpen met geld, zodat ze niet meer hoefde te zijn wat ze haar noemden.

Auto's passeerden met weinig tussenruimte in de mist, op weg naar of van Vaxholm. Het was 's ochtends vroeg en in Bogesundsland had niemand aandacht voor de grijze Volvo op het afgelegen grindterrein in het bos, in de buurt van het mooie kasteel. Tussen de nevelslierten wroette een groep wilde zwijnen.

Nils Wendt zat op de chauffeursstoel en keek in de achteruitkijkspiegel naar zijn gezicht. Hij was een uur voor zonsopgang al wakker geworden in zijn hotelkamer. Om vijf uur was hij in zijn huurauto gaan zitten en was de stad uit gereden, naar Vaxholm. Hij wilde weg van de mensen. Hij bekeek zijn gezicht in de spiegel. Uitgemergeld, je ziet er uitgemergeld uit, Nils.

Maar het zou hem lukken.

Er was niet zoveel meer te doen. Hij had zich gisteren over de laatste puzzelstukjes gebogen. Het intimideren van Bertil was uitgemond in een plan. Een plan dat van de grond was gekomen toen hij die uiterst kritische reportage over MWM's activiteiten in Congo had gezien.

Hij was nog net zo meedogenloos als vroeger.

Daarna had hij de demonstraties gezien en de pamfletten gelezen en op internet gezocht naar bijdrages van verschillende Facebook-groepen, zoals 'Rapefree cellphones!' bijvoorbeeld, en hij had beseft hoeveel verontwaardiging er heerste.

Daarna had hij zijn plan afgemaakt. Hij zou toeslaan waar dat het meeste pijn deed.

's Ochtends om kwart over negen had Bertil Magnuson het probleem met de grondeigenaar in Walikale opgelost. Niet hij zelf natuurlijk, maar zijn goede vriend de legerleider. Hij had een paar politieagenten naar de grondeigenaar gestuurd die hadden uitgelegd dat een gedwongen overplaatsing actueel zou kunnen worden door de ongeregeldheden in het gebied. Als pure voorzorgsmaatregel. De grondeigenaar was niet dom. Hij vroeg of er een manier was om een gedwongen overplaatsing te voorkomen. De politieagenten legden uit dat het Zweedse bedrijf MWM had aangeboden om de veiligheid te garanderen, op voorwaarde dat ze een deel van de grond mochten gebruiken voor mineralenwinning. Op die manier zouden alle ongeregeldheden in toom gehouden worden.

Bertil verzocht zijn secretaresse om het hoofd van het bedrijf in Kinshasa te bellen zodat er een passend cadeau naar de legerleider gestuurd zou worden.

'Hij is verzot op topazen.'

Toen Bertil even later bij het raam ging staan en de krachtige ochtendzon op zich voelde, was hij in een verhoudingsgewijs goed humeur. Het probleem Walikale was uit de wereld. Zijn gedachten waren nog bij Congo toen hij zijn vibrerende mobiel uit zijn zak haalde en het gesprek aannam.

'Met Nils Wendt.'

Ook al was de stem die Bertil op het opgenomen bandje had gehoord jaren jonger, toch was het ongetwijfeld dezelfde stem. Maar deze keer was het niet opgenomen.

Dit was Nils Wendt.

Bertil voelde zijn bloed stromen. Hij haatte die vent. Een klein onderkruipsel dat een ramp zou kunnen veroorzaken. Hij probeerde zich echter niet te laten kennen.

'Hallo, Nils, ben je in de stad?'

'Waar kunnen we afspreken?'

'Waarom moeten we afspreken?'

'Zal ik ophangen?'

'Nee! Wacht! Je wilt afspreken?'

'Wil jij dat niet?'

'Jawel.'

'Waar?'

Bertil dacht koortsachtig na en keek uit het raam.

'De Adolf Fredrik-begraafplaats.'

'En waar precies?'

'Bij het graf van Palme.'

'Om elf uur vanavond.'

Het gesprek werd afgebroken.

*

Ovette Andersson kwam even na tien uur de hoofdingang uit lopen. Ze was tegen de zin van Acke meegegaan naar de kinderopvang, omdat ze met iemand over zijn blauwe plekken wilde praten. De afgelopen tijd was hij een paar keer thuisgekomen met blauwe plekken over zijn hele lichaam. Grote, blauwgele plekken. Hij had eerst geprobeerd ze te verbergen, ze zagen elkaar 's ochtends bijna nooit, maar Ovette had op een avond zijn slaapkamerdeur opengedaan toen hij zich uitkleedde en toen had ze het gezien.

'Wat heb je gedaan?'

'Hoezo?'

'Je hebt blauwe plekken over je hele lichaam.'

'Dat komt door het voetballen.'

'Krijg je dat daarvan?'

'Ja.'

Daarna was Acke naar bed gegaan. Ovette was in de keuken gaan zitten en had een sigaret opgestoken. Voetbal?

De blauwe plekken van haar zoon had ze niet uit haar gedachten gekregen. Een paar nachten later, toen ze thuiskwam na haar werk, was ze zijn kamer binnengeslopen en had ze het dekbed voorzichtig van hem af getrokken om ernaar te kijken.

Overal blauwgele plekken. En grote korsten.

Op dat moment had ze besloten om met de kinderopvang te gaan praten.

'Nee, hij wordt niet gepest.'

De leidster van de kinderopvang keek haar onderzoekend aan.

'Maar hij heeft blauwe plekken over zijn hele lichaam,' zei Ovette.

'Wat zegt hij er zelf van?'

'Dat het door het voetballen komt.'

'En is dat niet zo?'

'Daar krijg je toch niet zoveel blauwe plekken van? Overal!'

'Tja, ik weet het niet, hij wordt hier in elk geval niet gepest. We hebben een speciaal programma om pesten en geweld tegen te gaan en we zouden het gemerkt hebben als het zo was.'

Daar moest Ovette tevreden mee zijn.

Met wie moest ze nu praten? Ze had geen sociaal netwerk. Geen buren met wie ze omging. En degenen met wie ze op straat omging, waren niet geïnteresseerd in de kinderen van anderen. Dat was een gevoelig onderwerp.

Ovette liep het plein af en voelde zich plotseling oneindig eenzaam en wanhopig. Ze zag haar hele hopeloze bestaan aan haar geestesoog voorbijtrekken. Haar onvermogen om uit de prostitutie te stappen. Haar getekende lichaam. Alles. En nu zag ze dat er iets aan de hand was met haar enige kind en had ze niemand tot wie ze zich kon wenden. Ze had geen telefoonnummer van iemand die kon luisteren, of troosten, of helpen. Acke en zij waren alleen in een lege wereld.

Ze stopte bij een lantaarnpaal en stak een sigaret op. Haar schrale handen trilden. Niet door de koele wind, maar door iets veel kouders, wat vanbinnen kwam. Uit een donker, verslindend gat in haar borstkas dat wijder werd bij elke ademhaling en erop wachtte tot ze het los zou laten. Als er een geheime deur uit het leven had bestaan, dan was ze daar doorheen geglipt.

Op dat moment dacht ze aan hem. Aan de man die mischien kon helpen.

Ze waren samen opgegroeid in Kärrtorp, hadden in hetzelfde portiek gewoond en hadden gedurende de jaren een beetje contact gehouden. Het was vrij lang geleden dat ze hem gesproken had, maar toch. Als ze elkaar zagen was het altijd vertrouwd. Ze hadden een verleden samen, hadden dezelfde afkomst, kenden elkaars zwakheden maar trokken zich daar niets van aan.

Met hem zou ze kunnen praten.

Met Minken.

*

Het duurde even voordat Olivia hem opgespoord had, maar toen ze zijn naam vond in het register van Rådans bejaardentehuis in Silverdal werd haar moeite beloond.

Ze was een beetje verbaasd. Het tehuis lag vlak bij de Politieacademie.

Het is een kleine wereld, dacht Olivia toen ze in haar auto over de bekende wegen reed en voor het tehuis parkeerde. Ze kon de school bijna tussen de bomen door zien. Op een vreemde manier leek het leven op school heel ver weg. Toch was het niet zo lang geleden dat ze daar op een bank had gezeten en een zaak had gevonden waarvan ze geen idee had waar die haar naartoe zou leiden.

Op dit moment leidde die haar naar een terras op de tweede verdieping waar een gebogen man in een rolstoel zat.

Voormalig pornokoning Carl Videung.

Hij naderde de negentig, had ze gehoord. Hij had geen familieleden en was blij met een onderbreking van het wegkwijnen, door wie dan ook.

Deze keer was het Olivia Rönning. Ze besefte al snel dat Videung extreem slecht hoorde en bovendien moeite met praten had. Dus moest ze kort, duidelijk en hard praten.

'Jackie Berglund!'

Na twee koppen koffie en wat speculaasjes herinnerde Videung zich de naam inderdaad.

'Ze was een escortmeisje,' begreep Olivia uit zijn woorden.

'Herinnert u zich meer escortmeisjes!'

Na nog een kop koffie en meer speculaasjes knikte Videung.

'Wie dan?'

Inmiddels hielp de koffie niet meer en de koekjes waren op. De man in de rolstoel keek een hele tijd naar Olivia en glimlachte. Kijkt hij of ik geschikt zou zijn als escortmeisje? dacht Olivia. Wat een oude viezerik. Na een tijdje maakte de man een gebaar dat hij iets op wilde schrijven. Olivia pakte snel een pen en een blocnote en gaf het aan Videung. Hij kon de blocnote niet zelf aanpakken. Olivia moest hem op zijn magere schoot leggen en vasthouden. Hij begon te schrijven met een handschrift dat voor iemand van bijna negentig verbazingwekkend leesbaar was.

Miriam Wixell.

'Heette een van de escortmeisjes Miriam Wixell?'

Videung knikte en liet een enorme scheet. Olivia draaide haar gezicht weg van de rotte stank en sloeg haar blocnote dicht.

'Kunt u zich herinneren of een van de meisjes van buitenlandse afkomst was?'

Videung glimlachte, knikte en stak een wijsvinger op.

'Eén?'

Videung knikte weer.

'Weet u waar ze vandaan kwam?'

Videung schudde zijn hoofd.

'Had ze zwart haar?'

Videung draaide een stukje en wees naar een Kaaps viooltje in een pot op de vensterbank. Olivia keek naar de knalblauwe bloem.

'Had ze blauw haar!'

Videung knikte en glimlachte weer. Blauw haar, dacht Olivia. Dat moest geverfd zijn. Verfde je je haar blauw als het zwart was? Misschien. Wat wist zij over hoe escortmeisjes hun haar in de jaren tachtig verfden? Niets.

Ze kwam overeind, bedankte Videung en liep snel de veranda af om te ontsnappen aan een nieuw salvo van de voormalige pornokoning.

Ze had in elk geval een naam.

Miriam Wixell.

*

Ovette had een plek helemaal achter in het café gekozen. Ze wilde geen collega's tegenkomen. Ze zat met haar rug naar de ingang en een kop koffie voor zich. Er was hier een rookverbod en haar handen bewogen rusteloos over de tafel. Ze verschoof suikerklontjes en bestek en vroeg zich af of hij zou komen.

'Hallo Vettan!' hoorde ze Minken zeggen.

Hij was er.

Minken liep naar haar tafeltje, zwiepte zijn staartje uit zijn nek en ging zitten. Hij was in een uitstekend humeur, omdat hij net op een paard had gewed en had gewonnen. De vierhonderd kronen die hij daarmee had verdiend, brandden in zijn zak.

'Hoeveel heb je gewonnen?'

'Vierduizend!'

Minken deed er altijd minstens een nul bij, behalve als het om zijn leeftijd ging. Hij was eenenveertig, maar kon van alles tussen zesentwintig en vijfendertig noemen, afhankelijk van het gezelschap. Toen hij 'ruim twintig' zei tegen een meisje uit Borlänge was dat op het randje. Maar ze was nieuw in de stad en had zin in een gezellige avond en deed er niet moeilijk over, ook al vond ze dat hij er ouder uitzag.

'Deze stad eist zijn tol,' had hij gezegd, waarmee hij het voor elkaar had gekregen om een buitenwijk van Stockholm op New York te laten lijken.

Ovette kwam echter niet uit Borlänge en wist hoe oud Minken was, dus hoefde hij niet te doen alsof.

'Bedankt dat je gekomen bent.'

'Minken komt altijd,' zei hij met een glimlach. Hij vond zichzelf een meester in het maken van dubbelzinnige opmerkingen. Niet veel anderen waren het daarmee eens. De meesten hielden Minken op afstand als ze zijn lege bestaan doorhadden en een keer te veel over zijn ongeëvenaarde prestaties hadden gehoord. Zoals dat hij de moord op Palme had opgelost of Roxette had ontdekt. Wat de meesten niet zagen was dat Minken een groot hart had, diep verborgen onder het oppervlak van zijn half wanhopige verhalen. Een hart dat bonkte toen hij de foto's zag die Ovette met haar mobiel had gemaakt van een bijna naakt jongetje met enorme blauwe plekken en korsten.

'Ik heb ze genomen toen hij sliep.'

'Wat is er gebeurd?'

'Geen idee. Op school beweren ze dat het daar niet gebeurd kan zijn.

Zelf zegt hij dat het door het voetballen komt.'

'Zulke verwondingen krijg je niet van voetbal. Ik heb jarenlang in Bajen gespeeld, natuurlijk gebeurt er weleens wat als je in het strafschopgebied speelt, ik was de midvoor, maar niet zo erg.'

'Nee.'

'Verdomme, hij ziet eruit alsof hij in elkaar geslagen is.'

'Ja.'

Ovette veegde snel over haar ogen. Minken keek naar haar en pakte haar hand in de zijne.

'Wil je dat ik met hem praat?'

Ovette knikte.

Minken besloot om een praatje met Acke te maken.

Voetbal? Absoluut niet.

*

Het was bijna sluitingstijd en de lichten in de boetiekjes in de Sibyllegatan gingen een voor een uit. Bij Udda & Rätt brandde het licht nog. Jackie Berglund bleef altijd een uur langer open. Haar klanten wisten dat ze op het laatste moment naar binnen konden glippen om een kledingstuk of een accessoire uit te zoeken om het feest van die avond mee op te luisteren. Op dit moment was er een oudere heer uit Östermalm in de winkel die op zoek was naar iets om zijn vrouw mee te paaien. Hij vertelde dat hij haar naamdag was vergeten en dat ze daar woedend over was.

'Ze is heel chagrijnig.'

Hij frunnikte aan een paar oorbellen dat tussen de andere merksieraden hing.

'Wat wil je hiervoor hebben?'

'Voor jou maak ik er zevenhonderd van.'

'En voor de anderen?'

'Vijfhonderd.'

Zulke grapjes maakten Jackie en haar kring van meer of minder rijke klanten. Alles voor de verkoop.

'Denk je dat ze deze mooi zal vinden?' vroeg de man.

'Vrouwen houden van oorbellen.'

'Is dat zo?'

'Ja.'

Omdat de oudere man er geen idee van had waar vrouwen van hielden, vertrouwde hij erop dat Jackie gelijk had en even later verliet hij de boetiek met een paar oorbellen in een mooi, roze pakketje. Toen de winkeldeur weer dicht was, ging Jackies mobiel.

Het was Carl Videung.

Met een opvallend duidelijke stem en een goed gehoor vertelde hij Jackie over het bezoek dat hij eerder die dag had gehad. Een jonge vrouw van de Politieacademie had gevraagd naar zijn vroegere escortwerkzaamheden. Hij had de rol van halfdode gespeeld om te achterhalen waar ze op uit was.

'En wat wilde ze?'

'Ik weet het niet, maar ze vroeg naar jou.'

'Naar mij?'

'Ja. En wie er in die tijd nog meer werkte.'

'Bij Gold Card?'

'Ja.'

'Wat heb je gezegd?'

'Ik heb haar Miriam Wixell gegeven.'

'Waarom dat?'

'Omdat Miriam me in de steek heeft gelaten. Dat was niet netjes van haar, dat weet je toch nog wel?'

'Ja. En?'

'Ik dacht dat de mooie Miriam zich misschien een beetje ongemakkelijk zou voelen als een toekomstige politieagent in haar verleden begint te graven.'

'Je bent gemeen.'

'Dat hoop ik.'

'Wat heb je over mij gezegd?'

'Niets. Zo gemeen ben ik niet.'

Daarmee was het gesprek afgelopen. Voor Videung in elk geval. Voor Jackie ging het nog een tijdje door, in haar hoofd. Waarom stelde een meisje vragen over haar tijd als escortdame? En wie was ze? Ze belde Carl terug.

'Hoe heette ze?'

'Olivia Rönning,' antwoordde Videung.

Olivia Rönning?

*

Olivia zat thuis op de bank te lezen in jaargang 2006 van de *Scandinavische Criminele Kronieken*, de eigen verhalen van de politie over de verschillende rechtszaken van het jaar ervoor. Ze was na haar bezoek aan het bejaardentehuis langs de schoolbibliotheek gegaan om uit te zoeken bij welke rechtszaken Tom Stilton in 2005 betrokken was geweest en of ze aanleiding hadden kunnen geven tot het conflict waarover Åke Gustafsson had verteld.

Er was in 2005 veel gebeurd in de criminele arena. Ze las af en toe een stukje, zoals het artikel over de spectaculaire ontsnapping uit Hall, waar Malexandermoordenaar Tony Olsson bij betrokken was geweest. Het duurde dus even voordat ze bij bladzijde 71 kwam, waar ze het vond.

De brute moord op Jill Engberg, een jonge vrouw uit Stockholm. Met details waardoor Olivia op scherp stond. Jill was een zwanger escortmeisje en de moord, die in 2005 was gepleegd, was niet opgelost. Het was hetzelfde jaar waarin Stilton bij de politie was weggegaan. Had hij aan dat onderzoek gewerkt? Dat bleek niet uit het artikel, dat was geschreven door Rune Forss. Was hij niet degene die op de televisie was geweest en het onderzoek naar de mishandelde daklozen leidde? dacht Olivia terwijl ze tegelijkertijd Åke Gustafsson belde.

'Werkte Stilton aan de moord op Jill Engberg? In 2005?'

'Dat weet ik niet,' antwoordde Gustafsson.

Het antwoord verminderde haar fantasie niet. Jill was een zwanger escortmeisje geweest. Jackie was zestien jaar eerder een escortmeisje geweest. De vermoorde vrouw op het strand was zwanger geweest. Jackie bevond zich op het eiland. Waren er connecties tussen Jill en Jackie? Werkte Jill voor Jackie? Bij Red Velvet? Had Stilton dat ontdekt en dat feit naar de strandzaak teruggekoppeld? Was hij daarom even stil geweest tijdens hun ontmoeting?

Ze haalde diep adem. Ze had gedacht dat hun gesprek in de vuilnisruimte het laatste contact was dat ze met Tom Stilton zou hebben. Ze haalde nog een keer diep adem en belde hem.

'Heb jij in 2005 aan de moord op Jill Engberg gewerkt?'

'Ja, een tijdje,' antwoordde hij, waarna hij de verbinding verbrak.

Olivia begon aan zijn gedrag te wennen. Waarschijnlijk zou hij over tien minuten bellen, omdat hij haar op de een of andere stinkende, donkere plek wilde ontmoeten om het twintigvragenspel te spelen.

Tussen de bevers.

Dat deed hij echter niet.

*

Stilton zat op de redactie van *Situation Sthlm*. Hij had een van de computers van de krant geleend om de films op de Trashkick-site te bekijken. De eerste twee waren er niet meer, maar de andere drie wel. De mishandeling onder de Västerbrug van een dakloze immigrant, Julio Hernandez, de mishandeling van Benseman en de moord op Drammerige Vera. Daarna was er niets meer op de site gezet.

Stilton dwong zichzelf om naar de films te kijken. Nauwkeurig. Op zoek naar details. Hij zocht op het scherm naar dingen die niet voor de hand lagen en ontdekte iets op de film van de mishandeling onder de Västerbrug. Het ergerde hem dat hij niet kon inzoomen. Een beeld bevriezen en naar close-up klikken. Hij kon het beeld echter wel stilzetten, en toen hij zich naar het scherm boog, zag hij het heel duidelijk. Op de onderarm van een van de mishandelaars. Een tatoeage. Twee letters, KF, met een cirkel eromheen.

Stilton leunde achterover en keek naar Vera's zwart omlijste foto aan de muur. Helemaal achter in de rij van overleden daklozen. Stilton pakte een notitieboekje en noteerde KF met een cirkel eromheen.

Daarna staarde hij weer naar de foto van Vera.

*

De late voorstelling van *Black Swan* was net afgelopen en de bezoekers stroomden bioscoop Grand in de Sveavägen uit. Velen liepen in de richting van de Kungsgatan. Het was een mooie, lichte avond met een aangename bries. De bries drong ook door tot de Adolf Fredrik-begraafplaats, waardoor de bloemen op de graven heen en weer wiegden. Op sommige plekken was het hier iets donkerder, zoals bij het graf van Palme. Vanaf de Sveavägen waren de vier personen die elkaar net hadden ontmoet nauwelijks te zien.

Twee van hen waren Bertil Magnuson en Nils Wendt.

De twee anderen waren erbij gehaald door K Sedovic, de man met wie Bertil altijd contact opnam als het onaangenaam kon worden. Hij ging ervan uit dat dat vanavond het geval zou zijn.

Daar ging Wendt ook van uit.

Hij wist dat Bertil geen man was die onvoorbereid naar een dergelijke ontmoeting kwam. Daarom had hij niet gereageerd op de twee extra mannen. Hij reageerde ook niet toen Bertil vriendelijk uitlegde dat zijn 'adviseurs' zouden controleren of Wendt opnameapparatuur bij zich had.

'Je snapt waarschijnlijk wel waarom.'

Dat snapte Wendt, en hij liet de adviseurs hun werk doen. Hij had deze keer geen opnameapparatuur bij zich, maar wel een cassettebandje met een opgenomen gesprek dat een van de gorilla's aan Bertil gaf. Die hield het voor Wendts gezicht.

'Het gesprek?'

'Ja. Een kopie ervan. Je mag het beluisteren,' zei Wendt.

Bertil bekeek de cassette.

'Staat de rest van het gesprek er ook op?'

'Ja, helemaal.'

'En waar is het origineel?'

'Op een plek waar verwacht wordt dat ik op zijn laatst op 1 juli terug ben. Ben ik dat niet, dan wordt het gesprek naar de politie gestuurd.'

Bertil glimlachte.

'Een levensverzekering?'

'Precies.'

Bertil keek uit over de begraafplaats. Hij knikte naar de adviseurs dat ze zich terug mochten trekken, wat ze ook deden. Wendt keek naar Bertil, die wist dat Wendt nooit iets aan het toeval overliet. Hun hele samenwerking was daarop gebouwd geweest. Bertil kon obstinaat zijn, maar Wendt nooit. Hij had voor elke situatie niet alleen een ceintuur en bretels, maar ook een extra veiligheidsriem. Als hij beweerde dat hij ervoor had gezorgd dat het origineel, dat zich op een onbekende plek bevond, naar de politie zou worden gestuurd als hij op 1 juli niet terug was, dan was dat zo. Hij wist dat Bertil daarvan zou uitgaan.

Wat deze ook deed. Hij draaide zich weer naar Wendt toe.

'Je bent oud geworden,' zei hij.

'Jij ook.'

'Eén voor allen, herinner je je dat nog?'

'Ja.'

'Waar is dat gebleven?'

'Dat is in Zaïre verdwenen,' zei Wendt.

'Niet alleen dat. Jij verdween ook, met bijna twee miljoen.'

'Was je verbaasd?'

'Ik was boos.'

'Dat begrijp ik. Ben je nog steeds getrouwd met Linn?'

'Ja.'

'Weet zij hiervan?'

'Nee.'

De mannen keken elkaar even aan. Bertil draaide zich weer naar de begraafplaats. De aangename avondbries streelde de grafstenen. Wendt hield zijn blik op Bertils gezicht gericht.

'Heb je kinderen?' vroeg hij.

'Nee. Jij?'

Als ze op een minder donkere plek hadden gestaan, had Bertil misschien gezien dat Wendts ooglid heel even trilde, maar nu ontging hem dat.

'Nee, ik heb geen kinderen.'

Het gesprek viel een paar seconden stil. Bertil keek naar de adviseurs. Hij wist nog steeds niet waar Wendt op uit was.

'En, wat wil je?' vroeg hij terwijl hij zich weer naar Wendt draaide.

'Binnen drie dagen geef je een communiqué uit waarin je verklaart dat MWM onmiddellijk stopt met alle coltanwinning in Congo. Bovendien compenseren jullie alle inwoners van het gebied rond Walikale die zijn benadeeld door de exploitatie.'

Bertil keek naar Wendt. Eén seconde schoot het door zijn hoofd dat hij te maken had met een geestesziek iemand. Maar dat was niet zo. Ziek, absoluut, maar niet geestesziek. Alleen volkomen krankjorem.

'Meen je dat?'

'Maak ik weleens grapjes?'

Nee, Nils Wendt maakte nooit grapjes. Hij was een van de droogste personen die Bertil ooit had ontmoet, en hoewel er vele jaren voorbijgegaan waren sinds ze elkaar hadden leren kennen, zag hij aan Wendts gezicht en ogen dat hij gedurende de jaren niet grappiger was geworden.

Hij was bloedserieus.

'Je bedoelt dus dat het gesprek bij de politie belandt als ik niet doe wat je zegt?'

Hij moest het hardop uitspreken om de betekenis te begrijpen.

'Ja,' antwoordde Wendt. 'En ik denk dat je heel goed weet wat de consequenties daarvan zullen zijn.'

Dat wist Bertil. Zo dom was hij niet. De consequenties van de bekendmaking van het opgenomen gesprek had hij al beseft toen hij het korte stukje tekst voor het eerst op zijn mobiel had gehoord. De consequenties waren een ramp.

Op alle niveaus.

Alle niveaus die Wendt begreep.

'Succes.'

Wendt begon weg te lopen.

'Nils!'

Wendt draaide om.
'Waarom doe je dit?'
'Wraak.'
'Wraak? Waarvoor?'
'Nordkoster.'
Wendt liep verder.
De adviseurs keken vragend naar Bertil, die naar de grond keek, niet ver van Palmes graf.
'Heb je nog ergens hulp bij nodig?' vroeg een van hen.
Bertil keek op en zag de rug van Wendt tussen de grafstenen verdwijnen.
'Ja.'

*

Stilton zat op het derde bordes van de stenen trappen en telefoneerde met Minken.
'Twee letters. Een K en een F. Met een cirkel eromheen.'
'Een tatoeage?' vroeg Minken.
'Daar leek het op, maar het kan ook met een pen getekend zijn. Ik weet het niet.'
'Welke arm?'
'Het zag eruit als een rechterarm, maar het beeld was niet zo duidelijk, dus daar ben ik niet helemaal zeker van.'
'Oké.'
'Heb je verder niets gehoord?'
'Nog niet.'
'Ik spreek je weer.'
Stilton beëindigde het gesprek en begon weer te lopen. Hij liep voor de vijfde keer deze nacht de trappen naar Klevgränd op. Hij had de tijd waarin hij omhoogliep met een paar minuten verbeterd en hij voelde dat zijn longen er minder moeite mee hadden. Hij hijgde niet meer zo en zweette veel minder.
Hij was op de goede weg.

Linn Magnuson was gestrest. Ze was vanaf Stocksund op weg naar het centrum en zat vast in een file. Over bijna een halfuur zou ze op het spreekgestoelte van de gemeente staan om voor een zaal vol middenkadermanagers over goed leiderschap te praten. Gelukkig wist ze precies wat ze moest benadrukken. Duidelijkheid, communicatie, omgaan met relaties. Drie punten waarmee ze uitstekend bekend was.

Omgaan met relaties, dacht ze. Gelukkig gaat het om het arbeidsleven en niet het privéleven. Op dat gebied voelde ze zich op dit moment niet bepaald een expert. Haar relatie met Bertil wankelde en ze begreep niet waarom dat was. Het lag niet aan haar, het lag aan hem. Hij was vannacht rond drie uur thuisgekomen, was meteen naar het terras gegaan en was in het donker gaan zitten. Dat was op zich niet zo vreemd. Hij had vaak telefonische vergaderingen op de vreemdste tijdstippen en kwam daarna pas thuis. Het ongewone was dat hij met een literfles mineraalwater op het terras was gaan zitten. Dat was nog nooit gebeurd, voor zover Linn zich dat kon herinneren. Dat hij midden in de nacht met water op het terras was gaan zitten? Nooit. Als hij iets mee naar buiten nam was het altijd een borrel. Whisky, calvados, cognac, maar nooit water. En in een innige relatie zoals die van hen zetten dat soort op het oog onbelangrijke afwijkingen haar aan het denken.

Ze piekerde erover wat het kon zijn. Het bedrijf? Een andere vrouw? Zijn blaas? Had hij zich in het geheim laten onderzoeken en had hij te horen gekregen dat hij kanker had?

Er klopte iets niet en dat was al een tijd zo.

Toen ze het vanochtend wilde vragen, was hij weg geweest. Niet alleen weg, hij was helemaal niet naar bed geweest.

De file loste op, ze gaf gas en reed langs de universiteit.

*

'Een schoolopdracht?'

'Ja.'

Olivia had met een smoes een ontmoeting met Miriam Wixell geregeld. Ze had beweerd dat ze in het derde jaar van de Politieacademie zat, wat waar was, en dat ze de opdracht hadden gekregen om een verslag over escortactiviteiten te schrijven. 'Een hartstikke belangrijke opdracht.' Ze had zich bewust naïef, goedgelovig en onnozel voorgedaan en had verteld dat ze Miriam Wixells naam had gevonden toen een van haar docenten haar een oud politieonderzoek met betrekking tot Gold Card had gegeven, en dat Miriam de enige was die ze te pakken had gekregen.

'Wat wil je weten?' had Miriam Wixell aan de telefoon gevraagd.

'Tja eh... eigenlijk wat je dacht. Ik ben zelf drieëntwintig en ik probeer me in jou in te leven. Waarom je escortmeisje werd en zo. Wat vond je daar zo leuk aan?'

Na nog een beetje nietszeggend gebabbel had ze Miriam waar ze haar hebben wilde, en nu zaten ze op een terras in de Birger Jarlsgatan. De scherpe zon scheen tussen de gebouwen door en Miriam Wixell zette een donkere zonnebril op. Olivia haalde haar blocnote tevoorschijn en keek naar haar.

'Je schrijft over eten?'

'Ja, op freelancebasis, voornamelijk voor reistijdschriften.'

'Wat ontzettend spannend. Maar eh... word je daar niet dik van?'

'Wat bedoel je?'

'Tja eh... je moet vast heel veel eten en zo als je erover schrijft.'

'Dat valt wel mee.'

Miriam Wixell glimlachte. Ze genoot van de gratis lunch die haar was aangeboden. Ze begon te vertellen over haar tijd als escortmeisje. Die was kort geweest. Toen er diensten van haar werden geëist waartoe ze niet bereid was, was ze ermee gestopt.

'Zoals... eh... seks?' vroeg Olivia terwijl ze onschuldig naar haar keek.

'Bijvoorbeeld.'

'Werkten er veel meisjes bij Gold Card?'

'Ja.'

'Waren dat alleen Zweedse meisjes?'

'Dat weet ik niet meer.'

'Kun je je een paar van die meisjes herinneren?'

'Waarom vraag je dat?'

'Tja, dan eh... kan ik misschien met meer meisjes contact opnemen.'

'Ik weet niet wie de anderen waren.'

'Oké.'

Olivia merkte dat Miriam inmiddels op haar hoede was, maar ze had nog niet wat ze wilde hebben.

'Kun je je herinneren of er iemand met blauw haar bij was?' vroeg ze.

'Ja, dat klopt.'

Miriam Wixell lachte. De herinnering aan het meisje met het blauwe haar was duidelijk grappig.

'Dat was een blond meisje uit Kärrtorp, ik geloof dat ze Ovette heette. Ze dacht dat blauw haar sexy was.'

'Maar dat was het niet?'

'Het was spuuglelijk.'

'Dat kan ik me voorstellen. Was er iemand bij die er een beetje eh... Latijns-Amerikaans uitzag?'

'Ja. Ik weet niet hoe ze heette, maar er was een heel mooi meisje dat daarvandaan zou kunnen komen.'

'Donker? Met zwart haar?'

'Ja. Is dat iemand die je kent?'

'Nee, het is iemand die beschreven staat in het onderzoek en ik dacht dat het misschien iemand was die niet uit Zweden kwam en dat immigranten in die tijd waarschijnlijk nogal ongewoon waren en zo.'

'Dacht je dat? Nee, dat was niet zo.'

Miriam Wixell had plotseling het gevoel dat ze niet goed snapte waar het meisje tegenover haar naartoe wilde. Ze bedankte voor de lunch, stond op en liep vrij abrupt weg. Olivia had nog een vraag, maar het lukte haar niet meer om die te stellen: ging dat zwartharige meisje met Jackie Berglund om?

Olivia kwam ook overeind en begon in de richting van Stureplan te lopen. Er waaide een zwoele wind vanaf Nybroviken. Luchtig geklede voetgangers stroomden in alle richtingen. Olivia volgde de stroom. Ergens ter hoogte van restaurant East kreeg ze een idee.

Ze was tenslotte in de buurt van de boetiek.

Udda & Rätt.

Even later stond ze tegenover Jackie Berglunds boetiek in de Sibyllegatan. Olivia bekeek de winkel een tijdje vanaf het trottoir aan de andere kant van de straat. Ze hoorde Eva Carlséns woorden in haar oren klinken: snuffel niet rond bij Jackie Berglund.

Maar ik snuffel niet rond. Ik ga alleen haar winkel binnen en bekijk wat ze verkoopt. Ik ben gewoon een onbekende klant. Daar is toch niets mis mee, dacht Olivia, waarna ze de boetiek in liep.

Het eerste wat haar opviel was de geur van een zwaar, zoetig parfum, dat in de winkel hing.

Het tweede wat haar opviel was het aanbod in de winkel. Dat lag vrij ver bij haar belevingswereld vandaan. Decoraties waarvan ze zich niet kon voorstellen dat ze die ooit in haar huis zou hebben en kleding die ze niet zou dragen. Met prijskaartjes die belachelijk waren, dacht ze terwijl ze zich naar een jurk boog. Toen ze opkeek stond Jackie Berglund recht voor haar. Ze was mooi opgemaakt, had donker haar en was iets langer dan gemiddeld. Haar intens blauwe ogen observeerden de jonge klant. Olivia herinnerde zich plotseling de blik in die ogen toen Eva Carlsén naar Red Velvet had gevraagd.

'Kan ik je ergens mee helpen?'

Olivia wist even niet wat ze moest antwoorden.

'Nee, ik kijk alleen rond.'

'Ben je geïnteresseerd in woninginrichting?'

'Nee.'

Geen slimme opmerking. Olivia had er meteen spijt van.

'Misschien heb je interesse in deze jurken? Die zijn zowel nieuw als vintage,' zei Jackie.

'Tja... ja... nee, ik geloof niet dat het echt mijn stijl is.'

Maar dat had Jackie waarschijnlijk al begrepen op het moment dat ik de winkel binnenkwam, dacht Olivia. Ze slenterde nog even rond, bekeek een paar oorbellen en een grammofoontrechter uit de jaren dertig. Daarna voelde ze dat het tijd was om te vertrekken.

'Tot ziens.'

Olivia liep de boetiek uit.

Op dat moment wist Jackie het. Of ze dacht dat ze het wist. Ze belde Carl Videung.

'Die Olivia Rönning die bij je was en naar mij vroeg, hoe zag die eruit?'

'Donker haar.'

'Loensde ze een beetje?'

'Ja.'

Jackie hing op en toetste een nieuw nummer in.

*

Minken was geen ochtendmens, eerder een nachtmens. De nacht was de tijd in het etmaal waarop Minken in zijn element was. Dan bewoog hij zich in de kringen waar hij zich nu bewoog en zorgde hij ervoor dat hij hier iets kreeg wat hij daar van de hand deed. Dat kon een tip zijn, of een zakje wit poeder, of zelfs een hond. Vannacht had hij een sjofele herdershond van een man die in Kungsan een overdosis had genomen naar een verpleegster in Bandhagen gebracht, die was ingestort. Ze wist dat haar vriend gebruikte, maar dacht dat hij het onder controle had. Dat bleek niet zo te zijn.

De herdershond heette Mona.

Wat een naam voor een hond, maar misschien was het een politiek gebaar, dacht Minken terwijl hij in de forensentrein naar Flempan zat. Hij had besloten om naar Ackes kinderopvang te gaan om met hem te praten.

Minken was geen strategisch genie.

Acke was niet op de kinderopvang.

Minken vroeg het aan een paar jongeren voor het gebouw en constateerde al vrij snel dat niemand wist waar Acke was.

'Bent u Ackes vader?'

'Nee, ik ben zijn mentor,' antwoordde Minken. Mentor? Dat klinkt goed, dacht hij. Weliswaar wist hij niet precies wat het betekende, maar het was iemand die meer wist dan een ander en Minken wist bijna alles. Mentor klonk dus goed.

Op de terugweg naar het station zag hij Acke plotseling. Tenminste, hij zag een eenzame jongen die een bal tegen een hek schoot en omdat hij de foto's op Vettans mobiel had gezien, dacht hij dat het Acke kon zijn. Bovendien had hij Acke een paar keer met Vettan gezien toen hij jonger was.

'Hallo, Acke!'

Acke draaide zich om. Minken liep met een glimlach op zijn gezicht naar hem toe.

'Mag ik de bal even?'

Acke rolde de bal naar de kleine man met de paardenstaart. Hij dook snel weg toen Minken een schot gaf dat helemaal de verkeerde kant op ging.

'Perfect!'

Minken glimlachte. Acke keek de verdwijnende bal na.

'Hou je van voetbal?' vroeg Minken.

'Ja.'

'Ik ook. Weet je wie Zlatan is?'

Acke keek ongelovig naar hem. Wie Zlatan is? Was hij niet goed bij zijn hoofd?

'Ja, natuurlijk. Hij speelt in Milaan.'

'En daarvoor heeft hij in Spanje en Nederland gespeeld. Ik ben in het begin van Zlatans carrière zijn mentor geweest, toen hij bij Malmö FF speelde, ik heb geregeld dat hij naar Europa ging.'

'Ja...?'

'Je zou kunnen zeggen dat ik de E4 voor Zlatan heb opengezet.'

Acke snapte niet goed waar de volwassen man, die met hem over Zlatan praatte, het over had.

'Ken je Zlatan?'

'Heel goed. Als er iets aan de hand is, dan belt Zlatan mij. Zo dik zijn we met elkaar.'

Minken hield twee gekruiste vingers voor Acke.

'Trouwens, ik heet Minken.'

'Hoi.'

'Ik ken je moeder, Ovette. Heb je zin in een hamburger?'

Acke at een dubbele kaasburger bij Flempans Kebab & Grill in het centrum. Minken zat tegenover hem. Hij dacht erover na hoe hij moest beginnen. Van tienjarigen wist hij niets, dus ging hij recht op zijn doel af.

'Je moeder zegt dat je heel veel blauwe plekken hebt en dat je het voetballen de schuld geeft. Ik denk dat je liegt.'

Eerst wilde Acke opstaan en weglopen. Had zijn moeder deze man over zijn blauwe plekken verteld? Waarom had ze dat gedaan?

'Wat heb jij daarmee te maken?'

'Dat je liegt?'

'Ik lieg niet!'

'Ik heb jarenlang topvoetbal gespeeld, op die manier ben ik met Zlatan in contact gekomen. Ik weet welke verwondingen je op het veld oploopt. Jouw blauwe plekken komen niet door het voetbal, je zult iets beters moeten verzinnen.'

'Mijn moeder gelooft me.'

'Vind je het fijn om tegen haar te liegen?'

'Nee.'

'Waarom doe je het dan?'

Acke draaide zich weg. Hij vond het niet fijn om tegen zijn moeder te liegen, maar hij durfde de waarheid niet te vertellen.

'Oké, Acke, laten we het als volgt doen. Je kunt tegen Ovette blijven liegen, dat maakt mij niet uit, ik heb ook gelogen tegen mijn moeder, heel vaak zelfs, maar tussen ons gezegd, alleen tussen ons, dat zijn geen voetbalverwondingen, of niet soms?'

'Nee.'
'Komt het door een vechtpartij?'
'Zoiets.'
'Je kunt het me vertellen,' zei Minken.
Acke aarzelde een paar seconden, daarna trok hij zijn mouw omhoog.
'Ik hoor hierbij.'
Minken keek naar zijn ontblote arm, waarop de letters K en F met een cirkel eromheen stonden. Getekend met een viltstift.
'Wat betekent dat?'
Tien minuten later liep Minken naar buiten om Stilton te bellen. Acke wachtte binnen.
'*Kid Fighters*?'
'Ja,' zei Minken. 'Zo noemen ze zichzelf. De oudere jongens hebben een tatoeage op hun arm. De letters KF met een cirkel eromheen.'
Stilton haalde heftig adem.
'Waar komen ze bij elkaar?'
'Hij weet het niet precies, ergens in Årsta, onder de grond.'
'Altijd dezelfde plek?'
'Ja.'
'En ze komen elke avond bij elkaar?'
'Dat dacht hij wel.'
'Heb jij nog contactgegevens van UE?'
'Ik denk het wel. Een telefoonnummer...'
'Sms het naar me.'
Stilton wist dat Minken nooit een contact wegdeed. Een groot deel van zijn overleven was daarop gebaseerd.

Minken ging met Acke mee naar huis. Dat leek hem het beste. Toen Ovette hen binnenliet kreeg ze een stevige omhelzing van Acke, waarna hij onmiddellijk naar binnen rende om zijn voetbalkleding te halen.
'Ga je nu trainen?'
'Ja!'
Ovette keek naar Minken, die naar Acke keek en een knipoog van hem kreeg. Daarna vertrok Acke.
'Gaat hij voetballen?' vroeg Ovette.
Ze zag er een beetje ongerust uit.
'Ja.'
Minken liep de keuken in.
'Maar wat heeft hij gezegd? Heb je iets uit hem gekregen?' vroeg Ovette.

'Het zijn geen voetbalverwondingen. Ga je vannacht werken?'
'Nee.'
Ovette ging tegenover Minken zitten. Het koude licht van de tl-buis boven het aanrecht toonde hoe afgeleefd haar gezicht was. Voor het eerst zag Minken hoe hard Vettans leven was. Puur fysiek gezien. Hij had haar altijd opgemaakt gezien, ook als ze koffiedronken in de stad, maar nu had ze niets op haar gezicht wat kon verbergen wat het inhield om op haar manier in haar levensonderhoud te voorzien.
'Moet je doorgaan met die rotzooi?'
'Met tippelen?'
'Ja.'
Ovette zette het raam op een kier en stak een sigaret op. Minken kende haar vrij goed van vroeger, hij wist het een en ander over haar leven. Waarom ze tippelde wist hij niet, maar hij nam aan dat het met geld te maken had. Met overleven, terwijl ze zichzelf voortdurend voorhield dat deze nacht de laatste zou zijn. Of de op een na laatste. Of nog twee nachten, en dan zou ze stoppen.
Die nacht kwam echter nooit.
'Wat zou ik anders moeten doen?'
'Een baan nemen. Wat anders?'
'Zoals jij?'
Minken glimlachte en haalde zijn schouders op. Hij was waarschijnlijk geen lichtend voorbeeld. Een baan in die betekenis had hij niet gehad sinds hij in zijn jeugd de Katarinalift een seizoen lang had bediend. Negen uur lang naar boven en naar beneden en daarna rechtdoor het centrum in.
'Heb je koffie?'
'Ja.'
Terwijl Ovette twee bekers filterkoffie maakte, probeerde Minken zo voorzichtig mogelijk te vertellen over Ackes blauwe plekken, zodat Ovette er niet al te erg door van streek zou zijn.

*

Stilton had jaren geleden hulp gehad van Minken om met betrekking tot een politiezaak in contact te komen met UE. Het ging om een verdenking van binnendringen in een onderaardse militaire ruimte. UE stond voor Urban Exploration, een vereniging die zich bezighield met het in kaart brengen van onderaardse plekken in stedelijke milieus. Tunnelsystemen, gesloten fabrieken, bergruimtes, schuilkelders. Verlaten plekken, vaak verboden terrein.

Hun activiteiten waren niet helemaal legaal.

Minken had het nummer van zijn UE-contact ge-sms't en Stilton had gebeld en gevraagd of hij een afspraak kon maken. Hij beweerde dat hij een reportage voor *Situation Sthlm* schreef over ongewone en verborgen milieus in de stad. De man kende het tijdschrift en het idee stond hem aan.

Het lukte dus om met ze af te spreken.

De activiteit was zoals gezegd niet helemaal legaal, dus was Stilton er niet verbaasd over dat beide mannen hun gezicht hadden gecamoufleerd met mutsen toen ze elkaar ontmoetten. Dat vond hij geen probleem. Ook de plek, een bestelwagen in Hammarbyhamnen, was met dezelfde reden gekozen. Een van de mannen zat achter het stuur. De andere zat achterin. Stilton zat op de passagiersstoel. Zijn sjofele uiterlijk viel niet op, juist niet als schrijver voor *Situation Sthlm*, en geen van de mannen reageerde.

'Wat wil je weten?'

Stilton legde uit dat de reportage bedoeld was om aan te tonen hoe oneindig veel verborgen ruimtes er onder een stad als Stockholm waren, en dat UE daarover waarschijnlijk de grootste kennis had. Vleierij en leugentjes om bestwil. Een van de mannen lachte en vroeg of het de bedoeling was dat ze plekken aan zouden wijzen waar de daklozen konden slapen. Stilton begon te lachen en zei dat dat een risico was waar ze rekening mee moesten houden. Daarna keken de mannen elkaar even aan en trokken hun mutsen af. Een van hen bleek een meisje te zijn.

Daar ga je met je vooroordelen, dacht Stilton.

'Heb je een kaart?' vroeg het meisje.

Daar had Stilton voor gezorgd. Hij haalde hem tevoorschijn en vouwde hem open.

Het meisje en de jongen wezen het volgende halfuur allerlei ondergrondse ruimtes aan. Stilton acteerde afwisselend gefascineerd en verrast te zijn. Of eigenlijk acteerde hij dat niet helemaal. Hij was oprecht verbijsterd dat er zoveel ondergrondse plekken waren, en dat het jonge stel ze kende. Hij was zelfs onder de indruk.

'Ongelofelijk,' zei hij een paar keer.

Na een halfuur voelde hij dat het tijd was. Hij zei dat een van zijn dakloze kameraden beweerde dat er in de buurt van Årsta een enorme onderaardse ruimte was die bijna niemand kende.

'Weten jullie daarvan?'

De man en de vrouw glimlachten naar elkaar. Natuurlijk kenden ze die.

'Er is daar inderdaad een ruimte,' zei de jongen. 'Die wordt *Vin och Sprit* genoemd.'

Het meisje trok de kaart naar zich toe en wees de plek aan.

'Daar.'

'Groot?' vroeg Stilton.

'Enorm, met verschillende ondergrondse verdiepingen. Het zou eigenlijk een waterzuiveringsinstallatie worden, maar nu staat het leeg.'

'Zijn jullie er geweest?'

De twee keken weer naar elkaar. Hoeveel zouden ze vertellen?

'Ik schrijf jullie namen niet op en ik maak geen foto's. Niemand komt erachter met wie ik heb gepraat, het kan geen kwaad,' zei Stilton.

Ze aarzelden nog even.

'We zijn er geweest,' zei het meisje.

'Hoe kom je daar? Is dat moeilijk?'

'Ja en nee,' antwoordde de jongen.

'Wat bedoel je?'

'Je kunt naar binnen via het traliehek aan de voorkant en daarna door een heel lange tunnel naar beneden, een voormalige kabeltunnel, tot je bij een stalen deur komt die naar de eigenlijke ruimte leidt. Die deur was vroeger verzegeld. Dat is de eenvoudige manier,' zei de jongen.

'En de moeilijke?'

Het meisje keek naar de jongen achter het stuur, die naar Stilton keek. Dat raakte hun beroepsgeheim.

'Er is een nauwe schacht die je bereikt via een putdeksel in de straat... hier...'

De jongen wees weer op de kaart.

'In de muur onder het deksel zit een smalle, metalen ladder. Je moet ongeveer vijftien meter in de schacht naar beneden klimmen, daar zit een ijzeren luik en daarachter is een gang...'

'Die naar de onderaardse ruimte leidt?'

'Ja, maar...'

De jongen zweeg.

'Maar?'

'Het is een heel nauwe gang.'

'En lang,' zei het meisje. 'En pikdonker.'

'Oké.'

Stilton knikte. Het meisje vouwde de kaart op. De jongen keek naar Stilton.

'Je bent toch niet van plan om er via die schacht naartoe te gaan?'
'Natuurlijk niet.'
'Mooi, je zou er nooit doorheen passen.'

Minken belde toen Stilton terugkwam van Hammarbyhamnen.
'Heb je contact met ze gehad?'
'Ja.'
'Wisten ze iets?'
'Ja.'
'Is er een onderaardse ruimte in Årsta?'
'Ja.'
'Oké, dan weten we dat.'
We, dacht Stilton. Hij vond dat Minken een beetje als vroeger begon te klinken. Dacht hij dat ze een team waren?
'En wat ga je nu doen?' vroeg Minken.
'Haar bekijken.'
Stilton beëindigde het geprek.

Hij wilde met behulp van de metalen trap aan de muur in de nauwe schacht onder het putdeksel naar beneden klimmen. Op een diepte van vijftien meter zou een ijzeren luik in de muur zitten. Als hij geluk had was dat open. Als hij nog meer geluk had, dan zou hij zijn lichaam door het luik naar binnen kunnen persen en door een pikdonkere gang schuiven. Op zijn buik. Het zou niet mogelijk zijn om terug te gaan. Als hij niet verder kon, zou hij moeten proberen om achterwaarts te schuiven.
Als hij niet vast kwam te zitten.
Een van zijn terugkerende nachtmerries was dat hij vast kwam te zitten. Dat gebeurde op verschillende plekken, maar het scenario was altijd hetzelfde: hij zat bekneld, beklemd, opgesloten, en hij wist dat hij nooit meer los zou komen. Dat hij zou wegteren in een bankschroef van angst.
Nu zou hij zichzelf blootstellen aan zijn nachtmerrie. Vrijwillig. Hij zou zich voortbewegen door een onbekende onderaardse gang die nauwelijks groter was dan een mensenlichaam.
Als hij vast kwam te zitten, dan was het gebeurd.
Heel langzaam begon hij de trap in de nauwe schacht af te lopen. Dikke, zwarte spinnen kropen over de muren. Halverwege bedacht hij dat het luik misschien niet open was. Een ongeoorloofde hoop die hij snel verdrong.
Het luik was open.

Of halfopen. Stilton duwde het met één voet zo ver mogelijk open, waarna het hem lukte om zijn bovenlichaam door de opening te krijgen. Hij keek naar binnen, wat tamelijk nutteloos was. Hij zag een zwart gat. Toen hij zijn zaklamp aandeed zag hij dat de gang een bocht maakte en verdween.

Hij duwde zijn hele lichaam door de opening en hijgde. Het was veel nauwer dan hij had gedacht. Hij lag op zijn buik in de gang met zijn armen voor zich gestrekt en besefte dat het een idioot plan was. Daarna dacht hij aan Vera. Hij deed de zaklamp uit en begon naar voren te schuiven.

Hij moest zich met zijn tenen voortduwen om vooruit te komen. Als hij zijn hoofd optilde, dan sloeg hij tegen de wand. Als hij zijn hoofd liet zakken, dan schuurde zijn kin over de bodem. Het ging heel langzaam, maar het ging. Decimeter voor decimeter. Hij voelde het zweet langs zijn hals lopen. Het duurde een tijd voor hij bij de bocht was die hij had gezien. Daar zou hij een beslissing moeten nemen. Als de bocht te scherp was zou hij er nooit doorheen komen. Het risico om vast te komen zitten was te groot, het risico op nachtmerries maximaal.

Bij de bocht deed hij de zaklamp weer aan en zag de gele ogen van een rat ruim een meter voor zich. Dat maakte weinig indruk op hem. Als je een paar jaar als dakloze hebt geleefd, ben je goed bekend met de *rattus norvegicus*. Vaak is dat het enige gezelschap dat ter beschikking is. Waarschijnlijk voelde de rat hetzelfde, want hij draaide zich om en verdween achter de bocht.

Stilton schoof achter hem aan de bocht in. Halverwege stopte het. Daar was de hoek een paar decimeter te scherp, wat Stilton helaas pas ontdekte toen hij een groot deel van zijn bovenlichaam er al doorheen had geduwd. Hij zou niet verder komen. Existentieel gezien was het echter veel erger dat hij ook niet terug kon. Zijn lichaam zat klem in de bocht.

Hij zat vast.

Als in een bankschroef.

*

Hij had zijn grijze Jaguar een eind van het Zeevaartmuseum geparkeerd, met de motorkap naar het Djurgårdskanaal gericht. De auto stond bijna alleen op het parkeerterrein. Toch had hij om zich heen gekeken voordat hij Wendts ouderwetse cassettebandje had gepakt. Waarom had hij het niet op een cd gekopieerd? dacht hij. Typisch Nils. Gelukkig had zijn exclusieve auto een geluidsinstallatie die ook geschikt was voor cassettes.

Nu haalde hij de cassette uit de geluidsinstallatie en woog hem in zijn hand. Hij had het hele opgenomen gesprek beluisterd, ook al kon hij zich elke zin herinneren.

Hij had zichzelf ermee gekweld.

Heel langzaam trok hij de smalle magneetband uit de cassette. Stukje voor stukje, tot hij een warboel in zijn handen had. Niet dat het veel hielp. Er bestond tenslotte een origineel. Op een onbekende plek. Met precies hetzelfde gesprek, en dezelfde vernietigende informatie. Een origineel dat hij op de een of andere manier te pakken moest zien te krijgen. Het liefst binnen drie dagen. Hij was absoluut niet van plan om gehoor te geven aan Wendts ultimatum.

Nog niet tenminste.

Hij was echter realistisch genoeg om te beseffen dat het risico bestond dat hij dat wel zou moeten als de drie dagen voorbij waren.

Wat moest hij dan doen? Wat zouden zijn advocaten kunnen doen? Beweren dat de opname vervalst was? Een stemanalyse zou bewijzen dat hij het was. En Linn? Ze zou zijn stem meteen herkennen.

Bertil stak een cigarillo op. Hij had vandaag bijna een heel pakje gerookt. Hij keek naar zijn gezicht in de achteruitkijkspiegel. Hij zag er net zo sjofel uit als Wendt had gedaan. Ongeschoren, groezelig. Een slapeloze nacht, geen ontbijt, een aantal scherpe opmerkingen over gemiste afspraken en straks Linn. Hij wist dat ze argwaan had en dat ze heel wat lastige vragen zou stellen zodra ze de kans kreeg. Vragen die hij niet kon beantwoorden zonder te liegen. En het was niet gemakkelijk om tegen Linn te liegen.

Hij stond verschrikkelijk onder druk.

'Je klinkt alsof je onder druk staat,' zei Erik Grandén, die uit Brussel terug was en toevallig belde.

'Ja? Ach, ik heb op dit moment veel aan mijn hoofd.'

Erik stelde voor om samen iets te gaan eten en omdat Bertil Linn zo lang mogelijk wilde ontlopen, stemde hij toe.

'Teatergrillen om halfacht?'

'Prima.'

'Neem je Linn mee?'

'Nee.'

Bertil verbrak de verbinding. Hij keek naar de warboel in zijn hand, keek uit over het Djurgårdskanaal en voelde dat hij een brok in zijn keel kreeg. Hij slikte en slikte, en daarna gaf hij eraan toe.

De sfeer in restaurant Teatergrillen was intiem. Donkerrood behang, schilderijen met goudkleurige lijsten en gedempte muurverlichting. Erik Grandén voelde zich hier thuis. Midden in het centrum, dat was de plek waar hij wilde zijn. Onlangs was hij bij Buckan in de Arsenalsgatan binnen geweest. Ze hadden een expositie van hun moderne schilderijen gehad en Grandén had een vroege Baertling gezien waar hij verliefd op was geworden. Misschien moest hij een bod doen? Baertling was tenslotte weer helemaal in.

Hij zat met zijn lange, slungelachtige ledematen op een bankje tegenover zijn oude speelmakker Bertil Magnuson. Niet dat ze samen in de zandbak hadden gespeeld, maar in hun kringen waren ze graag 'speelmakkers'. Ze hadden tong meunière besteld en een paar glazen witte wijn van een uitstekend merk. Wijn was Grandéns specialiteit. Hij had flink geïnvesteerd in een aantal zeldzame flessen die hij bewaarde in een speciale ruimte in restaurant Operakällaren.

'Proost!'

'Proost.'

Bertil praatte zachtjes, maar dat vond Grandén prima. Hij hield ervan om zijn eigen stem te horen. Welluidend en altijd een kernachtige woordkeuze. Hij had tenslotte een lange training in de openbaarheid gehad.

Daar voelde hij zich ook prettig bij.

Nu hij uitweidde over zijn 'eventuele' aanstaande missie op het hoogste Europese niveau was het net of hij een verkiezingsspeech voor zichzelf hield.

'Ik zeg eventueel omdat niets zeker is voordat het zeker is, op dit niveau, zoals Sarkozy altijd zegt. We hebben trouwens dezelfde kapper in Parijs. Maar ik zou heel verbaasd zijn als het niet door zou gaan. Wie moeten ze anders kiezen?'

Bertil wist dat de vraag retorisch was, dus nam hij nog een hap tong.

'Maar genoeg over mij, hoe gaat het met MWM? Ik heb begrepen dat er wat onrust is geweest met betrekking tot de onderscheiding.'

'Ja.'

'Congo?'

'Ja.'

'Ik heb dat stuk over kinderarbeid gelezen. Dat ziet er niet goed uit.'

'Nee.'

'Misschien moeten jullie een donatie doen?'

'Voor?'

'Een kinderziekenhuis, in Walikale, betaal de bouw en de inrichting, investeer een paar miljoen in de plaatselijke gezondheidszorg. Dat zou de verontwaardiging voor een deel wegnemen.'

Grandén had een buitengewoon vermogen om reëel en tactisch te denken, hij was een meester in het gladstrijken.

'Misschien wel. Het probleem is de winning zelf, we krijgen de grond niet die we willen hebben.'

'Zijn jullie te snel gegaan?'

Bertil glimlachte. Erik bezat een fenomenale gave om een buitenstaander te lijken. In alle situaties die 'niet vanzelf op hun plek vielen'.

'Je weet precies hoe snel we gegaan zijn, Erik, je hebt de hele opzet tenslotte zelf onder ogen gehad, of niet soms?'

'Laten we het daar niet over hebben.'

Grandén vond het niet prettig om eraan herinnerd te worden dat hij nog steeds een vinger in de pap had. Officieel had hij ze lang geleden schoongelikt.

'Ben je daarom jezelf niet?' vroeg hij.

'Nee.'

Plotseling stond Bertil op het punt om te veel te zeggen. Dat kon te maken hebben met de wijn, het gebrek aan slaap, de druk, of gewoon de behoefte om zijn hart te luchten. De druk een beetje verlichten tegenover een oude musketier.

Hij hield zich echter in.

Hij wist niet hoe hij het opgenomen gesprek moest uitleggen. En ook als hij dat wel zou weten, als hij aan zijn oude vriend en speelmakker zou vertellen wat de reden van het gesprek was, dan wist hij niet hoe Erik zou reageren. Wat hij wel wist was dat Erik van hetzelfde slag was als hij. Gegoten in hetzelfde egocentrische harnas. Als hij over het gesprek zou horen, was het heel goed mogelijk dat hij de rekening zou vragen, voor de lange en winstgevende vriendschap zou bedanken en daarna uit Bertils leven zou verdwijnen.

Voorgoed.

Hij stuurde het gesprek daarom naar Eriks favoriete onderwerp.

'Met wat voor missie ben je eigenlijk bezig?'

'Dat is vertrouwelijk. Maar als het allemaal gaat zoals het moet gaan, dan toost je de volgende keer dat we hier zitten met een van de machtigste mannen van Europa.'

Erik Grandén trok zijn onderlip een stukje in terwijl hij het zei, iets wat hij altijd deed als hij zijn woorden een maximaal effect wilde geven.

In Bertils ogen zag het er gemaakt uit.

*

Hij nam aan dat hij even geslapen had. Hoe lang wist hij niet. Toen hij wakker werd voelde hij een koude tocht in de nauwe gang. Aan het eind van de tunnel was blijkbaar iets opengegaan, en het leek of zijn lichaam een paar millimeter was gekrompen door de kou, want hij voelde dat hij weer kon bewegen. Het was in elk geval voldoende om zich met behulp van een bezeten kracht van zijn voeten door de bocht te drukken, waarna hij weer rechtlag.

Hij ademde minutenlang uit en constateerde dat hij onmogelijk terug zou kunnen kruipen. Als hij hieruit kwam was dat maar op één manier, naar voren.

Hij begon weer te schuiven.

En te schuiven.

Omdat zijn tijdsbesef al een hele tijd geleden was verdwenen, had hij er geen idee van hoe lang het had geduurd, maar plotseling was hij bijna aan het eind van de gang. Hij zag een opening die ongeveer net zo groot was als die waardoor hij naar binnen gekropen was. Hij schoof het laatste stukje vooruit, keek naar buiten en zag een enorme ondergrondse zaal.

Hij zou de aanblik waarschijnlijk nooit vergeten.

Ten eerste door het licht. Of de lichten. Aan een aantal statieven hingen schijnwerpers die een flitsend, roterend rood en groen licht in de zaal verspreidden. Fel licht. Het duurde even voor Stiltons ogen eraan gewend waren.

Daarna zag hij de twee vierkante kooien van drie meter breed en twee meter hoog, die midden in de zaal stonden. Ze bestonden uit een stalen raamwerk met grijze, metalen netten ertussen.

In beide kooien stonden twee jongens, van een jaar of tien, elf. Ze waren naakt, op een kort broekje van zwart leer na. De jongens vochten uitzinnig met elkaar. Zonder handschoenen. Bloedend op verschillende plekken op hun lichaam.

En dan de toeschouwers, die rijen dik rond de kooien stonden en de jongens ophitsten, naar ze schreeuwden en ze toejuichten. Met handen vol bankbiljetten die tijdens de gevechten meerdere keren van eigenaar wisselden.

Cage fighting.

En daar werd op gegokt.

Als hij niet gewaarschuwd was door Ackes verhaal, zou het een hele tijd geduurd hebben voordat hij besefte wat hij zag.

Het was zo al moeilijk genoeg.

Toch had hij een paar uur geleden op een van de computers van *Situation Sthlm* gezocht naar cage fighting en had hij heel angstaanjagende informatie gelezen. Dat het een paar jaar geleden was begonnen in Engeland met ouders die hun kinderen lieten vechten in metalen kooien. Om ze te trainen, zoals een vader het had uitgedrukt. Hij had een video op YouTube gezien waarin twee achtjarigen vochten in een stalen kooi in de Greenlands Labour Club in Preston. Hij was er misselijk van geworden, maar hij was blijven zoeken.

Hij had steeds meer obscure informatie gevonden. Hoe cage fighting zich had verspreid naar andere landen en jaar na jaar escaleerde. Met het verhogen van de inzetten en de verspreiding van de kooigevechten was het steeds meer uit het zicht verdwenen. Om langzamerhand helemaal ondergronds te belanden.

Verborgen voor de buitenwereld, maar bekend bij degenen die ervan hielden om kinderen in kooien met elkaar te zien vechten. Als minderjarige gladiatoren.

Hoe konden ze dat in vredesnaam geheimhouden? dacht Stilton. En hoe kregen ze die kinderen zover om mee te doen?

Dat begreep hij toen hij een tekst zag waarin vermeld werd dat degene die een gevecht won een paar stappen steeg op een speciale ranglijst. Degene die na tien gevechten het hoogst op de lijst stond won geld. De wereld krioelde van de arme kinderen. Dakloze kinderen. Ontvoerde kinderen. Kinderen die niemand hadden die om hen gaf. Kinderen die misschien een kans zagen om ergens te komen door te vechten in kooien.

Of kinderen die wilden proberen wat geld te verdienen om hun moeder te helpen.

Weerzinwekkend, dacht Stilton. Hij had gelezen dat de gevechten vaak werden georganiseerd door jongeren die zelf in de kooien waren begonnen. En dat ze een speciale tatoeage hadden die markeerde wie ze waren.

Twee letters. KF. Met een cirkel eromheen.

Net als degene die de dakloze bij Västerbron had mishandeld.

Kid Fighters, volgens Acke.

Daarom lag hij hier.

Hij vond het moeilijk naar de kooien te blijven kijken. Een van de jongens was neergeslagen en lag bloedend op de vloer van de kooi. Een metalen luik werd opengetrokken en het lichaam werd naar buiten gesleept. Als een kadaver. De andere jongen danste rond in de kooi terwijl de toeschouwers floten en juichten en daarna stil werden. Er zou een nieuw gevecht beginnen.

Op dat moment nieste hij.

Niet één keer, maar vier keer. Het stof in de gang was in zijn neusholtes gekropen. Bij de vierde keer werd hij ontdekt.

Ze trokken hem met z'n vieren uit de opening en een van hen sloeg hem neer. Zijn hoofd sloeg tegen de rotswand. Hij werd naar een kleinere ruimte gesleept, uit het zicht van de toeschouwers. Daar rukten ze de kleren van zijn lijf. Ze waren nog steeds met z'n vieren. Twee waren iets jonger, twee iets ouder. Hij werd opgetild en tegen de koude granieten wand gesmeten. Het bloed van de hoofdwond liep over zijn schouders. Een van de jongeren pakte een spuitbus en spoot TRASHKICK op zijn naakte rug.

Een ander haalde een mobiel tevoorschijn.

Een van de nadelen van mobieltjes is dat ze in je zak bellen. Een voordeel is dat je gemakkelijk het laatst gekozen nummer kunt zien. Dat gebeurde toen Minkens telefoon overging. Hij belde terug naar de persoon die tijdens hun laatste gesprek gefocust en alert was geweest, maar die nu in een heel slechte staat was. Zo slecht dat Minken alleen wat zwak gereutel hoorde. Maar het nummer op het display vertelde hem wie het was: Stilton.

Minken bedacht snel waar hij hem kon vinden.

Ongeveer.

Årsta is groot als je niet weet waar je moet beginnen met zoeken, dus zocht Minken een hele tijd zonder iets te vinden. Uiteindelijk belde hij Vettan en praatte met Acke om hem zover te krijgen een nadere omschrijving te geven van waar het in Årsta was. Ongeveer. Dat hielp een beetje. Hij kreeg een redelijk beeld van de omgeving. Zo redelijk dat hij Stilton uiteindelijk in elkaar gekropen bij een grijze rotswand vond. Naakt en bloedend. Zijn kleren lagen om hem heen en hij had zijn mobiel in zijn hand. Minken besefte dat Stilton flink mishandeld was, maar hij leefde en was aanspreekbaar. Het lukte hem om Stilton zijn broek en jas aan te trekken.

'Je moet naar het ziekenhuis.'

'Nee.'

Stilton haatte ziekenhuizen. Minken overwoog of hij hem zou dwingen. Hij zag ervan af en belde een taxi.

De eerste die arriveerde keerde meteen om toen de chauffeur het stel zag. De tweede stopte en stelde voor dat ze een ambulance zouden bellen, waarna hij wegreed. De derde had net een klant afgezet toen Minken hem wenkte. Hij had inmiddels zijn lesje geleerd en had Stilton een stuk verderop achter het struikgewas neergelegd. Hij legde de taxichauffeur snel uit dat zijn kameraad een pak slaag had gekregen en verbonden moest worden en voordat de chauffeur nog iets kon zeggen had Minken twee briefjes van vijfhonderd door het raam gestoken.

Zijn speelwinst van die dag.

'Ik heb zelf jarenlang taxi gereden, ik weet hoe het kan zijn, dronkaards en smerigheid, maar dit is anders. We moeten naar de Wibomsväg in Solna, duizend kronen zonder taximeter. Een heel redelijke deal, vind je niet?'

Olivia zat in de keuken met haar laptop opengeklapt en een ijsje in haar hand. Ploteling liet ze het ijsje op de grond vallen en staarde naar het scherm. Ze was uit pure nieuwsgierigheid naar Trashkick gegaan. Eerst had ze een naakte man gezien die in een ondergrondse ruimte mishandeld werd. Daarna was het lichaam naar buiten gegooid en belandde het tegen een rotswand.

Stilton?

Ze voelde zich ijskoud worden en toetste Stiltons nummer in.

Ze wachtte terwijl Elvis het smeltende ijs van de vloer likte. Zou hij opnemen? Dat deed hij uiteindelijk, hoewel hij het niet was. Olivia hoorde een vreemde stem.

'Hallo, met Minken, op Stiltons mobiel.'

Minken? Was dat een van degenen die hem mishandeld hadden? Had hij Stiltons mobiel gestolen? Waarom nam hij dan op?

'Hallo, ik ben Olivia Rönning en... Is Tom daar? Stilton?'

'Ja.'

'Waar?'

'In Vera's caravan. Wat wil je?'

Vera's caravan? Dé Vera? Die vermoord was?

'Hoe is het met hem? Ik zag op internet hoe hij mishandeld is en...'

'Het is goed met hem. Ken je hem?'

'Ja.'

Een leugentje om bestwil, dacht Olivia. Dat moet kunnen.

'Hij helpt me met een opdracht. Waar staat Vera's caravan?'

Minken had hulp nodig met de gewonde Stilton. En hij had vooral verbandgaas en pleisters nodig. Olivia kon daarvoor zorgen. Hij vertelde dus waar Vera's caravan stond en vroeg haar om zich te haasten.

Olivia pakte haar ehbo-doos en rende naar haar auto. Waarom wist ze niet goed. Medeleven met de mishandelde Stilton?

Waarschijnlijk.

Maar voornamelijk een pure impuls.

Stilton wees aan in welke kast het stond. Vera had het zelf een paar keer gebruikt als ze wondjes had gehad. Minken pakte de glazen pot met de geelbruine, op was lijkende inhoud. Op het met de hand geschreven etiket stond WONDZALF en een ingrediëntenlijst.

'Harszalf, schapenvet, bijenwas, aluinextract...' las hij van het etiket op de pot.

'Smeer het er gewoon op.'

Stilton zat halfnaakt op de bank met een bebloede handdoek rond zijn hoofd. De val tegen de rotswand had een flinke wond op zijn achterhoofd veroorzaakt. Hij wees naar zijn andere wonden. De uitwendige, die waren gestopt met bloeden. Minken keek naar de wonderlijke massa in de pot.

'Geloof je in die onzin?'

'Vera geloofde erin. Ze had het recept van haar oma gekregen voordat die zich ophing.'

'Verdomme, daar heb je het al.'

Hoezo? dacht Stilton. Minken begon te smeren.

Toen Olivia de caravan naderde en voorzichtig door het raam naar binnen keek, zag ze een heel merkwaardig tafereel in het zwakke licht van de koperen lamp. Een magere, kleine man met een paardenstaart zat op zijn hurken voor de ontklede Stilton. De man was bezig om een deel van Stiltons gewonde borstkas in te smeren met een geelbruine smurrie uit een glazen pot. Heel even overwoog ze om naar de auto terug te lopen en een nieuw ijsje te kopen.

Ze klopte aan en Minken deed open.

'Olivia?'

'Ja.'

Minken liep met de pot in zijn handen de caravan weer in en ging verder met het insmeren van Stiltons borstkas. Olivia volgde hem en zette de ehbo-doos neer. Stilton keek naar haar.

'Hallo, Tom.'

Stilton gaf geen antwoord.

Op weg naar Niets had Olivia spijt van haar impuls gehad. Waarom wilde ze naar de caravan? En vooral, wat zou Stilton daarvan vinden? Wist hij dat ze onderweg was? Dat zou hij toch wel begrepen hebben toen Minken vertelde waar de caravan stond? Of was hij te versuft om het te begrijpen? Was het niet enorm kwetsend voor hem dat ze hier zomaar naartoe kwam? Ze hadden elkaar tenslotte alleen in de vuilnisruimte gezien. Ze keek naar Stilton, die naar de vloer keek. Was hij boos?

'Wat is er gebeurd?' vroeg ze. 'Ben je...'

'Laat dat.'

Stilton onderbrak haar zonder op te kijken. Olivia wist niet of ze weer moest vertrekken of dat ze moest gaan zitten. Ze ging zitten. Stilton keek even naar haar en liet zich achterover op de bank vallen. Hij had veel meer pijn dan op het eerste gezicht leek. Hij moest op zijn rug liggen. Minken legde een deken over hem heen.

'Heb je pijnstillers?' vroeg hij.

'Nee. Jawel, daar.'

Stilton wees naar zijn rugzak. Minken opende hem en haalde er een klein doosje uit.

'Wat is dat?'

'Stesolid.'

'Dat is geen pijnstiller, dat is...'

'Twee tabletten en water.'

'Oké.'

Olivia keek snel om zich heen, zag een plastic fles met water en schonk een niet-afgewassen glas vol. Andere waren er niet. Minken pakte het glas en hielp Stilton de tabletten door te slikken, terwijl hij tegelijkertijd tegen Olivia fluisterde.

'Stesolid is een kalmeringsmiddel, geen pijnstiller.'

Olivia knikte. Ze keken allebei naar Stilton, die zijn ogen dicht had. Olivia ging op de andere bank zitten, en Minken nam plaats op de vloer met zijn rug tegen de deur. Olivia keek om zich heen.

'Woont hij hier?'

'Blijkbaar.'

'Weet je dat niet? Je kent hem niet?'

'Ik ken hem wel, hij woont hier en daar, op dit moment woont hij hier.'

'Heb jij hem gevonden?'

'Ja.'

'Ben jij ook dakloos?'

'Nee, ik niet. Ik woon in Kärrtorp, in een atelierwoning, appartementsrecht, tegenwoordig is dat de bijna vijfduizend wel waard.'

'Ben je kunstenaar?'
'Evenwichtskunstenaar.'
'Wat wil dat zeggen?'
'Dat ik me in heel veel gebieden beweeg. Kapitaal, derivaten, in en uit, soms kunst, Picasso, Chagall, Dickens.'
'Dickens was toch een schrijver?'
'In hoofdzaak, absoluut, maar hij heeft in zijn jonge jaren een aantal etsen gemaakt, zware stukken, vrij onbekend, maar goed!'
Stilton keek met samengeknepen ogen naar Minken.
'Nu moet ik plassen.'
Minken verdween naar buiten. Toen hij de deur dichtdeed opende Stilton zijn ogen helemaal. Olivia keek naar hem.
'Is Minken een vriend van je?'
'Hij is een verklikker van vroeger. Zo meteen krijg je te horen hoe hij de moord op Palme heeft opgelost. Waarom ben je hiernaartoe gekomen?'
Olivia wist niet goed wat ze moest antwoorden. De ehbo-doos? Hoewel dat alleen een excuus was geweest.
'Ik weet het niet goed. Wil je dat ik wegga?'
Stilton gaf geen antwoord.
'Wil je dat?'
'Ik wil met rust gelaten worden. Je belde en vroeg of ik aan de moord op Jill heb gewerkt. Dat heb ik, en ik vond connecties met Jackie Berglund. Jill werkte voor haar bij Red Velvet en door de moord en Jills zwangerschap kwam ik weer bij de Kostermoord terecht. Dat leidde nergens toe. Zijn we nu klaar met elkaar?'
Olivia keek naar Stilton. Ze besefte dat ze moest vertrekken. Er was echter iets wat ze hem wilde vertellen en dit was misschien haar laatste kans.
'Ik ben een week geleden op Nordkoster geweest, bij Hasslevikarna, en daar heb ik een heel vreemde man op het strand ontmoet. Mag ik daarover vertellen?'
Stilton keek naar Olivia.

Minken stond in de duisternis en nam iets geestverruimends. Hij was niet wie hij was geweest. Een tijdlang had hij een particuliere pijplijn vanaf Colombia rechtstreeks in zijn neus gehad, maar toen de artsen zijn neustussenschot vervingen door een laminaatschijf, besefte hij dat het tijd was om een stap terug te doen en over te gaan op zachtere middelen.

Hij gluurde door het ovale raam de caravan in, en zag dat Olivia honderduit praatte.

Een mooi meisje, dacht hij. Hoe zouden ze elkaar kennen?

Het mooie meisje schonk nog een glas water in voor Stilton. Ze was klaar met haar verhaal. Stilton had geen woord gezegd. Ze gaf het glas aan hem terwijl ze tegelijkertijd weer om zich heen keek.

'Woonde Vera Larsson hier?'

'Ja.'

'Is ze hier...?'

'Laat dat.'

Opnieuw.

Minken kwam binnen, met een volkomen ongegronde maar heel karakteristieke glimlach op zijn gezicht.

'Voel je je beter?'

'Jij?'

Minken lachte. Hij was betrapt, maar wat dan nog? Had hij de voormalige politieagent niet geholpen in een heel precaire situatie?

'Ik voel me uitstekend.'

'Mooi. Dan mogen jullie nu gaan,' zei Stilton.

Hij deed zijn ogen dicht.

Naast elkaar liepen ze bij de caravan vandaan. Een nadenkende Olivia naast een kleine verklikker in een drugsroes.

'Zoals ik al zei, ik heb veel connecties, het is belangrijk om...'

'Ken je Stilton al lang?'

'Een eeuwigheid. Hij was bij de politie en we hebben jarenlang samengewerkt. Ik kan wel zeggen dat zonder mij een deel van zijn scalpels in schedels waren gebleven, als je begrijpt wat ik bedoel. Er is altijd iemand nodig die de laatste schroef in de kist draait en daar ben ik voor. Ik heb de moord op Palme trouwens opgelost.'

'O ja?'

Olivia beet haar tanden op elkaar. Elke meter die haar scheidde van de auto voelde als moerasland. Uiteindelijk bedacht ze dat hij natuurlijk om een lift zou vragen. Hoe moest ze zich daar verdomme uit redden? Midden in Niets.

'Tja, ik heb een absoluut zekere naam op de tafel van die Hans Holmér gelegd, maar denk je dat hij toehapte? Nee! Hoewel het glashelder is dat Lisbeth hem heeft doodgeschoten. Hij was tenslotte met iedereen vreemdgegaan en op een bepaald moment had ze er genoeg van en toen poef! Niemand heeft het gezien! Of wel soms?'

Op dat moment waren ze bij de Mustang.

The crucial point.

Minken staarde.

'Is die van jou?'

'Ja.'

'Maar dat is... dat is verdomme een Thunderbird!'

'Een Mustang.'

'Jezus! Kun je me een lift geven? Weet je, dan rijden we langs Kärrtorp, zodat ik iets lekkers te eten kan kopen. Mijn bed is leeg en Minken is flink geschapen.'

Dat was de laatste druppel voor Olivia. Ze keek neer op het hoofd van de kleine, breed glimlachende man met de afhangende schouders en deed een stap in zijn richting.

'Luister, het spijt me, maar ik zou je nog niet willen aanraken met een drie meter lange tang, niet eens als je een pistool tegen mijn slaap hield... Je bent een zielige kleine klootzak, snap je? Neem de metro maar.'

Ze ging in de auto zitten en reed plankgas weg.

*

In de ondergrondse ruimte in Årsta heerste een koortsachtige activiteit. Stiltons verschijning had de organisatoren bang gemaakt. Waren er meer mensen die deze plek kenden? De toeschouwers waren snel verdwenen, en nu sleepten ze alle verlichting en elektronica naar buiten en demonteerden de kooien.

Ze konden hier niet blijven.

'Waar brengen we dit naartoe?'

De jongen die het vroeg droeg een zwart jack met capuchon en heette Liam. Zijn vriend Isse, die een donkergroen jack met capuchon droeg, liep net langs met een grote metalen doos. Op zijn onderarm was zijn KF-tatoeage zichtbaar.

'Ik weet het niet, dat overleggen ze nu.'

Isse knikte naar een rotswand waar vier oudere jongens stond te redetwisten met een grote kaart tussen hen in. Liam draaide zich om en pakte zijn mobiel. Hij wilde kijken hoeveel bezoekers de nieuwe film op hun site had gekregen.

De film met de naakte dakloze.

*

Olivia was nog steeds boos toen ze haar portiek in liep. Minken is flink geschapen! Ze was met haar hoofd nog deels in het bos toen ze haar hand uitstak naar de lichtschakelaar in het trappenhuis en ze een klap in haar gezicht kreeg. Voordat ze kon schreeuwen voelde ze een hand over haar mond en een arm rond haar middel en werd ze de lift in gesleurd. Het was een heel oude lift voor twee personen, met ijzeren harmonicadeuren. Het was pikdonker in het trappenhuis en ze zag niets, maar ze voelde dat nog iemand zich in de veel te krappe lift wrong. De hand lag nog steeds op haar mond. De ijzeren deur werd dichtgetrokken en de lift begon naar boven te gaan. Olivia was doodsbang. Ze snapte er niets van. De lichamen die tegen haar aan duwden waren hard, dus ging ze ervan uit dat het mannen waren. Geen van hen kon bewegen. Ze stonden als een stuk verpakt vlees in de duisternis.

Plotseling bleef de lift tussen twee verdiepingen staan.

Stilte. Olivia keeg kramp in haar maag.

'Ik haal mijn hand nu weg. Als je gilt draai ik je nek om.'

De hese stem klonk achter haar. Olivia voelde zijn ademhaling in haar nekhaar. De hand voor haar mond draaide haar hoofd een paar keer heen en weer. Daarna liet hij haar mond los. Olivia haalde diep adem.

'Wat wil je van Jackie Berglund?'

Deze stem, een hogere mannenstem, kwam van schuin achter haar, een decimeter van haar linkerwang.

Jackie Berglund.

Het ging om haar.

Nu werd ze pas echt bang.

Ze had weliswaar moed, maar ze was Lisbeth Salander niet. Verre van dat. Wat waren ze van plan? Zou ze gillen? En draaiden ze haar nek dan om?

'Jackie houdt er niet van als mensen rondsnuffelen,' zei de hoge stem.

'Oké.'

'Je snuffelt toch niet rond?'

'Nee.'

'Mooi zo.'

Ze kreeg weer een grove hand over haar mond. Het lichaam van de man duwde hard tegen haar aan. Ze vocht om door haar neus te ademen en de tranen liepen over haar wangen. De ademhaling van de man gleed over haar gezicht. Een hele tijd. Plotseling ging de lift weer naar beneden, helemaal tot de benedenverdieping. De ijzeren deuren werden opengetrokken en de mannen drongen naar buiten. Olivia viel tegen de liftwand aan. Ze zag hoe een paar grove gestalten de straat op liepen. Daarna ging de deur weer dicht.

Langzaam liet ze zich op de vloer van de lift zakken terwijl ze zich misselijk voelde worden. Haar knieën sloegen tegen elkaar. Ze begon te gillen, net zo lang tot het licht op de trap aanging en een buurman van de eerste verdieping naar beneden kwam rennen.

De buurman hielp haar de trap op. Olivia vertelde dat twee mannen haar bang hadden gemaakt in de hal. Ze vertelde niet waarom, en bedankte de buurman. Hij liep naar beneden terwijl Olivia zich naar haar voordeur draaide, die op een kier stond. Waren ze ook in de flat geweest? Wat een klootzakken! Olivia duwde de deur open en liep snel naar binnen, deed de deur op slot en liet zich op de halvloer zakken. Haar handen trilden nog steeds toen ze haar mobiel pakte. Haar eerste reflex was de politie bellen, maar wat moest ze zeggen? Ze wist niets te bedenken en toetste in plaats daarvan Lenni's nummer in. Olivia kreeg haar voicemail en ze hing op. Zou ze haar moeder bellen? Ze liet de mobiel zakken en keek op. Het trillen begon minder te worden en de misselijkheid was verdwenen. Vanaf de halvloer kon ze de zitkamer in kijken en plotseling zag ze dat er een raam halfopen stond. Dat was niet zo geweest toen ze van huis was vertrokken. Of wel soms? Ze kwam overeind en dacht plotseling aan Elvis.

'Elvis!'

Snel doorzocht ze het kleine appartement. Geen Elvis. Het raam? Ze woonde op de tweede verdieping en het kwam voor dat Elvis op de vensterbank ging zitten. Afgelopen voorjaar was het hem een keer gelukt om op de vensterbank van de buren en daarvandaan naar de binnenplaats te springen. Ze deed het raam dicht en rende met een zaklamp in haar hand naar de tuin. De binnentuin, met bomen en banken, bood aan een soepele kat veel mogelijkheden om naar de naburige binnentuinen te gaan.

'Elvis!'

Geen kat.

*

Bertil Magnuson lag op de bank in zijn managerskantoor, met een gloeiende cigarillo in zijn hand. Hij was na Teatergrillen hiernaartoe gereden, rusteloos en zenuwachtig, had Linn gebeld en had tot zijn opluchting haar voicemail gekregen. Hij had snel uitgelegd dat hij om drie uur een nachtelijke vergadering met Sydney had en misschien op kantoor bleef slapen. Dat gebeurde af en toe. Een eind verder in de gang was een gerieflijke slaapkamer. Die wilde Bertil niet gebruiken. Hij was helemaal niet van plan om te gaan slapen. Hij wilde gewoon alleen zijn. Hij had een paar uur geleden een besluit genomen, naar aanleiding van vier zinnen die hij die avond op de begraafplaats had gehoord.

'Ben je nog steeds met Linn getrouwd?'

'Ja.'

'Weet ze hiervan?'

'Nee.'

Was dat een bedekt dreigement? Was Nils van plan om contact met Linn op te nemen en het bandje voor haar af te spelen? Kon hij zo duivels zijn? Bertil was in elk geval niet van plan het risico te nemen, dus had hij een beslissing genomen.

En nu wilde hij alleen zijn.

Op dat moment belde Latte.

Hij had die avond al meerdere keren gebeld, maar Bertil had het niet op kunnen brengen om op te nemen. Nu deed hij dat om ervanaf te zijn.

'Waar ben je? We hebben een supergaaf feest!' riep Latte in zijn mobiel.

De Kubbligan – een vereniging van achttien rijpe mannen die banden met elkaar hadden via stamboom, bedrijfsimperia of internaten en allemaal een onwrikbaar vertrouwen in de discretie van de anderen hadden – vierde feest.

'We hebben de hele club afgehuurd!'

'Luister, ik ben niet in...'

'En Jackie heeft een paar echte toppers geleverd. Niemand boven de vierentwintig! Met een happy ending in het contract! Je moet hiernaartoe komen, Bibbe!'

'Ik ben er niet voor in de stemming, Latte.'

'Maar dat komt vanzelf! We moeten je onderscheiding vieren! Ik heb een groep dwergen in balletkleding geregeld en Nippe heeft vijf kilo Iraanse kaviaar in laten vliegen! Natuurlijk moet je hiernaartoe komen!'

'Nee.'

'Wat is er?'

'Niets. Ik ben alleen niet in de stemming. Ik zie je wel weer!'

Bertil beëindigde het gesprek en zette zijn mobiel uit. Hij wist dat Latte het opnieuw zou proberen en daarna zou het de beurt zijn aan Nippe en de rest van de speelmakkers. Als ze hadden besloten om te feesten, dan deden ze dat. Dan kon daar niet veel tussen komen. Er was nooit gebrek aan geld en ook niet aan bizarre ideeën. Bertil was aanwezig geweest op een aantal feesten in een aantal krankzinnige decors. Een jaar geleden hadden ze gefeest in een enorme schuur in Östgötaslätten. De schuur was gedecoreerd met krankzinnig dure auto's, kunstgras, een waterval en een mobiele bar die door de schuur bewoog op een parcours van stalen rails. In elke auto had een halfnaakte jongedame op de chauffeursstoel gezeten, gehuurd van Jackie Berglund en bereid om haar diensten aan te bieden als de speelmakkers daar behoefte aan hadden.

Die behoefte had Bertil op dit moment absoluut niet.

Hij was niet van plan om naar een feest te gaan.

Onder geen enkele voorwaarde.

Niet vannacht.

De natuur was tijdens het voorjaar en de vroege zomer geëxplodeerd. Het was extreem warm en zonnig geweest en het water van Mälaren was vrij snel opgewarmd. Op de meeste plekken kon gezwommen worden, hoewel niet iedereen zich daar al aan waagde, zoals Lena Holmstad. Ze vond het nog steeds een beetje te fris. Ze zat op een door de zon verwarmde rots met een paar kleine witte oordopjes in haar oren en genoot van een luisterboek. Naast haar stond een kop koffie. Ze nam een slok en voelde zich tevreden. Ze was een flinke moeder geweest. Ze had een picknick bereid en was met haar twee zoons naar hun lievelingsplek op Kärsö gefietst.

Ze zouden voor het eerst dit jaar zwemmen en ze had zelfs de broodjes zelf gebakken.

Ze zou een foto van de mand moeten maken en die op Facebook zetten, dacht ze. Zodat al haar vriendinnen konden zien wat een supermoeder ze was.

Lena begon naar haar mobiel te zoeken. Plotseling kwam haar oudste zoon Daniel aan rennen. Drijfnat en met blauwe lippen van de kou. Hij wilde zijn duikbril en snorkel. Lena deed haar oordopjes uit, wees naar een tas en probeerde haar zoon te vertellen dat hij misschien een beetje moest opwarmen voordat hij het water weer in ging.

'Maar ik heb het warm!'

'Je klappertandt, jochie!'

'Ach.'

'Waar is Simon?'

Lena keek naar het water. Waar was haar jongste? Ze had hem een paar seconden geleden nog gezien. Ze voelde de paniek snel opkomen. Waar was Simon? Ze kwam haastig overeind en gooide de koffiebeker over haar mobiel.

'Wat doe je?'

Daniel trok de met koffie doordrenkte mobiel naar zich toe.

'Hij is daar,' zei hij.

Op dat moment zag ze hem. Een klein deinend hoofd boven een zwemvest, links bij de rotsen. Een beetje te ver weg, vond Lena.

'Simon! Zwem terug! Het is daar te diep voor je!'

'Dat is het helemaal niet,' riep de vijfjarige. 'Kijk! Ik kan hier staan!'

Simon ging voorzichtig staan om zijn evenwicht niet te verliezen. Het water kwam tot zijn buik. Daniel liep naar Lena toe.

'Kan hij daar staan? Dat is toch hartstikke raar?'

Dat was het inderdaad. Lena wist dat het daar vrij diep was. Soms sprongen mensen daar van de rotsen. Dat wist Daniel ook.

'Ik zwem naar hem toe. Blijf staan, Simon! Ik kom naar je toe!'

Daniel sprong met zijn duikbril en snorkel in het water en begon naar zijn broertje te zwemmen. Lena keek naar haar zoons en voelde hoe haar hartslag langzamerhand weer normaal werd. Waarom stelde ze zich zo aan? Hij droeg tenslotte een zwemvest en er waren maar een paar minuten voorbij. Maar zodra je eerste kind geboren was, begon het. Dan zag je overal gevaar.

Daniel was bijna bij zijn broertje. Simon had het een beetje koud en probeerde warm te blijven door zijn armen rond zijn borst te slaan.

'Simon! Waar sta je op?' riep Daniel.

'Een steen, denk ik. Hij is een beetje glad, maar groot. Is mama boos?'

'Nee.'

Daniel bereikte zijn broertje.

'Ze was alleen ongerust,' zei hij. 'Ik ga kijken, en daarna zwemmen we terug.'

Daniel deed zijn hoofd met duikbril onder water en begon door de snorkel te ademen. Hij was gek op snorkelen, ook al was het hier veel minder gaaf dan in Thailand. Ondanks het troebele water kon hij de voeten van zijn broertje zien. Hij stond op... waarop? Daniel zwom dichterbij om het beter te kunnen zien.

Lena stond op het strand. Ze dacht erover na om terug te gaan naar haar luisterboek. Plotseling zag ze Daniels hoofd uit het water komen en hoorde ze hem roepen.

'Mama! Er is hier een auto! Simon staat op het dak van een auto! En er zit een man in!'

*

Het was bijna elf uur. Ze had ruim acht uur geslapen, alsof ze een klap op haar hoofd had gehad. Aangekleed en dwars over het bed. Olivia haatte het om aangekleed wakker te worden. Ze trok haar kleren uit en liep naar de douche toen ze het zich herinnerde.

'Elvis?!'

Elvis was niet in de flat. Ze keek naar de tuin.

Geen kat.

Onder de douche liet ze het lauwe water een deel van de gebeurtenissen van gisteravond wegspoelen. Een deel, maar lang niet alles. Zowel de caravan als de lift. Hadden die schoften in de lift iets met Elvis te maken? Hadden ze het raam opengezet zodat de kat naar buiten zou gaan? Wat moest ze doen?

Ze belde de politie en gaf haar kat als vermist op. Hij had een chip, maar geen halsband. De politieagent die het gesprek aannam was meelevend en beloofde dat ze contact zouden opnemen als ze iets hoorden.

'Bedankt.'

Ze zei niets over de schoften in de lift. Ze wist niet goed hoe ze dat moest uitleggen zonder te vertellen waar ze mee bezig was. Dat ze een chique boetiekeigenares uit Östermalm natrok omdat ze een schoolopdracht had over een onopgeloste moord op Nordkoster in 1987.

Het was niet helemaal helder.

Ze nam zich voor om naar Stilton te gaan om te controleren hoe het met hem was. Ze had het gevoel dat hij er veel erger aan toe was dan hij gisteren had laten merken. Bovendien moest ze hem misschien over de lift vertellen. Hij wist tenslotte wie Jackie Berglund was.

Olivia at op weg naar de auto een boterham met kaviaar. Haar humeur verbeterde door de zon. Ze deed het dak naar beneden, ging achter het stuur zitten, deed haar oordopjes in, gaf gas en reed weg.

Naar Niets.

Het speciale gevoel om in de zon en de wind in een auto met open dak te rijden deed haar goed. De snelheid en de wind bliezen een deel van het onbehagen van de vorige avond weg. Langzamerhand voelde ze zich beter in balans. Misschien moest ze iets voor hem meenemen? De caravan leek niet bepaald goed bevoorraad. Ze stopte bij een 7-Eleven-winkel om wat brood en koffiebroodjes te kopen. Toen ze uit de auto stapte en langs de motorkap liep rook ze een eigenaardige lucht die ze niet kende. Laat er alsjeblieft geen rem of zo verbrand zijn, niet na gisteravond, dat is het laatste wat ik nodig heb, dacht ze terwijl ze de motorkap opende.

Vijf seconden later braakte ze op straat.

De resten van haar geliefde Elvis lagen verbrand aan één kant van het motorblok. De hitte tijdens de rit van Söder naar Solna had de kat veranderd in een stuk smeulend, zwart vlees.

*

Een takelwagen hees de grijze auto bij de rotsen van Kärsön omhoog. Het water stroomde uit het open chauffeursportier. Het lijk was door duikers aan land gebracht en was in een blauwe zak op een brancard gelegd. De omgeving was afgezet en technici stelden wielsporen veilig op de heuvel boven de rotsen.

En wat andere dingen.

De vrouw die een van de plastic afzetlinten optilde en naar de brancard toe liep was een uur eerder gebeld, door de politiecommissaris zelf. Ze waren onderbezet door een aantal andere moordonderzoeken in combinatie met de vakantieperiode, dus was Mette Olsäter van de recherche gebeld. Bovendien had Carin Götblad een zwak voor haar. Ze wist dat de zaak bij haar in veilige handen was. Mettes staat van dienst was lang en onberispelijk. Dit was ongeveer haar vijftigste moordonderzoek.

Ze wisten bijna meteen dat het waarschijnlijk moord of doodslag was. De mogelijkheid bestond dat de man in de auto de heuvel af was gereden om zelfmoord te plegen, tot hij op de brancard was gelegd en de forensisch patholoog-anatoom constateerde dat hij een groot gat in zijn achterhoofd had. Groot genoeg om uit te sluiten dat hij zelfmoord had gepleegd. Daarnaast waren er bloedsporen gevonden op een stuk graniet dat een eindje bij de heuvel vandaan lag.

Misschien was dat afkomstig van de man in de auto.

Mette constateerde dat de man samen met een of meerdere personen hiernaartoe was gekomen. Misschien was de man toen al dood, of was hij hier gestorven. Dat werd duidelijk door het bloed op de rotsen en de bevindingen van de forensisch patholoog-anatoom. Daarna was de man achter het stuur gezet en een of meerdere personen hadden de auto de heuvel af gereden, waarna die in het water was beland.

Tot zover was het tamelijk duidelijk.

Hypothetisch.

De identiteit van de man was nog onduidelijk. Hij had geen persoonlijke bezittingen bij zich. Mette vroeg de patholoog-anatoom om de rits naar beneden te trekken zodat ze het gezicht van de man kon zien. Ze bestudeerde het een hele tijd en zocht in haar fotografische geheugen. Ze had bijna meteen beet. Niet helemaal, nog geen naam, maar een vaag gevoel uit het verleden.

*

'Denken jullie dat hij nog leefde toen ik de motor startte?'

'Dat is onmogelijk te zeggen...'

De agente die tegenover Olivia zat gaf haar een nieuwe servet. Olivia was de eerste schok zo langzamerhand te boven. Nu huilde ze omdat ze niet kon stoppen. De politie was naar 7-Eleven geroepen door de winkeleigenaar, die had gezien wat er aan de hand was. Met behulp van een winkelbediende hadden ze de restanten van Elvis weggehaald en in een plastic zak gestopt. Olivia was in een politieauto gezet en naar het bureau gebracht. Daar was het haar na een tijdje gelukt om haar verhaal te doen. Over de mannen die haar in de lift hadden bedreigd, over de open voordeur en de verdwenen kat. Daarna had ze een signalement van de mannen gegeven. Dat was niet uitvoerig, want ze had tenslotte nauwelijks iets gezien in het donker. Veel meer was er op dit moment niet te doen op politiegebied.

'Waar is de auto?' vroeg ze.

'Die hebben we hiernaartoe gereden. Hij staat op de binnenplaats, maar het is misschien het beste als je...'

'Kunnen jullie hem naar mijn huis rijden?'

Dat deden ze, misschien omdat ze wisten dat ze een toekomstige collega was. Olivia reed niet mee. Ze wilde niet in haar auto zitten.

*

Mette Olsäter stond met de lijkschouwer in het forensisch laboratorium. Voor haar lag een naakt lijk. Ruim een uur geleden had Mettes geheugen het verleden ingehaald en het juiste beeld opgediept. Het beeld van een man die heel lang geleden was verdwenen en naar wie ze zelf onderzoek had gedaan.

Nils Wendt.

Het moest hem zijn, dacht ze. Een aantal jaar ouder, verdronken en met een ingeslagen schedel, maar met gelaatstrekken waardoor ze vrij zeker van haar zaak was.

Dit kan interessant worden, dacht ze terwijl ze het naakte lijk bestudeerde.

'Hij heeft een aantal uiterlijke kenmerken die bij de identificatie kunnen helpen.'

De lijkschouwer keek naar Mette.

'Een oude, gouden vulling in zijn bovenkaak, een litteken van een blindedarmoperatie, een litteken bij zijn wenkbrauw, en dit.'

De lijkschouwer wees naar een grote, hoekige moedervlek op de buitenkant van het linkerdijbeen van de man. Mette boog zich voorover. Ze dacht dat ze de moedervlek herkende. Waarvan kon ze niet onmiddellijk plaatsen.

'Wanneer is hij gestorven?'

'Voorlopig?'

'Ja.'

'Het afgelopen etmaal.'

'En de wond aan zijn achterhoofd, kan hij die opgelopen hebben doordat hij zijn hoofd tegen de rotsen gestoten heeft?'

'Dat is mogelijk. Ik kom erop terug.'

Mette Olsäter riep een klein team bij elkaar. Ze combineerde een paar oude rotten met een paar talentvolle jongeren die niet op vakantie waren gegaan. Het team nam plaats in een van de onderzoekskamers in de Polhemsgatan, waarna het methodisch aan de slag ging.

Er waren rechercheurs op stap die getuigen zochten in het gebied rond Kärsö. Anderen zochten familieleden van Nils Wendt. Ze hadden inmiddels een zus gevonden die in Genève woonde. Ze had sinds haar broer in de jaren tachtig verdween niets meer van hem gehoord, maar ze bevestigde het signalement dat ze haar gaven. Het litteken bij zijn wenkbrauw was een herinnering aan zijn jeugd. Ze had haar broer tegen een boekenkast geduwd.

Dat was alles tot nu toe. Nu was het belangrijk om zo snel mogelijk alle rapporten op tafel te krijgen. Niet in het minst die van de technische recherche, die volop aan de grijze auto werkte.

Mette gaf de jongsten in het team, Lisa Hedqvist en Bosse Thyrén, een kort verslag over Wendts verdwijning in 1984. Die verdwijning had plaatsgevonden onmiddellijk nadat een Zweedse journalist, Jan Nyström, dood in een auto was aangetroffen. Die auto was ook een meer in gereden, buiten Kinshasa in het toenmalige Zaïre.

'Het is vrij merkwaardig,' zei Mette.

'Dat de handelswijzen op elkaar lijken?' vroeg Lisa.

'Ja. De gebeurtenis in Zaïre werd als een ongeluk beschouwd, maar wij hadden het sterke vermoeden dat het om moord ging. Op hetzelfde moment verdween Wendt uit Kinshasa, en er waren speculaties in hoeverre hij betrokken was bij de gebeurtenis.'

'Met de journalist?'

'Ja. Die journalist was bezig met een artikel over Wendts bedrijf, MWM. Dat heeft hij dus nooit af kunnen maken.'

Lisa Hedqvists mobiel ging over. Ze nam op, maakte wat aantekeningen en hing weer op.

'De duikers hebben een mobiel in het water gevonden, ongeveer op de plek waar de auto zich bevond. Misschien is die uit het open chauffeursportier gevallen?'

'Zit er nog leven in?' vroeg Mette.

'Nog niet, hij is op weg naar de technische recherche.'

'Mooi.'

Mette draaide zich naar Bosse Thyrén.

'Misschien kun jij proberen om Wendts ex te pakken te krijgen. Hij woonde samen met een vrouw voordat hij verdween.'

'In de jaren tachtig?'

'Ja. Ik geloof dat ze Hansson heette. Ik zal het nakijken.'

Bosse Thyrén knikte en verdween naar buiten. Een oudere collega liep naar Mette toe.

'We hebben alle hotels in Stockholm gecontroleerd. Nergens is een Nils Wendt ingecheckt.'

'Oké. Neem contact op met de creditcardmaatschappijen en kijk of zij iets hebben. En de luchtvaartmaatschappijen.'

Het team verliet de kamer. Ze hadden allemaal hun taken. Mette bleef alleen achter.

Ze begon na te denken over het motief.

*

Olivia deed haar uiterste best om kalm te blijven.

Ze waste de etensbakjes af en zette ze in een kast in de keuken, bracht de kattenbak naar buiten en verzamelde alle propjes en balletjes waarmee Elvis altijd speelde. Daarna stond ze op het punt om in te storten. Ze deed alles in een plastic tas en wist niet of ze hem weg moest gooien. Nog niet, dacht ze, nog niet. Ze zette de plastic tas op de vensterbank en keek een hele tijd naar buiten.

Ze voelde hoe de angst in haar borstkas groeide, hoe haar maag pijn deed, hoe ze moeite kreeg met ademhalen. Met elke nieuwe vraag nam de druk toe. Leefde hij toen ik begon te rijden? Heb ik hem vermoord? Heb ik Elvis gedood? Vragen die haar nog een hele tijd zouden kwellen. Dat wist ze.

Diep vanbinnen wist ze ook wiens schuld het allemaal was. Niet die van haar. Zij had Elvis niet onder de motorkap gestopt. Het waren de klootzakken die Jackie Berglund op haar af had gestuurd.

Ze haatte die vrouw!

Olivia merkte dat het een beetje hielp om haar haat en wanhoop op een concreet persoon te projecteren. Op die oude luxehoer!

Ze liep bij het raam weg, sloeg een deken om zich heen, nam een kop warme thee in haar handen, liep de slaapkamer in en liet zich tegen het hoofdeind van het bed vallen. Op de sprei had ze alle foto's van Elvis neergelegd die ze had gevonden. Dat waren er heel wat. Ze raakte ze een voor een aan en voelde dat de schok een beetje begon te verminderen. Ineens werd ze getroffen door een gedachte.

Hard.

Wie zouden ze de volgende keer vermoorden?

Als ze doorging.

Haar?

Het was tijd om te stoppen.

Het was genoeg. Ze zou de strandzaak loslaten. Er zijn grenzen, en die waren met Elvis overschreden.

Olivia ging rechtop in bed zitten en zette haar beker weg. Ze kon het net zo goed meteen afhandelen, dacht ze. Dat verschrikkelijk moeilijke telefoongesprek dat ze moest voeren. Ik kan mama beter bellen voordat ik instort.

'Wat zeg je?'

'Ja, ik weet het, het is afschuwelijk,' zei Olivia.

'Maar hoe kun je een raam open laten staan als hij alleen thuis is?'

'Ik weet het niet, ik ben het gewoon vergeten, hij is al eerder naar buiten geglipt en...'

'Maar toen was hij in de binnentuin. Of niet soms?'

'Ja.'

'En heb je daar gekeken? Goed?'

'Ja.'

'Heb je hem bij de politie aangegeven?'

'Ja.'

'Goed zo. Wat afschuwelijk, liefje, maar hij komt beslist snel terug. Katten kunnen soms dagenlang wegblijven.'

Seconden nadat Olivia had opgehangen, stortte ze in. Ze kon zich niet langer beheersen. Het was haar gelukt om haar moeder het enige zinnige verhaal te vertellen dat ze kon bedenken. Dat Elvis weg was. Het had onoverkomelijk geleken om te vertellen wat er echt was gebeurd, vooral omdat het geleid zou hebben tot allerlei nieuwe vragen die gebundeld waren in één vraag: 'Heb jij hem doodgereden?'

Die vraag wilde ze niet horen van haar moeder. Dat kon ze niet verdragen. Dus was het een leugentje om bestwil geworden en daar moesten ze allebei mee leven. Elvis zou verdwenen blijven en zij zou verdriet hebben omdat hij weg was.

Een soort familiegeheim.

Ze ging tussen de kattenfoto's op bed liggen en begon hartverscheurend te huilen.

'Verdwenen bedrijfsleider vermoord gevonden.'

Het nieuws over de moord op Nils Wendt veroorzaakte flink wat beroering in de media. In de periode voor Wendts verdwijning was hij de zakenpartner geweest van Bertil Magnuson in hun gezamenlijke bedrijf Magnuson Wendt Mining. Er was gespeculeerd dat de verdwijning de reden was van een conflict tussen de eigenaars, of zelfs dat Magnuson betrokken was bij de verdwijning van Wendt. Dat was echter nooit duidelijk geworden.

Toen. Nu zou dat misschien wel gebeuren.

Natuurlijk waren er ook nieuwe speculaties. Of de moord gekoppeld kon worden aan het huidige MWM. En waar Nils Wendt al die jaren had uitgehangen. Hij was tenslotte sinds 1984 verdwenen. En ploteling was hij vermoord. In Stockholm.

*

Bertil Magnuson zat ineengezakt in een rotan fauteuil in een van de ontspanningsruimtes van Sturebadet. Hij had net twintig minuten in de stoomcabine doorgebracht en voelde zich loom en prettig. Op de glazen tafel voor hem lag een stapel kranten, allemaal met nieuws over de moord op Nils Wendt. Bertil spelde alle artikelen, op zoek naar informatie over de verblijfplaats van Wendt voordat hij dood in Stockholm was gevonden. Hij vond niets, zelfs geen speculaties. Wendts doen en laten tussen 1984 en nu waren nog steeds niet bekend. Niemand wist waar hij zich opgehouden had.

Bertil streek met zijn handen over zijn badjas. Hij had een beslagen glas koud mineraalwater naast zich staan en dacht na over zijn problemen. Hij was net een acuut driedagenprobleem kwijt, maar in plaats daarvan had hij nu een eerstejuliprobleem. Een beetje meer uitstel, maar toch. De tijd ging snel als er veel op het spel stond.

Plotseling kwam Erik Grandén binnen. Hij droeg ook een witte badjas.

'Hallo Bertil, ik hoorde dat je hier zou zijn.'

'Ga je de sauna in?'

Grandén keek rond en constateerde dat ze alleen waren. Toch liet hij zijn welluidende stem dalen.

'Ik heb over Nils gelezen.'

'Ja.'

'Is hij vermoord?'

'Blijkbaar.'

Grandén ging op de rotan fauteuil tegenover Bertil zitten. Ook zittend was hij bijna een hoofd groter. Hij keek op Bertil neer.

'Is dat niet ontzettend, hoe zal ik het zeggen, onaangenaam?'

'Voor wie?'

'Voor wie? Wat bedoel je?'

'Je kunt niet zeggen dat je hem enorm gemist hebt.'

'Nee. Maar we waren ooit vrienden. Eén voor allen.'

'Dat is lang geleden, Erik.'

'Natuurlijk, maar toch. Doet het jou niets?'

'Jawel.'

Maar niet op de manier zoals jij denkt, dacht Bertil.

'En waarom was hij plotseling hier? In Stockholm?' vroeg Grandén.

'Geen idee.'

'Kan het iets met ons te maken hebben? Met het bedrijf?'

'Waarom denk je dat?'

'Ik weet het niet, maar in mijn huidige positie zou het uiterst ongelegen komen als ze in het verleden beginnen te graven.'

'Jouw tijd in het bestuur?'

'Mijn koppeling met MWM. Ook al is er niets aan de hand, dan kan het nog heel gemakkelijk aan mijn naam blijven kleven.'

'Ik denk niet dat dit aan jou blijft kleven, Erik.'

'Mooi.'

Grandén ging staan, deed zijn badjas uit en ontblootte een slank lichaam dat in witheid niet veel onderdeed voor de witte badjas. Op zijn rug had hij een heel kleine, geel-blauwe tatoeage.

'Wat is dat?' vroeg Bertil.

'Een parkiet. Jussi. Hij vloog weg toen ik zeven was. Ik ga de sauna in.'

'Doe dat.'

Grandén verdween naar de stoomcabine. Toen de deur achter hem dichtsloeg, ging Bertils mobiel.

Het was Mette Olsäter.

*

Stilton had er lang tegen gevochten, maar na nog een nacht met de pulserende pijn in zijn lichaam had hij het opgegeven en was naar Pelarbacken gegaan, een zorginstelling die viel onder de non-profitorganisatie Ersta diakoni en zich op daklozen richtte.

Daar constateerden ze dat er van alles met hem aan de hand was, maar dat het niet zo ernstig was dat hij een ziekenhuisbed nodig had. Ze waren er niet happig op om plaatsen te bezetten als dat niet absoluut noodzakelijk was. Zijn organen waren ongeschonden. De uitwendige wonden werden verzorgd door een verbaasde, jonge arts die met een lang instrument in de geelbruine brij prikte waarmee de meeste wonden bedekt waren.

'Wat is dat?'

'Wondzalf.'

'Wondzalf?'

'Ja.'

'O? Merkwaardig.'

'Waarom?'

'Omdat de randen van de wonden opvallend snel genezen.'

'O ja?'

Wat dacht hij? Dat alleen artsen iets wisten over geneesmiddelen?

'Kun je dat ergens kopen?'

'Nee.'

Stilton kreeg een nieuw, schoon verband rond zijn schedel, waarna hij het gebouw verliet met een recept dat hij niet van plan was te halen. Op straat keerden de weerzinwekkende beelden in zijn hoofd terug. Beelden van de bloederige, opgehitste jongens die in kooien vochten. Hij verdrong ze en dacht aan Minken. Die kleine evenwichtskunstenaar had min of meer zijn leven gered. Als hij de rest van de nacht in Årsta op de grond had gelegen, dan had het heel anders kunnen aflopen. Minken had hem thuisgebracht, had zijn wonden verzorgd en een deken over hem heen gelegd.

Ik hoop dat hij een lift naar huis heeft gekregen, dacht Stilton.

'Heb je hem een lift naar huis gegeven?'

'Wie?'

'Minken. De vorige keer.'

Olivia belde toen Stilton in het gebouw van de Kerkelijke Liefdadigheidsvereniging in de Fleminggatan stond. Hij probeerde wat nieuwe kleren te vinden. De oude zaten onder het bloed.

'Nee,' zei ze.

'Waarom niet?'

'Hoe is het met je?'

'Waarom heb je hem geen lift gegeven?'

'Hij wilde lopen.'

Gelul, dacht Stilton. Waarschijnlijk hadden ze een halve meter buiten de deur al ruzie gekregen. Hij wist hoe Minken kon zijn en het beetje dat hij van Rönning had meegemaakt vertelde hem dat ze daar niets van moest hebben.

'Wat wil je?' vroeg hij. 'Ik dacht dat we klaar waren met elkaar.'

'Kun je je herinneren dat ik je in de caravan vertelde over de keer dat ik op Nordkoster was? Over de man die daar opdook, eerst op het strand en later bij mijn vakantiehuisje?'

'Ja. En?'

Olivia vertelde wat ze nog maar tien minuten geleden op een nieuwssite had gezien. Ze was er flink van onder de indruk. Toen ze klaar was, zei Stilton: 'Dat moet je vertellen aan degene die het moordonderzoek leidt.'

*

Degene die het moordonderzoek leidde zat tegenover Bertil Magnuson, de voormalige partner van Nils Wendt, in de lobby op de tweede verdieping van het bedrijfspand in de Sveavägen. Magnuson had haar tien minuten gegeven. Daarna moest hij rennen naar een vergadering, beweerde hij. Mette Olsäter ging recht op haar doel af.

'Hebben Wendt en u de afgelopen tijd contact met elkaar gehad?'

'Nee. Had dat gemoeten?'

'Hij bevond zich blijkbaar in Stockholm en jullie hebben een verleden samen. Magnuson Wendt Mining.'

'We hebben geen contact gehad. Ik ben buitengewoon geschokt, zoals u misschien zult begrijpen, al die jaren dat ik dacht dat hij... tja...'

'Ja?'

'Ik heb natuurlijk van alles gedacht. Dat hij zelfmoord had gepleegd, of dat hij een roofmoordenaar was tegengekomen, of dat hij gewoon verdwenen was.'

'Ja.'

'Weet u waarom hij hier plotseling opgedoken is?'
'Nee. Weet u het?'
'Nee.'
Mette observeerde de man voor zich. Een secretaresse keek naar buiten en maakte een gebaar naar Magnuson. Hij verontschuldigde zich en vertelde dat hij, voor zover zijn tijd dat toeliet, op alle mogelijke manieren zou helpen.
'We hebben tenslotte, zoals u al zei, een verleden samen.'

*

Via de informatiedienst van het politiebureau kreeg Olivia te horen wie het onderzoek naar de moord op Nils Wendt leidde. Toen ze contact met Mette Olsäter wilde opnemen, lukte dat niet. Telefoonnummers werden niet gegeven. Daarentegen was er een tiplijn ingesteld die ze kon bellen.
Olivia was niet geïnteresseerd in de tiplijn. Ze belde Stilton weer.
'Ik kan niet in contact komen met degene die het onderzoek leidt.'
'Wie is dat?'
'Mette Olsäter.'
'Aha.'
'Wat moet ik doen?'
Stilton dacht even na. Hij wist dat Mette Olsäter moest weten wat Olivia wilde vertellen. Zo snel mogelijk.
'Waar ben je nu?' vroeg hij.
'Thuis.'
'Haal me over twee uur op van Kammakargatan 46.'
'Ik heb geen auto.'
'Hoezo?'
'Er is... er is iets mis met de motor.'
'Goed, dan spreken we af bij de bus naar Värmdö bij Slussen.'

Het begon te schemeren toen ze uit bus 448 stapten en door een wijk met mooie oude villa's begonnen te lopen. Bij de bushalte had Fösabacken gestaan. Het was een omgeving die helemaal onbekend was voor Olivia.
'Deze kant op,' knikte Stilton met zijn verbonden hoofd. Ze liepen een kleine, groene straat in die uitkeek op de toegangsvaarweg naar de haven van Stockholm. Plotseling bleef Stilton staan bij een ligusterhaag.
'Hier is het.'

Hij wees naar een groot, vervallen huis in geel en groen aan de andere kant van de straat. Olivia keek naar het huis.

'Woont ze daar?'

'Ja, voor zover ik weet wel.'

Olivia was een beetje verbaasd, slachtoffer van haar stereotiepe opvatting hoe en waar hooggeplaatste politiefunctionarissen zouden wonen. Overal, behalve in zo'n oud, vervallen huis. Stilton keek naar haar.

'Ga je er niet naartoe?'

'Ga jij niet mee?'

'Nee.'

Stilton ging niet mee. De rest mocht Olivia zelf regelen.

'Ik wacht hier.'

Hij was niet van plan om haar uit te leggen waarom.

Olivia passeerde het grote ijzeren hek en liep de tuin in. Enigszins verbaasd liep ze langs het wonderlijke bouwwerk op het grote perceel, speelhuisjes die met elkaar verbonden waren door middel van touwen en netten en houten loopplanken. En overal stonden gekleurde lampen. Een voormalig circus? dacht ze. Bij een grote schommelinstallatie een stukje verder speelde een paar halfnaakte kinderen. Geen van hen reageerde op Olivia. Aarzelend liep ze de oude waaiervormige trap op en belde aan.

Het duurde een tijdje, maar uiteindelijk deed Mette Olsäter open. Ze was sinds vanochtend vroeg op pad geweest, had het onderzoek naar de moord op Wendt in gang gezet en had de diverse groepen zo verdeeld dat ze dag en nacht door konden werken. Zij zou morgen nachtdienst draaien. Nu keek ze door de deuropening naar buiten en had heel even een verbijsterde uitdrukking op haar gezicht. Het duurde een paar seconden voordat ze Olivia kon plaatsen. Het jonge meisje dat naar Tom had gevraagd. Olivia Rönning? Inderdaad, en wat wilde ze? Opnieuw naar Tom vragen?

'Hallo,' zei ze.

'Hallo, het politiebureau wilde me je nummer niet geven dus heb ik het aan Tom Stilton gevraagd en hij heeft me mee hiernaartoe genomen en...'

'Is Tom hier?'

'Ja, hij...'

Toen Olivia onwillekeurig naar de straat keek volgde Mette haar beweging en zag de gestalte een eind verder op straat staan.

Meer had ze niet nodig.

'Ga maar naar binnen.'

Met een paar snelle stappen was ze langs Olivia gelopen. Haar dikke lichaam bewoog zich verrassend snel door de tuin en het hek. Voordat

Stilton een paar meter weg was had ze hem ingehaald. Ze ging zwijgend voor hem staan. Stilton keek weg. Dat was een oude gewoonte van hem. Mette bleef staan, zoals Vera altijd deed. Even later stak ze haar arm door die van Stilton, draaide hem om en begon naar het hek terug te lopen.

De lange, sjofele man met het verband rond zijn hoofd en de volumineuze vrouw met de zweetdruppels op haar bovenlip liepen als een bejaard stel de tuin in. Daar bleef Stilton staan.

'Wie zijn er?'

'Jimi doet op de bovenverdieping computerspelletjes met de kinderen, Jolene slaapt en Mårten is in de keuken.'

Olivia had gehoor gegeven aan Mettes uitnodiging en was naar binnen gegaan. De hal in, of hoe je de overvolle ruimte moest noemen waar ze over van alles heen moest stappen om de kamer waar licht brandde te bereiken. Olivia vond het moeilijk te bepalen wat voor soort ruimte het was. Zij was groot, ze bevond zich tenslotte in een oud pand, met mooie houten panelen tegen de muren en een wit gestuct plafond en merkwaardige voorwerpen die overal waren neergezet.

Zo merkwaardig waren ze niet voor degenen die ze hadden gekocht, tijdens hun reizen rond de aarde. Filippijnse bruidskronen met kleine met veren bedekte apenschedels erop. Massai-speren. Felgekleurde stoffen uit het getto van Kaapstad. Grote pijpen met geschilderde skeletten erop waaruit stemmen van geesten leken te komen als je ze omdraaide. Voorwerpen waaraan iemand zijn hart had verloren, waarna hij ze een plek in dit grote huis had gegeven. Waar was niet belangrijk. Hier, bijvoorbeeld, in deze ruimte.

Olivia keek om zich heen.

Kon je zo wonen? dacht ze. Het verschil met het keurige, witte, sobere huis van haar ouders in Rotebro was een paar lichtjaren, op zijn minst.

Ze liep voorzichtig door de kamer en hoorde licht gerammel. Ze volgde het geluid en kwam via nog een paar exotisch ingerichte kamers die Olivia's gevoel versterkten van... ja, dat wist ze niet meteen. Maar er was iets in de kamer wat haar omsloot, een fascinatie vermengd met iets waarvoor ze geen woorden kon vinden.

Ze kwam uit in de keuken.

Voor haar begrippen was de keuken enorm, en gevuld met krachtige geuren die in haar neusgaten drongen. Bij een groot, modern gasfornuis stond een mollige man met piekerig grijs haar en een geruit schort voor, die zich net omdraaide.

'Hallo! En wie ben jij?'
'Olivia Rönning. Mette zei dat ik naar binnen moest gaan. Ze is...'
'Welkom! Ik ben Mårten. We gaan net eten, heb je honger?'

Mette deed de voordeur achter Stilton dicht en liep voor hem uit. Stilton bleef even in de hal staan. Aan de muur hing een grote spiegel met een gouden lijst. Hij keek erin en schrok. Hij had zijn gezicht ruim vier jaar niet gezien. Hij keek nooit in etalages, en bij toiletten ontweek hij de spiegels altijd. Hij wilde zichzelf niet zien, maar nu ontkwam hij er niet aan. Hij keek naar zijn gezicht. Dat was hij niet.
'Tom.'
Mette stond naar hem te kijken.
'Zullen we naar binnen gaan?'

'Vind je het niet heerlijk ruiken?'
Mårten wees met een pollepel naar een grote pan op het fornuis. Olivia stond naast hem.
'Ja. Wat is het?'
'Tja, het was bedoeld als soep, maar ik weet het niet, we zullen het moeten afwachten.'
Op dat moment kwamen Mette en Stilton binnen. Het duurde een paar seconden voordat Mårten Stilton herkende, maar toen glimlachte hij.
'Hallo, Tom.'
Stilton knikte.
'Wil je iets eten?'
'Nee.'
Mette was zich volledig bewust van de broze situatie. Ze wist dat Tom het huis uit zou lopen op het moment dat er spanning zou ontstaan, dus draaide ze zich snel naar Olivia.
'Ben je hier met een speciale reden?'
'Ja.'
'Ze heet Olivia Rönning,' zei Mårten.
'Dat weet ik, we hebben elkaar al eens ontmoet.'
Mette draaide zich naar Olivia.
'Je bent Arnes dochter, nietwaar?'
Olivia knikte.
'Gaat dit over hem?'
'Nee, het gaat over Nils Wendt, de man die gisteren dood aangetroffen is. Ik heb hem ontmoet.'

Mette schoot overeind.
'Waar? Wanneer?'
'Op Nordkoster. Vorige week.'
Olivia vertelde snel over haar ontmoeting met de man op Nordkoster. Door de foto van Nils Wendt, die een krant vandaag had gepubliceerd, had ze hem herkend. Het was weliswaar een oude foto, maar de gelijkenis was zo groot dat Olivia heel zeker van haar zaak was.
'Het moet hem geweest zijn. Hij zei dat hij Dan Nilsson heette,' vertelde ze.
'Dan was hij het inderdaad.'
Mette wist het volkomen zeker, om een heel concrete reden.
'Hij heeft dezelfde naam gebruikt toen hij een auto huurde.'
'O ja? Maar wat deed hij daar? Op Nordkoster? Bij Hasslevikarna?'
'Dat weet ik niet, maar hij had een band met het eiland, hij heeft er jaren geleden een vakantiehuisje gehad, voordat hij verdween.'
'Wanneer verdween hij?'
'In het midden van de jaren tachtig,' antwoordde Mette.
'Dan was hij degene over wie ze praatte.'
'Wie?'
'Een vrouw van wie ik het zomerhuisje heb gehuurd, Betty Nordeman, ze vertelde over iemand die was verdwenen en misschien was vermoord, en dat hij een kennis was van Magnuson, de man die vandaag in de kranten stond.'
'Bertil Magnuson. Ze waren zakenpartners en hadden allebei een vakantiehuis op het eiland.'
Oppervlakkig gezien was Mette volledig geconcentreerd op Olivia Rönning en haar informatie, maar vanuit haar ooghoeken hield ze Tom nauwlettend in de gaten. Zijn gezicht, zijn ogen, zijn lichaamstaal. Hij zat in elk geval nog steeds. Ze had tegen Jimi en de kleinkinderen gezegd dat ze niet naar beneden mochten komen, en hoopte dat Mårten voldoende vingertoppengevoel had om Tom niet plotseling bij het gesprek te betrekken.
'Vertel eens, Tom, hoe zijn Olivia en jij met elkaar in contact gekomen?'
Dat was typisch Mårten. Het vingertoppengevoel van een bevroren want. Het werd doodstil aan tafel. Mette keek bewust niet naar Tom om hem niet onder druk te zetten.
'We hebben elkaar bij het grofvuil ontmoet,' zei Olivia.
Haar stem was vast en helder. Iedereen mocht zelf bedenken of de opmerking humoristisch bedoeld was, een intuïtieve manier om Stilton te

redden of heel gewoon de feitelijke informatie. Mårten koos de laatste interpretatie.

'Het grofvuil? Wat deden jullie daar?'

'Ik had haar gevraagd om daarnaartoe te komen.'

Stilton keek Mårten recht in zijn ogen toen hij het zei.

'Jezus. Woon je tussen het grofvuil?'

'Nee, in een caravan. Hoe is het met Kerouac?'

De ijzeren band rond Mettes borst verdween plotseling.

'Vrij goed, ik denk dat hij artritis heeft.'

'Waarom denk je dat?'

'Hij krijgt moeite met bewegen.'

Olivia keek van Stilton naar Mårten.

'Wie is Kerouac?'

'Dat is mijn vriend,' zei Mårten.

'Het is een spin.'

Stilton glimlachte terwijl hij het zei. Tegelijkertijd ontmoette hij Mettes blik, en wat ze gedurende een paar eindeloze seconden in zijn ogen zag liet de jaren van vertwijfeling bij Mette verdwijnen.

Tom was weer bereikbaar.

'Maar er was nog iets.'

Olivia draaide zich naar Mette terwijl Mårten opstond en grappig gevormde borden begon uit te delen.

'Wat dan?'

'Op het strand had hij een koffer bij zich, zo een met wielen die je achter je aan trekt, en die had hij bij het huisje nog steeds. Maar toen ik de volgende dag buiten kwam, zag ik hem liggen, onder aan de trap. Ik heb hem opengemaakt en hij was helemaal leeg.'

Mette had een notitieboekje naar zich toe getrokken en schreef een paar woorden op. Twee ervan waren 'Tom' en 'Koffer?'.

'Denken jullie dat Wendt betrokken kan zijn geweest bij de moord op het strand, op die vrouw? In 1987?' vroeg Olivia.

'Waarschijnlijk niet, hij verdween drie jaar voordat die moord plaatsvond.'

Mette duwde het notitieboekje weg.

'Maar hij had toch zonder dat iemand het wist terug kunnen komen naar het eiland en daarna weer verdwijnen? Of niet soms?'

Mette en Stilton glimlachten allebei. De een in zichzelf gekeerd en de ander nadrukkelijk. Dat was Mette.

'Je hebt een flinke fantasie.'

Zelfs Olivia glimlachte terwijl ze naar haar bord keek, met wat volgens Mårten waarschijnlijk soep was. Het zag er lekker uit. Ze begonnen allemaal te eten, ook al nam Stilton maar één lepel in de tijd dat de anderen er vijf namen. Hij had nog steeds pijn in zijn maag door de mishandeling. Mette had nog niet durven vragen naar het verband rond zijn hoofd.

De soep bevatte vlees en groente en was flink gekruid, dus dronken ze er een glas rode wijn bij terwijl Mette vertelde over Wendts vroegere leven. Hoe hij en Bertil Magnuson het toenmalige Magnuson Wendt Mining hadden opgericht en al snel internationaal succes hadden gehad.

'Door afspraken te maken met heel veel dictators in Afrika, zodat ze hun natuurlijke rijkdommen konden uitzuigen! Ze trokken zich niets aan van apartheid en Mobutu of wat dan ook!' viel Mårten plotseling uit. Hij haatte zowel het oude als het nieuwe MWM. Hij had een groot deel van zijn links-radicale jaren besteed aan demonstreren en het drukken van opruiende folders over de uitzuigpraktijken van het bedrijf in arme landen en de milieuvernietiging die daar het gevolg van was.

'Die klootzak!'

'Mårten!'

Mette legde een hand op de arm van haar opgewonden man. Hij was zevenenzestig en dus op een leeftijd waarop een hersenbloeding op de loer kon liggen bij een woede-uitbarsting. Mårten haalde zijn schouders op en keek naar Olivia.

'Wil je Kerouac zien?'

Olivia keek naar Mette en Stilton, maar kreeg niet veel steun. Mårten was al op weg door de keuken. Ze stond op en liep achter hem aan. Toen Mårten zich in de deuropening omdraaide om te zien of Olivia meeging, keek Mette hem met een speciale blik aan.

Hij verdween uit de keuken.

Stilton wist precies wat die blik betekende. Hij knikte naar de kelder onder de keukenvloer.

'Rookt hij nog steeds?'

'Nee.'

Mettes antwoord was zo snel en zo kort dat Stilton het begreep. Punt uit. Het kon hem niet schelen, dat had het nooit gedaan. Hij wist dat Mårten 's avonds af en toe een joint rookte in zijn muziekkamer. En Mette wist dat hij het wist en dat ze de enigen waren die het wisten. Buiten de jointroker zelf.

En zo mocht het blijven.

Mette en Stilton keken elkaar aan. Na een paar seconden voelde Stilton dat hij de vraag moest stellen die sinds het moment dat ze hem op straat had ingehaald al op zijn lippen lag.

'Hoe is het met Abbas?'

'Goed. Hij mist je.'

Het werd stil. Stilton draaide met een vinger over de rand van zijn waterglas. Hij had geen wijn willen hebben. Nu dacht hij aan Abbas en dat was heel pijnlijk voor hem.

'Doe hem maar de groeten van me,' zei hij.

'Dat zal ik doen.'

Daarna durfde Mette het te vragen.

'Wat is er met je hoofd gebeurd?'

Ze knikte naar Stiltons verband en hij vertelde over de mishandeling in Årsta.

'Was je bewusteloos?'

Daarna vertelde hij over de kooigevechten.

'Kinderen die in kooien vechten?'

En over zijn jacht op degenen die Vera Larsson hadden vermoord en hun betrokkenheid bij de kooigevechten. Toen hij klaar was, was Mette duidelijk geschokt.

'Maar dat is verschrikkelijk! Daar moeten we een eind aan maken! Heb je gepraat met degene die die zaak behandelt?'

'Rune Forss?'

'Ja.'

Ze keken elkaar een paar seconden aan.

'Jezus, Tom, dat is inmiddels zes jaar geleden.'

'Denk je dat ik het vergeten ben?'

'Nee, dat denk ik niet, maar als je het belangrijk vindt om een bijdrage te leveren aan het vinden van degenen die de vrouw in de caravan hebben doodgeslagen, dan denk ik dat je dat moet inslikken en met Forss moet praten. Nu! Er zijn tenslotte kinderen bij betrokken. Anders doe ik het!'

Stilton gaf geen antwoord. Plotseling drongen er zware basklanken uit de kelder naar de keuken door.

*

Linn zat alleen in hun prachtige zeilboot, een Bavaria 31 Cruser. Hij lag aan hun privésteiger in de zeestraat niet ver van de Stocksundsbrug. Ze vond het heerlijk om hier 's avonds te zitten. Een beetje deinen op de golven en uitkijken over het water. Aan de andere kant lag Bockholmen met zijn mooie oude restaurant. Rechts zag ze de auto's over de brug rijden. Een stukje verder zag ze de Cedergrenska-toren boven de bomen uitsteken en op dat moment zag ze Bertil bij de villa, op weg naar de steiger met een glas in zijn hand met bruin vocht erin.

Mooi.

'Heb je al gegeten?' vroeg ze.

'Ja.'

Bertil ging op een houten bolder bij de zeilboot zitten. Hij nam een slokje uit zijn glas en keek naar Linn.

'Het spijt me.'

'Wat spijt je?'

'Alles. Ik ben een tijdlang nogal afwezig geweest...'

'Dat klopt. Hoe is het met je blaas?'

Zijn blaas? Die had hij al een tijdje niet gevoeld.

'Dat lijkt beter te gaan,' zei hij.

'Fijn. Heb je nog iets over de moord op Nils gehoord?'

'Nee. Of ja, de politie is vandaag langsgeweest.'

'Bij jou?'

'Ja.'

'Wat wilden ze?'

'Ze wilden weten of Nils contact met me heeft opgenomen.'

'O ja? Wat... maar dat heeft hij toch niet gedaan?'

'Nee. Ik heb niets meer van hem gehoord sinds hij het kantoor in Kinshasa is uitgelopen.'

'Zevenentwintig jaar geleden,' zei Linn.

'Ja.'

'En nu is hij vermoord. Zevenentwintig jaar lang is hij verdwenen en dan wordt hij hier in Stockholm vermoord. Dat is toch vreemd?'

'Onbegrijpelijk.'

'Waar is hij al die jaren geweest?'

'Wie dat weet...'

Hij zou zijn rechterhand ervoor geven om in contact te komen met degene die dat wist. Die vraag stond helemaal boven aan zijn agenda. Waar was Wendt in vredesnaam geweest? Het origineel bevond zich op een onbekende plek, wat overal op aarde kon betekenen, en dat was een heel groot zoekgebied.

Bertil leunde een stukje naar achteren en dronk zijn glas leeg.

'Ben je weer begonnen met roken?'

De vraag kwam vanuit het niets en het lukte Bertil niet om hem te ontwijken.

'Ja.'

'Waarom?'

'Waarom niet?'

Linn hoorde de vlijmscherpe ondertoon meteen. Hij zou in de aanval gaan als ze erop doorging. Ze liet het erbij.

Misschien was hij meer onder de indruk van de moord op Nils dan hij wilde laten merken.

*

'Daar is hij!'

Mårten wees naar de witgepleisterde stenen keldermuur. Olivia volgde zijn vinger en zag een grote, zwarte spin, die uit een scheur in de muur kroop.

'Is dat Kerouac?'

'Ja. Hij is een echte kelderspin, geen gewone huisspin. Hij is al acht jaar.'

'Aha.'

Olivia keek een beetje zenuwachtig naar Kerouac, de spin die misschien artritis had. Ze zag dat hij voorzichtig over de muur liep, met lange zwarte poten en een dik lijf.

'Hij houdt van muziek, maar hij is kieskeurig. Het heeft een paar jaar gekost voordat hij mijn smaak leerde waarderen. Moet je eens opletten!'

Mårten liep naar de andere muur, die van de vloer tot het plafond bedekt was met grote en kleine grammofoonplaten. Mårten was een afficionado. Een grammofoonliefhebber met een van de meest originele platenverzamelingen van Zweden. Hij pakte een 45-toerenplaat van Little Gerhard, een oude rockkoning van lang geleden, en legde de B-kant op de grammofoon. Zo een met een arm en een naald.

Het duurde niet lang voordat Kerouac was gestopt met over de muur lopen. Toen Little Gerhard zijn volle volume had bereikt veranderde de spin van richting en kroop terug naar de scheur.

'En nu moet je opletten!'

Mårten was net een enthousiast kind. Hij pakte snel een cd uit de aanzienlijk kleinere verzameling aan de dwarsmuur, terwijl hij tegelijkertijd de naald van de grammofoonplaat haalde en de cd in een moderne geluidsinstallatie stopte.

'Kijk! En luister!'

Het was Gram Parsons, een countryzanger die onsterfelijk was door de muziek die hij had achtergelaten voordat hij stierf aan een overdosis. Het nummer *Return of the Grievous Angel* stroomde uit Mårtens installatie. Olivia staarde naar Kerouac. De spin stopte een stukje voor de scheur, maakte een draai van bijna honderdtachtig graden met zijn dikke zwarte lichaam en begon weer over de muur te lopen.

'Dat is duidelijk, vind je niet?'

Mårten keek naar Olivia en glimlachte. Ze wist niet goed of ze zich op de gesloten afdeling van het Säterziekenhuis bevond of in het huis van rechercheur Mette Olsäter. Ze knikte en vroeg of Mårten pottenbakker was.

'Nee, dat doet Mette.'

Olivia had geknikt naar de deur die ze waren gepasseerd van een kamer waarin een grote pottenbakkersoven stond. Ze draaide zich naar Mårten.

'En jij? Wat voor werk doe je?'

'Ik ben gepensioneerd.'

'En voordat je gepensioneerd was?'

Stilton en Mette stonden in de hal toen Mårten en Olivia uit de kelder kwamen. Mette boog zich een beetje naar Stilton toe en liet haar stem dalen.

'Je weet dat hier altijd een slaapplaats voor je is.'

'Dank je.'

'En denk eraan wat ik tegen je gezegd heb.'

'Waarover?'

'Rune Forss. Jij of ik.'

Stilton gaf geen antwoord. Mårten en Olivia kwamen dichterbij. Stilton knikte bij wijze van afscheid naar Mårten en liep naar buiten. Mette omhelsde Olivia even en fluisterde:

'Bedankt dat je Tom meegenomen hebt.'

'Hij heeft mij meegenomen.'

'Zonder jou zou hij hier nooit naartoe gekomen zijn.'

Olivia glimlachte. Mette gaf haar visitekaartje, met een telefoonnummer. Olivia bedankte haar en liep achter Stilton aan naar buiten. Toen Mette de deur had dichtgedaan, draaide ze zich om en keek naar Mårten. Hij trok haar naar zich toe. Hij wist precies waarom ze zo gespannen was en streelde haar haar.

'Tom was aanspreekbaar,' zei hij.

'Ja.'

Ze zaten zwijgend in de bus naar de stad, in beslag genomen door hun eigen gedachten. Stilton voornamelijk door de ontmoeting met de Olsäters. Het was de eerste keer in bijna vier jaar dat hij ze had gezien. Het verbaasde hem hoe gemakkelijk het was gegaan. Hoe weinig er gezegd hoefde te worden. Hoe snel het natuurlijk was geworden.

De volgende stap was Abbas.

Daarna dacht hij aan de halspiegel en het gezicht dat niet van hem was. Dat was een schok geweest.

Olivia dacht aan de vervallen woning.

Aan de kelder. Aan Kerouac. Ben je een beetje vreemd als je omgaat met een spin? Ja, dacht ze, dat ben je. Absoluut. Of was het misschien eerder origineel? Mårten was een originele man, met een fascinerende achtergrond. Hij had daar in de kelder een beetje over verteld. Dat hij vroeger als kinderpsycholoog had gewerkt. Dat hij jarenlang een harde strijd had geleverd om een nieuwe kinderpedagogie in te voeren in Zweden en dat dat deels was gelukt. Hij had ook een tijdlang in de buurt van Skå-Gustav Jonsson gewerkt, en hij had deelgenomen aan een aantal projecten voor bedreigde kinderen. Bovendien was hij een linkse activist geweest.

Ze mocht Mårten graag.

En Mette.

En hun merkwaardige, warme huis.

'Wat ging er mis tussen Minken en jou?'

'Wat er misging...'

Olivia keek uit het busraam.

'Hij probeerde me te versieren,' zei ze.

Stilton knikte.

'Hij lijdt aan grootheidswaanzin die wordt gevoed door zijn minderwaardigheidscomplex. God op lemen voeten.'

'Oké. Ik vind hem creepy.'

Stilton glimlachte.

Bij Slussen namen ze afscheid. Olivia ging naar haar appartement in de Skånegatan, Stilton wilde naar de Katarinagarage.

'Ga je niet naar de caravan?'

'Nee.'

'Wat ga je bij de Katarinagarage doen?'

Stilton gaf geen antwoord.

'Ik kan met je meelopen tot Mosebacke.'

Daar wist Stilton niets tegenin te brengen. Tijdens de korte wandeling naar de Katarinagarage vertelde Olivia over haar bezoek aan Jackie Berglunds winkel en de klootzakken in de lift. Ze praatte bewust niet over haar kat.

Toen ze klaar was keek Stilton haar doordringend aan.

'Dus nu ga je ermee stoppen?'

'Ja.'

'Goed zo.'

Het duurde tien seconden, daarna kon ze het niet laten om het hem te vragen.

'Waarom ben je bij de politie weggegaan? Had dat met de moord op Jill Engberg te maken?'

'Nee.'

Ze bleven staan bij de houten trappen naar Mosebacke. Plotseling liep Stilton weg, naar de trappen aan de andere kant van de garage. De stenen trappen.

Olivia keek hem na.

*

In een deels verduisterde kamer in de Bergsgatan zat de MD-groep te kijken naar een film van Trashkick. Een film waarin Tom werd uitgekleed, verf op zijn rug kreeg, werd mishandeld en daarna werd achtergelaten. Het was doodstil in de kamer toen de film afgelopen was. Iedereen wist wie Stilton was. Of was geweest. Nu zagen ze een mishandeld wrak. Forss deed een lamp aan en verbrak de stilte.

'Dat is ongeveer wat we konden verwachten,' zei hij.

'Wat bedoel je?'

Klinga keek naar Forss.

'Stilton is de controle al in 2005 verloren. Hij stortte in tijdens het onderzoek naar de moord op Jill Engberg, een hoer. Ik moest het onderzoek overnemen. Hij verdween gewoon. Hij nam ontslag en verdween. En dit is er van hem geworden.'

Forss knikte naar het scherm, kwam overeind en pakte zijn jack.

'Maar we moeten hem toch verhoren?' zei Klinga. 'Hij is duidelijk mishandeld.'

'Natuurlijk. Als we hem vinden. Tot morgen.'

*

Mårten en Mette lagen in bed. Hun zoon Jimi mocht de afwas doen. Ze waren allebei doodmoe en deden de bedlampjes bijna meteen uit, maar vielen niet in slaap. Mårten draaide zich naar Mette.

'Jij vond dat ik voorzichtiger had moeten zijn, of niet soms?'

'Ja.'

'Integendeel, ik hield Tom de hele tijd in de gaten toen Olivia en jij over Koster praatten. Hij was aanwezig, hij luisterde, hij was betrokken, maar ik zag dat hij nooit uit zichzelf aan het gesprek mee zou doen, dus heb ik hem een zetje gegeven.'

'Je hebt gegokt.'

'Nee.'

Mette glimlachte en gaf Mårten een zachte kus in zijn nek. Mårten had er spijt van dat hij een paar uur eerder geen Viagra had genomen. Ze draaiden zich allebei naar hun eigen kant.

Hij dacht aan seks.

Zij dacht aan de lege koffer op Nordkoster.

*

Olivia dacht aan haar kat. Ze lag in bed en miste het warme dier bij haar voeten. Zijn gespin, het gewicht tegen haar been. Het witte masker aan de muur keek naar haar. De maneschijn speelde met de witte tanden. Nu zijn alleen jij en ik over, dacht ze, en jij bent een stom houten masker. Olivia stond op, haalde het houten masker van de muur, schoof het onder het bed en ging weer liggen. Voodoo? dacht ze plotseling. Nu ligt het onder het bed en staart naar boven en bedenkt iets duivels. Hoewel, voodoo komt uit Haïti, het masker komt uit Afrika en Elvis is dood.

En Kerouac is een stomme spin!

Dolblij! Ik ben dolblij!

Not.

Olivia stond naakt voor de badkamerspiegel en keek naar haar jonge, verouderde gezicht. Het was opgezwollen en vlekkerig, met bloeddoorlopen ogen. Gisteren drieëntwintig en vandaag minstens vijftig, dacht ze. Ze trok haar witte badjas aan en voelde dat haar borstkas pijn deed en ze kramp in haar buik had. Dat ontbrak er nog aan, dacht ze en ze kroop weer in bed.

*

Op het dak van een van de politiegebouwen in de Bergsgatan staat een aantal van tralies voorziene kooien, bedoeld voor het luchten van arrestanten. Deze ochtend waren ze allemaal leeg, op een na, waar een eenzame mus op de betonnen vloer zat. Des te groter was de activiteit die in een van de onderzoekskamers in gebouw C heerste.

'Was de koffer leeg?'

'Ja,' zei Mette.

'Waar is hij nu?'

'Ze heeft hem afgegeven bij Axel Nordeman, de man die het vakantiepark runt.'

Mette zat helemaal achter in de kamer. De sfeer was rustig maar intens. De informatie over de koffer was interessant. Het hele bezoek van Nils Wendt aan Nordkoster was interessant. Waarom was hij daar geweest? Wie had hij ontmoet? Waarom liet hij een lege koffer achter? Mette had een paar agenten naar Nordkoster gestuurd voor ze de vorige avond naar bed was gegaan. Ze zouden de koffer ophalen en een buurtonderzoek doen.

'Weten we wanneer hij op Nordkoster is gearriveerd?' vroeg Lisa Hedqvist.

'Nog niet, we krijgen in de loop van de dag een rapport van een van onze mensen daar. Wat we wel weten is waar Olivia Rönning hem de eerste dag heeft gezien, dat was bij Hasslevikarna aan de noordkant van het eiland. Ze was verdwaald en wist niet precies hoe laat het was, maar ze denkt een uur of negen 's avonds.'

'En een uur later is hij naar haar huisje gekomen, klopt dat?'

'Eerder een paar uur, ergens voor twaalf uur,' zei Mette. 'Wat we precies weten is dat hij om middernacht bij de Västrasteiger een taxiboot heeft genomen en naar Strömstad is gebracht. Daar houdt het spoor op.'

'Niet helemaal.'

Bosse Thyrén kwam overeind. Hij had veel werk verzet sinds Mette hem de vorige avond had gebeld.

'Dan Nilsson heeft een kaartje gekocht voor de trein naar Göteborg die op maandagochtend om vijf over halfvijf uit Strömstad vertrok. Daarna nam hij om kwart voor acht 's ochtends de sneltrein van Göteborg naar Stockholm en hij arriveerde om tien voor elf op het Centraal Station. Ik heb de gegevens van SJ's reserveringen gekregen. Rond kwart over elf huurde hij een auto bij het Avis-filiaal van het Centraal Station en net voor twaalf uur checkte hij in bij hotel Oden in de Karlbergsvägen. Als Dan Nilsson. De technische recherche is de kamer die hij daar had aan het doorzoeken.'

'Goed werk, Bosse.'

Mette draaide zich om.

'Hebben we al iets over zijn mobiel gehoord?'

'Nee, maar we hebben een rapport van de patholoog-anatoom. Het bloed op het stuk graniet op de plaats delict is van Nils Wendt. Er zijn ook stukjes huid op aangetroffen. Het bloed op de grond bij de wielsporen is ook van hem afkomstig.'

'De kneuzing aan zijn hoofd kwam dus door het stuk graniet?'

'Dat lijkt erop.'

'Maar is hij daardoor gestorven? Of door verdrinking?'

Lisa keek in het rapport.

'Hij leefde nog toen hij het water in werd gereden. Waarschijnlijk was hij bewusteloos. Hij is door verdrinking om het leven gekomen.'

'Dan weten we dat.'

Mette kwam overeind.

'Goed gewerkt allemaal. Nu concentreren we ons op het achterhalen van zijn bewegingspatroon vanaf het moment dat hij heeft ingecheckt in het hotel tot het moment dat zijn lijk is ontdekt. Hij moet meerdere keren in het hotel gezien zijn, hij moet in restaurants gegeten hebben, misschien heeft hij dezelfde creditcard gebruikt waarmee hij de auto heeft gehuurd, misschien heeft hij gebeld met de telefoon van het hotel...'

'Dat heeft hij niet, dat heb ik gecontroleerd,' zei Lisa.

'Mooi.'

Mette liep naar de deur, waarna iedereen in de kamer in beweging kwam.

*

Een paar gebouwen verderop zat Rune Forss samen met Janne Klinga in net zo'n kamer. Door de moord op Vera Larsson was de MD-groep opgewaardeerd naar moordonderzoeksteam. De groep was uitgebreid met een paar mensen en Forss had extra middelen tot zijn beschikking gekregen.

Hij had een aantal mensen de stad in gestuurd en had gepraat met de daklozen die voor de moord op Vera Larsson mishandeld waren. Een van hen lag nog in het ziekenhuis, een grote Norrlander die zich niets van het voorval kon herinneren. Veel meer konden ze op dit moment niet doen, was Forss' mening.

Hij zat te bladeren in het bowlingtijdschrift *Strike*, terwijl Klinga het technisch rapport van de caravan doorlas.

'We moeten maar zien of de film iets oplevert,' zei Klinga.

'Waarop ze seks hebben in de caravan?'

'Ja.'

De man die seks had met Vera Larsson was nog steeds niet geïdentificeerd. Plotseling werd er op de deur geklopt.

'Kom binnen!'

Stilton liep naar binnen met een verband rond zijn hoofd. Forss liet het tijdschrift zakken en keek naar hem. Stilton keek naar Janne Klinga.

'Hallo, ik ben Tom Stilton.'

'Hallo.'

Janne Klinga liep naar hem toe en gaf hem een hand.

'Janne Klinga.'

'Dus jij bent tegenwoordig dakloos?' zei Forss.

Stilton reageerde niet. Hij had zich mentaal voorbereid, hij had geweten hoe het zou gaan. Het maakte geen indruk op hem. Hij keek naar Janne Klinga.

'Leid jij het onderzoek naar de moord op Vera Larsson?'

'Nee, dat doet...'

'Weet je wie je heeft mishandeld?' vroeg Forss.

Hij keek naar Stilton, die nog steeds naar Janne Klinga keek.

'Ik denk dat Vera Larsson is vermoord door een stel Kid Fighters,' zei Stilton.

Het bleef een paar seconden stil.

'Kid Fighters?' vroeg Klinga.

Stilton vertelde wat hij wist. Over de kooigevechten, waar ze precies plaatsvonden, wie eraan deelnamen en wie ze volgens hem organiseerden.

En welke symbolen sommigen op hun armen hadden laten tatoeëren.

'Twee letters met een cirkel eromheen, KF, dat is te zien op een van de films op Trashkick. Hebben jullie dat ook gezien?' vroeg hij.

'Nee.'

Klinga keek naar Forss.

'KF staat voor Kid Fighters,' zei Stilton.

Hij begon naar de deur te lopen.

'Hoe ben je daar allemaal achter gekomen?' vroeg Klinga.

'Ik heb de tip gekregen van een jochie in Flemingsberg, Acke Andersson.'

Hij liep de kamer uit zonder dat hij één keer naar Rune Forss had gekeken.

Even later waren Forss en Klinga op weg naar de personeelskantine. Forss was bijzonder sceptisch over Stiltons verhaal.

'Kooigevechten? Kinderen die in kooien vechten? Hier? In Zweden? Dan zouden we daar toch eerder over gehoord hebben. Het klinkt nogal bizar.'

Klinga gaf geen antwoord. Forss suggereerde dat Stilton misschien weer ten prooi was gevallen aan een van zijn psychoses en dat hij een volledig absurd verhaal bij elkaar had gehallucineerd.

'Wat denk jij? Kid Fighters? Zou er een kern van waarheid in kunnen zitten?'

'Ik weet het niet,' antwoordde Klinga.

Hij was veel minder overtuigd van de absurditeit van Stiltons informatie. Hij besloot om de opgenomen Trashkick-films te bekijken om te zien of hij de tatoeage kon vinden.

Later, als hij alleen was.

*

Ovette Andersson liep alleen door de Karlavägen. Ze droeg zwarte naaldhakken, een strakke zwarte rok en een korte bruin leren jack. Ze had net een klant afgewerkt in een privégarage in de Banérgatan en was afgezet waar ze ook was opgepikt. Dit was niet haar gebruikelijke stek, maar er waren geruchten geweest dat er stillen in de Mäster Samuelsgatan aan het werk waren, dus was ze hiernaartoe gekomen.

Ze ververste haar lippenstift en sloeg af naar de Sibyllegatan, op weg naar de metro. Plotseling zag ze een bekend gezicht in Udda & Rätt, een winkel aan de andere kant van de straat.

Ovette bleef staan.

Zo zag haar winkel er dus uit. Haar chique façade naar de buitenwereld. Het was een hele stap omhoog in vergelijking met pijpen terwijl de cocaine uit je neusgaten loopt, dacht ze. Het was de eerste keer dat ze langs de boetiek van Jackie Berglund liep. Dit was haar omgeving niet, niet meer in elk geval. Er was een tijd geweest dat Ovette zich heel erg thuis had gevoeld in Östermalm, ook al zou je dat nu niet geloven.

Dat was de tijd voor Acke.

Udda & Rätt, dacht ze. Ze had het ontzettend slim aangepakt, maar Jackie was altijd slim geweest, slim en berekenend. Ovette stak de straat over en bleef voor de etalage staan. Ze ving een glimp op van de mooie vrouw binnen. Op hetzelfde moment draaide Jackie zich om en keek Ovette recht in haar ogen. Ovette hield haar blik vast. Ooit waren ze collega's geweest, escortmeisjes bij dezelfde stal, Gold Card. Zij en Jackie en Miriam Wixell, aan het eind van de jaren tachtig. Miriam was ermee gestopt toen er seksuele diensten van haar verlangd werden. Ovette en Jackie waren doorgegaan.

Ze verdienden er tenslotte goed mee.

Jackie was de slimmerik. Degene die de hele tijd haar kans greep om de klanten die ze bediende te leren kennen. Ovette bleef er alleen bij om af en toe een lijntje met haar klanten te snuiven. Zonder achterliggende gedachten. Toen Gold Card stopte nam Jackie het bedrijf van Carl Videung over en veranderde de naam in Red Velvet. Een exclusief escortbedrijf voor een kleine, gesloten kring. Ovette ging met Jackie mee naar het nieuwe bedrijf, werkte een paar jaar en raakte toen zwanger van een klant.

Dat was niet handig.

Jackie eiste dat ze abortus zou laten plegen. Ovette weigerde. Het was de eerste keer dat ze zwanger was en het zou waarschijnlijk de laatste keer zijn. Ze wilde het kind. Het eindigde ermee dat Jackie haar de straat op gooide. Letterlijk. Daarna moest ze met een pasgeboren baby zo goed mogelijk in haar levensonderhoud voorzien.

Met Acke. Zoon van een klant die alleen Ovette en Jackie kenden. Zelfs de klant wist het niet.

En nu staarden ze naar elkaar, door de etalage in de Sibyllegatan. De straathoer en de luxeprostituee. Uiteindelijk keek Jackie weg.

Had ze er bang uitgezien? dacht Ovette. Ze bleef nog even staan en zag dat Jackie kleding begon te verhangen, terwijl ze zich er heel erg van bewust was dat Ovette voor de etalage stond.

Ze is bang voor me, dacht Ovette. Om alles wat ik weet, en omdat ik daarvan gebruik zou kunnen maken. Maar dat zou ik nooit doen, want ik ben niet zoals jij, Jackie Berglund. Dat is het verschil tussen ons. Een verschil dat maakt dat ik tippel en jij daarbinnen staat. Maar dat is het waard. Ovette hield haar hoofd heel hoog toen ze verder liep naar de metro.

Jackie verhing geagiteerd kleding in haar boetiek. Ze was geschokt en geïrriteerd. Wat deed Ovette Andersson hier? Hoe durfde ze, verdomme. Uiteindelijk draaide ze zich om. Ovette was weg. Jackie dacht terug aan de Ovette van destijds. Het levendige meisje met de vrolijke ogen die het in haar hoofd kreeg om haar haar blauw te verven, waar Carl woedend over was geweest. Ovette was niet slim en had geen strategisch inzicht, wat waarschijnlijk een geluk was, dacht Jackie. Ovette wist een beetje te veel over bepaalde klanten, maar ze had al die jaren haar mond gehouden.

Ze is waarschijnlijk bang voor me. Ze weet wie ik ben en wat er gebeurt als iemand me bedreigt. Ze liep waarschijnlijk toevallig langs.

Jackie bleef kleding verhangen en het lukte haar om de onaangename aanblik door het raam te verdringen. Na een tijdje had ze de situatie omgedraaid. Een hoertje uit Kärrtorp met een buitenechtelijke zoon. Wat een miskoop. Terwijl ze een abortus had kunnen ondergaan en zich omhoog had kunnen werken naar een heel ander niveau. Sommige mensen maakten slechte keuzes in hun leven, dacht ze terwijl ze tegelijkertijd glimlachend de deur opendeed voor Linn Magnuson, een van haar vaste klanten.

*

Janne Klinga was al weg en Rune Forss dronk net zijn tweede kop koffie in de personeelskantine toen hij Mette Olsäter in het oog kreeg. Ze was op weg naar zijn tafel.

'Heeft Tom Stilton contact met je opgenomen?' vroeg Mette toen ze bij hem was.

'Wat bedoel je met contact opnemen?'

'Heeft hij vandaag met je gepraat?'

'Ja.'

'Over de kooigevechten en de Kid Fighters?'

'Ja.'

'Mooi. Dag.'

Mette begon weg te lopen.

'Olsäter!'

Mette draaide zich om.

'Heeft hij dat ook aan jou verteld?' vroeg Forss.

'Ja. Gisteren.'

'Geloof jij dat geleuter?'

'Waarom zou ik het niet geloven?'

'Omdat hij... Heb je gezien hoe hij eruitziet?'

'Wat heeft dat met zijn informatie te maken?'

Mette en Forss keken elkaar een paar seconden aan. Ze mochten elkaar niet bepaald. Toen Forss zijn kop koffie weer pakte, liep Mette weg. Forss volgde haar met zijn ogen.

Zou de rijksrecherche zich met zijn onderzoek gaan bemoeien?

*

Olivia lag half op bed met haar witte laptop op schoot en een bak Ben & Jerry's in haar hand. Ze kon zonder problemen de hele bak leegeten en dan het avondeten overslaan.

Veel te veel verkeerde koolhydraten, maar wel lekker.

Ze had een paar uur op internet gezocht om meer over Nils Wendts vroegere leven te weten te komen. Over de tijd dat hij manager en compagnon van Bertil Magnuson was. Ze vond niet dat ze daarmee haar belofte verbrak om zich niet meer met de strandzaak bezig te houden. Er was tenslotte geen verband tussen die moord en de moord op Wendt. Tot nu toe noemde ze het research. Naar Magnuson Wendt Mining, het bedrijf dat later Magnuson World Mining zou gaan heten, en dat voordat Wendt verdween al blootstond aan harde kritiek van verschillende kanten. Niet in het minst omdat ze zakendeden met dictatuurstaten.

Het was ongeveer wat Mårten Olsäter had gezegd tijdens zijn uitbarsting aan de eettafel.

Haar gedachten gingen naar het oude huis op Värmdö. Ze dacht aan de vorige avond. De belevenis had haar nogal van haar stuk gebracht. Ze speelde delen van de gesprekken aan de eettafel in haar hoofd af. Daarna dacht ze aan de muziekkamer van Mårten. Ze probeerde grip te krijgen op de verborgen ondertoon in de relatie tussen Stilton en de Olsäters. Dat was moeilijk. Als ze de kans kreeg, zou ze aan Mette of Mårten vragen hoe hun relatie met Stilton was. Ze zou vragen of ze wisten wat er met Stilton was gebeurd.

Ze was ervan overtuigd dat ze meer wisten.

Plotseling kreeg ze een foto van een jonge Nils Wendt op het scherm. Naast een net zo jonge Bertil Magnuson. De foto stond bij een artikel uit 1984 waarin werd gemeld dat de twee mannen een overeenkomst met president Mobutu van het voormalige Zaïre hadden gesloten. De overeenkomst zou MWM miljoenen opleveren. Ze lachten allebei in de camera. Voor hun voeten lag een dode leeuw.

Magnuson pronkte met het geweer in zijn handen.

Walgelijk, dacht Olivia. Op dat moment ging haar mobiel. Ze keek op het display, het was een nummer dat ze niet herkende.

'Olivia Rönning.'

'Hallo, je spreekt met Ove Gardman. Ik heb mijn voicemail net afgeluisterd en je hebt een paar berichtjes ingesproken. Je wilde met me in contact komen?'

'Ja, absoluut.'

Olivia schoof haar laptop met kleverige vingers van het ijs weg en ging rechtop in bed zitten. Ove Gardman. De jongen die getuige was geweest bij Hasslevikarna!

'Waar gaat het over?' vroeg Gardman.

'Tja, het gaat over een oud onderzoek dat ik aan het bestuderen ben, over de moord in 1987 bij Hasslevikarna. Daar ben jij getuige van geweest, als ik het goed gelezen heb.'

'Ja, dat klopt. Wat grappig trouwens.'

'Wat?'

'Ik heb daar ruim een week geleden nog over gepraat, met een man in Mal Pais.'

'Waar ligt dat?'

'In Costa Rica.'

'En jullie hebben gepraat over de strandzaak?'

'Ja.'

'Hoe heette hij?'

'Dan Nilsson.'

Olivia verdrong het laatste stukje belofte dat ze zich niet meer met de strandzaak zou bezighouden en probeerde haar stem zo vast mogelijk te laten klinken.

'Ben je op dit moment in Zweden?'

'Ja.'

'Wanneer ben je teruggekomen?' vroeg ze.

'Vannacht.'

'Dan heb je misschien nog niet gehoord over de moord op Nils Wendt?'

'Wie is dat?'

'Dan Nilsson. Hij gebruikte die naam, hoewel hij Nils Wendt heette.'

'En hij is vermoord?'

'Ja. Eergisteren. Hier in Stockholm.'

'Oei.'

Olivia gaf Gardman de kans om het te verwerken. Ze had meer vragen, maar Gardman begon zelf weer te praten.

'Hemel, hij leek zo... Dat is echt macaber, ik ben bij hem thuis geweest en...'

Gardman zweeg en Olivia nam het over.

'Hoe hebben jullie elkaar ontmoet?'

'Ik ben marinebioloog en ik was in San José omdat ze daar een groot waterreservaat willen bouwen, op het schiereiland Nicoya. Daarna ben ik een paar dagen naar de oceaankant gegaan om daar wat rond te kijken en toen ontmoette ik hem. Hij was gids in een regenwoudreservaat een eind buiten Mal Pais.'

'Woonde hij daar zelf, in Mal Pais?'

'Ja. We raakten met elkaar aan de praat in het reservaat, hij kreeg waarschijnlijk niet zoveel Zweden op bezoek, en daarna nodigde hij me uit voor het avondeten.'

'En toen hebben jullie gepraat over de moord op Nordkoster?'

'Ja, we dronken redelijk wat wijn en ontdekten dat we allebei een band met het eiland hadden. Hij had er jarenlang een vakantiehuis gehad en ik had er gewoond. Ik heb hem verteld over de avond dat ik de moord bij Hasslevikarna heb gezien.'

'En hoe reageerde hij?'

'Tja, hij... Het was best grappig, want hij was heel geïnteresseerd en wilde allerlei details horen, maar ik was destijds nog maar negen jaar en het is meer dan twintig jaar geleden, dus ik kan me er niet zoveel meer van herinneren.'

‘Maar hij werd dus heel nieuwsgierig?’

‘Op een bepaalde manier wel. Daarna is hij op reis gegaan. Ik ben de volgende avond teruggegaan om mijn pet te halen, die was ik vergeten, en toen was hij weg. Een paar jochies speelden met de pet, maar ze wisten niet waar hij naartoe was, alleen dat hij op reis was.’

‘Hij is naar Nordkoster gegaan.’

‘Is dat zo?’

‘Ja.’

‘En nu is hij dood?’

‘Helaas wel. Mag ik vragen waar je nu bent?’

‘Thuis. Op Nordkoster.’

‘Je bent niet van plan om naar Stockholm te komen?’

‘Voorlopig niet.’

‘Oké.’

Olivia bedankte Gardman, voor veel meer dan hij besefte. Ze verbrak de verbinding en koos meteen het nummer van Stilton.

Stilton stond voor de Söderhallen en verkocht de *Situation Sthlm*. Het ging moeizaam. Twee exemplaren in een uur tijd. Niet omdat er weinig mensen op de been waren, maar omdat in principe iedereen een mobiel tegen zijn oor hield of oordopjes in had. Waarschijnlijk zijn we aan het muteren, dacht Stilton. Naar een nieuw ras. De homo digitalis, een vernieuwde variant van de neanderthaler. Op dat moment ging zijn eigen mobiel.

‘Met Olivia. Weet je wat ik te weten ben gekomen over Nordkoster?’

‘Je zou je daar toch niet meer mee bezighouden? Je hebt gezegd dat...’

‘Nils Wendt heeft Ove Gardman, de jongen die getuige was van de moord, ruim een week geleden ontmoet. In Costa Rica!’

Stilton zweeg een hele tijd.

‘Dat is vreemd,’ zei hij uiteindelijk.

‘Ja, vind je ook niet?’

Olivia vertelde opgewonden dat Gardman aan Wendt over de strandzaak had verteld en dat Wendt meteen daarna naar Zweden was vertrokken, naar Nordkoster, nadat hij ruim zevenentwintig jaar was weggebleven.

‘Waarom zou hij dat gedaan hebben?’ zei ze. ‘Waarom veroorzaakte Gardmans verhaal over de strandzaak zo’n reactie bij Wendt? Hij verdween tenslotte drie jaar voor de moord plaatsvond. Had hij een band met de vrouw op het strand? Ze was tenslotte waarschijnlijk van Latijns-Amerikaanse afkomst.’

‘Olivia.’

'Kenden ze elkaar van Costa Rica? Was ze naar Nordkoster gestuurd om iets te halen wat Wendt had verstopt in zijn vakantiewoning?'

'Olivia!'

'Is ze in het water gemarteld omdat ze wilden weten waar ze op uit was? Door personen die een tip hadden gekregen dat ze er was en die haar gevolgd hadden? Had ze...'

'Olivia!'

'Ja?'

Stilton had genoeg van Olivia's samenzweringstheorieën.

'Je moet nog een keer met Mette praten.'

'Oké, ja, natuurlijk.'

'En houd je dan aan de feiten. Over Gardman en Wendt. De rest lukt haar zelf wel.'

'Oké. Ga je mee?'

Dat deed hij. Hij had zijn verband afgedaan en had een grote pleister op zijn achterhoofd. Dat was minder opvallend. Ze zouden namelijk naar een restaurant gaan. Olivia had Mette gebeld, die net op weg was naar de auto. Mårten en Jolene waren naar een dansvoorstelling in de stad en zouden pas laat thuis zijn. Zelf zou ze snel iets gaan eten in een klein restaurant in Saltsjö-Duvnäs.

'Restaurant Stazione,' zei Mette.

'Waar is dat?'

'In een rood stationsgebouw. Het station heet Saltsjö-Duvnäs, het ligt langs de Saltsjölijn.'

Nu zaten ze in de avondzon, aan een ronde tafel op het houten perron aan de achterkant van het mooie stationsgebouw, een paar meter van het spoor waarover af en toe een trein langsreed. Het gaf een vreemd internationaal gevoel. Het restaurant was een familiebedrijf en mateloos populair in de buurt. Ze serveerden heerlijk eten en het werd goed bezocht, waardoor ze een tafel op het perron hadden gekregen. Daar hadden ze niets op tegen. Het paste perfect bij hun doel. Niet te dicht bij anderen die konden meeluisteren. Vooral niet toen Mette haar stem een paar keer verhief.

'In Costa Rica?'

Eindelijk kreeg ze antwoord op datgene waar ze zevenentwintig jaar geleden heel veel tijd aan had besteed. Eindelijk wist ze waar Nils Wendt zich al die jaren had schuilgehouden.

'In Mal Pais,' zei Olivia. 'Op het schiereiland Nicoya.'

'Ongelofelijk!'

Olivia was er heel trots op dat ze zo'n reactie losmaakte bij de gelouterde moordonderzoekster en ze keek heel tevreden toen Mette onmiddellijk naar Lisa Hedqvist belde en haar vroeg om contact op te nemen met Ove Gardman en hem vragen te stellen over Costa Rica. De informatie over Wendts verblijfplaats was voor Mette veel interessanter dan zijn eventuele connectie met de strandmoord. Die was weliswaar niet verjaard, maar ze had een actuelere moord te onderzoeken. Bovendien had ze het gevoel dat de strandzaak nog steeds van Tom was.

Ze verbrak het gesprek en keek naar Stilton.

'We zullen ernaartoe moeten.'

'Naar Mal Pais?'

'Ja, de woning van Wendt. Misschien vinden we daar materiaal dat ons kan helpen bij het onderzoek, misschien een motief voor de moord, misschien een verklaring waarom hij verdwenen is. Maar het kan lastig worden.'

'Hoezo dat?' vroeg Olivia.

'Omdat de effectiviteit van de politie daar niet bepaald honderd procent is, en omdat er heel veel bureaucratie is.'

'Dus?'

Olivia zag dat Mette en Stilton een blik wisselden die hun goede verstandhouding verried.

Even later vroegen ze om de rekening.

Mette had niet vaak een reden om Casino Cosmopol te bezoeken. De dikke vrouw trok heel wat blikken naar zich toe toen ze een van de speelzalen binnenschreed. Vooral die van Abbas. Hij had haar bij de deur al gezien. Er was maar een korte blik voor nodig om hem te laten beseffen dat het tijd was om een andere croupier te vragen het van hem over te nemen.

Stilton en Olivia stonden een stukje bij het casino vandaan tegen Mettes auto geleund. Op weg van Stazione had Olivia een korte beschrijving gekregen van Abbas el Fassi, de man met wie ze contact gingen zoeken. Hij was een voormalige tassenverkoper en tegenwoordig een gerenommeerde croupier. Hij had gedurende de jaren af en toe undercoveropdrachten gedaan, voor zowel Mette als Stilton.

Heel verschillende opdrachten.

Die waren elke keer beter verlopen en zowel Mette als Stilton was ervan overtuigd dat Abbas voor honderd procent betrouwbaar was als het ging om opdrachten die een beetje onofficieel moesten blijven.

Zoals nu.

Omdat ze de plaatselijke politie er niet bij wilden betrekken en de bureaucratie wilden omzeilen om de vergunning te verkrijgen die vereist was als ze het via de officiële weg speelden.

Het zou dus anders moeten.

Op de Abbas-manier.

Olivia keek naar Stilton.

'Altijd?'

Stilton had net het een en ander over Abbas' verleden verteld, zonder op de details in te gaan. Vooral niet waarom Abbas met behulp van Stilton uit een half crimineel moeras was gehaald en onder de hoede van Mette en Mårten was geplaatst, waar hij na verloop van tijd werd beschouwd als een familielid. Dat was grotendeels te danken aan Jolene, het mongoloïde meisje. Ze was zeven toen Abbas zijn intrek in het huis nam, en na verloop van tijd wist ze door het schild heen te dringen dat Abbas had opgetrokken. Ze kreeg hem zover dat hij de zorg en liefde van de familie accepteerde en zijn liefde voor hen liet blijken. Een enorme stap voor de arme wees uit Marseille. Abbas werd nog steeds beschouwd als een lid van de familie Olsäter.

Zelf waakte hij over Jolene als een havik.

En hij droeg een mes bij zich.

'Altijd,' zei Stilton.

Hij had zijn verhaal afgerond met Abbas' buitengewone passie voor messen. Hij droeg altijd een heel speciaal mes bij zich dat hij zelf had gemaakt.

'Stel je voor dat hij hem verliest?'

'Hij heeft er vijf.'

Mette en Abbas kwamen het casino uit en liepen naar de auto. Stilton had zich voorbereid op de ontmoeting met Abbas. Het was een tijd geleden dat ze elkaar gezien hadden en dat was onder omstandigheden geweest waaraan Stilton niet graag terugdacht.

Nu zagen ze elkaar weer en het ging als zo vaak met Abbas. Een paar korte blikken, een knikje, en daarmee was de zaak afgehandeld. Toen Abbas op de stoel naast Mette ging zitten, voelde Stilton hoe hij hem had gemist.

Mette had voorgesteld dat ze naar Abbas' appartement in de Dalagatan zouden gaan zonder aan de chaos in de buurt te denken, die werd veroorzaakt door de aanleg van de Citylijn. In de toekomst zou er bij Vanadisvägen een extra station voor de forensentrein komen. Abbas had meer dan eens in zijn appartement gezeten terwijl de onderaardse detonaties het hele gebouw lieten vibreren. Dan keek hij naar die arme Matteuskerk tegenover zijn appartement, waar God zijn uiterste best moest doen om de bakstenen op hun plaats te houden.

Nu zaten ze allemaal in zijn zitkamer en Mette legde uit dat het ging om een bezoek aan Wendts woonplaats Mal Pais in Costa Rica en het doorzoeken van zijn huis. Mette zou er via haar kanalen voor zorgen dat de plaatselijke politie zou meewerken. Verder moest Abbas de opdracht naar eigen goeddunken uitvoeren.

De onkosten zou Mette voor haar rekening nemen.

Daarna bracht ze verslag uit van alle details die tot nu toe over de zaak bekend waren. Abbas luisterde zwijgend.

Toen Mette klaar was met haar deel, het actuele moordonderzoek, had Stilton nog een paar verzoeken.

'Als je daarnaartoe gaat, dan kun je net zo goed kijken of je een connectie kunt vinden tussen Wendt en de vrouw die in 1987 op Nordkoster is vermoord. Misschien hebben ze elkaar in Costa Rica ontmoet, misschien is ze naar Nordkoster gegaan om iets te halen wat nog in Wendts vakantiehuis lag, oké?'

Olivia schrok een beetje. Ze merkte dat Stilton zonder ook maar naar haar te kijken een deel van haar samenzweringstheorieën had ingepikt en tot de zijne had gemaakt. Zo ben je dus, dacht ze. Dat zal ik onthouden.

Nu wachtten ze op Abbas' antwoord.

Olivia had de hele tijd gezwegen. Ze voelde dat deze drie mensen een heel speciale chemie hadden, die ver terugging. Er was een onwrikbaar respect tussen hen. Ze had ook gemerkt dat Stilton en Abbas af en toe naar elkaar keken. Korte blikken, alsof er iets onuitgesproken tussen hen was.

Wat was dat?

'Ik doe het.'

Meer zei Abbas niet. Daarna vroeg hij of iemand thee wilde. Mette wilde naar huis en Stilton wilde naar buiten, dus bedankten ze allebei en waren al op weg naar de hal toen Olivia het aanbod aannam.

'Dat zou lekker zijn.'

Olivia wist niet goed waarom ze het zei, maar er was iets met Abbas. Hij had haar gefascineerd vanaf het moment dat hij met een soepele beweging in de auto was gaan zitten. En hij rook apart. Geen aftershave, maar iets anders, iets wat ze niet herkende. Nu kwam hij binnen met een klein zilveren blaadje met thee en kopjes erop.

Olivia keek rond in de kamer, die ze heel mooi vond. Hij was wit geschilderd, schaars gemeubileerd, met een paar mooie lithografieën aan één muur, een dunne, gedrapeerde lap stof aan een andere muur, en een enigszins versleten houten vloer. Er stond geen televisie. Ze vroeg zich af of Abbas een pietje-precies was.

Dat was hij op een bepaald niveau inderdaad.

Van de andere niveaus waren maar heel weinig mensen op de hoogte.

Olivia keek naar Abbas. Hij stond bij een lage, eenvoudige boekenkast, gevuld met dunne boeken. Zijn witte shirt met korte mouwen hing los boven een goed gesneden grijze chinobroek. Waar zou hij het hebben? dacht Olivia. Het mes dat hij volgens Stilton altijd bij zich droeg. Ze liet haar blik langs Abbas' lichaam glijden. Zoveel kleding had hij niet aan. Had hij het weggelegd?

'Je hebt een nieuwsgierige blik in je ogen.'

Abbas draaide zich om met een kopje thee in zijn hand. Olivia voelde zich betrapt. Ze wilde niet dat Abbas haar blik verkeerd zou opvatten.

'Stilton zegt dat je altijd een mes bij je draagt.'

Abbas' reactie was minimaal, maar duidelijk negatief. Waarom had Stilton Olivia over zijn mes verteld? Dat was onnodig. Het mes was een deel van Abbas' verborgen karakter. Dat hoorde niet in de openbaarheid. Ook dit jonge meisje mocht geen toegang tot die informatie hebben.

'Stilton praat soms te veel.'

'Maar is het waar? Draag je er nu een?'

'Nee. Suiker?'

'Een beetje.'

Abbas draaide zich weer om. Olivia maakte het zich gemakkelijk in de lage stoel terwijl ze tegelijkertijd een knal naast zich hoorde. In de houten leuning, een paar centimeter van haar schouder, trilde een lang, dun, zwart mes. Olivia schoof opzij en staarde naar Abbas, die naar haar toe liep met een kop thee in zijn handen.

'Dat is geen mes, maar een gestripte Black Circus van 260 gram. Zullen we over de strandmoord praten?'

'Natuurlijk.'

Olivia pakte haar kop thee en begon te vertellen. Een beetje te snel en te geforceerd. Het mes stak nog in het hout. In haar achterhoofd maalde de vraag waar hij het in vredesnaam had gehad.

*

Ove Gardman zat in de keuken van zijn ouderlijk huis op Nordkoster en keek door het raam naar buiten. Hij had net een gesprek gehad met een vrouwelijke politieagent uit Stockholm, die hij had verteld wat hij wist over Nils Wendt en Mal Pais. Het blik ravioli was leeg. Niet bepaald een culinaire belevenis, maar het had zijn werk gedaan en zijn honger gestild. Morgen zou hij echt eten kopen.

Hij was even in zijn tweekamerflat in Göteborg geweest voordat hij naar Strömstad was gereisd, waar hij een bezoek had gebracht aan zijn vader in het bejaardentehuis. Daarna had hij de boot naar zijn ouderlijk huis op Nordkoster genomen, de plek waar hij zich thuisvoelde.

Zo eenvoudig was het.

Zijn vader en moeder woonden niet meer in het huis en dat bezorgde hem af en toe een weemoedig en leeg gevoel. Zijn moeder Astrid was drie jaar geleden gestorven en zijn vader Bengt had pasgeleden een beroerte gehad. Nu was de rechterkant van zijn lichaam verlamd, een vervelende handicap voor een oude verweerde kreeftenvisser die zijn hele leven de zee had getrotseerd met zijn ijzeren gestel.

Ove zuchtte even. Hij stond op van de tafel, zette het bord in de gootsteen en dacht aan Costa Rica. Het was een fantastische reis geweest, leerzaam en merkwaardig.

Nog merkwaardiger werd het toen hij na zijn thuiskomst Olivia Rönning had gebeld. Dan Nilsson was vermoord. Een verdwenen zakenman die eigenlijk Nils Wendt heette, die meteen na hun avond in Mal Pais naar Nordkoster was gereisd en die daarna was vermoord. Wat had hij op het eiland gedaan? Het was merkwaardig en gaf hem een onbehaaglijk gevoel. Heeft het te maken met wat ik hem heb verteld over de vrouw op het strand? dacht Ove.

Hij liep naar de voordeur en deed de deur op slot, iets wat hij anders nooit deed. Dat hoefde ook niet op Nordkoster, maar nu deed hij het toch. Daarna liep hij naar zijn oude jongenskamer.

Hij ging in de deuropening staan en keek naar binnen. De kamer was nagenoeg hetzelfde gebleven sinds hij naar Göteborg was verhuisd om te studeren. Het oude behang met slakkenmotief, helemaal volgens de wens van de jonge Ove, had jaren geleden zijn beste tijd gehad en moest vervangen worden.

Hij ging op zijn hurken zitten. Het linoleum op de vloer had zijn functie vervuld. Er zat beslist een houten vloer onder die hij kon schilderen of kon schuren en oliën. Hij probeerde het linoleum bij de drempel los te trekken om te zien wat eronder zat, maar het zat vast. Misschien lukte het met een beitel. Hij liep naar de gereedschapskast in de hal, de trots van zijn vader Bengt. Alles was gesorteerd en in een nauwgezette volgorde opgehangen.

Ove glimlachte toen hij de kast opendeed en zijn oude verzamelkist zag staan. Het was een houten kist die hij had gemaakt bij handenarbeid, met de omvang van een schoenendoos, die hij in zijn jeugd had gevuld met spullen die hij op het strand gevonden had. Dat die er nog was. Hier, in Bengts geliefde gereedschapskast. Hij tilde de doos met de boormachine ervanaf, pakte zijn kist voorzichtig op en nam hem mee naar de slaapkamer, waar hij hem op het bed zette en openmaakte. Hij herinnerde zich de spullen nog die erin zaten. De vogelschedel die zijn moeder en hij bij Skumbuktarna hadden gevonden. Schalen van vogeleieren. Mooie stenen, stukken hout en glas, dat was gladgeslepen door de zee. Er zaten ook wat merkwaardige voorwerpen in die aangespoeld waren. Een halve kokosnoot bijvoorbeeld, en schelpen van kieuwslakken, kokkels, oesters en waaiermosselen. Schelpen die Iris en hij hadden gevonden tijdens de zomer dat ze negen jaar en verliefd waren. En de haarspeld van Iris, die hij wat later die zomer in het zeewier op het strand had gevonden. Hij had hem aan haar terug willen geven, maar ze was na de vakantie naar huis teruggegaan en het jaar erna was hij zowel de haarspeld als Iris vergeten.

Ove pakte hem uit de kist.

Stel je voor, er zat zelfs nog een haar van Iris in. Na al die jaren. Hoewel? Ove hield de haarspeld in het licht van de tafellamp. Iris was toch blond geweest? Deze haar was aanzienlijk donkerder. Bijna zwart. Vreemd.

Hij begon erover na te denken. Wanneer had hij hem eigenlijk gevonden? Was dat niet dezelfde avond dat... Ja, verdorie, dat was zo! Plotseling herinnerde hij het zich kristalhelder. Hij had de haarspeld in het zeewier gevonden, naast de verse voetsporen in het zand, en daarna... daarna had hij de stemmen op het strand gehoord en had hij zich achter de rotsen verstopt!

Dat was de avond van het springtij geweest.

*

Abbas trok zijn mes uit de houten leuning van de stoel. Olivia had haar thee gedronken en was vertrokken. Hij was met haar meegelopen naar de deur. Meer zat er niet in. Nu toetste hij een nummer op zijn mobiel in en wachtte. Er werd opgenomen. In een van zijn twee moedertalen, Frans, vertelde hij aan de persoon die hij aan de lijn had wat hij nodig had.

'Hoeveel tijd kost dat?' vroeg hij.

'Twee dagen. Waar zien we elkaar?'

'In San José, Costa Rica. Ik sms je.'

Hij verbrak de verbinding.

Een van hen had broodkruimels op zijn borst, een ander zoog op een Rennie en slikte voortdurend, een derde was vergeten zijn tanden te poetsen. Ze waren allemaal net wakker en liepen door de gangen van het recherchegebouw.

Mette had de groep extra vroeg bij elkaar geroepen. Om halfzeven waren ze allemaal in de onderzoekskamer. Tien minuten later had ze verslag gedaan van de informatie die ze de vorige dag van Olivia had gekregen. Die vulde ze aan met het gesprek dat Lisa Hedqvist met Ove Gardman had gehad, en dat niets nieuws had opgeleverd. Maar nu wisten ze waar Wendt had gewoond voordat hij naar Zweden was teruggekomen. Een grote kaart van Costa Rica verscheen op het scherm. Mette wees Mal Pais op het schiereiland Nicoya aan.

'Ik heb er een persoonlijk contact naartoe gestuurd.'

Niemand reageerde. Ze wisten allemaal dat Mette wist wat ze deed.

Bosse Thyrén liep naar het bord. Mette had hem gebeld toen ze de vorige avond bij Abbas was vertrokken en had hem de noodzakelijke informatie gegeven om aan de slag te kunnen.

'Ik heb Wendts reis in kaart gebracht,' zei Bosse. 'Hij heeft ingecheckt op de luchthaven van San José in Costa Rica, onder dezelfde naam waarmee hij de auto heeft gehuurd, Dan Nilsson.'

'Wanneer was dat?'

'Vrijdagavond 10 juni om tien over elf 's avonds plaatselijke tijd.'

Bosse maakte een notitie op het bord.

'Met welk paspoort reisde hij?'

'Daar zijn we mee bezig. Het vliegtuig vloog via Miami naar Londen, aankomst 's ochtends tien over zes, daar nam hij zondagochtend 12 juni om vijf over halfelf een vliegtuig naar Landvetter.'

'Nog steeds als Dan Nilsson?'

'Ja. Van Landvetter nam hij een taxi naar het Centraal Station, en als we bedenken dat hij dezelfde avond op Nordkoster arriveerde, kunnen we waarschijnlijk aannemen dat hij meteen naar Strömstad is gereisd en daar vervolgens de veerboot heeft genomen.'

'Ja. Dank je, Bosse. Heb je trouwens wel geslapen?'

'Nee, maar dat hindert niet.'

Mette keek hem waarderend aan.

Bosses informatie werd gekoppeld aan de informatie over wat Wendt had gedaan toen hij van Nordkoster was vertrokken. Nu hadden ze een bewegingspatroon dat zich uitstrekte van San José in Costa Rica tot hotel Oden in de Karlbergsvägen. Via Nordkoster.

'De technische recherche heeft gemeld dat ze Wendts mobiel aan de praat hebben gekregen.'

Een van de oudere onderzoekers liep met een plastic map naar Mette toe.

'Heb je het gelezen?'

'Ja.'

'Iets van waarde?'

'Ja, dat kun je wel zeggen.'

Dat was een understatement, constateerde Mette terwijl ze het rapport snel doorlas. Het bevatte onder andere een gedetailleerde lijst met gesprekken.

Met datum en tijdstip.

*

Ove Gardman had Olivia 's avonds laat gebeld en verteld over de haarspeld die hij had gevonden. Een haarspeld met een zwarte haar erin. Kon dat interessant zijn?

Dat was het.

Gardman had bovendien het verzoek gehad of hij de volgende dag aanwezig kon zijn bij een marinebiologische hoorzitting in Stockholm en hij was van plan de ochtendtrein te nemen.

'Wat denk je van de lobbybar in Royal Viking. Bij het station?' stelde Olivia voor.

'Prima.'

Gardman slenterde met een verbleekte blauwe spijkerbroek en een zwart T-shirt, zongebruind en met zongebleekt haar de bar in. Olivia keek naar hem en vroeg zich af of hij single was. Daarna wendde ze haar blik af. Gardman liep naar de bar en bestelde een espresso. Toen hij zijn koffie had gekregen, draaide hij zich om, keek op de klok en zag een donkerharig meisje bij het panoramaraam zitten. Hij nam een slok en wachtte af. Een slok later hief Olivia haar hoofd en keek weer naar de man bij de bar.

'Olivia Rönning?' vroeg Gardman.

Olivia was perplex, maar knikte. Ove Gardman liep naar haar toe.

'Ove Gardman,' zei hij.

'Hallo.'

Gardman ging zitten.

'Wat ben je jong,' zei hij.

'Vind je? Hoezo?'

'Je weet wel, je hoort een stem door de telefoon en vormt je een beeld en ik dacht dat je ouder zou zijn.'

'Ik ben drieëntwintig. Heb je de haarspeld bij je?'

'Ja.'

Gardman haalde een doorzichtig plastic zakje met een haarspeld erin tevoorschijn. Olivia bekeek de speld en Gardman vertelde hoe, waar en vooral wanneer hij hem had gevonden.

'Vlak voordat je de stemmen hoorde?'

'Ja. Hij lag tussen het zeewier, naast verse voetstappen in het zand en ik volgde dat spoor met mijn ogen en zag de personen op het strand en hoorde hun stemmen. En toen heb ik me verstopt.'

'Dat je dat nog weet!'

'Het was een heel bijzondere gebeurtenis, maar ik zou me niet zoveel details herinneren als ik de haarspeld niet had gevonden.'

'Mag ik hem een tijdje houden?'

Olivia pakte het plastic zakje en keek naar Gardman.

'Ja, natuurlijk. Ik moet je trouwens de groeten doen van Axel Nordeman. Hij heeft me vanochtend naar Strömstad gebracht.'

'Dank je.'

Ove Gardman keek op zijn horloge.

'Ik moet er helaas vandoor.'

Nu al? dacht Olivia. Gardman ging staan en keek naar haar.

'De hoorzitting begint over een halfuur al. Ik vond het leuk om je te ontmoeten. Laat je het me weten als je er iets aan hebt?'

'Natuurlijk, dat zal ik doen.'

Gardman knikte en liep weg. Olivia volgde hem met haar ogen. Waarom heb ik niet voorgesteld om een biertje te gaan drinken voordat hij naar huis gaat? dacht ze.

Dat zou Lenni gedaan hebben.

*

De jonge politie-inspecteur Janne Klinga had na enige moeite achterhaald waar Stilton zich ophield. In een caravan in het bos Niets. De plek wist hij niet precies, dus had hij een tijd rondgelopen tussen hondeneigenaren en vroege zonaanbidders voordat hij hem zag staan. Nu klopte hij op de deur. Stilton keek uit het raam, verdween, en deed de deur open. Klinga knikte naar hem.

'Stoor ik?'

'Wat wil je?'

'Ik vind het verhaal dat je gisteren over Kid Fighters hebt verteld interessant.'

'Vindt Rune Forss dat ook?'

'Nee.'

'Kom binnen.'

Klinga stapte naar binnen en keek om zich heen.

'Woonde je hier vroeger ook?' vroeg hij.

'Wanneer?'

'Toen Vera Larsson hier woonde?'

'Nee.'

Stilton was niet van plan om uitleg te geven. Hij was op zijn hoede. Hij wist niet of dit misschien een manier van Forss was om hem dwars te zitten, en hij wist niets over Janne Klinga.

'Weet Forss dat je hier bent?'

'Nee... Kan dit tussen ons blijven?'

Stilton keek naar de jonge politieagent. Misschien was hij een goede vent die bij een slechte vent terechtgekomen was? Hij maakt een gebaar naar een van de banken. Klinga ging zitten.

'Waarom ben je hiernaartoe gekomen?'

'Omdat ik denk dat je op het juiste spoor zit. Ik heb gisteravond de Trashkick-films nog een keer bekeken en ik heb de tatoeage gezien op de arm van een van de mishandelende jongens. KF met een cirkel eromheen. Precies zoals je zei.'

Stilton zweeg.

'Daarna heb ik op internet naar kooigevechten gezocht. Ik heb er een paar gevonden, voornamelijk in Engeland, jongens die in kooien vechten, hoewel het leek of de ouders erbij waren.'

'Er waren geen ouders bij toen ik het heb gezien.'

'In Årsta?'

'Ja.'

'Ik ben daar gisteren geweest, in de ondergrondse ruimte. Hij was helemaal leeg.'

'Ze zijn waarschijnlijk bang geworden toen ik opdook en hebben de boel verhuisd.'

'Waarschijnlijk. Er waren daar heel wat sporen van activiteit, zoals stukken tape, schroeven, een kapotte rode gloeilamp en nog veel meer troep. Hoewel dat niet aan kooigevechten gekoppeld hoeft te worden.'

'Nee.'

'Maar ik laat de plek in de gaten houden.'

'Achter de rug van Forss om?'

'Ik heb tegen hem gezegd dat ik op de plek waar jij bent mishandeld ben geweest en dat het misschien de moeite waard is om die in de gaten te houden.'

'En dat slikte hij?'

'Ja. Ik denk dat hij met iemand van de rijksrecherche heeft gepraat, en hij wil waarschijnlijk laten zien dat hij iets doet.'

Stilton begreep meteen wie met Forss had gepraat. Dat had ze snel gedaan, dacht hij.

'Daarna heb ik navraag gedaan bij ons jeugdteam. Ze wisten er niets van, maar ze zouden hun oor te luisteren leggen.'

'Mooi.'

Inmiddels begon Stilton te ontspannen. Hij geloofde Janne Klinga. Zoveel dat hij uiteindelijk de kaart van Stockholm pakte en die tussen hen uitvouwde.

'Zie je die kruisjes?' vroeg hij.

'Ja.'

'Dat zijn de plekken waar de mishandelingen en de moord hebben plaatsgevonden. Ik heb geprobeerd te ontdekken of er een geografisch verband is.'

'Is dat er?'

'Niet voor alle mishandelingen, maar de drie laatste daklozen die mishandeld zijn, met inbegrip van Vera Larsson, verkochten kranten bij de Söderhallen voordat ze overvallen werden. Dat is dat kruisje.'

'En wat is je theorie?' vroeg Klinga.

'Het is geen theorie, maar een hypothese. De daders zoeken hun slachtoffers misschien uit bij de Söderhallen en volgen ze daarna.'

'De andere twee die mishandeld zijn, het zijn er tenslotte in totaal vijf, stonden die daar niet?'

'Eén heb ik niet te pakken gekregen, de ander stond daar niet. Hij stond bij winkelcentrum Ringen in de Götgatan.'

'Dat is niet zover van de Medborgarplatsen.'

'Dat klopt. Bovendien is hij bij de Söderhallen geweest voordat hij naar Ringen ging.'

'Dus we moeten de Söderhallen extra in de gaten houden?'

'Misschien, dat is mijn beslissing niet.'

Nee, dacht Klinga. Dat is die van mij of van Forss. Hij bedacht dat hij wilde dat Forss een beetje meer op Stilton leek.

Klinga kwam overeind.

'Als je nog meer achterhaalt, kun je misschien rechtstreeks contact met mij opnemen. Ik ben van plan dit een beetje stil te houden.'

Het was duidelijk voor wie.

'Hier is mijn visitekaartje, voor als je me wilt bereiken,' zei Klinga.

Stilton pakte het kaartje aan.

'En zoals ik al zei, als dit tussen ons kan blijven...'

'Natuurlijk.'

Klinga knikte en liep naar de deur. Halverwege draaide hij zich om.

'Er is nog iets. Een van de andere films, de film van de caravan, toen Vera Larsson mishandeld is, hebben ze even daarvoor door het raam opgenomen... dat moet dit raam zijn. Er staat een naakte man op die seks met haar heeft op deze bank.'

'Ja?'

'Weet jij misschien wie dat was?'

'Dat was ik.'

Klinga schrok even. Stilton keek recht in zijn ogen.

'Maar dat blijft tussen ons.'

Klinga knikte en botste bij het naar buiten gaan bijna tegen een duidelijk opgewonden Olivia Rönning op. Ze keek even naar Klinga, stapte naar binnen en deed de deur dicht.

'Wie was dat?'

'Iemand van de gemeente.'

'Ja? Luister, weet je wat dit is?'

Olivia hield Gardmans plastic zak met de haarspeld omhoog.

'Een haarspeld,' zei Stilton.

'Van Hasslevikarna! Gevonden op de avond van de moord, door Ove Gardman, naast de voetsporen van een van de daders of het slachtoffer.'

Stilton keek naar het zakje.

'En waarom heeft hij dat niet aan ons gegeven? Destijds, in 1987?'

'Dat weet ik niet, hij was negen en had waarschijnlijk geen idee dat het belangrijk kon zijn. Voor hem was het gewoon iets wat hij op het strand had gevonden.'

Stilton stak zijn hand uit naar het zakje.

'Er zit een zwarte haar in,' zei Olivia.

Nu was het Stilton helemaal duidelijk waar Rönning op uit was.

'DNA?'

'Ja.'

'Waarom?' vroeg Stilton.

'Als het de haarspeld van het slachtoffer is, dan is het waarschijnlijk niet interessant, maar als dat niet zo is?'

'Dan zou de speld van een van de daders kunnen zijn?'

'Ja.'

'Iemand met een haarspeld?'

'Een van hen kan een vrouw zijn geweest.'

'Er is geen informatie dat er een vrouw bij is geweest.'

'Wie zegt dat? Een doodsbange negenjarige die vrij ver weg zat. Het was avond, hij zag een paar donkere figuren en hoorde een vrouw gillen. Hij dacht dat het drie of vier personen waren, hij heeft nooit kunnen zien dat er meer dan één vrouw was. Of niet soms?'

'Denk je weer aan Jackie Berglund?'

'Dat zei ik niet.'

Maar ze dacht het wel, en ze voelde het. Alleen al nu Stilton de naam noemde stroomde de woede door haar heen. Ze had ineens een heel persoonlijke reden om achter Jackie Berglund aan te gaan.

Een lift en een kat.

Vooral een kat.

Maar daar had Stilton niets mee te maken.

Hij keek naar Olivia. Hij wist dat ze op het goede spoor zou kunnen zijn.

'Dan moet je gaan praten met de afdeling cold case.'

'Die hebben geen belangstelling.'

'Waarom niet?'

'De zaak is niet toegankelijk volgens Verner Brost.'

Ze keken elkaar aan. Stilton keek weg.

'Maar je ex-vrouw werkt toch bij het SKL?' zei Olivia.

'Hoe weet jij dat verdomme?'

'Omdat ik de dochter van Arne ben.'

Stilton glimlachte. Een beetje verdrietig, dacht Olivia. Waren haar vader en hij goede vrienden geweest?

Dat zou ze hem een keer vragen.

*

De kamer was een klassieke verhoorkamer, ingericht voor één doel. Aan de ene kant van de tafel zat Mette Olsäter met een paar vellen A4-papier voor zich. Aan de andere kant zat Magnuson, de CEO van MWM. Hij was vandaag gekleed in een donkergrijs kostuum en een wijnrode stropdas en had een advocaat bij zich, een vrouw die op korte termijn naar het politiebureau was geroepen om bij het verhoor aanwezig te zijn. Hij had geen idee waarover het ging, maar hij was een man die zich wapende.

'Het verhoor wordt opgenomen,' zei Mette.

Magnuson keek naar zijn advocaat. Die knikte kort. Mette drukte op de opnameknop en meldde de noodzakelijke feiten.

Daarna begon ze.

'Toen we elkaar eergisteren hebben gesproken ontkende u dat u de afgelopen tijd contact hebt gehad met de vermoorde Nils Wendt. Het laatste contact heeft ongeveer zevenentwintig jaar geleden plaatsgevonden. Is dat correct?'

'Ja.'

Magnuson was opgehaald door een politieauto in de Sveavägen en was het korte stuk naar het politieburau in de Polhemsgatan vervoerd. Hij was opvallend kalm. Mette rook een heel doordringend mannenluchtje en een zwakke geur van cigarillo's. Ze zette een eenvoudige leesbril op en bestudeerde de papieren die voor haar lagen.

'Maandag 13 juni om zeven minuten voor halftwaalf belde Nils Wendt met zijn mobiel naar een mobiel met dit nummer.'

Mette hield een vel papier voor Magnuson.

'Klopt het dat dit het nummer van uw mobiel is?'

'Ja.'

'Het gesprek duurde elf seconden. Dezelfde avond, om twee minuten over halfacht, kwam er een nieuw telefoontje van Wendts mobiel naar hetzelfde nummer. Dat gesprek duurde negentien seconden. De avond erna, dinsdag de veertiende, kwam het volgende telefoontje dat ongeveer net zo lang duurde, twintig seconden. Vier dagen later, op zaterdag 15 juni om kwart voor vier, kwam er nog een telefoontje naar dezelfde mobiel, uw mobiel, van Nils Wendt. Dat gesprek duurde iets langer, ruim een minuut.'

Mette zette haar bril af en bekeek de man voor haar.

'Waar gingen die gesprekken over?'

'Het waren geen gesprekken. Ik ben op die tijdstippen gebeld, nam op, hoorde niets en daarna werd er opgehangen. Ik ging ervan uit dat het om anonieme personen ging die probeerden me te bedreigen, of me bang wilden maken. Er zijn tenslotte de afgelopen tijd nogal wat negatieve gevoelens rond ons bedrijf geweest. Misschien dat u daarover hebt gehoord?'

'Ja. Het laatste gesprek duurde langer?'

'Ja, dat... Eerlijk gezegd was ik boos, het was de vierde keer dat iemand belde en niets zei, dus heb ik zelf in een aantal goed gekozen bewoordingen gezegd wat ik vond van zo'n zielige manier om iemand angst aan te jagen, en daarna heb ik opgehangen.'

'U had er dus geen idee van dat het Nils Wendt was die belde?'

'Nee. Hoe had ik dat moeten weten? De man is zevenentwintig jaar geleden verdwenen.'

'Weet u waar hij zich ophield?'

'Geen idee. Weten jullie dat?'

'Hij woonde in Mal Pais in Costa Rica. U hebt daar nooit contact met hem gehad?'

'Nee. Ik dacht dat hij dood was.'

Magnuson hoopte dat zijn gezichtsuitdrukking niet verried wat er in zijn hersenen omging. Mal Pais? Costa Rica? Dat moest de onbekende plek zijn! Met de originele opname!

'Ik zou het waarderen als u Stockholm de komende tijd niet verlaat.'

'Heb ik een reisverbod?' vroeg Magnuson.

'Dat hebt u beslist niet,' zei zijn advocaat plotseling.

Magnuson glimlachte, maar keek al snel weer ernstig toen hij Mettes blik zag. Als hij haar gedachten had kunnen lezen, was zijn glimlach waarschijnlijk nog sneller verdwenen.

Mette was ervan overtuigd dat hij loog.

*

Er was een tijd geweest, niet al te lang geleden, dat de wijk rond Nytorget krioelde van allerhande winkeltjes met een heel verschillend aanbod en heel verschillende eigenaars. Maar als een schaduw van de etnologische natuurlijke dood verdwenen de meeste toen nieuwe inwoners met andere eisen de buurt in bezit namen en hem veranderden in een catwalk voor hipsters. Tegenwoordig bestonden er nog maar heel weinig van die oorspronkelijke winkeltjes. Ze werden beschouwd als curiositeit en vormden een pittoresk element in het straatbeeld. Een van die winkeltjes was een antiquariaat dat werd gerund door Ronny Redlös. Het lag recht tegenover het huis van Nacka Skoglund in de Katarina bangata. Het lag daar toen Nacka geboren werd, toen hij leefde en toen hij stierf, en het lag er nog steeds.

Ronny had het overgenomen van zijn moeder.

Het antiquariaat zag eruit zoals dat soort overlevende antiquariaten eruitzien. Volgepropt. Met kasten van vloer tot plafond en boekenstapels op tafels en krukjes. EEN HEERLIJKE CHAOS VAN SCHATTEN, meldde het kleine bordje in de etalage. Ronny had een versleten stoel tegen een muur neergezet, met een vloerlamp uit de Eerste Wereldoorlog die over de stoel gebogen was. Daar zat hij met een boek op schoot: *Klas Katt i Vilda Västern*.

'Beckett als serie,' zei Ronny.

Hij sloeg het boek dicht en keek naar de man die tegenover hem was gaan zitten. De man was dakloos en heette Tom Stilton. Ronny kreeg vaak bezoek van daklozen. Hij had een groot hart en enige solventie, waardoor hij in staat was om de boeken in te kopen die in containers of bij het grofvuil of zo gevonden waren. Ronny vroeg nooit iets. Hij gaf een kroon per boek en hielp een dakloze. Heel vaak gooide hij de boeken 's nachts in een container, om dezelfde boeken een week later weer onder ogen te krijgen.

Zo bleef het doorgaan.

'Ik heb een jas nodig,' zei Stilton.

Hij kende Ronny al vele jaren, en niet alleen in de hoedanigheid van dakloze. De eerste keer dat ze elkaar ontmoetten deed Stilton dienst bij de luchthavenpolitie op Arlanda en moest hij zich ontfermen over een paar van Ronny's medereizigers tijdens een vlucht vanaf IJsland. Ronny had een groepsreis naar het penismuseum in Reykjavik georganiseerd en een paar van zijn vrienden hadden op weg naar huis een beetje te diep in het glaasje gekeken.

Dat gold echter niet voor Ronny.

Hij dronk geen sterkedrank, op die ene keer per jaar na, wanneer hij zich helemaal liet vollopen. Dat was op de dag waarop zijn vriendin in de Hammarbyhaven het ijs op was gegaan en was verdronken. Die dag, de dag van haar overlijden, ging Ronny naar de kade waar ze op het ijs was gesprongen en dan zoop hij tot hij stomdronken was. Een ritueel waar zijn vrienden bekend mee waren. Ze stoorden hem niet en bleven op een afstand tot Ronny niet meer op zijn benen kon staan. Daarna brachten ze hem naar het antiquariaat en legden hem in zijn bed in de achterkamer.

'Heb je een jas nodig?' vroeg Ronny.

'Ja.'

'Een begrafenis?'

'Nee.'

'Ik heb alleen een zwarte.'

'Dat is goed.'

'Je hebt je geschoren.'

'Dat klopt.'

Stilton had zich geschoren en zijn haar een beetje geknipt zodat het niet zo hing. Nu had hij een jas nodig om er fatsoenlijk uit te zien. En wat geld.

'Hoeveel?'

'Voor een treinkaartje. Naar Linköping.'

'Wat ga je daar doen?'

'Een jong meisje ergens mee helpen.'

'Hoe jong?'

'Drieëntwintig.'

'Ik snap het, dan heeft ze *De wilde detectives* waarschijnlijk niet gelezen.'

'Wat is dat?'

'Onanie op hoog literair niveau. Wacht heel even.'

Ronny verdween in een nis en kwam terug met zijn zwarte jas en een briefje van vijfhonderd. Stilton probeerde de jas. Die was een beetje te kort, maar hij moest het ermee doen.

'Hoe is het met Benseman?'

'Slecht,' antwoordde Stilton.

'Komt het goed met zijn ogen?'

'Ik denk het wel.'

Benseman en Ronny Redlös hadden een heel ander contact met elkaar dan Stilton en Ronny. Benseman was belezen, Stilton was dat niet. Aan de andere kant was Stilton geen alcoholist.

'Ik heb gehoord dat je weer contact hebt met Abbas,' zei Ronny.

'Van wie heb je dat gehoord?'

'Kun je dit voor hem meenemen?'

Ronny hield een dun, ongebonden boekje omhoog.

'Hij heeft er bijna een jaar op gewacht, ik heb het onlangs op de kop getikt. *Vännernas minne*, dat zijn soefigedichten, vertaald door baron Eric Hermelin.'

Stilton pakte het boekje en las de voorkant: SHEIKH'ATTAR, 'UR TAZKI-RATÚ'L-AWLIYA I'. Daarna stopte hij het boekje in zijn binnenzak.

Bij wijze van tegenprestatie.

Hij had tenslotte een jas en vijfhonderd kronen gekregen.

*

Marianne Boglund liep naar het hek van haar witgekalkte huis aan de rand van Linköping. Het was bijna zeven uur 's avonds en vanuit haar ooghoeken zag ze dat er aan de andere kant van de straat iemand tegen een lantaarnpaal leunde. De man had zijn handen in een enigszins te korte, zwarte jas gestoken. Marianne ging iets langzamer lopen en zag dat de man bij wijze van groet zijn hand opstak. Dat is onmogelijk, dacht ze, hoewel ze al wist wie het was.

'Tom?'

Stilton stak de straat over zonder Marianne uit het oog te verliezen en bleef een paar meter voor haar staan. Marianne nam geen blad voor haar mond.

'Je ziet er verschrikkelijk uit.'

'Dan had je me vanochtend moeten zien.'

'Liever niet. Hoe is het met je?'

'Goed. Je bedoelt met...?'

'Ja.'

'Goed... of in elk geval beter.'

Ze keken elkaar een paar seconden aan. Geen van beiden hadden ze zin om zich in Stiltons ziektebeeld te verdiepen. Vooral Marianne niet en vooral niet op straat voor haar huis.

'Wat wil je?'

'Ik heb hulp nodig.'

'Met geld?'

'Geld?'

Stilton keek naar Marianne op een manier waardoor ze op haar tong beet. Dat was heel bot van haar.

'Ik heb hiervoor hulp nodig.'

Stilton haalde het plastic zakje met de haarspeld van Nordkoster uit zijn zak.

'Wat is dat?'

'Een haarspeld, met een haar erin. Ik heb het DNA van de haar nodig. Kunnen we een stukje lopen?'

Stilton maakte een gebaar. Marianne draaide zich om naar het rijtjeshuis en zag een man in de keuken lopen. Had hij hen gezien?

'Het duurt niet zo lang.'

Stilton begon te lopen. Marianne bleef staan. Dat was zo typisch voor Tom, ergens onaangekondigd als een wrak opduiken en er dan van uitgaan dat hij de leiding kon nemen.

Opnieuw.

'Tom.'

Stilton draaide zich om.

'Wat je ook wilt hebben, dit is de verkeerde manier om het te krijgen.'

Stilton bleef staan. Hij keek naar Marianne, liet zijn hoofd een stukje zakken en keek daarna weer op.

'Sorry. Ik ben niet zo getraind.'

'Dat is te zien.'

'In het sociale spel. Het spijt me. Ik heb je hulp echt nodig. Jij beslist. We kunnen hier praten of later of...'

'Waarom heb je DNA nodig?'

'Om het te kunnen vergelijken met het DNA van de moord op Nordkoster.'

Stilton wist dat het haar zou aangrijpen, en dat was ook zo. Marianne had het hele onderzoek naar de strandmoord van dichtbij meegemaakt. Ze wist hoe betrokken hij erbij was geweest en wat het hem had gekost. En haar. En nu was hij er weer. In een fysieke staat die haar vanbinnen verscheurde, een gevoel dat ze verdrong. Om meerdere redenen.

'Vertel.'

Marianne begon te lopen zonder erbij na te denken. Toen ze bij Stilton was, begon hij te vertellen. Hoe de haarspeld op de avond van de moord op het strand was gevonden. Hoe hij in de schatkist was terechtgekomen van een jongen die hem een dag geleden had teruggevonden en aan een jonge politiestudente had gegeven. Olivia Rönning.

'Rönning?'

'Ja.'

'De dochter van...'

'Ja.'

'En nu wil je kijken of het DNA op de haarspeld en het DNA van het slachtoffer op Koster overeenkomen?'

'Ja. Kun je dat doen?'

'Nee.'

'Kun je het niet of wil je niet?'

'Zorg goed voor jezelf.'

Marianne draaide zich om en begon naar het rijtjeshuis te lopen. Stilton keek haar na. Zou ze zich omdraaien? Dat deed ze niet. Dat had ze nooit gedaan. Als het klaar was, dan was het klaar, *no loose ends*. Dat wist hij.

Maar hij had het geprobeerd.

'Wie was dat?'

Marianne had het antwoord op weg naar het rijtjeshuis voorbereid. Ze wist dat Tord hen door het keukenraam had gezien. Hij had hen zien weglopen en ze wist dat ze hem een verklaring schuldig was.

'Tom Stilton.'

'Aha. Hij. Wat deed hij hier?'

'Hij wilde hulp met DNA hebben.'

'Hij werkt toch niet meer bij de politie?'

'Dat klopt.'

Marianne hing haar jas aan haar eigen haak. Iedereen in het gezin had een eigen haak, zowel de kinderen als Tord en zij. De kinderen, Emelie en Jacob, waren van Tords vorige huwelijk. Ze hield van hen. En van Tords voorliefde voor netheid, ook in de hal. Zo was hij nu eenmaal. Alles op zijn eigen plek en geen experimenten in bed. Hij was sportmanager bij Fredriksbergs IP. Sportief, in balans, beschaafd. Op veel manieren een jongere Stilton.

En op veel manieren niet.

Dat waren de manieren waardoor ze zich halsoverkop in een moeras van passie en chaos had gestort en waardoor ze het uiteindelijk, na achttien jaar, had opgegeven en bij Stilton was weggegaan.

'Hij wilde persoonlijke hulp hebben,' zei ze.

Tord bleef afwachtend in de deuropening staan. Ze wist dat hij het wist. Bewust of onbewust. Wat Stilton en zij hadden gehad, hadden Tord en zij niet. Dat maakte hem misschien onzeker, maar niet jaloers. Daarvoor was hun relatie te stabiel.

'Hoezo persoonlijk?'

'Dat is toch niet belangrijk?'

Ze voelde dat ze te veel in de verdediging ging. Dat was dom. Ze hoefde zich niet te verdedigen. Absoluut niet. Of wel soms? Had de ontmoeting met Stilton haar geraakt op een manier waarop ze niet voorbereid was geweest? Zijn ellendige fysieke staat? Zijn concentratie? Zijn volslagen onverschilligheid over de situatie en dat hij haar confronteerde voor haar eigen huis? Misschien, maar dat was iets wat ze absoluut niet aan haar man zou vertellen.

'Tord, Tom kreeg het in zijn hoofd om me op te zoeken, ik heb al zes jaar niet meer met hem gepraat, hij is ergens mee bezig wat me niet kan schelen, maar ik moest wel naar hem luisteren.'

'Waarom?'

'Hij is alweer weg.'

'Oké. Ik vroeg het me alleen af, je kwam hiernaartoe en daarna liepen jullie samen weg. Zullen we pyttipanna maken?'

*

Stilton zat in het spoorwegcafé in Linköping. Het was een milieu waar hij zich redelijk prettig voelde. Middelmatige koffie, niemand die keek, je kwam en dronk iets en ging weg. Hij dacht aan Marianne, aan zichzelf. Wat had hij verwacht? Ze hadden zes jaar geleden voor het laatst contact met elkaar gehad. Zes jaar onafgebroken afzakken, in zijn geval. Op alle niveaus. En zij zag er net zo uit als zes jaar geleden. Voor sommigen gaat het leven verder, dacht hij, voor sommigen remt het af en voor sommigen stopt het helemaal. Zijn leven was weer in beweging gekomen. Langzaam, met horten en stoten, maar het ging meer naar boven dan naar beneden.

Hij hoopte echt dat Marianne koesterde wat ze had, wat dat ook was. Dat was ze waard. In zijn helderste momenten wist hij wat een kwelling zijn gedrag tijdens hun laatste tijd samen moest zijn geweest. Zijn toenemende psychische problemen. Hoe zijn heftige gevoelsuitbarstingen langzaam hadden uitgehold wat ze hadden opgebouwd en uiteindelijk alles kapot hadden gemaakt.

Als hij dat besefte waren zijn helderste momenten niet zo helder meer.

Stilton kwam overeind. Hij moest bewegen. Hij voelde hoe de druk in zijn borstkas naar zijn armen stroomde en hij had de Stesolid in de caravan gelaten. Op dat moment ging zijn mobiel.

'Jelle.'

'Hallo, Tom, met Marianne.'

Ze praatte heel zachtjes.

'Hoe heb je mijn nummer te pakken gekregen?' vroeg Stilton.

'Olivia Rönning zit op Eniro, in tegenstelling tot jij. Ik heb haar een sms gestuurd om je nummer te vragen. Heb je haast met de speld?'

'Ja.'

'Kom langs en laat hem achter.'

'Waarom ben je van mening veranderd?'

Marianne had al opgehangen.

*

Olivia vroeg zich af waarom Marianne Boglund Stiltons mobiele nummer wilde hebben. Ze hadden toch geen contact? Of was hij toch geïnteresseerd in de haarspeld? Een beetje misschien, het was in elk geval voldoende geweest om te vragen of hij hem bij zich mocht houden. Hemel, dacht ze. Hij is eeuwen met die zaak bezig geweest zonder hem op te lossen. Natuurlijk was hij geïnteresseerd. Maar zou hij echt contact opnemen met zijn ex-vrouw? Ze herinnerde zich haar ontmoeting met Marianne Boglund op school. Hoe kil en afstandelijk ze was geweest toen Olivia naar Stilton had gevraagd. Bijna afwijzend. En nu had ze zijn nummer gevraagd. Ik vraag me af waarom ze gescheiden zijn, dacht ze. Zou dat met de strandmoord te maken hebben?

Waarschijnlijk waren haar doormalende hersenen er de oorzaak van dat ze de bus nam naar Kummelnäs op Värmdö. Naar de oude villa van de Olsäters. Ze voelde dat zij antwoorden hadden die ze wilde hebben. Bovendien voelde ze iets wat minder duidelijk was. Iets wat met het huis zelf te maken had, met de sfeer, de stemming. Iets waarvan ze merkte dat ze er bijna naar verlangde zonder dat ze wist waarom.

Mårten Olsäter was in zijn muziekkamer. Zijn grot. Dat was zijn schuilplaats. Hij hield van zijn grote ongeremde familie en alle bekenden en onbekenden die het huis voortdurend binnenvielen en eten en feestjes wilden, en Mårten was bijna altijd degene die de touwtjes in handen had. De keukentouwtjes. Dat vond hij heerlijk.

Maar af en toe had hij de behoefte om weg te kruipen.

Daarom had hij hier jaren geleden zijn eigen grot gebouwd en aan iedereen boven uitgelegd dat de kelder privéterrein was. Daarna had hij jarenlang aan kinderen en kleinkinderen uitgelegd wat hij met privé bedoelde. Een ruimte die van hem was. Waar niemand onuitgenodigd binnenkwam.

En omdat Mårten heel veel voor zijn familie betekende, gaven ze gehoor aan die wens.

Een kleine grot in de kelder.

Hier kon hij het verleden terughalen en zich verliezen in nostalgie en sentimentaliteit. Hij kon zich hier onderdompelen in verdriet om alles wat verdriet vereiste. Zijn persoonlijke verdriet. Om alles en iedereen die golven van verdriet in zijn leven hadden gebracht. En dat was heel wat.

Dat wordt heel wat als je gepensioneerd bent.

Hij sprong voorzichtig om met dat verdriet.

En hij rookte af en toe een joint, zonder dat Mette dat wist. Het gebeurde de laatste jaren minder, maar toch nog af en toe. Om in contact te komen met datgene wat Abbas in het soefisme zocht. Wat achter de bocht lag.

Dat was nooit verkeerd.

Het gebeurde soms zelfs dat hij een duet met zichzelf zong.

Dan kroop Kerouac in zijn spleet.

Toen Olivia voor de grote houten deur stond en aanbelde, wist ze nog steeds niet goed waarom ze hier was.

Ze was er gewoon.

'Hallo!' zei Mårten.

Mårten deed de deur open in wat een meisje van Olivia's generatie nauwelijks zou herkennen als mahjongkleding. Een beetje oranje, een beetje rood en een beetje van alles, dat zacht schommelde rond zijn royale lichaam. Hij had een bord in zijn hand dat Mette had gemaakt.

'Hallo. Ik... is Mette er?'

'Nee. Ben ik niet goed genoeg? Kom binnen.'

Mårten verdween naar binnen en Olivia liep achter hem aan. Deze keer was niemand naar de bovenverdieping verwezen. Het huis krioelde van kinderen en kleinkinderen. Een van de kinderen, Janis, woonde met haar man en kind in een eigen huisje op het terrein, maar beschouwde het huis van haar ouders als van haar. Een paar andere kinderen, of kleinkinderen, nam Olivia aan, renden rond in verkleedkleren en schoten met waterpistolen. Mårten gebaarde dat ze naar de volgende kamer moest komen. Het lukte haar om een paar waterstralen te ontwijken voordat ze er was. Mårten deed de deur achter haar dicht.

'Het is een beetje druk,' glimlachte hij.

'Is het hier altijd zo?'

'Druk?'

'Dat er zoveel kinderen zijn?'

'Altijd. We hebben vijf kinderen en negen kleinkinderen. En Ellen.'

'Wie is dat?'

'Mijn moeder. Ze is tweeënnegentig en woont op zolder. Ik heb net tortellini voor haar gemaakt. Ga maar mee.'

Mårten nam Olivia via een aantal kronkelende trappen mee naar de zolder.

'We hebben hierboven een kamer voor haar ingericht.'

Hij deed de deur open van een lichte, mooie, kleine kamer die spaarzaam was ingericht. Er hing een heel andere sfeer dan een paar verdiepingen lager. Een wit ijzeren bed, een kleine tafel en een schommelstoel. In de schommelstoel zat een heel oude vrouw met spierwit haar, die bezig was iets heel smals te breien dat meterslang over de vloer kronkelde.

Ellen.

Olivia keek naar het lange, smalle breiwerk.

'Ze denkt dat ze een gedicht breit,' fluisterde Mårten. 'Elke pen averecht en recht is een strofe.'

Hij draaide zich naar Ellen.

'Dit is Olivia.'

Ellen keek op van haar breiwerk en glimlachte.

'Heel goed,' zei ze.

Mårten liep naar haar toe en streelde haar wang.

'Mijn moeder is een beetje dement,' fluisterde hij tegen Olivia.

Ellen bleef breien. Mårten zette het bord naast haar neer.

'Ik vraag Janis of ze naar boven komt om je te helpen, mama.'

Ellen knikte. Mårten draaide zich naar Olivia.

'Wil je een glas wijn?'

Ze trokken zich terug in een van de vele kamers beneden met een deur die het meeste lawaai van de kinderen buitensloot en dronken wijn.

Olivia dronk zelden wijn. Voornamelijk als het haar werd aangeboden, zoals bij Maria. Verder hield ze het bij bier, dus na een paar glazen van iets wat Mårten een bijzonder redelijk geprijsde rode wijn noemde, begon Olivia iets meer te praten dan ze van plan was geweest. Ze wist niet of het de omgeving of de wijn of gewoon Mårten was, maar ze werd heel persoonlijk, op een manier zoals ze nooit met Maria was. Ze praatte over zichzelf, over Arne, over het verlies van haar vader en dat ze er niet bij was toen hij stierf, en over het slechte geweten dat ze daardoor voortdurend had.

'Mijn moeder denkt dat ik politieagent wil worden om mijn geweten te sussen,' zei ze.

'Dat geloof ik niet.'

Mårten had lange tijd zwijgend geluisterd. Hij was goed in luisteren. Al die jaren met lawaaiige mensen hadden zijn gehoor getraind voor emotionele situaties en zijn vermogen om zich in te leven gedrild.

'Waarom geloof je dat niet?'

'We doen zelden dingen om een schuldcomplex tevreden te stellen, maar we verbeelden ons dat wel vaak. Of we geven dat de schuld omdat we niet weten waarom we bepaalde keuzes maken.'

'En waarom wil ik dan politieagent worden?'

'Misschien omdat je vader dat was, maar niet omdat hij stierf toen jij er niet was. Dat is iets anders. Het ene is erfenis en omgeving en het andere schuld. Ik geloof niet in schuld.'

Ik eigenlijk ook niet, dacht Olivia. Dat doet mama alleen.

'Heb je over Tom nagedacht?' veranderde Mårten van gespreksonderwerp. Misschien omdat hij voelde dat Olivia dat prettig vond.

'Waarom vraag je dat?'

'Daarom ben je toch hiernaartoe gekomen?'

Op dat moment vroeg Olivia zich af of Mårten een soort medium was. Of ze was beland in de handen van een paranormaal fenomeen. Hij had de spijker op zijn kop geslagen.

'Ja, ik heb over hem nagedacht, vrij veel zelfs, en er zijn veel dingen die ik niet snap.'

'Hoe hij een zwerver is geworden?'

'Dakloos.'

'Semantiek,' glimlachte Mårten.

'Hij was commissaris bij de recherche, en erg goed in zijn werk voor zover ik begrepen heb, en hij moet een uitgebreid sociaal netwerk gehad hebben, vooral hij, en dan eindigt hij als dakloze. Zonder dat hij verslaafd is of zo.'

'Wat bedoel je met "of zo"?'

'Dat weet ik niet, maar er moet een enorme kloof zitten tussen wie hij was en wie hij nu is.'

'Ja en nee. Op bepaalde niveaus is hij nog steeds degene die hij was, en op andere niveaus niet.'

'Kwam het door de scheiding?'

'Die heeft eraan bijgedragen, maar toen was hij al aan het afzakken.'

Mårten nam een slokje wijn. Hij dacht heel even na hoeveel hij zou vertellen. Hij wilde Tom niet op de verkeerde manier afschilderen, of op een manier die verkeerd opgevat kon worden.

Dus koos hij een middenweg.

'Tom kwam op een punt waarop hij de grip verloor. Daar is een psychologische term voor, maar die slaan we over, puur concreet bevond hij zich in een situatie waarin hij niet wilde zijn.'

'Waarin?'

'In wat wij de normaliteit noemen.'

'Waarom wilde hij dat niet?'

'Door meerdere oorzaken. Zijn psychische problemen, de scheiding en...'

'Heeft hij psychische problemen?'

'Hij had psychoses. Of hij die nu nog heeft weet ik niet. Toen jullie hier kwamen was dat de eerste keer in bijna vier jaar dat we elkaar zagen.'

'Waarom kreeg hij psychoses?'

'Psychoses kunnen veroorzaakt worden door veel dingen. Niet ieder mens is daar even gevoelig voor. Soms is langdurige stress voldoende als je erg kwetsbaar bent. Of overbelasting. Of het wordt door een acute situatie opgeroepen.'

'Was het acuut bij Tom?'

'Ja.'

'Waardoor kwam het dan?'

'Dat moet hij zelf vertellen, als en wanneer hij daar zin in heeft.'

'Goed, maar wat hebben jullie gedaan? Konden jullie niets doen?'

'We vinden dat we gedaan hebben wat we konden. Heel vaak met hem praten toen we nog contact met elkaar hadden, hem aanbieden om hier te wonen toen hij uit zijn flat werd gezet, maar daarna begon hij geleidelijk te verdwijnen. Hij kwam niet opdagen als we afgesproken hadden, hij was niet bereikbaar, en uiteindelijk was hij weg. We wisten dat Tom iemand is die niet van mening verandert als hij eenmaal een beslissing heeft genomen, dus lieten we hem gaan.'

'Lieten jullie hem gaan?'

'Je kunt iemand die er niet is niet vasthouden.'

'Was dat niet verschrikkelijk?'

'Het was afschuwelijk, vooral voor Mette. Ze heeft er jaren onder geleden en lijdt er waarschijnlijk nog steeds onder. Nadat jullie hier op bezoek zijn geweest, werd dat iets minder. Ze had weer contact met hem en dat was heel... heftig. Zowel voor haar als voor mij.'

Mårten vulde de wijnglazen nog een keer, nam een slokje en glimlachte. Olivia keek naar hem en wist waarover ze wilde praten, hoewel ze het nog niet aan de oppervlakte had gekregen.

'Hoe is het met Kerouac?' vroeg ze.

'Goed! Hoewel, hij heeft last van zijn poten, maar je kunt nu eenmaal geen rollator voor een spin kopen, of wel soms?'

'Nee.'

'Heb jij huisdieren?'

Hier had Olivia het gesprek naartoe gestuurd. Hier had ze willen belanden. Bij iemand aan wie ze het kon vertellen. Iemand die ver genoeg van haar af stond en op dit moment toch dichterbij was dan iemand anders.

'Ik had een kat die ik doodgereden heb,' zei ze om het pijnlijkste meteen achter de rug te hebben.

'Ben je over hem heen gereden?'

'Nee.'

Daarna vertelde Olivia het zo duidelijk mogelijk, vanaf het moment dat ze het open raam zag tot het moment dat ze de motor startte en bij de winkel de motorkap openmaakte.

Daarna huilde ze.

Mårten liet haar begaan. Hij besefte dat dit een verdriet was dat ze naar haar eigen grot mee moest nemen, zodat ze zich er af en toe in kon onderdompelen. Het zou nooit verdwijnen. Ze had het nu verteld en dat was een deel van het genezingsproces. Hij streelde haar donkere haar en gaf haar een stoffen servet. Ze droogde haar ogen af.

'Dank je.'

Op dat moment werd de deur opengetrokken.

'Hallo! Hallo!'

Het was Jolene, die de kamer binnen kwam stormen en Olivia dwars over de tafel heen een dikke pakkerd gaf. Het was de eerste keer dat ze elkaar zagen en Olivia was een beetje overrompeld. Mette kwam er meteen achteraan. Mårten schonk snel een glas wijn voor haar in.

'Ik wil je tekenen,' zei Jolene tegen Olivia.

'Mij?'

'Alleen jou.'

Jolene had al een tekenblok van een plank gepakt en ging op haar knieen voor Olivia zitten. Olivia, die haar ogen snel nog een keer afdroogde met de servet, probeerde er zo normaal mogelijk uit te zien.

Op dat moment belde Stilton naar Olivia's mobiel.

'Marianne doet het,' zei hij.

'Gaat ze DNA afnemen?'

'Ze maakt een analyse, ja.'

'Doe dat ding weg!' zei Jolene terwijl ze naar de telefoon wees.

Mårten bukte zich en fluisterde iets tegen Jolene, die over haar tekenblok gebogen zat. Olivia ging staan en liep een eindje weg.

'Wanneer gaat ze dat doen?'

'Ze is er nu mee bezig,' zei Stilton.

'Maar hoe heeft ze... Ben je daar geweest? In Linköping?'

'Ja.'

Op dat moment schoot er een golf van warmte voor Stilton door haar heen.

'Dank je,' was alles wat ze uit kon brengen terwijl Stilton de verbinding verbrak. Olivia draaide zich om en zag dat Mette naar haar keek.

'Was dat Tom?'

'Ja.'

Olivia vertelde snel en een beetje opgewonden over de haarspeld en de eventuele DNA-match en wat dat kon betekenen voor de strandmoord. Tot haar verbazing was Mette maar matig geïnteresseerd.

'Maar dat is toch interessant!' zei Olivia.

'Voor hem wel.'

'Voor Tom?'

'Ja, het is goed dat hij ergens mee bezig is.'

'Maar jij vindt het niet interessant?'

'Op dit moment niet.'

'Waarom niet?'

'Ik heb al mijn energie nodig om de moord op Nils Wendt op te lossen. Dat speelt nu, de strandmoord heeft bijna zevenentwintig jaar geleden plaatsgevonden. Dat is één reden. De andere reden is dat het Toms onderzoek is.'

Mette hief haar wijnglas.

'En dat blijft het ook.'

Op weg naar huis spookte Mettes opmerking door Olivia's hoofd. Bedoelde ze dat Stilton zijn oude onderzoek weer op moest pakken? Hij was niet eens meer bij de politie. Hij was dakloos. Hoe moest hij dan verder met zijn oude onderzoek? Met hulp van haar? Had ze dat bedoeld? 'Zonder jou was hij hier niet geweest,' had Mette de eerste keer bij het afscheid gezegd. En daarna herinnerde ze zich dat Stilton zonder een spier te vertrekken bij Abbas thuis haar hypotheses over Wendts eventuele connectie met het slachtoffer van de strandmoord had ingepikt. Was Stilton op weg om zijn oude onderzoek weer te starten? Met hulp van haar?

Hoewel haar hoofd vol gedachten en vragen zat, was ze extreem waakzaam toen ze haar trapopgang naderde. Waarschijnlijk zou ze nooit meer een portiekdeur openen zonder op scherp te staan.

Vooral na Stiltons telefoontje.

En de DNA-test.

Die haar weer bij Jackie Berglund had gebracht.

De vrouw die ze haatte.

In Costa Rica zijn veel slapende vulkanen, en een aantal actieve, zoals de Arenal. Als die actief is, dan is dat een spectaculair natuurverschijnsel. Vooral 's nachts, als het magma zich een weg zoekt door de groeven en de berg omarmt met gloeiende inktvistentakels, en de rook in dramatisch grijszwart recht naar de hemel stijgt. Als je zo'n uitbarsting achter een klein ovaal vliegtuigraam bekijkt, dan heb je alleen daardoor al waar voor je geld.

Abbas el Fassi was absoluut niet geïnteresseerd in vulkanen. Daarentegen had hij vliegangst.

Extreem grote vliegangst.

Waarom wist hij niet. Er was geen rationele verklaring voor, maar telkens als hij tienduizend meter boven de grond zweefde, alleen omgeven door een dun metalen omhulsel, was hij op de grens van paniek. Op de grens, hij kon het in bedwang houden. Hij moest wel, maar omdat hij geen vriend was van medicijnen of alcoholhoudende verdovingsmiddelen was het een beproeving.

Elke keer weer.

Alleen zijn van nature bruine huidskleur voorkwam dat hij eruitzag als een net opgegraven lijk toen hij de aankomsthal in San José uit liep. Hij werd opgewacht door een rokende jongeman met een bord waarop ABA-SEL FAS stond.

'Dat ben ik,' zei Abbas.

Hij praatte goed Spaans. Ze zaten al snel in de kleine geelgroene auto van de man. Pas daar, in elkaar gezakt achter het stuur, draaide de man zich naar Abbas.

'Manuel Garcia. Politieassistent. We gaan naar Mal Pais.'

'Straks. Eerst moeten we naar de Calle 34 in San José. Weet je waar dat is?'

'Ja, maar ik heb de opdracht gekregen om meteen naar...'

'Dan verander ik die opdracht.'

Garcia keek naar Abbas. Abbas keek terug. Hij had een afschuwelijke vliegreis achter de rug, van Stockholm via Londen en Miami naar San José. De speelruimte was klein en Garcia besefte dat.

'Calle 34.'

Garcia stopte voor een vervallen huis in een, zoals hij Abbas in de auto op weg hiernaartoe had uitgelegd, niet al te gastvrije omgeving.

'Het kost niet veel tijd,' zei Abbas, waarna hij door een aftandse deur verdween.

Garcia stak nog een sigaret op.

Abbas tilde voorzichtig het deksel van de kleine kist op en bekeek de twee smalle, zwarte messen. Speciaal vervaardigd door zijn hoofdleverancier in Marseille, een kleine bleke man die te koop aanbood wat Abbas niet langs de veiligheidscontroles op de luchthavens kreeg. De bleke man vervaardigde ze ter plekke, ongeacht waar die plek was.

Op dit moment was dat in de Calle 34 in San José in Costa Rica.

Ze kenden elkaar al heel lang.

Daarom vatte de bleke man het niet verkeerd op toen Abbas vroeg om een paar speciale werktuigen waarvan hij wist dat de bleke man die bij zich had. Met behulp van een kleine microscoop bracht hij de finishing touch aan.

Ter wille van het evenwicht.

Datgene wat leven of dood kon betekenen.

'Dank je.'

Ze namen de veerboot van Puntaneras naar het schiereiland Nicoya en reden in één keer naar Mal Pais, onder een nogal karige conversatie. Abbas kreeg te horen welke instructies Garcia had gekregen van de Zweedse politie, dat wil zeggen Mette. Hij moest rijden en de Zweedse vertegenwoordiger bijstaan en verder op de achtergrond blijven. Op een bepaald moment vroeg Garcia waar het bezoek om ging.

'Een gezochte Zweed.'

Meer kreeg hij niet te horen.

De geelgroene auto liet flinke stofwolken achter zich. Het was droog zoals zelden gebeurde op de wegen langs de oceaankust.

'Mal Pais,' zei Garcia.

Ze naderden een gebied dat er net zo uitzag als alle andere gebieden die ze gepasseerd waren. Kleine huizen langs een smalle verdroogde weg, op een steenworp afstand van de zee. Geen centrum, of zelfs een kruising, alleen een stoffige weg die er recht doorheen liep. Garcia remde en Abbas stapte uit.

'Wacht in de auto,' zei hij.

Abbas liep een rondje met een plastic map in zijn handen waarin hij twee foto's had. Een van het slachtoffer op Nordkoster en een van Dan Nilsson.

Alias Nils Wendt.

Zijn rondje in Mal Pais was vrij snel klaar. Rechtdoor en daarna terug. Geen bars. Een paar restaurants op de berghellingen die gesloten waren, een paar kleine hotels en een strand. Toen hij heen en terug was gelopen zonder iemand tegen te komen, liep hij naar het strand. Daar zag hij een paar jochies die speelden dat ze varanen waren. Ze kronkelden door het zand en stootten vreemde geluiden uit. Abbas wist dat kleine jongens grote oren en grote ogen hadden als ze dat wilden, in elk geval had hij dat gehad toen hij klein was. Het had hem geholpen te overleven in de sloppenwijken van Marseille. Hij ging op zijn hurken zitten en liet een foto van Dan Nilsson zien.

'De lange Zweed!' zei een van hen meteen.

'Weten jullie waar de lange Zweed woont?'

'Ja.'

De zon daalde snel boven de oceaan en doopte Mal Pais langzaam in duisternis. Als hij de jongens niet bij zich had gehad, zou hij het eenvoudige houten huis tussen de bomen niet gezien hebben.

Nu was het geen probleem.

'Daar.'

Abbas keek naar het mooie, houten huis.

'Woont de lange Zweed daar?'

'Ja, maar hij is er niet.'

'Ik weet het. Hij is naar Zweden gereisd.'

'Wie ben jij?'

'Ik ben zijn neef, hij wil dat ik wat spullen voor hem ophaal die hij vergeten is.'

Manuel Garcia was met de auto achter Abbas en de kleine jongens aan gereden. Nu stapte hij uit en liep naar hen toe.

'Is dat zijn huis?'

'Ja. Kom mee.'

Abbas gaf de kleine jongens allebei honderd colones en bedankte voor hun hulp. De jongens bleven staan.

'Jullie mogen gaan.'

De jongens bleven staan. Abbas gaf ze nog honderd colones, waarna ze bedankten en wegrenden. Abbas en Garcia liepen door het hek naar het huis. Abbas ging ervan uit dat het op slot was. Dat was zo. Hij keek naar Garcia.

'Ik heb mijn kaart in de auto laten liggen,' zei hij.

Garcia glimlachte. Wilde hij het zo spelen? Geen probleem. Garcia liep terug naar de auto en wachtte daar even. Toen hij zag dat er een lamp in het huis aanging liep hij terug. Abbas opende de voordeur van binnenuit, hij had een ruitje aan de achterkant ingeslagen en had een raam opengemaakt. De snel invallende duisternis gaf voldoende bescherming om zo binnen te kunnen dringen. Bovendien begonnen de dieren zich te laten horen met allerlei geluiden. Vogels, apen en voor Abbas meer onbekende primaatkelen. De droge stilte van een uur geleden was overgegaan in de verzadigde kakofonie van een vochtig regenbos.

'Waar zoek je naar?' vroeg Garcia.

'Dingen.'

Garcia stak een sigaret op en ging op een stoel zitten.

Na verloop van tijd stak hij nog een sigaret op.

En nog een.

Abbas ging grondig te werk. Centimeter na centimeter doorzocht hij het huis van de lange Zweed. Hij zag zelfs de losse tegel onder het tweepersoonsbed waaronder een pistool verborgen lag. Hij liet het liggen.

Pistolen waren zijn ding niet.

Toen het pakje sigaretten op was en Abbas zijn derde rondje door de keuken maakte, kwam Garcia overeind.

'Ik ga sigaretten kopen, wil jij iets hebben?'

'Nee.'

Garcia liep door het hek, ging in de auto zitten en reed met een stofwolk achter zich Mal Pais uit, op weg naar een bar in Santa Teresa. Toen het stof was gaan liggen, naderde een donkere bestelwagen van een van de smalle weggetjes bij de zee. De auto stopte tussen de bomen. Drie mannen stapten uit.

Forse mannen. Het soort waarvan de drugssyndicaten in Stockholm zouden kwijlen.

In de bescherming van de duisternis slopen ze naar de tuin van de lange Zweed. Ze keken naar het verlichte huis. Een van hen pakte zijn mobiel en maakte een paar foto's van de man die in het huis heen en weer liep.

De twee anderen liepen naar de achterkant.

Abbas ging op een bamboestoel in de zitkamer zitten. Hij had niets belangrijks gevonden, niets wat Mette zou kunnen helpen. Geen papieren, geen brieven, geen linken met de moord op Nils Wendt in Stockholm. En al helemaal geen link met het slachtoffer op Nordkoster, waarop Stilton had gehoopt. Het huis was schoon, afgezien van het pistool onder het bed. Abbas leunde naar achteren en deed zijn ogen dicht. De lange vliegreis had hem veel kracht gekost, fysiek gezien. Hij verdiepte zich in zijn mantra, wat zijn manier was om innerlijke kracht te verkrijgen om zich te kunnen concentreren. Daarom hoorde hij de voetstappen niet die aan de achterkant naar binnen slopen, langs dezelfde deur die hij had gebruikt. Seconden later hoorde hij ze wel. Hij stond op van de stoel en sloop als een soepele schaduw naar de slaapkamer. De voetstappen kwamen dichterbij. Garcia? Nu al? Hij hoorde hoe de voetstappen de kamer in kwamen waar hij net had gezeten. Het klonk alsof het twee personen waren. Daarna werd het stil. Wisten ze dat hij hier was? Dat was aannemelijk. Abbas duwde zich tegen de houten wand. Het konden buren zijn die hadden gezien dat er licht brandde en dat de achterdeur open was. Buren die zich afvroegen wat hij in het huis deed. Het konden ook anderen zijn. Met een heel ander doel. Waarom hoorde hij niets? Abbas dacht na. Degenen die daar waren wisten dat hij zich in het huis bevond en in het huis waren niet zoveel plekken waar hij kon zijn. De kleine keuken was volledig zichtbaar vanuit de zitkamer. Ze zagen dat hij daar niet was, dus zouden ze beseffen dat hij hier was. Hij haalde zo geluidloos mogelijk adem. Waarom kwamen ze niet binnen? Moest hij op hen wachten? Het bleef stil. Uiteindelijk nam hij een besluit en liep naar de deuropening. Twee forsgebouwde mannen stonden twee meter voor hem met de lopen van hun pistolen kalm op zijn lichaam gericht.

'Wie zoeken jullie?' vroeg Abbas.

De mannen keken elkaar aan, verbaasd dat hij Spaans praatte. De man rechts wees met zijn pistool naar de stoel waarop Abbas net had gezeten.

'Ga zitten.'

Abbas keek naar de pistolen, liep naar de stoel en ging zitten. De mannen waren waarschijnlijk Costa Ricanen, dacht hij. Slechte Costa Ricanen. Inbrekers?

'Waar gaat het om?' vroeg hij.

'Je bent in het verkeerde huis,' zei de man links.

'Is dit jullie huis?'

'Wat doe je hier?'

'Schoonmaken.'

'Dat was een stom antwoord. Probeer het opnieuw.'

'Ik zoek een verdwenen varaan,' zei Abbas.

De mannen keken elkaar even aan. Lastig type. Een van hen pakte een touw.

'Ga staan.'

Die beweging kon Abbas dromen. Opstaan van een stoel, een beetje voorovergebogen, en tijdens de beweging in actie komen. Geen van de mannen zag de beweging, maar een van hen voelde hoe het dunne mes door zijn keel schoot en bij zijn halsslagader naar buiten kwam. De ander kreeg een dunne straal warm bloed in zijn oog. Hij deed een onvrijwillige stap opzij en kreeg een nieuw mes diep in zijn schouder. Zijn pistool viel op de grond.

Abbas pakte het op.

'Juan!' riep de man met het mes in zijn schouder. Abbas keek naar de deur.

De derde man, die buiten stond, hoorde het geroep uit het huis. Hij was op weg naar het hek toen het licht van Garcia's koplampen hem ving. De geelgroene auto remde voor het huis en Garcia stapte uit met een sigaret in zijn mond.

Ik hoop dat die rare Zweed klaar is, dacht hij.

Dat was hij.

Toen Garcia de zitkamer in liep, lagen er twee mannen op de vloer. Hij herkende hen onmiddellijk van opsporingsberichten en ontelbare onderzoeken door de Costa Ricaanse politie. Twee gezochte mannen. Een van hen lag in een enorme plas bloed op de vloer en was waarschijnlijk dood. De ander zat tegen een muur en hield een hand tegen zijn bloedende rechterschouder. De rare Zweed stond bij de andere muur, waar hij een paar lange, smalle messen schoonveegde.

'Een inbraak,' zei de Zweed. 'Ik ga naar Santa Teresa.'

Abbas wist dat de derde man in de duisternis achter hem liep, ergens, dat vermoedde hij in elk geval. Hij wist ook dat het een lange wandeling over een heel donkere en lege weg naar Santa Teresa was. Hij ging ervan uit dat de derde man had begrepen wat er met de eerste en de tweede man was gebeurd. Vooral nadat Garcia naar buiten was gerend, zijn mobiel had gepakt en met een falsetstem de helft van de politie in Nicoya had gealarmeerd.

'Mal Pais!'

Dat moest de derde ook gehoord hebben.

Abbas was extreem geconcentreerd terwijl hij met zijn rug van de derde man af liep. Meter voor meter, door stille, donkere bochten, naar het licht van Santa Teresa in de verte. Hij wist dat hij het risico liep een kogel in zijn rug te krijgen. Daar hielpen geen zwarte messen tegen. Tegelijkertijd had hij het gevoel dat de derde man een opdracht had, net als de eerste en de tweede. Het waren geen inbrekers. Waarom zouden drie inbrekers een huis binnendringen dat al bij het hek uitstraalde dat er niets te halen was? Als er aanzienlijk interessantere huizen op de heuvels eromheen stonden? Beter verborgen in het regenwoud, welgestelder?

Het trio was op zoek naar iets specifieks.

In het huis van de vermoorde Nils Wendt.

Maar wat?

De bar heette Good Vibrations. Een commerciële *rip-off* die de Beach Boys niet zouden merken. Het was een heel eind bij Californië vandaan, maar de Amerikaanse surfers die hier rondliepen voelden waarschijnlijk nostalgie als ze de verlopen bar in Santa Teresa binnenliepen.

Abbas zat aan het eind van de lange, rokerige bar. Alleen, met voor deze ene keer een glas gin-tonic voor zich. Hij was door de duisternis gelopen met zijn spieren en zintuigen tot het uiterste gespannen en kleine bewegingen van zijn lichaam waardoor hij voelde waar de messen zaten. Hij had het gered zonder schot in zijn rug. Nu wilde hij een drankje. Tegen beter weten in, zei een stemmetje in zijn achterhoofd. De rest van zijn hoofd vond het goed.

Hij nam aan dat de derde man ergens buiten in de duisternis was.

Abbas nam kleine slokjes van zijn drankje. Igeno, de barman, had het perfect gemengd. Abbas draaide zich om en keek naar de klanten in de bar. Bruine, bruinere en bijna te bruine mannen met torso's die een aanzienlijk deel van hun identiteit vormden. En vrouwen. Lokale vrouwen en toeristen. Deels waarschijnlijk gidsen, deels surfenthousiastelingen, allemaal pratend met de torso's. Abbas keek naar de muur achter de bar, met de lange planken waarop flessen alcohol stonden, allemaal met één doel.

Op dat moment zag hij de kakkerlak.

Het was een enorm beest met lange voelsprieten en krachtige geelbruine vleugels over het lijf gevouwen. Hij kroop over een houten plaat tussen de planken met flessen, die volhing met vakantiefoto's en ansichtkaarten. Plotseling zag Igeno waar Abbas naar keek. Met een glimlach plette hij de kakkerlak onder zijn hand, boven op de foto waarop Nils Wendt zijn armen rond een jonge vrouw had geslagen.

Abbas zette zijn glas met een knal op de bar. Hij haalde een vel papier uit zijn achterzak en probeerde het beeld te vergelijken met de foto onder de geplette kakkerlak.

'Kun je hem weghalen?'

Abbas wees naar de kakkerlak. Igeno veegde de kakkerlak van de muur.

'Hou je niet van kakkerlakken?'

'Nee, ze verpesten het uitzicht.'

Igeno glimlachte. Dat deed Abbas niet. Hij constateerde al snel dat de jonge vrouw in de armen van Nils Wendt identiek was aan het slachtoffer op Nordkoster. De vrouw die was verdronken bij Hasslevikarna. Hij dronk zijn glas leeg. 'Kijk of er een connectie is tussen Nils Wendt en het slachtoffer op Nordkoster,' had Stilton gezegd.

Die was er.

'Nog een?'

Igeno kwam weer bij Abbas staan.

'Nee, dank je. Weet je wie dat zijn op die foto?'

Abbas wees en Igeno draaide zich om en wees ook.

'Dat is de lange Zweed, Dan Nilsson. Ik weet niet wie de vrouw is.'

'Ken je iemand die dat misschien wel weet?'

'Nee. Hoewel... Bosques weet het misschien.'

'Wie is dat?'

'Hij was vroeger de eigenaar van deze bar, die heeft hij allemaal opgehangen.' Igeno knikte naar de foto's op de muur.

'Waar kan ik Bosques vinden?'

'In zijn huis. Hij komt zijn huis nooit uit.'

'En waar staat dat?'

'In Cabuya.'

'Is dat ver hiervandaan?'

Igeno pakte een kaart en wees het dorp van Bosques aan. Abbas overwoog of hij terug zou gaan naar Mal Pais en aan Garcia zou vragen of hij hem naar het dorp wilde rijden. Er waren twee redenen waarom hij het alternatief koos. De eerste was de derde man, die waarschijnlijk ergens in de duisternis stond te wachten. De tweede was de politie. Waarschijnlijk krioelde het in Wendts huis inmiddels van de plaatselijke politiepatrouilles. En misschien wilden ze hem vragen stellen waarop hij geen antwoord wilde geven.

Dus keek hij naar Igeno, die naar hem glimlachte.

'Je wilt naar Cabuya?'
'Ja.'

Igeno belde en een paar minuten later kwam een van zijn zoons op een quad bij de bar voorrijden. Abbas vroeg of hij de foto aan de muur mocht lenen. Dat mocht. Hij liep naar buiten, ging achter de zoon op de quad zitten en scande de omgeving met zijn facetogen. Hoewel het vrij donker was en er weinig licht van de bar naar buiten scheen, zag hij een glimp van een schaduw. Achter een grote palmboom die een stukje verderop stond.

De derde man.

'Rijden.'

Abbas tikte Igeno's zoon op de schouder en de quad reed weg. Toen Abbas zijn hoofd omdraaide, zag hij hoe de derde man met verbazingwekkende snelheid terugliep naar Mal Pais. Om een auto te halen, nam Abbas aan. Hij besefte dat het niet veel tijd zou kosten om de quad in te halen omdat er maar één weg was. In één richting.

Naar Cabuya.

Igeno's zoon vroeg of hij moest wachten, maar Abbas stuurde hem weg. Dit kon een tijd duren. Het kostte alleen al tijd om Bosques' huis te bereiken. Er lag van alles waar hij overheen moest klimmen en langs moest lopen voordat hij bij de veranda was.

Daar zat Bosques. In dunne, witte kleding, half geschoren, op een stoel bij de muur. Met een glas rum in zijn hand en een niet-brandende, kale gloeilamp aan het plafond. Hij had geen last van het concert van de cicaden, en ook niet van het zwakke geruis van een waterval in het groen. Hij bevond zich in de werkelijkheid die hem ter beschikking stond. Hij observeerde een minuscuul insect dat over zijn bruine hand liep.

Daarna keek hij naar Abbas.

'Wie ben je?'

'Ik ben Abbas el Fassi en ik kom uit Zweden.'

'Ken je de lange Zweed?'

'Ja. Mag ik bovenkomen?'

Bosques keek naar Abbas, die een stukje onder de veranda stond. Hij zag er niet uit als een Zweed. Of een Scandinaviër. Hij leek helemaal niet op de lange Zweed.

'Wat wil je?'

'Ik wil een beetje met je over het leven praten, Bosques.'

'Kom maar boven.'

Abbas klom op de veranda en Bosques schopte een krukje in zijn richting. Abbas ging erop zitten.
'Noem je Dan Nilsson de lange Zweed?' vroeg Abbas.
'Ja. Heb je hem ontmoet?'
'Nee. Hij is dood.'
Bosques' gezichtsuitdrukking was niet gemakkelijk te zien in het donker bij de muur. Wat Abbas zag was dat hij een slok uit zijn glas nam en dat het glas op weg naar beneden niet helemaal stabiel was.
'Wanneer is hij doodgegaan?'
'Een paar dagen geleden, hij is vermoord.'
'Door jou?'
Een beetje eigenaardige vraag, dacht Abbas. Maar hij bevond zich aan de andere kant van de aarde in een gehucht in het regenwoud met een man die er geen idee van had wie hij was. Of wat zijn relatie met Nils Wendt was. De lange Zweed, zoals Bosques hem noemde.
'Nee. Ik werk voor de Zweedse politie.'
'Heb je een legitimatie?'
Bosques liep al een aantal jaren mee.
'Nee.'
'Waarom zou ik je dan geloven?'
Ja, waarom zou hij dat doen? dacht Abbas.
'Heb je een computer?' vroeg hij.
'Ja.'
'Kun je daarmee op internet?'
Bosques keek met een kille blik in zijn ogen naar Abbas. Zo koud dat hij recht door de duisternis drong. Hij kwam overeind en ging naar binnen. Abbas bleef zitten. Na een minuut kwam Bosques naar buiten met een laptop en ging weer op zijn stoel zitten. Voorzichtig duwde hij een mobiele modem in de laptop en opende hem.
'Zoek op Nils Wendt, moord, Stockholm.'
'Wie is Nils Wendt?'
'Dat is Dan Nilssons echte naam. Het wordt gespeld met een w en dt aan het eind.'
Het blauwe schijnsel van de laptop verlichtte Bosques' gezicht. Zijn vingers gleden over het toetsenbord. Daarna wachtte hij en keek naar het scherm. Hoewel hij geen woord begreep van wat er stond, herkende hij de foto op de voorpagina van een krant. De foto van Dan Nilsson, de lange Zweed. Een zevenentwintig jaar oude foto. Ongeveer zoals Nilsson eruit had gezien toen hij in Mal Pais was opgedoken.

Onder de foto stond NILS WENDT.

'Vermoord?'

'Ja.'

Bosques klapte de laptop dicht en legde hem voor zich op de houten vloer. Hij pakte de halfvolle fles rum uit de duisternis en schonk zijn glas vol.

'Dat is rum. Wil jij ook?'

'Nee,' zei Abbas.

Bosques dronk zijn glas in één keer leeg, liet het op zijn schoot zakken en streek met zijn andere hand over zijn ogen.

'Hij was een vriend.'

Abbas knikte en maakte een meelevend gebaar met zijn hand. Vermoorde vrienden verdienden respect.

'Hoe lang heb je hem gekend?' vroeg Abbas.

'Lang.'

Een vrij vage tijdsaanduiding. Abbas wilde exactere informatie, die hij kon koppelen aan de foto van de vrouw in de bar.

'Kun je die aandoen?'

Abbas wees naar de gloeilamp. Bosques draaide zich naar een oude zwarte bakelieten lichtknop aan de muur. Het licht verblindde Abbas een paar seconden, daarna pakte hij de foto.

'Ik heb in Santa Teresa een foto geleend waarop Nilsson met een vrouw staat... Kijk.'

Abbas gaf de foto. Bosques pakte hem aan.

'Weet je wie die vrouw is?'

'Adelita.'

Een naam! Eindelijk!

'Alleen Adelita?'

'Adelita Rivera. Uit Mexico.'

Abbas dacht even na. Moest hij vertellen dat Adelita Rivera ook vermoord was? Verdronken op een strand in Zweden. Misschien was zij een vriendin van Bosques? Twee vermoorde vrienden en bijna geen rum meer.

Hij besloot het niet te doen.

'Hoe goed kende Dan Nilsson deze Adelita Rivera?'

'Ze was in verwachting van zijn kind.'

Abbas keek recht in Bosques' ogen. Veel van de situatie was erop gebaseerd dat geen van beiden toegaf. Hij besefte wat het voor Tom zou betekenen. Nils Wendt was de vader van het kind van het slachtoffer!

'Kun je wat over Adelita vertellen?' vroeg Abbas.

'Ze was een heel mooie vrouw.'

Daarna vertelde Bosques wat hij wist over Adelita en Abbas probeerde alle details te onthouden. Hij wist wat het waard zou zijn voor Tom.

'Daarna is ze hier weggegaan' zei Bosques.

'Wanneer was dat?'

'Jaren geleden. Waarnaartoe weet ik niet. Ze is nooit teruggekomen. De lange Zweed was heel verdrietig. Hij reed naar Mexico om haar te zoeken, maar ze was weg. Daarna ging hij naar Zweden.'

'Maar dat was toch pasgeleden?'

'Ja. Is hij in zijn vaderland vermoord?'

'Ja, en we weten niet waarom of wie het gedaan heeft. Ik ben hier om iets te zoeken wat ons kan helpen,' zei Abbas.

'Om de moordenaar te vinden?'

'Ja, en een motief voor de moord.'

'Hij heeft een tas bij me achtergelaten toen hij vertrok.'

'O ja?'

Abbas was meteen alert.

'Wat zit erin?'

'Ik weet het niet. Als hij voor de eerste juli niet terug is moet ik hem aan de politie geven.'

'Ik ben van de politie.'

'Je hebt geen legitimatie.'

'Dat is niet nodig.'

Voordat Bosques met zijn oogleden kon knipperen sneed een lang, zwart mes in de stroomdraad op de muur. Na een seconde sissen ging de gloeilamp aan het plafond uit. Abbas keek in de duisternis naar Bosques.

'Ik heb er nog een.'

'Oké.'

Bosques kwam overeind en ging weer naar binnen. Sneller dan de vorige keer kwam hij naar buiten met een leren tas die hij aan Abbas gaf.

De derde man had zijn donkere bestelwagen op gepaste afstand van Bosques' huis geparkeerd en was zo dichtbij geslopen als hij durfde. Niet dichtbij genoeg om met het blote oog te kunnen kijken, maar met behulp van zijn infraroodverrekijker kon hij zonder problemen zien wat Abbas op de veranda uit de tas haalde.

Een envelop, een plastic mapje en een cassettebandje.

Abbas stopte de spullen weer weg. Hij begreep meteen dat de gorilla's hiernaar op zoek waren geweest in Wendts huis in Mal Pais. Hij was niet van plan om de inhoud van de tas nu te bekijken. Bovendien had hij het enige licht op de veranda zelf gedoofd. Hij tilde de tas een stukje op.

'Ik moet deze meenemen.'

'Dat begrijp ik.'

Bosques' begrip was aanzienlijk toegenomen door het zwarte mes.

'Heb je een toilet?'

Abbas kwam overeind en Bosques wees naar een deur in de kamer. Abbas haalde zijn mes uit de muur en verdween naar binnen met de tas in zijn hand. Hij was niet van plan die uit het oog te verliezen. Bosques bleef op zijn stoel zitten. Het is een vreemde wereld, dacht hij. En de lange Zweed is dood.

Hij haalde een klein flesje uit zijn broekzak en begon in de duisternis zijn nagels te lakken.

Abbas kwam weer naar buiten en nam afscheid van Bosques, die hem veel geluk wenste. Een beetje met tegenzin kreeg Abbas onverwacht een omhelzing. Daarna ging Bosques naar binnen.

Abbas liep naar de weg en begon in gedachten verzonken te lopen. Hij had de naam van de vrouw die Tom al meer dan twintig jaar zocht. Adelita Rivera. Een Mexicaanse die in verwachting was van de vermoorde Nils Wendt.

Merkwaardig.

Zo'n honderd meter bij Bosques' huis vandaan, op de plek waar de weg het smalst was en het maanlicht het minst reikte, kreeg hij plotseling een pistool in zijn nek geduwd. Veel te dichtbij om zijn messen te kunnen gebruiken. De derde man, dacht hij. Op hetzelfde moment werd de tas uit zijn hand getrokken. Toen hij zich omdraaide kreeg hij een harde klap tegen zijn achterhoofd. Hij wankelde, viel tussen de begroeiing aan de kant van de weg en zag hij hoe een grote zwarte bestelwagen het bos uit reed en verdween.

Daarna verdween hij zelf.

De bestelwagen reed Cabuya uit en dwars over het halve schiereiland Nicoya. In de buurt van de luchthaven in Tambor stopte de auto aan de rand van de weg. De derde man deed het licht in de chauffeurscabine aan en opende de leren tas.

Die zat vol met toiletpapier.

Abbas werd wakker aan de kant van de weg. Hij voelde aan zijn achterhoofd en constateerde dat hij een flinke bult had. Het deed pijn, maar dat was het waard. Hij had de derde man gegeven wat hij wilde. De leren tas.

De inhoud ervan zat veilig onder Abbas' trui.

Daar wilde hij het houden tot hij in Zweden was.

De derde man zat nog in zijn auto. Hij had een hele tijd gevochten met zichzelf en zijn onwillige hoofd. Nu besefte hij dat hij niet veel kon doen. Hij was erin geluisd, en inmiddels zou de man met de messen beslist terug zijn bij de politieagenten in Mal Pais. Hij pakte zijn mobiel, haalde de foto op van de man met de messen, die hij door het raam van Wendts huis had genomen, schreef een korte tekst en verstuurde een mms.

Die bereikte K Sedovic in Zweden, die het bericht onmiddellijk doorstuurde naar een man die op een ruim terras in de buurt van de Stocksundsbrug zat. Zijn vrouw stond onder de douche. Hij las de korte tekst op zijn mobiel, waarin de inhoud werd beschreven van de tas die later was gevuld met toiletpapier: een kleine envelop, een plastic mapje en een cassettebandje. Het origineel, dacht hij. Met een opgenomen gesprek dat alle verschil maakte voor Bertil Magnuson.

Hij keek naar de meegestuurde foto.

De man met de messen was Abbas el Fassi.

De croupier? Van Casino Cosmopol?

Wat deed hij in Costa Rica?

En wat moest hij in vredesnaam met het cassettebandje?

Olivia had slecht geslapen.

Ze was tijdens midzomer met haar moeder en een paar van haar vriendinnen naar Tynningö geweest. Ze had het ook op Möja kunnen vieren, met Lenni en een stel vriendinnen, maar ze had voor Tynningö gekozen. Het verdriet om Elvis kwam met ongelijke tussenpozen op en ze had er behoefte aan om alleen te zijn. Of met mensen die niet van haar zouden eisen dat ze feestvierde. Gisteren waren haar moeder en zij alleen achtergebleven en hadden ze de halve zonkant van het huisje geschilderd. Zodat Arne zich niet hoefde te schamen, had Maria gezegd. Daarna hadden ze een beetje te veel wijn gedronken. Daar had ze 's nachts last van gehad. Ze was om drie uur wakker geworden en was pas om halfzeven weer in slaap gevallen, een halfuur voor ze de wekker had gezet.

Nu had ze een paar rijstwafels gegeten en ze was in haar badjas op weg naar de douche toen er aangebeld werd.

Ze deed open. Stilton stond in een beetje te korte, zwarte jas voor de deur.

'Hoi,' zei hij.

'Hoi. Heb je je haar geknipt?'

'Marianne heeft me gebeld, er was geen match.'

Olivia zag een buurman langslopen met een snelle blik op de man voor haar deur. Ze deed een stap opzij en maakte een uitnodigend gebaar. Stilton liep naar binnen en Olivia deed de deur dicht.

'Geen match?'

'Nee.'

Olivia liep voor hem uit naar de keuken. Stilton volgde haar zonder zijn jas uit te trekken.

'De haar was dus niet van het slachtoffer?'

'Nee.'

'Dan kan hij van een van de daders zijn.'

'Misschien.'

'Jackie Berglund,' zei Olivia.

'Stop daarmee.'

'Waarom? Waarom zou de haar niet van haar kunnen zijn? Ze heeft donker haar, ze was op het eiland toen de moord plaatsvond en ze had een heel slechte verklaring waarom ze vlak daarna verdween. Of niet soms?'

'Ik leen je douche,' zei Stilton.

Olivia wist niet wat ze moest antwoorden, dus wees ze naar de badkamerdeur. Ze was nog steeds sprakeloos toen hij in de badkamer verdween. Iemands douche lenen was voor sommigen heel intiem, anderen maakte het niets uit. Het kostte even tijd voor Olivia het idee had geaccepteerd dat Stilton bij haar onder de douche stond.

Daarna begon ze aan Jackie Berglund te denken.

Zwarte gedachten.

'Vergeet Jackie Berglund,' zei Stilton.

'Waarom?'

Hij had een lange, koele douche genomen, had nagedacht over de reden dat Olivia zich in Jackie Berglund vastbeet en had besloten om haar bepaalde dingen te vertellen. Olivia had zich aangekleed en had koffie op de keukentafel gezet.

'Het was zo,' begon hij. 'In 2005 is er een jong, zwanger meisje vermoord dat Jill Engberg heette en ik kreeg het onderzoek toegewezen.'

'Dat weet ik al.'

'Ik begin gewoon bij het begin. Jill was een escortmeisje. We ontdekten vrij snel dat ze voor Jackie Berglund bij Red Velvet werkte. De omstandigheden rond de moord brachten ons op het idee dat Jills moordenaar een van Jackies klanten kon zijn. Ik was ervan overtuigd, maar kwam niet verder.'

'Waarom kwam je niet verder?'

'Er gebeurden dingen.'

'Zoals?'

Stilton zweeg en Olivia wachtte.

'Wat gebeurde er dan?' vroeg ze na een tijdje.

'Eigenlijk gebeurden er meerdere dingen tegelijkertijd. Ik kreeg een psychose, ik zat een tijd in de ziektewet en toen ik terugkwam was ik van de zaak Jill gehaald.'

'Waarom?'

'Officieel omdat ze van mening waren dat ik niet in de juiste vorm was om een moordonderzoek te leiden, wat misschien waar was.'

'En onofficieel?'

'Volgens mij waren er mensen die me van de zaak af wilden hebben.'
'Omdat?'
'Omdat ik te dicht bij Jackie Berglunds escortactiviteiten was gekomen.'
'Haar klanten, bedoel je?'
'Ja.'
'Wie heeft het onderzoek overgenomen?'
'Rune Forss. Een politieagent die...'
'Ik weet wie hij is,' zei Olivia. 'Maar hij heeft de moord op Jill niet opgelost. Ik heb daarover gelezen in een...'
'Nee, hij heeft hem niet opgelost.'
'Je hebt natuurlijk dezelfde gedachte gehad als ik. Toen je onderzoek deed naar de moord op Jill?'
'Dat er overeenkomsten met Nordkoster waren?'
'Ja.'
'Jazeker, die had ik... Jill was immers ook zwanger,' ging Stilton verder. 'Net als het slachtoffer op het strand, en Jackie figureerde in beide onderzoeken, misschien was dat slachtoffer ook een escortmeisje? We wisten tenslotte niets over haar. Dus bedacht ik dat er misschien een connectie was, dat het misschien dezelfde dader met hetzelfde motief was.'
'Wat zou dat moeten zijn?'
'Een prostituee vermoorden die hem chanteerde met haar zwangerschap. Daarom hebben we DNA van Jills baby genomen, dat we hebben vergeleken met het DNA van de baby van het strandslachtoffer. Er was geen match.'
'Dat sluit niet uit dat Jackie Berglund erbij betrokken was.'
'Nee, en ik had een hypothese waaraan ik een hele tijd vasthield. Ze bevond zich met twee Noren op een luxejacht, en ik dacht dat ze vanaf het begin misschien een kwartet waren geweest, waarbij het slachtoffer de vierde persoon was. Misschien hadden ze ruzie gekregen en hadden drie van hen de vierde vermoord.'
'Maar?'
'Het werd niets. Het lukte niet om een van hen aan het strand te linken, of aan het slachtoffer, van wie we nog steeds niet wisten wie ze was.'
'Misschien kunnen we Jackie nu aan het strand linken?'
'Via de haarspeld?'
'Ja.'
Stilton keek naar Olivia. Ze gaf niet op, hij raakte steeds meer onder de indruk van haar koppigheid, haar nieuwsgierigheid, haar vermogen om te...

'De oorbel.'

Olivia onderbrak Stiltons gedachten.

'Je zei dat jullie een oorbel hebben gevonden in de jaszak van het slachtoffer, een oorbel die blijkbaar niet van haar was. Nietwaar? Jullie vonden dat een beetje vreemd.'

'Ja.'

'Zaten er vingerafdrukken op?'

'Alleen van het slachtoffer. Wil je hem zien?'

'Héb je hem?'

'Ja, in de caravan.'

Stilton trok de verhuisdoos onder een van de banken in de caravan vandaan. Olivia zat op de andere bank. Hij opende de doos en haalde er een plastic zakje met een kleine, mooie, zilveren oorbel uit.

'Zo ziet hij eruit.'

Stilton gaf de oorbel aan Olivia.

'Waarom heb je hem hier?' vroeg ze.

'Hij lag in een la die ik leeggemaakt heb toen ik van de zaak was gehaald.'

Olivia hield de oorbel in haar hand. Hij had een heel speciale vorm, een rozet met een hartje met een blauw steentje in het midden en daaronder een kettinkje met een parel. Heel mooi. Ineens kreeg ze het gevoel dat ze nog niet zo lang geleden al eens een gelijksoortige oorbel had gezien.

'Mag ik deze lenen tot morgen?'

'Waarom?'

'Omdat ik... Ik heb er pasgeleden net zo een gezien.'

In de boetiek? dacht ze.

De boetiek in de Sibyllegatan?

*

Mette Olsäter zat met een deel van haar team in de onderzoekskamer in de Polhemsgatan. Een paar van hen hadden midzomer gevierd, een paar anderen hadden doorgewerkt. Nu hadden ze voor de derde keer naar Mettes verhoor van Bertil Magnuson geluisterd. Ze hadden allemaal het gevoel dat hij loog over de telefoontjes. Dat was deels proefondervindelijk. Geroutineerde ondervragers hoorden elke verandering van nuance in de toon van degene die verhoord werd, concrete en minder concrete. Waarom zou Nils Wendt vier keer naar Bertil Magnuson bellen en niets zeggen, zoals Magnuson beweerde? Wendt moest tenslotte beseffen dat Magnuson in zijn wildste fantasie niet op de gedachte zou komen dat het de sinds zevenentwintig jaar geleden verdwenen Nils Wendt was die geen woord zei. Wat zou het nut van die telefoontjes voor Wendt zijn?

'Hij zweeg niet.'

'Nee.'

'Wat zei hij dan?'

'Iets wat Magnuson niet wil vertellen.'

'En waarover zou dat gaan?'

'Het verleden.'

Mette onderbrak de gedachtewisseling van haar collega's. Ze ging ervan uit dat Wendt zevenentwintig jaar geleden echt verdwenen was en plotseling in Stockholm was opgedoken en zijn vroegere zakenpartner had gebeld. En het enige wat hen vandaag verbond was gisteren.

'Dus als we aannemen dat Magnuson achter de moord op Wendt zit, dan moet het motief in die vier telefoongesprekken liggen,' zei ze.

'Chantage?'

'Misschien.'

'Waarmee zou Wendt Magnuson kunnen chanteren?' vroeg Lisa.

'Met iets wat destijds gebeurd is.'

'Wie kan daar iets over weten? Behalve Magnuson?'

'Wendts zus in Genève?'

'Twijfelachtig.'

'Zijn ex?' vroeg Bosse.

'Of Erik Grandén,' zei Mette.

'De politicus?'

'Hij zat in het bestuur van Magnuson Wendt Mining toen Wendt verdween.'

'Zal ik contact met hem opnemen?' vroeg Lisa.

'Doe dat.'

*

Olivia zat in de metro. De hele weg vanaf de caravan had ze gepiekerd over Stiltons informatie. Ze wist niet zeker wat hij bedoeld had, behalve dat het geen goed idee was om onderzoek te doen naar Jackie Berglund. Toen hij dat zelf had gedaan, was het ermee geëindigd dat hij van de zaak was gehaald. Maar zij was geen politieagent. Nog niet. Zij hield zich niet bezig met een officieel onderzoek. Niemand kon haar ergens vanaf halen.

Dreigen, en haar kat vermoorden in een motorcompartiment, dat absoluut. Maar meer niet. Zij had haar handen vrij en kon doen wat ze wilde.

En ze wilde.

Ze zou onderzoek doen naar Jackie Berglund, de kattenmoordenares. Ze moest proberen iets van Jackie te pakken te krijgen waar haar DNA op zat. Om te controleren of Gardman Jackies haar op het strand had gevonden.

Maar hoe moest ze dat voor elkaar krijgen?

Ze kon niet opnieuw naar Jackies boetiek gaan, dus moest ze hulp hebben. Op dat moment kreeg ze het idee, waarvoor ze iets weerzinwekkends moest doen.

Bijzonder weerzinwekkend.

*

Het was een sjofele tweekamerflat op de tweede verdieping in Kärrtorp. Er hing geen naambordje op de deur, in de kamers waren bijna geen meubels. Minken stond alleen in zijn onderbroek bij het raam en stak een injectienaald in zijn arm. Dat gebeurde tegenwoordig zelden. Eigenlijk haast nooit. Hij hield het tegenwoordig bij lichter spul. Maar soms had hij er gewoon behoefte aan. Hij keek uit over de wijk. Hij was nog steeds woedend over die avond buiten de caravan. 'Nog niet met een drie meter lange tang.' Dat verdomde wijf had hem met één simpel zinnetje vernederd.

Het was een rotgevoel.

Maar dankzij de shot vergat hij zijn gedeukte ego. Binnen tien minuten dacht Minken er heel anders over. Zijn hersenen hadden al een aantal verklaringen voor de vernedering gevonden. Van het feit dat het meisje er geen idee van had dat ze met Minken the Man had gepraat, tot dat ze gewoon een idioot was. Bovendien was ze scheel. Een trut die dacht dat ze Minken kon afwijzen!

Dat voelde veel beter.

Toen er aangebeld werd, had hij zijn ego weer helemaal opgepoetst. Zijn benen liepen bijna vanzelf. High? *So what*, hij was een kerel die initiatief nam. Een *trickster* die alles onder controle had. Hij rukte de deur zowat open.

De trut?

Minken staarde naar Olivia.

'Hoi,' zei ze.

Minken bleef staren.

'Ik wil je mijn verontschuldigingen aanbieden,' ging ze verder. 'Ik was heel erg gemeen laatst, bij de caravan, en dat was echt de bedoeling niet. Ik was alleen zo geschokt over wat ze met Stilton hadden gedaan. Het was niet persoonlijk bedoeld, dat beloof ik. Het was gewoon heel stom van me. Echt. Het spijt me.'

'Wat wil je verdomme?'

Olivia dacht dat ze zich heel duidelijk had uitgedrukt, dus ging ze volgens plan verder.

'Is dit je appartement? Dat vijf miljoen waard is?'

'Minstens.'

Ze had haar strategie heel nauwkeurig doorgenomen. Ze wist vrij goed hoe ze deze kleine sukkel moest aanpakken. Ze moest alleen een ingang zien te vinden.

'Ik ben op zoek naar een flat,' zei ze. 'Hoeveel kamers zijn er?'

Minken draaide zich om en liep de flat in. Hij liet de deur open, wat Olivia als een soort uitnodiging beschouwde. Ze liep de bijna lege tweekamerflat in. Het zag er sjofel uit, met deels loshangend behang. Vijf miljoen? Minstens?

'Ik moet je trouwens de groeten doen van Stilton, hij...'

Minken was verdwenen. Was hij door het slaapkamerraam gevlucht? dacht ze. Plotseling verscheen hij weer. Hij had een soort badjas aangetrokken en had een pak melk in zijn hand waaruit hij dronk.

'Ben je er nog steeds?'

Zo gemakkelijk zou het niet gaan.

Dus stak Olivia meteen van wal.

'Ik heb hulp nodig. Ik moet DNA te pakken zien te krijgen van iemand aan wie ik me niet durf te laten zien en toen moest ik denken aan wat jij hebt verteld.'

'Wat dan verdomme?'

'Hoe je Stilton met een heleboel moeilijke zaken hebt geholpen, een beetje als zijn rechterhand, of niet soms?'

'Dat klopt.'

'En toen dacht ik dat jij hier misschien ervaring mee hebt, je lijkt tenslotte heel veel te kunnen.'

Minken nam nog een paar slokken melk.

'Maar misschien doe je dat soort dingen niet meer?' zei Olivia.

'Ik doe van alles.'

De haak zit, dacht Olivia. Nu zorgen dat het weerhaakje vastzit.

'Zou je zoiets durven te doen?'

'Hoezo durven? Wat bedoel je verdomme? Waar gaat het om?'

Zo, die zat stevig vast.

Olivia kwam bij het Östermalmsplein de metro uit met de uitgelaten Minken the Man naast zich, een man die bijna alles durfde.

'Een paar jaar geleden was ik de K2 aan het beklimmen, je weet wel, de vierde top in de Himalaya. Ik was met Göran Kropp en een paar sherpa's, ijzige wind, min 32... Zwaar.'

'Zijn jullie boven gekomen?'

'Zij wel, maar ik moest voor een Engelsman zorgen die zijn voet had gebroken. Ik heb hem op mijn rug naar het basiskamp gedragen. Hij was trouwens van adel, ik heb een uitnodiging om naar zijn landgoed in New Hampshire te komen.'

'Ligt dat niet in Amerika?'

'Hoe zei je dat de winkel heet?'

'Udda & Rätt. Het is daar, in de Sibyllegatan.'

Olivia bleef een eind bij de boetiek vandaan staan. Ze beschreef hoe Jackie eruitzag en wat ze nodig had.

'Bijvoorbeeld een haar?' zei Minken.

'Of speeksel.'

'Of een lens, zo hebben we die man in Halmstad gepakt. Hij had de hele flat gestofzuigd nadat hij zijn vrouw had doodgeslagen en toen vonden we zijn lens in de stofzuigerzak en daar vonden we DNA op en toen was hij erbij.'

'Ik weet niet of Jackie Berglund lenzen draagt.'

'Dan moet ik improviseren.'

Minken ging op weg naar Udda & Rätt.

Over zijn idee van improviseren kunnen de meningen verschillen. Hij liep de winkel in, zag Jackie Berglund samen met een vrouwelijke klant met haar rug naar een kledingrek staan, liep rechtstreeks naar haar toe en trok een pluk haar uit haar hoofd. Jackie gilde, draaide zich om en toen keek Minken haar verbijsterd aan.

'Jezus! Het spijt me! Ik dacht dat het die verdomde Nettan was!'

'Wie?'

Minken zwaaide op de klassieke junkiemanier met zijn armen. Op dit moment kwam het heel natuurlijk over.

'Het spijt me verschrikkelijk! Sorry! Ze heeft dezelfde kleur haar en ze heeft een zakje coke van me gestolen en rende deze kant op! Is ze hier geweest?'

'Naar buiten!'

Jackie pakte Minkens jack vast en trok hem naar de deur. Minken liet zich gewillig naar buiten brengen met de haarlok stevig in zijn hand. Jackie draaide zich om naar de gechoqueerde klant.

'Junks! Ze zitten in het Humlepark en komen hier soms langs om iets te stelen of te bevuilen. Het spijt me.'

'Niets aan de hand. Heeft hij iets gestolen?'

'Nee.'

Waarover van mening verschild kan worden.

*

Erik Grandén nam zijn agenda door. Zeven landen in net zoveel dagen. Hij vond het heerlijk om te reizen. Vliegen, voortdurend in beweging zijn. Dat was niet helemaal verenigbaar met zijn baan als staatssecretaris, maar niemand had tot nu toe bezwaar gemaakt. Hij was tenslotte de hele tijd bereikbaar via Twitter. Toen er gebeld werd, was het Lisa Hedqvist die een afspraak met hem wilde maken.

'Dat gaat niet.'

Hij had echt geen tijd voor een afspraak. Zijn arrogante toon maakte duidelijk dat hij aanzienlijk belangrijkere dingen te doen had dan praten met een jonge, vrouwelijke politieagent. Dus moest Lisa het via de telefoon doen.

'Het gaat om het voormalige bedrijf Magnuson Wendt Mining.'

'Wat is daarmee?'

'U zat in het bestuur...'

'Destijds. Dat is meer dan zevenentwintig jaar geleden. Dat zullen jullie toch wel weten?'

'Ja. Was er in die tijd een meningsverschil binnen het bestuur?'

'Met betrekking tot wat?'

'Dat weet ik niet, waren er meningsverschillen tussen Nils Wendt en Bertil Magnuson?'

'Nee.'

'Helemaal niet?'

'Voor zover ik weet niet.'

'U weet dat Nils Wendt net in Stockholm is vermoord?'

'Dat was een ontzettend domme vraag. Zijn we klaar?'

'Voorlopig wel.'

Lisa Hedqvist hing op.

Grandén bleef zijn mobiel vasthouden.
Dit stond hem helemaal niet aan.

*

Het was veel gemakkelijker gegaan dan ze had gedacht. De hele weg naar de caravan had ze een heleboel argumenten verzameld en had geprobeerd zich voor te bereiden op elke tegenvraag, maar hij zei alleen:

'Oké.'

'Oké?'

'Wat is er?'

'Geef maar.'

Olivia gaf hem het kleine plastic zakje met Jackie Berglunds haarlok. Stilton stopte het in zijn zak. Olivia durfde niet te vragen waarom hij niet meer zei. Oké? Was dat omdat hij over de strandmoord nadacht? Of om aardig tegen haar te zijn? Waarom zou hij dat zijn?

'Fantastisch,' zei ze. 'Wanneer denk je dat ze...'

'Ik weet het niet.'

Stilton had er geen idee van of zijn ex-vrouw opnieuw kon helpen. Hij wist niet eens of ze het wilde. Toen Olivia weg was, belde hij haar op.

Ze wilde helpen.

'Jullie willen dat ik de haarlok vergelijk met de haar uit de haarspeld?'

'Ja. Die kan van een van de daders zijn.'

'Weet Mette daarvan?' vroeg Marianne.

'Nog niet.'

'Wie betaalt de kosten?'

Stilton had daar zelf ook al aan gedacht. Hij wist hoe duur het was om een analyse te laten maken. Hij had het haar al een keer gevraagd en twee keer was waarschijnlijk te veel van het goede.

Hij gaf geen antwoord.

'Oké,' zei Marianne. 'Je hoort van me.'

'Dank je.'

Stilton hing op. Eigenlijk moest Olivia Rönning voor de kosten opdraaien, dacht hij. Zij was tenslotte degene die zich erin had vastgebeten. Ze moest haar kapotte Mustang maar verkopen. Hij had belangrijkere dingen aan zijn hoofd.

Hij belde Minken.

*

Bertil was op weg naar huis in zijn grijze Jaguar. Hij was gespannen en zenuwachtig. Hij snapte nog steeds niet waar die croupier mee bezig was. Abbas el Fassi. Hij had zijn volledige naam en adres inmiddels achterhaald en had K Sedovic gevraagd om zijn appartement in de Dalagatan in de gaten te houden. Als hij daar zou verschijnen. Hij had er ook voor gezorgd dat er mensen op Arlanda stonden. Waarschijnlijk was hij met het originele bandje op de terugweg naar Zweden. Wat moest hij daarmee? Kende hij Nils? Was hij van plan om hem te chanteren? Of handelde hij in opdracht van de politie? Maar hij was een croupier! Hij werkte bijna altijd bij Cosmopol als hij daar kwam om te spelen. Bertil snapte er niets van en dat maakte hem gespannen en zenuwachtig.

Eén ding was positief. Het originele bandje was waarschijnlijk snel in Zweden. Het was niet meer in Costa Rica en het zou daar niet bij de politie belanden. Hij moest er gewoon voor zorgen dat het hier ook niet bij de politie belandde.

Op dat moment belde Erik Grandén.

'Heeft de politie met je gepraat?' vroeg hij.

'Waarover?'

'De moord op Nils. Ik ben daarnet gebeld door een onbeschaamde vrouw die wilde weten of er meningsverschillen tussen jou en Nils waren toen ik in het bestuur zat.'

'Wat voor meningsverschillen?'

'Dat vroeg ik me ook af! Waarom wil de politie dat weten?'

'Ik weet het niet.'

'Het bevalt me niet.'

'Wat heb je gezegd?'

'Nee.'

'Dat er geen meningsverschillen waren?'

'Er waren geen meningsverschillen. Voor zover ik me dat herinner.'

'Dat klopt.'

'Nee, soms vraag je je af wat voor niveau de Zweedse politie heeft.'

Bertil verbrak het gesprek.

*

Acke Andersson zat in het centrum van Flempan met de vriend van zijn moeder, Minken, en een van Minkens vrienden, een man met een grote pleister op zijn achterhoofd. Ze aten een hamburger. Tenminste, Minken en hij aten. De andere man dronk een vanillemilkshake.

'Ik weet niet zoveel,' zei Acke.
'Weet je wie het organiseren?' vroeg Stilton.
'Nee.'
'Hoe krijg je te horen wanneer je moet vechten?'
'Via een sms.'
'Zij sms'en?'
'Ja.'
'Heb je hun nummer?'
'Hoezo?'
'Als zij sms'en, dan moet jij toch kunnen zien waar het vandaan komt?'
'Nee.'
Stilton gaf het op. Hij had Minken gevraagd om een ontmoeting met Acke te regelen zodat hij kon uitzoeken of Acke iets meer wist over de kooigevechten. Namen. Adressen. Dat wist hij niet. Hij kreeg een sms en dan ging hij ernaartoe of hij werd door iemand opgehaald.
'Door wie word je opgehaald?'
'Jongens.'
'Weet je hoe ze heten?'
'Nee.'
Stilton gaf het nog meer op en dronk de milkshakebeker leeg.

Niet ver van de hamburgertent stonden Liam en Isse in hun capuchonjacks. Zij hadden Acke een keer opgehaald voor de kooigevechten. Nu waren ze van plan hem opnieuw te halen. Plotseling zagen ze hem praten met de kerel die ze hadden gefilmd toen hij in die caravan neukte met een van hun trashkicks. En die hun laatste kooigevecht had bespioneerd en klappen had gekregen.
Een zwerver.
Waar praatte hij verdomme met Acke over?
'Misschien is hij geen zwerver. Misschien is hij een smeris.'
'Een stille?'
'Ja.'

Ze verlieten met zijn drieën de hamburgertent. Minken en Stilton gingen naar het treinstation. Acke liep de andere kant op zonder te merken dat Liam en Isse hem volgden. Ze haalden hem in bij het verlaten voetbalveld.
'Acke!'
Acke bleef staan. Hij herkende de jongens. Ze hadden hem een keer

opgehaald voor de kooigevechten. Was er weer een georganiseerd? Maar hij wilde niet meer. Hoe moest hij dat uitleggen?

'Hoi,' zei hij.

'Met wie heb je een hamburger gegeten?' vroeg Liam.

'Wanneer?'

'Daarnet. We hebben je gezien. Wie waren dat?'

'Een vriend van mijn moeder en een vriend van hem.'

'Die met die pleister?' vroeg Isse.

'Ja.'

'Wat heb je tegen hem gezegd?'

'Waarover? Ik heb niets gezegd.'

'Die vent met die pleister heeft de vorige keer bij de kooigevechten gespioneerd. Hoe wist hij daarvan?' vroeg Liam.

'Geen idee.'

'We houden niet van jongens die klikken.'

'Ik heb niet...'

'Hou je bek!' zei Isse.

'Maar ik meen het! Ik heb...'

Acke kreeg een klap in zijn gezicht. Voordat hij weg kon duiken kreeg hij er nog een. Liam en Isse pakten Ackes jack vast, keken om zich heen en trokken het bloedende kind mee. Acke keek doodsbang achter zich om te zien waar de volwassenen naartoe waren gegaan.

De volwassenen stonden op een perron ver daarvandaan.

Het telefoontje kwam midden in de nacht, net na drieën. Het duurde even voordat Stilton bij zijn positieven was en opnam. Het was Abbas. Hij zat te wachten op zijn verbinding en vertelde in het kort dat de vermoorde vrouw op het strand Adelita Rivera heette, uit Mexico kwam en zwanger was van Nils Wendt. Daarna hing hij op.

Stilton zat in zijn onderbroek op de bank en staarde naar de mobiel in zijn hand. Abbas' informatie was ongelofelijk voor hem. Na drieëntwintig jaar had hij gekregen waarnaar hij zo lang had gezocht: een naam van het slachtoffer en een vader van het kind.

Adelita Rivera en Nils Wendt.

Zij was bijna vierentwintig jaar geleden vermoord, hij een week geleden.

Onbegrijpelijk.

Toen hij een paar minuten over het onbegrijpelijke had nagedacht, misschien zelfs een halfuur, dacht hij aan Olivia. Zou hij haar bellen en alles vertellen? Meteen? Of niet? Hoe laat was het? Hij keek weer op zijn mobiel. Halfvier. Een beetje vroeg.

Hij legde zijn mobiel neer en keek naar de vloer. Een ononderbroken stroom mieren marcheerde langs zijn voeten. Hij observeerde de mieren. Geen van hen dwaalde af. Allemaal liepen ze in de richting waarin de anderen liepen. Niet één draaide, liep een andere kant op of bleef staan.

Hij wendde zijn blik van de mieren af.

Een Mexicaanse en Nils Wendt.

Hij probeerde na te denken over het onbegrijpelijke. Hij zocht verbanden, connecties. Feiten. Hypotheses. Hij merkte dat hij een beetje terug begon te krijgen van wat jarenlang braak had gelegen. Hij begon weer te denken. Aan een primitief plan. Samenstellen en analyseren.

Niet zoals vroeger, verre van dat. Als hij toen een Porsche was geweest, dan was hij nu een Skoda. Zonder wielen, maar toch.

Hij bevond zich niet meer in de leegte.

*

Ovette Andersson stond in de buurt van de Galleria in de Hamngatan in de regen te wachten. Ze hadden tien uur afgesproken en het was nu bijna halfelf. Haar blonde haar was nat.

'Het spijt me!'

Minken kwam aanlopen en maakte een verontschuldigend gebaar met zijn arm. Ovette knikte. Ze begonnen naar de Norrmalmstorg te lopen. Op dit tijdstip, net voor de lunch, als de koopverslaafden en financiële lakeien de straten bevolkten, vormden ze een vreemd paar. Minken keek naar Ovette. Ze was weliswaar opgemaakt, maar dat hielp niet zoveel. Haar gezicht was geteisterd door onrust en weggeveegde tranen.

Acke was verdwenen.

'Wanneer?'

'Ik ben vannacht niet zo lang weggebleven en hij lag niet in bed toen ik thuiskwam. Hij was nergens. Hij had ook niet in bed gelegen en zijn eten stond nog in de koelkast, alsof hij helemaal niet thuis was geweest.'

'Ik heb hem gisteren nog gesproken.'

'Echt waar?'

'Ik heb met hem gepraat in de kebabtent in het centrum en toen was hij net als anders, daarna ging hij weg en ben ik naar de stad gegaan. Is hij niet op de kinderopvang?'

'Nee. Ik heb gebeld. Waar is hij mee bezig?'

Minken had natuurlijk geen idee, maar hij voelde dat Vettan haar grens had bereikt. Hij sloeg een arm rond haar schouders. Ze was minstens een kop groter, dus het was geen natuurlijk gebaar.

'Dat soort dingen komt voor, ik weet zeker dat er niets met hem is.'

'Maar ik dacht aan wat je hebt verteld en dat het zoiets is, dat het daarmee te maken heeft.'

'Met die gevechten?'

'Ja.'

'Dat denk ik niet, ik weet vrij zeker dat hij daar niet meer aan mee gaat doen.'

'Hoe weet je dat?'

'Dat maakt niet uit. Waarom bel je de politie niet als je ongerust bent?'

'De politie?'

'Ja.'

Minken wist wat Vettan dacht. Een verlopen hoer. Ze zouden haar niet bepaald boven aan hun prioriteitenlijst zetten. Maar misschien zou ze toch hulp krijgen. Daar waren ze tenslotte voor. Ze bleven bij de Kungsträdgårdsgatan staan.

'Ik zal een beetje rondvragen,' zei Minken.

'Graag.'

*

De regen kletterde op het smerige plexiraam in het dak. Stilton lag op een bank en smeerde zijn borstkas in met Vera's wondzalf. De pot begon leeg te raken, en hij zou het waarschijnlijk nergens kunnen krijgen. Zowel Vera als haar oma waren buiten bereik. Hij keek naar een kleine foto van Vera op een plank in de caravan. Hij had gevraagd om een kopie van haar verkopers-ID en had die gekregen. Met haar foto erop. Hij dacht vaak aan haar. Dat deed hij vroeger niet, toen ze er nog was. Toen dacht hij aan heel andere mensen. Mensen die belangrijk voor hem waren en die hij in de steek had gelaten. Abbas, Mårten en Mette. Het eindigde altijd met die drie. Soms dacht hij heel even aan Marianne, maar dat was te groot, te pijnlijk, te verdrietig. Dat kostte te veel van het beetje kracht waarop hij overleefde.

Hij keek in de pot. Er was inderdaad niet veel meer over. Op dat moment werd er op de deur geklopt. Stilton bleef smeren, hij had even geen zin in bezoek. Dat had hij een paar seconden later wel toen het gezicht van zijn ex-vrouw achter het raam van de caravan verscheen. Hun blikken ontmoetten elkaar en ze keken elkaar een hele tijd aan.

'Kom binnen.'

Marianne deed de deur open en keek naar binnen. Ze droeg een eenvoudige, lichtgroene, rechte jas en had een paraplu in haar hand. In haar andere hand had ze een grijze map.

'Hallo, Tom.'

'Hoe heb je dit gevonden?'

'Via Olivia Rönning. Mag ik binnenkomen?'

Stilton maakte een gebaar en Marianne stapte naar binnen. Hij had kranten over de bloedvlekken op de vloer gelegd. Hij hoopte dat er geen vreemde insecten onder vandaan zouden kruipen. Niet op dit moment. Hij zette de pot zalf weg en maakte een gebaar naar de bank tegenover hem.

Dit voelde niet prettig.

Marianne klapte haar paraplu in en keek om zich heen. Woonde hij echt zo? Zo smerig? Was dat mogelijk? Ze beheerste zich en keek naar het raam.

'Mooie gordijnen.'
'Vind je?'
'Ja... nee.'
Marianne glimlachte en deed haar jas een stukje open. Ze ging voorzichtig op de bank zitten en keek weer om zich heen.
'Is dit jouw caravan?'
'Nee.'
'O... nee, ik zie het...'
Marianne knikte naar een van Vera's jurken, die bij het roestige kooktoestel hing.
'Is die van haar?'
'Ja.'
'Is ze aardig?'
'Ze is vermoord. Hoe is het gegaan?'
Recht op zijn doel af, zoals gewoonlijk. Om te ontsnappen. Altijd hetzelfde. Toch leek hij geconcentreerd. Hij had weer een beetje van de oude blik in zijn ogen. Degene die haar in goede gezondheid heel hard had geraakt, emotioneel. Heel lang geleden.
'Ik heb een match.'
'Is dat waar?'
'De haar van de speld op het strand is van dezelfde vrouw als de haarlok. Wie is ze?'
'Jackie Berglund.'
'Dé Jackie Berglund?'
'Ja.'
Marianne was in 2005 nog getrouwd met Stilton. Toen hij onderzoek deed naar de moord op Jill Engberg en onderzoek deed naar haar werkgeefster Jackie Berglund. Hij had thuis verschillende hypotheses over Jackie met haar besproken. In de keuken, in de badkamer, in bed. Voordat hij werd getroffen door zijn eerste psychose en op de psychiatrische afdeling terechtkwam. De psychose had niets met zijn werk te maken, ook al had zijn hoge werktempo er deels aan bijgedragen. Marianne wist precies waardoor de psychose was veroorzaakt. Dat wist verder niemand, geloofde ze, en ze leed met hem mee. Daarna werd hij van het onderzoek naar de moord op Jill gehaald. Een halfjaar later was het voorbij tussen hen.

Dat was niet van de ene op de andere dag gebeurd. Het was geen overhaast besluit. Het was een gevolg van Toms mentale toestand. Hij duwde haar weg. Doelbewust. Steeds verder, hij wilde haar hulp niet, wilde niet dat ze hem zo zag, dat ze hem hielp. Uiteindelijk bereikte hij waar hij op uit was geweest. Marianne kon het niet meer aan om iemand te steunen die niet gesteund wilde worden. Dus gingen ze uit elkaar.

Hij belandde op straat en nu zat hij hier, in deze caravan.

'Dat betekent dat Jackie Berglund waarschijnlijk op het strand was op de avond waarop de moord heeft plaatsgevonden...' zei Stilton min of meer tegen zichzelf.

Wat ze had ontkend tijdens de verhoren.

Hij nam de verbazingwekkende informatie in zich op.

'Blijkbaar,' zei Marianne.

'Olivia,' zei Stilton zachtjes.

'Is zij degene die dit in gang heeft gezet?'

'Ja.'

'En wat doen jullie nu? Met de match?'

'Ik weet het niet.'

'Je kunt hier toch niet aan die zaak werken, of wel soms?'

En waarom zou ik dat niet kunnen, dacht hij enigszins agressief. Tot hij zag dat Marianne eerst naar de pot met de wonderlijke zalf en de exemplaren van *Situation Sthlm* op de tafel keek en daarna weer naar hem.

'Nee,' zei hij. 'We moeten waarschijnlijk hulp van Mette hebben.'

'Hoe is het met haar?'

'Goed.'

'En Mårten?'

'Goed.'

Het is weer zover, dacht Marianne. Gesloten en zwijgzaam.

'Waarom ben je hiernaartoe gekomen?' vroeg Stilton.

'Ik houd een lezing in het politiegebouw.'

'Juist, ja.'

'Ben je mishandeld?'

'Ja.'

Stilton hoopte dat Marianne niet op zoek zou gaan naar filmpjes op Trashkick. De kans dat juist zij zijn lichaam bovenop dat van Vera zou herkennen was vrij groot.

Seksend.

Dat wilde hij om de een of andere reden niet.

'Bedankt voor je hulp,' zei hij.

'Geen dank.'

Het bleef even stil. Stilton keek naar Marianne en zij hield zijn blik vast. Er was iets oneindig verdrietigs aan de hele situatie, dat voelden ze allebei. Ze wist wie hij was geweest, en diegene was hij niet meer. Dat wist hij ook.

Hij was een ander.
'Je bent heel mooi, Marianne, dat weet je.'
'Dank je.'
'Heb je het goed?'
'Ja. En jij?'
'Nee.'
Dat had ze eigenlijk niet hoeven te vragen. Ze schoof haar hand over de laminaattafel en legde hem boven op de dooraderde rug van Stiltons hand.
Hij liet hem liggen.

Zodra Marianne was vertrokken, belde Stilton Olivia. Eerst vertelde hij over Abbas' telefoontje terwijl hij op zijn verbinding wachtte, waarop hij een enthousiaste reactie kreeg.
'Adelita Rivera?'
'Ja.'
'Uit Mexico?'
'Ja.'
'En Nils Wendt was de vader van haar kind?'
'Volgens Abbas wel. We krijgen waarschijnlijk meer te horen als hij terug is.'
'Ongelofelijk! Of niet soms?'
'Ja.'
Op veel manieren, dacht Stilton. Daarna vertelde hij over de DNA-match van Marianne. Olivia reageerde nog enthousiaster.
'Van Jackie Berglund?'
'Ja.'
Toen Olivia een beetje was gekalmeerd en ze begon te denken dat ze de strandmoord misschien hadden opgelost, moest Stilton haar erop wijzen dat de haarspeld op een heel ander tijdstip dan tijdens de moord op het strand beland kon zijn. Eerder die dag bijvoorbeeld. Ove Gardman had tenslotte niet gezien dat Jackie hem op dat moment verloren was. Hij had hem gevonden toen hij op die plek was.
'Wat kan jij zeuren, zeg!'
'Integendeel, als je een goede politieagent wilt worden, dan moet je leren om jezelf niet ergens in vast te bijten als er alternatieven zijn. In een rechtszaal kan dat een boemerangeffect hebben.'
Stilton stelde voor dat ze contact op zouden nemen met Mette Olsäter.
'Waarom?'
'Wij kunnen Jackie niet verhoren.'

Mette ontmoette Stilton en Olivia vlak bij de ingang van het politiebureau in de Polhemsgatan. Ze had het heel druk en had geen tijd om naar de stad te gaan. Stilton had de ontmoetingsplek met tegenzin geaccepteerd. Het was veel te dicht bij het milieu en de mensen van vroeger.

De bal lag echter bij Mette. Op veel manieren.

Ze zat midden in het onderzoek naar de moord op Wendt en wachtte erop dat Abbas zou landen, zodat ze het materiaal kon bekijken dat hij onder zijn trui droeg, zoals hij had gezegd. Toen hij had verteld over de gebeurtenissen in Costa Rica, lichtelijk geflatteerd, besefte ze dat het materiaal een belangrijke sleutel voor haar onderzoek kon bevatten. Een motief, misschien. Of in het beste geval een moordenaar.

Of meerdere.

Ze was dus een beetje gestrest, maar ze was ook een geroutineerde en verstandige politieagent. Ze besefte al snel dat de match die Stilton en Olivia boven water hadden gekregen heel belastend voor Jackie Berglund zou zijn. Ze besefte net zo snel dat de twee personen die voor haar stonden er zelf niets aan konden doen. Een studente en een dakloze. Geen willekeurige dakloze, weliswaar, maar momenteel niet iemand die je alleen in een officiële verhoorkamer zette met het onderzoek naar een moord die nog niet verjaard was.

Er was een mogelijke dader.

Ze stond dus voor hen klaar.

'Kom hier over vier uur weer naartoe.'

Eerst las ze alle bekende informatie over de strandmoord, daarna vroeg ze aanvullende informatie uit Noorwegen op. Toen ze die binnen had koos ze een verhoorkamer die op veilige afstand lag van onnodig commentaar. Met een paar deuren die het Stilton mogelijk maakte om zo discreet mogelijk naar binnen te glippen.

Olivia moest in de Polhemsgatan wachten.

'We hebben de kopieën van je verhoren uit 1987, naar aanleiding van de moord op Nordkoster,' zei Mette met een neutrale stem. 'Je was op het eiland toen de moord plaatsvond, klopt dat?'

'Ja.'

Jackie Berglund zat tegenover Mette. Naast Mette zat Stilton. De blikken van Jackie en Stilton hadden elkaar even ontmoet. Beiden waren ondoorgrondelijk. Hij kon vrij goed raden wat ze dacht, zij had er geen idee van wat hij dacht. Ze droeg een mooi, geel mantelpakje en had het donkere haar opgestoken in een strakke knot.

'In twee van die verhoren, één op de avond van de moord, de andere de dag erna in Strömstad met Gunnar Wernemyr, beweer je dat je nooit bij Hasslevikarna bent geweest, de plek waar de moord heeft plaatsgevonden. Klopt dat?'

'Ik ben daar inderdaad nooit geweest.'

'Ben je er eerder die dag geweest?'

'Nee. Ik ben daar nooit geweest, ik logeerde op een luxejacht in de haven. Dat weten jullie, dat staat in de verhoren.'

Mette ging kalm en methodisch te werk. Ze legde haar rustig uit dat de politie via het DNA van een haarspeld kon bewijzen dat ze op het strand was geweest waar de moord was gepleegd.

'We weten dat je daar geweest bent.'

Het bleef een paar seconden stil. Jackie was koel en beheerst en besefte dat ze van strategie moest veranderen.

'We hebben seks met elkaar gehad,' zei ze.

'We?'

'Ik was daar met een van die Noren en we hebben seks met elkaar gehad. Toen moet ik de haarspeld verloren zijn.'

'Minder dan een minuut geleden vertelde je dat je daar nooit bent geweest. Dat heb je ook gezegd tijdens de twee verhoren in 1987. En nu zeg je plotseling dat je daar wel was?'

'Ik ben daar geweest.'

'Waarom heb je daarover gelogen?'

'Om niet betrokken te raken bij de moord.'

'Wanneer heb je daar seks gehad met die Noor?'

'Overdag. Of misschien tegen de avond, ik weet het niet meer. Het is tenslotte meer dan twintig jaar geleden!'

'Er waren twee Noren op het luxejacht. Geir Andresen en Petter Moen. Met wie heb je seks gehad?'

'Met Geir.'

'Hij kan je verhaal dus bevestigen?'

'Ja.'

'Helaas is hij dood. We hebben dat net gecontroleerd.'

'O ja? Dan zullen jullie me op mijn woord moeten geloven.'

'Moeten we dat?'

Mette keek naar Jackie, die net was betrapt op een paar grove leugens. Jackie zag er net zo in een hoek gedrongen uit als ze was.

'Ik wil een advocaat,' zei ze.

'Dan beëindigen we het verhoor nu.'

Mette zette de bandrecorder uit. Jackie kwam snel overeind en liep naar de deur.

'Ken je Bertil Magnuson? De CEO van MWM?' vroeg Mette plotseling.

'Waar moet ik die van kennen?'

'Hij had in 1987 een vakantiewoning op Nordkoster. Misschien hebben jullie elkaar daar ontmoet?'

Jackie liep de kamer uit zonder antwoord te geven.

Olivia drentelde heen en weer langs het Kronobergspark. Ze vond het een eeuwigheid duren. Wat deden ze daarbinnen? Zouden ze Jackie arresteren? Plotseling moest ze aan Eva Carlsén denken. Zou ze het haar vertellen? Ze had het tenslotte aan Eva te danken dat ze zich had vastgebeten in Jackie.

Ze besloot te bellen.

'Hallo, met Olivia Rönning. Hoe is het met je?'

'Goed. De hoofdpijn is weg.'

Eva lachte even.

'En hoe is het met jou?' vroeg Eva. 'En Jackie Berglund?'

'Dat gaat uitstekend! We hebben DNA boven water gekregen dat haar aan het strand van Nordkoster koppelt. Op de avond van de moord.'

'We?'

'Ja, ik werk samen met een paar rechercheurs.'

'Echt?'

'Ja. Jackie wordt op dit moment verhoord door de recherche.'

'O ja? Oei. Ze was die avond dus op het strand?'

'Ja.'

'Wat vreemd. En nu heeft de politie het onderzoek weer voortgezet?'

'Dat weet ik niet, niet echt denk ik, tot nu toe zijn hij en ik degenen die voornamelijk bezig zijn met het onderzoek.'

'Wie is hij?'

'Tom Stilton.'

'Aha, dus hij heeft de zaak weer opgepakt?'

'Ja. Met tegenzin.'

Nu was Olivia degene die lachte, terwijl ze tegelijkertijd zag dat Jackie Berglund het politiebureau uit kwam lopen.

'Hoor eens, kan ik je later nog een keer bellen?'

'Doe dat. Tot ziens.'

Olivia verbrak de verbinding en zag dat Jackie in een taxi stapte. Op het moment dat hij wegreed zag ze dat Jackie naar haar keek. Olivia keek terug. Kattenmoordenares, dacht ze, en ze voelde haar hele li-

chaam verstrakken. Daarna verdween de taxi uit het zicht.
Stilton kwam naar buiten en Olivia rende naar hem toe.
'Hoe ging het? Wat zei ze?'

Toen ze uit de verhoorkamer kwam werd Mette in de gang tegengehouden door Oskar Molin, een hoge politiefunctionaris.
'Had je Jackie Berglund daarbinnen?'
'Wie heeft dat gezegd?'
'Forss zag haar naar binnen gaan.'
'En toen heeft hij jou gebeld?'
'Ja. Bovendien beweerde hij dat hij Tom Stilton had zien lopen. Was hij aanwezig?'
'Ja.'
'Toen je Jackie Berglund ondervroeg?'
'Ja.'
Oskar keek naar Mette. Ze hadden heel vaak samengewerkt en hadden veel respect voor elkaar. Gelukkig maar, dacht Mette, dit was een beetje precair.
'Waar ging het verhoor over? De moord op Nils Wendt?'
'Nee, op Adelita Rivera.'
'Wie is dat in vredesnaam?' vroeg Oskar.
'De vrouw die in 1987 is verdronken op Nordkoster.'
'Hou je je daarmee bezig?'
'Ik help.'
'Wie help je?'
'Ligt Jackie Berglund gevoelig?' zei Mette.
'Nee. Wat bedoel je daarmee?'
'Het lijkt op 2005, toen Stilton te dicht bij haar in de buurt kwam.'
'Waarom zou het gevoelig liggen?'
'Omdat wij allebei weten waarmee ze zich bezighoudt en er misschien iets in haar klantenbestand te vinden is wat er niet zou moeten zijn?'
Oskar keek naar Mette.
'Hoe is het Mårten?' vroeg hij.
'Goed. Denk je dat hij in het bestand voorkomt?'
'Je weet het maar nooit.'
Ze glimlachten een beetje stijf naar elkaar.

Oskar Molin had waarschijnlijk niet geglimlacht als hij had geweten dat het Mette was gelukt om een huiszoekingsbevel voor het appartement van Jackie Berglund te krijgen, iets wat Stilton in 2005 niet voor elkaar had gekregen. Mette had zo haar kanalen.

Lisa Hedqvist betrad Jackies appartement in Norr Mälarstrand terwijl Jackie in de verhoorkamer zat. Het ging tenslotte om een niet-verjaarde moord. Lisa opende onder andere Jackies computer en zette de inhoud ervan op een kleine USB-stick.

Dat zou Oskar Molin niet prettig gevonden hebben.

*

Ze was urenlang door Flemingsberg gelopen om Acke te zoeken. Ze had alle jongens die ze zag gevraagd of ze Acke Andersson hadden gezien. Niemand had hem gezien.

Nu zat ze op Ackes bed in zijn kamer en hield een paar kleine, versleten voetbalschoenen in haar handen terwijl ze naar het kapotte skateboard keek. Acke had geprobeerd het te repareren met bruine tape. Ze droogde haar wangen. Ze had een hele tijd gehuild. Minken had een uur geleden gebeld en had niets te vertellen gehad. Acke was verdwenen. Ze wist dat er iets gebeurd was, dat voelde ze in haar hele lichaam, iets wat te maken had met de kooigevechten. Ze zag zijn blauwe plekken voor zich, alle verwondingen op het kleine lichaam. Waarom had hij daaraan meegedaan? Zo was hij niet. Helemaal niet. Hij vocht nooit. Wie had hem overgehaald? Ovette draaide de voetbalschoenen tussen haar magere handen. Als hij maar terugkwam, dan zou ze nieuwe schoenen voor hem kopen. Meteen. En met hem naar Gröna Lund gaan. Als hij maar... Ze draaide zich om en pakte haar mobiel.

Ze moest de politie bellen.

De container stond bij een portiek in de Diagnosvägen. Hij bevatte een paar smerige matrassen, een gedeeltelijk verbrande leren bank en een heleboel rotzooi van een kelderopruiming. Het meisje dat over de containerrand keek zag een dvd-hoes tussen de rotzooi. Misschien zat er een film in? Met enige moeite lukte het haar om over de rand te klimmen en op de bank te stappen. Voorzichtig liep ze naar het hoesje. Misschien was hij leeg, maar misschien had ze geluk. Op het moment dat ze zich naar het hoesje uitstrekte zag ze het. Tussen een paar bankkussens stak een kleine, tengere arm naar boven.

Onder aan de arm waren de letters KF getekend, met een cirkel eromheen.

Stilton stond voor de Söderhallen en verkocht kranten. Het ging redelijk, maar hij was heel moe. Hij had de afgelopen nacht twee uur over de stenen trappen gelopen. Tijdens het lopen had hij nagedacht over Mariannes bezoek aan Vera's caravan. Nu was een van hen dood en de ander gelukkig getrouwd. Dat nam hij tenminste aan. Voordat hij daarna in de caravan in slaap viel, had hij aan Mariannes hand op zijn hand gedacht. Was dat alleen een uiting van medeleven?

Waarschijnlijk wel.

Hij keek naar de hemel en zag dat er donkere wolken binnendreven. Als het ging regenen was hij niet van plan te blijven staan. Hij stopte zijn kranten in zijn rugzak en vertrok. Mette had een tijdje geleden gebeld om te vertellen dat ze Jackie Berglund een tijdje opzij moest schuiven. Ze zou het laten weten als het tijd was voor meer verhoren.

'Wees een beetje voorzichtig,' had ze gezegd.

'Hoezo?'

'Je weet hoe Berglund is, en nu weet ze wie het op haar gemunt heeft.'

'Oké.'

Stilton had Mette niet verteld wat Olivia had meegemaakt in de lift. Misschien had ze dat zelf gedaan? Of was het een algemene waarschuwing?

Terwijl hij over de Medborgarplatsen liep dacht hij weer aan zijn hypothese, die hij aan Janne Klinga had verteld. Misschien zochten ze hun slachtoffers bij de Söderhallen uit.

Daarna was hij te moe om te denken.

Het laatste stuk door het bos liep hij langzaam. Hij was doodop. Met een diepe zucht opende hij de deur van de caravan. Die moest weg, maar de gemeente had er na de moord niet meer over gerept, dus stond hij er nog.

Vanavond zou hij niet naar de stenen trappen gaan.

Het bos Niets is niet bepaald groot als je het met de Norrlandse wouden vergelijkt, maar groot en rotsachtig genoeg om je te verstoppen, alleen of met meerderen. In dit geval waren het twee donker geklede figuren. Ze konden zich prima verbergen in het bos achter de groezelige caravan.

Stilton trok de deur achter zich dicht. Op het moment dat hij zich op een van de banken liet vallen, belde Olivia om over Jackie te praten. Stilton had er geen energie voor.

'Ik moet eerst slapen,' zei hij.

'O, oké... Maar je houdt je mobiel toch aan?'

'Waarom?'

'Voor als er iets gebeurt.'

Heeft Mette ook met haar gepraat? dacht Stilton.

'Ja, ik heb hem aan. Ik spreek je later.'

Stilton verbrak het gesprek, liet zich achterovervallen op de bank en zette zijn mobiel uit. Hij wilde niet gestoord worden. Het verhoor met Jackie had veel kracht gekost, maar andere dingen waren nog zwaarder geweest. Het had hem innerlijk verscheurd om door het gebouw te lopen waar hij zoveel succesvolle jaren als moordonderzoeker had doorgebracht. Om als een rat naar buiten te glippen om zijn voormalige collega's te ontwijken.

Dat deed pijn.

Hij voelde dat de wond weer open was. De wond die opensprong als hij besefte dat hij uitgeschakeld was. Dat hij min of meer het stempel 'afgedaan' had gekregen. Oké, hij had een psychose gehad. Paniekaanvallen, en hij had zorg nodig gehad. Maar daar lag het volgens hem niet aan.

Hij had het gevoel dat hij buiten spel was gezet.

Natuurlijk waren er collega's geweest die hem hadden gesteund, maar het geroddel achter zijn rug was met de dag toegenomen. Hij wist wie dat aangewakkerd had. En op een werkplek waar iedereen dicht op elkaar werkt, is het niet moeilijk om de sfeer te verpesten. Hier een pessimistisch woord, daar een geslepen hint, ontwijkende blikken, mensen die je negeren als ze zien dat je alleen aan een tafeltje in de kantine zit. Uiteindelijk kon hij niet anders dan stoppen.

Zoveel trots had hij nog gehad.

Hij vulde een paar dozen, praatte met zijn chef en vertrok. Daarna was het bergafwaarts met hem gegaan.

Hij zakte weg in een uitgeputte roes op de bank.

Plotseling werd er op de deur geklopt. Stilton schrok. Er werd opnieuw geklopt. Stilton kwam moeizaam overeind. Zou hij opendoen? Weer geklop. Stilton vloekte zachtjes, stond op van de bank, liep naar de deur en deed open.

'Hallo. Ik ben Sven Bomark van de gemeente Solna.'

De man was in de veertig, droeg een bruine jas en een grijze pet.

'Mag ik binnenkomen?'

'Waarom?'

'Om over de caravan te praten.'

Stilton liep naar de bank terug en ging zitten. Bomark trok de deur achter zich dicht.

'Mag ik zitten?'

Stilton knikte en Bomark ging op de bank tegenover hem zitten.

'Woon jij hier tegenwoordig?'

'Waar lijkt het op?'

Bomark glimlachte.

'Je weet misschien dat we de caravan weg moeten halen.'

'Wanneer?'

'Morgen.'

Bomark praatte kalm en vriendelijk. Stilton keek naar zijn witte, ongebruikte handpalmen.

'Waar brengen jullie hem naartoe?'

'Naar de vuilstort.'

'Wordt hij verbrand?'

'Waarschijnlijk wel. Kun je ergens anders wonen?'

'Nee.'

'Je weet dat we een logement in...'

'Was dat alles?'

'Ja.'

Bomark bleef zitten. De mannen keken naar elkaar.

'Het spijt me,' zei Bomark, waarna hij opstond. 'Kan ik er zo een kopen?'

Hij wees naar het stapeltje *Situation Sthlm* dat op de tafel lag. Stilton schoof er een naar hem toe.

'Veertig kronen.'

Bomark haalde zijn portemonnee tevoorschijn en gaf een briefje van vijftig.

'Ik heb geen wisselgeld,' zei Stilton.

'Dat hindert niet.'

Bomark pakte de krant, deed de deur open en verdween naar buiten.

Stilton liet zich weer op de bank vallen. Hij had geen energie om erover na te denken. De caravan zou morgen weggehaald worden. Hij moest weg. Alles moest weg. Hij voelde dat hij steeds dieper wegzakte.

De twee donkere gestalten wachtten tot de man met de grijze pet verdwenen was. Daarna slopen ze met de ruwe plank naar de caravan. Ze duwden hem onder het handvat en legden een grote steen tegen de onderkant van de plank. Daarna haalden ze de dop van de kleine jerrycan.

Stilton draaide op de bank. Hij voelde een zwakke prikkel in zijn neus. Hij was nog steeds diep in slaap, te moe om te reageren. Het geprikkel nam toe, de lucht kronkelde steeds verder naar binnen en zette zich vast in zijn onderbewustzijn. Gewelddadige fragmenten van vuur en rook en gillende vrouwen trokken door zijn versufte hersenen. Plotseling ging hij zitten.

Op dat moment zag hij de vlammen.

Hoge, geel-blauwe vlammen die aan de buitenkant van de caravan likten. Zware bijtende rook die naar binnen begon te dringen. Stilton raakte in paniek. Doodsbang sprong hij van de bank en stootte zijn hoofd tegen een van de kastjes. Hij viel op de vloer, krabbelde overeind en gooide zich tegen de deur. Die ging niet open.

Hij schreeuwde en gooide zich weer tegen de deur.

Die ging niet open.

Een stukje verderop in het bos stonden de donkere gestalten naar de caravan te kijken. De ruwe plank onder de deurkruk werkte. De deur was geblokkeerd. Bovendien hadden ze flink wat benzine rond de caravan gegoten. Het vuur vrat zich als het ware door de wanden naar binnen.

Een normale caravan is een redelijke tijd bestand tegen vuur voordat het plastic begint te smelten. Een caravan zoals die van Vera verandert in een mum van tijd in een inferno.

Toen de hele caravan was omgeven door de bulderende vlammen draaiden de gestalten zich om en renden het bos in.

*

Abbas el Fassi liep het vliegtuig uit. Het was krap bij de uitgang en hij was moe. De pijn van de klap op zijn achterhoofd was niet minder geworden. Bovendien zat de beproeving van het vliegen nog in zijn lichaam.

Na een heel heftige zweetaanval door een paar onverwachte luchtzakken boven Denemarken moest hij het materiaal onder zijn trui vandaan halen en in een blauwe plastic tas stoppen. Die droeg hij nu in zijn hand. Verder had hij geen bagage bij zich.

Daar was hij het type niet voor.

De messen had hij aan de twee jochies in Mal Pais gegeven.

In de plexiglazen gang tussen het vliegtuig en de aankomsthal pakte hij zijn mobiel en belde Stilton. Geen antwoord.

Toen hij uit de gang kwam werd hij opgewacht door Lisa Hedqvist en Bosse Thyrén. Hij wist wie ze waren. Samen begonnen ze naar de aankomsthal te lopen. Zowel Lisa als Abbas haalde een mobiel tevoorschijn. Lisa belde Mette en zei dat alles onder controle was. Ze waren op weg naar buiten.

'Waar moeten we naartoe?'

Mette dacht even na. Ze vond het redelijk dat Stilton erbij was als Abbas het materiaal van Costa Rica liet zien. Het ging in hoge mate om de strandmoord, zoveel had ze begrepen van Abbas' korte telefoongesprek. Het politiebureau is geen goed idee, dacht ze.

'Breng hem naar het appartement in de Dalagatan. We zien elkaar voor de deur.'

Abbas praatte in zijn mobiel met Olivia.

'Weet jij waar Stilton is?'

'In de caravan?'

'Hij neemt niet op.'

'O nee? Maar hij moet daar zijn, ik heb hem een tijdje geleden gebeld en toen was hij daar. Hij klonk heel moe, ik denk dat hij ging slapen. Maar hij zou zijn mobiel aan laten. Misschien kon hij niet opnemen.'

'Oké. We spreken elkaar straks.'

Abbas kwam de aankomsthal in lopen met Bosse en Lisa allebei aan een kant. Ze liepen rechtstreeks naar de uitgang. Geen van hen zag de man die bij een muur stond en naar de croupier van Casino Cosmopol keek, die door de hal liep. K Sedovic pakte zijn mobiel.

'Is hij alleen?' vroeg Bertil Magnuson.

'Nee. Hij is met een man en een vrouw. In burgerkleding.'

Bertil verwerkte de informatie. Had hij hen in het vliegtuig ontmoet? Werkte hij met ze samen? Of waren het politieagenten in burger?

'Volg ze.'

Olivia zat in de keuken met haar mobiel in haar hand. Waarom nam Stilton niet op als Abbas belde? Hij had beloofd dat hij zijn mobiel niet zou uitzetten. Natuurlijk zou hij opnemen als hij zag dat het Abbas was. Had hij hem toch uitgezet? Ze probeerde Stilton te bellen. Geen antwoord. Was het geld van zijn telefoonkaart op? Maar dan moest zij hem wel kunnen bereiken. Daar was ze zeker van.

Haar fantasie sloeg op hol.

Was er iets gebeurd? Was hij weer mishandeld? Of was het die verdomde Jackie Berglund? Stilton was tenslotte bij het verhoor geweest.

Ze kwam snel overeind.

Toen ze op straat was, was ze flink gejaagd en ze nam een besluit.

De Mustang!

Ze rende naar de parkeerplaats en bleef met gemengde gevoelens bij de auto staan. Ze had er niet meer in gereden sinds dat met Elvis gebeurd was. Maar Elvis was dood en de auto onaangenaam. Ze had van allebei gehouden en nu was alles veranderd. Ze hadden niet alleen Elvis en de auto van haar afgenomen, maar ook een stukje van haar vader. De geur van Arne in het interieur zou ze nooit meer ruiken. Maar het ging nu om Stilton, misschien was er iets gebeurd! Ze opende het portier en ging achter het stuur zitten. Toen ze de sleutel in het slot stak en hem omdraaide voelde ze zich helemaal trillerig. Ze dwong zichzelf om te schakelen en weg te rijden.

Dat Stilton niet opnam had natuurlijk een reden. De mobiel lag als een verwrongen plastic worst in de as van wat ooit de caravan van Vera Larsson was geweest. Die was nu veranderd in een zwarte, rokende ruïne, omgeven door een paar brandweerwagens die bezig waren om de slangen op te rollen. Ze hadden water op de laatste brandende resten gespoten om ervoor te zorgen dat de brand zich niet naar het bos verspreidde. En ze hadden de plek afgezet. Voornamelijk om de nieuwsgierigen uit de buurt op afstand te houden.

Nieuwsgierigen die fluisterend constateerden dat die afzichtelijke caravan eindelijk weg was.

Olivia parkeerde haar auto een stuk verderop. Ze rende naar de kleine open plek in het bos tot ze bij het afzetlint was. Daar stonden een paar politieagenten in uniform, waardoor ze niet verder kon.

Meteen daarachter stonden twee in burger geklede onderzoekers, Rune Forss en Janne Klinga. Ze waren net gearriveerd en hadden geconstateerd dat de plek waar Vera Larsson was vermoord, weggevaagd was.

'Het is waarschijnlijk vandalisme,' zei Forss, waarmee hij Klinga voor een moeilijke keuze plaatste. Als hij vertelde dat Stilton in de caravan was gaan wonen, moest hij ook uitleggen hoe hij dat wist, en dat kon hij niet.

Niet aan Forss.

'Maar misschien is er na haar iemand anders in gaan wonen,' zei hij.

'Dat is mogelijk, daar moet de technische recherche antwoord op geven. Als er iemand binnen was toen hij in brand vloog, valt er niet veel meer te verhoren.'

'Nee, maar misschien moeten we...'

'Was er iemand in de caravan?' vroeg Olivia die zich een stuk naar voren had gedrongen. Forss keek naar haar.

'Kan er iemand geweest zijn?'

'Ja.'

'Hoe weet je dat?'

'Omdat ik degene die hier woonde ken.'

'Wie is dat dan?'

'Hij heet Tom Stilton.'

Klinga voelde zich onmiddellijk opgelucht. Forss daarentegen was verbijsterd. Stilton? Had hij in deze caravan gewoond? Was hij in de vlammen omgekomen? Forss keek naar de rokende puinhoop.

'Weet je of hij binnen was?'

Klinga keek naar Olivia. Hij herinnerde zich dat ze elkaar een paar dagen geleden in de deuropening van de caravan waren tegengekomen en besefte dat ze Stilton kende. Wat moest hij zeggen?

'Dat weten we niet, onze technici moeten de resten bekijken voordat we...'

Olivia draaide zich om en rende naar een boom. Daar liet ze zich als door de bliksem getroffen vallen en begon te hyperventileren. Ze probeerde zichzelf wijs te maken dat Stilton niet in de caravan was geweest. Hij hóéfde er niet geweest te zijn. Op het moment dat hij in brand vloog.

Verward en geschokt liep ze naar haar auto terug. Achter haar reden de brandweerwagens weg en de nieuwsgierigen verspreidden zich pratend in alle richtigen. Alsof er niets was gebeurd, dacht ze. Ze pakte haar mobiel met trillende handen en toetste een nummer in. Mårten nam op en ze probeerde met een haperende stem te vertellen wat er was gebeurd.

'Is hij omgekomen in de vlammen?'

'Ik weet het niet! Ze weten het niet! Is Mette daar?'

'Nee.'

'Vraag haar om te bellen.'

'Olivia! Je moet...'

Olivia drukte hem weg en koos het nummer van Abbas.

Hij nam op in een burgerpolitieauto op weg van Arlanda, een auto die op dat moment stilstond. Een vrachtwagen was in een slip geraakt, was tegen de stalen kabels tussen de rijbanen gereden en had een enorme file veroorzaakt op de tweede rijstrook. Hun rijstrook. Ze kwamen nauwelijks langs de plek van het ongeluk. De files kropen vooruit.

Dat gold ook voor de auto die hen volgde en die vlak achter hen reed.

Abbas zette zijn mobiel uit. Was Tom in de caravan geweest? Had hij daarom niet opgenomen? Hij keek uit het autoraam. Er hingen lage nevelsluiers boven de uitgestrekte groene velden. Krijg je zo een bericht over de dood? dacht hij.

In een file?

Olivia reed naar haar appartement. Ze parkeerde en liep langzaam naar haar portiek. Ze kon niet meer nadenken, niets opnemen. Ze begreep niet wat er gebeurd was. Toen ze de deurcode intoetste en de deur openduwde was dat met begrijpelijke voorzichtigheid. Ze had Jackie Berglunds blik achter het taxiraam gezien en ze had Vera's uitgebrande caravan gezien. Was de brand Jackies wraak voor het verhoor?

De gang was niet verlicht, maar ze wist precies waar de lichtschakelaar zat. Ze kon er net bij terwijl ze met haar voet de deur openhield. Ze strekte zich uit naar de schakelaar en schrok. Vanuit haar ooghoeken had ze een donkere schaduw bij de trap gezien. Ze gilde terwijl ze tegelijkertijd op het lichtknopje drukte. Het licht scheen op een armzalige man met bezweet haar, verbrande kleren en bloedende armen.

'Tom?'

Stilton keek naar haar en hoestte hevig. Olivia haastte zich naar hem toe en hielp hem overeind. Voorzichtig liepen ze de trappen naar haar appartement op. Stilton liet zich op een stoel in de keuken vallen. Olivia belde Abbas. De file was opgelost en ze waren bij Sveaplan.

'Is hij bij jou?' vroeg Abbas.

'Ja. Bel jij Mette? Ik krijg haar niet te pakken.'

'Oké. Waar woon je?'

Olivia plakte pleisters op zijn snijwonden. Daarna deed ze een raam open om de verstikkende stank van de rook uit huis te krijgen en bood koffie aan. Stilton zei geen woord. Hij liet haar haar gang gaan. De schok zat nog in zijn lichaam. Hij wist dat het op het nippertje was geweest. Als het hem niet was gelukt om het raam aan de achterkant met de gasfles stuk te slaan, hadden de technici een verwrongen skelet gevonden en was hij afgevoerd in een lijkzak.

'Dank je.'

Stilton pakte de koffie met trillende handen aan. Paniek? Ja, hij was in paniek geweest. Wat natuurlijk niet vreemd was, dacht hij, als je opgesloten zat in een brandende caravan. Hij wist echter dat de paniek door iets anders was veroorzaakt. Hij kon zich zijn moeders woorden op haar doodsbed nog heel goed herinneren.

Olivia ging tegenover hem zitten. Stilton hoestte weer.

'Was je in de caravan?' vroeg ze uiteindelijk.

'Ja.'

'Maar hoe ben je...'

'Stop daarmee.'

Opnieuw. Olivia begon er gewend aan te raken. Als hij niet wilde, dan wilde hij niet. Stijfkop. Ze begon Marianne Boglund te begrijpen. Stilton zette de beker op tafel en leunde naar achteren.

'Denk je dat Jackie erachter zit?' vroeg Olivia.

'Geen idee.'

Ze kan het geweest zijn, dacht hij. Of het waren andere personen geweest, die hem vanaf de Söderhallen waren gevolgd. Dat ging Olivia echter niets aan. Als hij eraan toe was zou hij Janne Klinga bellen. Op dit moment voelde hij zich iets kalmer worden door de warme koffie. Hij zag dat Olivia naar hem keek, een beetje stiekem. Ze is knap, dacht hij, iets waar hij eerder niet over had nagedacht.

'Heb je een relatie met iemand?' vroeg hij plotseling.

Olivia was verrast door de vraag. Stilton had nog nooit interesse in haar privéleven getoond.

'Nee.'

'Ik ook niet.'

Hij glimlachte. Olivia glimlachte terug. Op dat moment ging haar mobiel. Het was Ulf Molin, haar klasgenoot.

'Hoi.'

'Hoe gaat het met je?' vroeg hij.

'Goed. Waarom bel je?'

'Mijn vader heeft daarnet gebeld, hij heeft het een en ander over Tom Stilton gehoord, de man naar wie je gevraagd hebt, weet je nog?'

'Ja.'

Olivia draaide zich van Stilton af. Hij keek naar haar.

'Hij is blijkbaar een zwerver,' zei Ulf.

'O ja?'

'Heb je hem te pakken gekregen?'
'Ja.'
'Is hij een zwerver?'
'Hij is dakloos.'
'Is dat iets anders?'
'Kan ik je terugbellen? Ik heb bezoek.'
'Ja hoor, doe maar. Tot ziens!'
Olivia verbrak de verbinding. Stilton begreep dat het over hem was gegaan. Er waren niet zoveel daklozen in Olivia's omgeving. Hij keek naar haar en zij keek terug. Er lag iets in Stiltons blik waardoor ze plotseling aan haar vader moest denken. Aan de foto die ze in de woning van de Wernemyrs in Strömstad had gezien. Van Stilton en Arne.
'Hoe goed kende je mijn vader?' vroeg ze.
Stilton keek naar de tafel.
'Hebben jullie lang samengewerkt?'
'Een paar jaar. Hij was een goede politieagent.'
Stilton keek op en keek in Olivia's ogen.
'Mag ik je iets vragen?' zei hij.
'Ja.'
'Waarom heb je de strandmoord als schoolopdracht gekozen?'
'Omdat mijn vader betrokken was bij het onderzoek.'
'Was dat de enige reden?'
'Ja. Waarom vraag je dat?'
Stilton dacht even na. Op het moment dat hij zijn mond open wilde doen werd er aangebeld. Olivia kwam overeind, liep naar de hal en deed open. Het was Abbas. Hij had een blauwe plastic tas in zijn hand. Olivia liet hem binnen en liep voor hem uit naar de keuken. De eerste gedachte die door haar hoofd schoot was de troep. Waarom is het verdorie zo'n rommel?
Dat had ze niet gedacht toen ze met Stilton was binnengekomen, maar met Abbas was het anders.
Hij liep de keuken in en keek naar Stilton.
'Hoe is het?'
'Slecht,' zei Stilton. 'Bedankt voor Adelita Rivera.'
'Graag gedaan.'
'Wat heb je in die zak?'
'Materiaal van Mal Pais, Mette is op weg hiernaartoe.'

K Sedovic, die instructies van de Sveavägen had gekregen om de croupier vanaf Arlanda te volgen, pakte meteen zijn telefoon.

'De croupier is naar binnen gegaan, de andere twee zitten nog in de auto.'

Hij stond een stukje van Olivia's portiek en had uitzicht op de auto die recht voor het portiek stond. Voorin zaten Bosse Thyrén en Lisa Hedqvist.

'Had hij die plastic tas bij zich?' vroeg Bertil.

'Ja.'

Bertil snapte er niets van. Waar was Abbas el Fassi verdomme mee bezig? Een portiek in de Skånegatan? Wie woonde daar? Waarom wachtten de andere twee in de auto? En wie waren het?

Een vraag die bijna meteen beantwoord werd, op het moment dat Mette Olsäter de straat in reed, voor Lisa's auto parkeerde en uitstapte. Ze liep naar het naar beneden gedraaide raam bij de chauffeursstoel.

'Rij naar de recherche en roep de anderen op. Je hoort van me.'

Mette verdween in het portiek. K belde Bertil opnieuw en deed verslag.

'Hoe zag ze eruit?' vroeg Bertil.

'Een flinke bos grijs haar. En heel dik,' zei K.

Bertil Magnuson liet zijn mobiel zakken en keek uit over de Adolf Fredrik-begraafplaats. Hij wist meteen wie de vrouw was. Mette Olsäter. De rechercheur die vragen had gesteld over Wendts korte telefoontjes, waarna hij in haar ogen had gelezen dat ze wist dat hij loog.

Dit was niet goed.

Het begon helemaal mis te lopen.

'Het stinkt hier naar rook,' zei Mette toen ze de keuken in liep.

'Dat ben ik,' zei Stilton.

'Is alles goed met je?'

'Ja.'

Olivia keek naar Stilton. Een paar dagen geleden was hij ernstig mishandeld en nu bijna in de vlammen omgekomen. En dan zegt hij dat het goed met hem gaat? Was dat een bepaald jargon? Grootspraak? Of een manier om de aandacht af te leiden? Waarschijnlijk, want Mette leek er tevreden mee. Zij kent hem beter, dacht Olivia.

Abbas legde de inhoud van de plastic tas op de keukentafel. Een cassettebandje, een envelop en een plastic hoes met een vel papier erin. Gelukkig had Olivia vier stoelen. Ze twijfelde alleen of de vierde stoel Mette zou houden. Hij was niet zo stevig.

Ze ging zitten en Olivia zag dat de stoelpoten een stukje uit elkaar schoven. Mette trok een paar dunne latex handschoenen aan en pakte het cassettebandje op.

'Ik heb het vastgehad,' zei Abbas.

'Dan weten we dat.'

Mette keek naar Olivia.

'Heb jij een ouderwetse cassetterecorder?'

'Nee.'

'Oké, dan doen we het bij de recherche.'

Mette stopte het cassettebandje in de plastic tas en pakte de envelop. Het was een oude envelop, met een oude Zweedse postzegel erop. In de envelop zat een kort briefje, dat met een typemachine was geschreven. Mette bekeek de brief.

'Hij is in het Spaans.'

Ze hield hem Abbas voor. Die vertaalde hardop.

'Dan, het spijt me, maar ik ben bang dat we niet bij elkaar passen en nu heb ik de kans om een nieuw leven te beginnen. Ik kom niet terug.'

Mette hield de brief onder de keukenlamp. Hij was ondertekend met 'Adelita'.

'Mag ik de envelop bekijken?' vroeg Stilton.

Abbas gaf hem de envelop en Stilton bekeek de postzegel.

'Hij is vijf dagen nadat Adelita is vermoord afgestempeld.'

'Dan is het onwaarschijnlijk dat hij door haar is geschreven,' zei Mette.

'Dat klopt.'

Mette haalde een met een typemachine geschreven vel A4-papier uit de plastic hoes.

'Die lijkt pas geleden geschreven, en is in het Zweeds.'

Mette begon te lezen.

'Aan de politie in Zweden... Hij is gedateerd op 8 juni 2011, vier dagen voordat Wendt naar Nordkoster is gekomen,' zei ze, waarna ze verderging. 'Eerder vanavond kreeg ik een Zweedse man op bezoek, hier in Mal Pais. Hij heette Ove Gardman en vertelde over de moord die in 1987 op het eiland Nordkoster in Zweden is gepleegd. Later op de avond zag ik op internet dat de vermoorde vrouw Adelita Rivera was. Een Mexicaanse van wie ik hield en die in verwachting was van mijn kind. Wegens diverse omstandigheden, voornamelijk financiële, was ze naar Nordkoster in Zweden gereisd om geld te halen, iets wat ik op dat moment zelf niet kon doen. Ze is nooit teruggekomen. Ik begrijp nu waarom en ik ben er vrij zeker van dat ik weet wie er achter de moord op haar zit. Ik sta op het punt om naar Zweden te vertrekken om te controleren of mijn geld nog op het eiland is.'

'De lege koffer,' zei Olivia.

'Welke koffer?' vroeg Abbas.

Olivia vertelde Abbas snel over Dan Nilssons lege koffer.

'Hij moet hem bij zich gehad hebben om het geld eventueel in te doen,' zei ze.

Mette begon weer te lezen.

'Als het geld er niet is, dan weet ik wat er gebeurd is en dan zal ik daarnaar handelen. Ik heb een kopie bij me van het cassettebandje dat in deze tas zit. De stemmen op het bandje zijn van mij en van Bertil Magnuson, CEO bij MWM. Het bandje spreekt voor zich. De brief is ondertekend met Dan Nilsson/Nils Wendt.'

Mette liet het vel papier zakken. In één klap was ze vrij veel te weten gekomen. Vooral over de korte telefoongesprekken van Wendt naar Bertil Magnuson. Die moesten over het verdwenen geld zijn gegaan.

'Misschien moet je deze ook meenemen.'

Abbas deed zijn jas open en haalde de foto van Nils Wendt en Adelita Rivera uit de bar in Santa Teresa tevoorschijn.

'Mag ik hem zien?'

Olivia stak haar hand uit naar de foto. Stilton boog zich naar haar toe. Ze keken samen naar het paar dat elkaar omhelsde.

'Ze zien er gelukkig uit,' zei Olivia.

'Ja.'

'En nu zijn ze allebei dood. Tragisch.'

Olivia schudde haar hoofd en gaf de foto terug. Mette pakte hem aan en kwam overeind. Omdat zij de enige was die zich officieel met een moordonderzoek bezighield, was er niemand die protesteerde toen ze de plastic tas met het materiaal pakte. Op weg naar de deur zag ze het kattenspeeltje op de vensterbank liggen. Het enige wat Olivia had bewaard.

'Heb je een kat?' vroeg ze.

'Die had ik, maar... hij is verdwenen.'

'Wat naar.'

Mette vertrok naar het bureau. Ze liep Olivia's portiek uit met de blauwe plastic tas in haar hand, ging naar de zwarte Volvo, stapte in, schakelde en reed weg. Vlak achter haar reed de andere auto weg, in dezelfde richting.

Bertil Magnuson stond bij het raam in zijn donkere kantoor. Hij had voortdurend contact met K Sedovic. Bertil nam een aantal scenario's door in zijn hoofd. Het eerste en meest wanhopige was om Mette Olsäters auto klem te rijden en de plastic tas met geweld af te pakken. Wat een overval op de openbare weg op een hoge politieambtenaar betekende en aanzienlijke risico's inhield. Het tweede was kijken waar ze naartoe ging. Misschien ging ze naar huis? Dan zouden ze kunnen inbreken om in het bezit van de plastic tas te komen. Dat bracht aanzienlijk minder risico met zich mee. Het derde was dat ze meteen naar het politieburau ging.

Wat vernietigend zou zijn, maar helaas het meest waarschijnlijk.

Er hing een voldane stilte in Olivia's keuken. Stiltons hoofd leek wel een tombola. Het was verbijsterende informatie die was opgedoken. Voor hem. Na al die jaren. Uiteindelijk keek Olivia naar Abbas.

'Nils Wendt was dus de vader van Adelita's kind?'

'Ja.'

'Ben je meer over haar te weten gekomen? Van die Bosques?'

'Ja.'

Abbas sloeg zijn jas open en haalde er een menukaart van het vliegtuig uit.

'Ik herinnerde me wat hij zei en heb het opgeschreven in het vliegtuig...'

Abbas begon voor te lezen van het briefje in zijn hand.

'Heel mooi. Komt uit Playa del Carmen in Mexico. Was familie van een beroemde kunstenaar. Hield zichzelf bezig met...'

Abbas zweeg.

'Met wat?'

'Ik kan niet lezen wat ik heb geschreven, waarschijnlijk een luchtzak... Ja! Gobelins! Ze weefde heel mooie gobelins. Was erg geliefd in Mal Pais. Hield van Dan Nilsson. Dat was het zo ongeveer.'

'Waar hebben ze elkaar ontmoet?'

'Ik geloof in Playa del Carmen. En daarna kwamen ze naar Costa Rica om samen een nieuw leven te beginnen, zoals Bosques het uitdrukte.'

'En dat was in het midden van de jaren tachtig?' vroeg Olivia.

'Ja, en daarna raakte ze zwanger.'

'En reisde ze naar Nordkoster en werd vermoord,' zei Stilton.

'Door wie? En waarom?' vroeg Abbas.

'Misschien Bertil Magnuson,' zei Stilton. 'Wendt schreef tenslotte dat hij op het cassettebandje stond, bovendien heeft hij een vakantiewoning op Nordkoster.'

'Had hij die toen al?'

'Ja,' zei Olivia.

Ze herinnerde zich wat Betty Nordeman had verteld.

'Daarmee vervalt je lijntje naar Jackie,' zei Stilton.

'Waarom? Magnuson kent Jackie misschien ook. Hij is misschien een van haar klanten. Misschien kende ze hem toen al. Misschien zijn ze er allebei bij betrokken. Er waren tenslotte drie personen op het strand.'

Stilton haalde zijn schouders op. Hij wilde niet meer over Jackie Berglund praten. Olivia veranderde van onderwerp en richtte zich tot Abbas.

'Wat is er gebeurd met de mannen die ingebroken hebben in Wendts woning?'

'Ze zijn van mening veranderd.'

Stilton keek naar Abbas. Hij wist niet wat er gebeurd was, maar hij ging ervan uit dat de details niet voor Olivia's oren bestemd waren. Waar Abbas zich heel goed van bewust was.

'Ik denk dat ze op zoek zijn geweest naar de spullen die je van Bosques hebt gekregen,' zei Olivia.

'Waarschijnlijk wel.'

'En dan vraag ik me af in wiens opdracht ze gehandeld hebben. Het moet iemand uit Zweden zijn geweest.'

'Ja.'

'Zo meteen begint ze weer over Jackie Berglund.' Stilton glimlachte toen hij het zei. Hij had inmiddels heel veel respect voor Olivia gekregen. Hij kwam overeind en keek naar Abbas.

'Is het goed als ik...'

'Het bed is opgemaakt.'

'Dank je.'

Het was een dialoog waaruit Olivia concludeerde dat Stilton die nacht bij Abbas zou slapen. Hij had tenslotte geen caravan meer.

*

Het was het derde, vernietigende scenario. Mette reed meteen naar de recherche met de blauwe plastic tas en verdween door de glazen deuren naar binnen. K Sedovic bracht verslag uit aan Bertil Magnuson.

Bertil overwoog om te verdwijnen. Het land uit te gaan. Een 'Nils Wendt' doen. Maar hij liet dat idee al snel varen. Het zou nooit werken, dat wist hij. En hij besefte waar het uiteindelijk allemaal om draaide.

Het was een kwestie van tijd.

Hij parkeerde de Jaguar voor de villa en liep meteen naar het terras. Hij ging zitten en stak een cigarillo op. De zomeravond was helder en warm, het water glinsterde. Vanaf Bockholmen klonk gezang. Linn was in de buurt op een, zoals zij het noemde, verschrikkelijk oninteressante vrouwenavond met een aantal vrouwen die zich Stocksunds Petticoat noemde. Een stel in de steek gelaten huisvrouwen die zich bezighielden met liefdadigheid en opgewaardeerde tupperwareparty's. Linn had heel weinig overeenkomsten met de vrouwen, eigenlijk alleen haar adres. Maar omdat Bertil had beweerd dat hij een aantal zakelijke telefoontjes had en misschien laat terug zou zijn, ging ze toch maar naar de avond.

Opgedoft.

En mooi.

Bertil dacht aan haar toen hij daar zat. Hij vroeg zich af hoe ze zou reageren. Aan haar ogen. Hoe ze naar hem zou kijken en hoe hij met de vernedering moest omgaan. En daarna dacht hij aan de oorzaak van alles. Aan de personen bij de rijksrecherche die op dit moment zaten te luisteren naar een opgenomen bandje waarop hij ondubbelzinig zijn betrokkenheid bij een moord toegaf. Niet alleen betrokkenheid, hij had de opdracht gegeven.

Bertil Magnuson.

Maar wat voor keus had hij gehad?

Het voortbestaan van zijn hele bedrijf stond tenslotte op het spel!

Dus had hij een andere weg gekozen dan Nils Wendt had voorgesteld.

Een catastrofaal verkeerde keuze, bleek nu.

Toen hij naar de ongeopende whiskyfles in de barkast liep, zag hij de krantenkoppen voor zich en hoorde hij de opgewonden vragen van journalisten over de hele wereld. Hij wist dat hij geen antwoorden zou hebben.

Niet een.

Hij was betrokken bij een moord.

*

Het gedempte licht bereikte de tengere, bleke arm die naar beneden hing niet. De letters KF waren bijna verdwenen. Acke lag in bed, bewusteloos, verdoofd, met overal slangen. Ovette zat op een stoel naast hem stilletjes te huilen. Ze huilde om alles wat verkeerd was gegaan, de hele tijd, haar hele leven. Ze kon niet eens voor haar kind zorgen. Kleine Acke. Nu lag hij te woelen en had pijn en zij kon niets doen. Ze wist niet eens hoe ze hem moest troosten. Ze wist niets. Waarom was haar leven zo geworden?

Ze kon Jackie niet overal de schuld van geven. Ze was tenslotte een vrije, volwassen vrouw die haar eigen keuzes had gemaakt. Hoewel, hoe vrij was ze? De eerste tijd nadat ze bij Red Velvet was weggestuurd, had ze een kleine uitkering gekregen. Een WW-uitkering kreeg ze niet omdat ze al die jaren zwart had gewerkt. Ze viel buiten het systeem. Daarna was ze een tijdje werkster geweest, maar ze vond het werk vreselijk en was er ook niet goed in. Na een jaar keerde ze terug naar het werk waarvan ze wist dat ze er goed in was.

Seks verkopen.

Maar inmiddels was ze ouder en minder begerenswaardig voor die markt. Bovendien wilde ze om Acke geen klanten meenemen naar de flat. Dus werd het de straat.

Tippelen.

Achterbanken, achtertuinen en garages.

Helemaal onder aan de ladder.

Ze keek naar Acke. Naar de gedempte verlichting. Ze hoorde het zwakke geruis van de slangen. Had je toch maar een vader gehad, dacht ze. Een echte vader, zoals je vrienden. Een die zou kunnen helpen. Maar die heb je niet. Jouw vader weet niets over jou.

Ovette slikte het brok in haar keel weg en hoorde de deur achter zich piepen. Ze draaide zich om en zag Minken in de deuropening staan met een voetbal in zijn handen. Ovette kwam overeind en liep naar hem toe.

'We gaan naar buiten,' fluisterde ze.

Ovette nam Minken mee de gang op. Ze moest roken en had een klein balkon met een glazen deur gevonden. Daar stak ze een Blend op en keek naar de voetbal.

'Zlatan heeft hem gesigneerd.'

Minken liet een handtekening zien die met een beetje welwillendheid van Zlatan zou kunnen zijn. Ovette glimlachte en gaf een tikje op Minkens hand.

'Bedankt dat je je om ons bekommert, er zijn er niet zoveel die dat doen, je weet hoe het is...'

Minken wist het. Zo was het leven. Als je je in Vettans situatie bevond, dan was het belangrijk om je gedeisd te houden om het vol te kunnen houden. Er was niet zoveel ruimte om zich om anderen te bekommeren. Dat gold voor iedereen om haar heen.

'Ik ga ermee stoppen,' zei Ovette.

'Stoppen?'

'Met tippelen.'

Minken keek naar haar en zag dat ze meende wat ze zei. Daar, op dat moment.

Aan het andere eind van de gang liep een vrouwelijke arts met twee politieagenten. De verantwoordelijken voor het MD-onderzoek. De technische recherche had ze net geïnformeerd dat er geen menselijke resten in de restanten van de caravan waren aangetroffen. Stilton leeft in elk geval, dacht Forss. Hij nam het bericht in ontvangst met een opluchting die hem verraste. Nu wilden ze met Acke Andersson praten. Stilton had zijn naam genoemd in verband met de kooigevechten en zijn eigen mishandeling. Ze wilden weten of hij hun een paar tips kon geven over de daders. Misschien waren het dezelfde daders die de moord op Vera Larsson op hun geweten hadden en de filmpjes op de Trashkick-site zetten.

'Ik geloof dat hij niet aanspreekbaar is,' zei de arts.

Dat was hij inderdaad niet. Klinga ging op Ovettes stoel naast het bed zitten. Forss ging aan de andere kant staan. Acke lag met gesloten ogen in bed.

'Acke,' probeerde Klinga. Acke bewoog niet. Forss keek naar de arts en wees met een vinger naar de bedrand en de arts knikte. Forss ging voorzichtig op het bed zitten en keek naar de jongen. Mishandelde Norrlanders en doodgeslagen daklozen raakten hem niet, maar dit was iets anders. Een kleine jongen. Volkomen in elkaar geslagen en in een container gegooid. Forss legde een hand op Ackes been op de deken. Klinga keek naar de hand.

'Verschrikkelijk,' zei Forss, voornamelijk tegen zichzelf.

Forss en Klinga liepen de gang uit. De arts bleef bij Acke.

Forss bleef voor de deur staan, haalde diep adem en keek de andere kant op, naar een balkon met een glazen deur. Op dat moment keek Ovette de gang in. Forss had een fractie van een seconde een gevoel van herkenning. Daarna draaide hij zich om en liep in de tegenovergestelde richting weg.

Voor Ovette was het niet alleen een gevoel. Ze keek hem na, net zo lang tot hij verdwenen was.

Ze wist precies wie hij was.

*

Stilton en Abbas waren nogal zwijgzaam, de hele weg naar de Dalagatan en daarna in het appartement. Ze waren geen mannen die praatten. Niet met elkaar, niet op die manier. Ze hadden allebei gesloten karakters en leefden allebei in hun eigen wereld. Maar ze hadden een gezamenlijk verleden en een tegenwoordige tijd en daartussen was het evenwicht tussen hen lastig geweest. Abbas had zijn leven op orde toen Stilton afgleed en de rollen omgedraaid waren. Dat was voor allebei geen gemakkelijke verandering geweest. Stilton had Abbas zo lang mogelijk ontweken, hoewel hij een van de weinige mensen was die hij volledig vertrouwde. Onder normale omstandigheden. Toen de omstandigheden in Stiltons nadeel veranderden, kon hij het niet verdragen om Abbas te zien. Hij wist wat Abbas zag en dat vond hij vernederend.

Dat vond Abbas niet.

Hij bezat veel meer lagen dan Stilton vermoedde. In een van die lagen lag een absolute solidariteit verankerd. In dit geval voor Stilton. Hij was uitstekend op de hoogte van Stiltons leven als dakloze. Toen Stilton in zijn moeilijkste periode een paar keer in zelfmoordsituaties was beland, was Abbas er geweest om hem op te vangen en ervoor te zorgen dat hij de juiste zorg kreeg. Daarna had hij hem achtergelaten en was weggeglipt, zodat Stilton zich niet hoefde te schamen.

Stilton was zich daar heel bewust van.

Ze hoefden niet veel te praten. Ze wisten voldoende. Stilton ging op een van Abbas' houten stoelen zitten. Abbas zette een cd met muziek op en pakte backgammon.

'Lukt dat?'

'Nee.'

Abbas knikte en legde het spel weg. Hij ging op de stoel naast Stilton zitten en liet de muziek het overnemen. Ze luisterden een hele tijd naar de prachtige muziek. Een eenzame piano, een altviool, een paar eenvoudige strofen die rond elkaar kronkelden, herhaald werden, variëerden. Stilton draaide zich naar Abbas.

'Wat is dat voor muziek?'

'*Spiegel im Spiegel*.'

'Aha.'

'Arvo Pärt.'

Stilton keek naar Abbas. Hij had hem echt gemist.

'Heb je je messen gebruikt in Costa Rica?' vroeg hij.

'Ja.'

Abbas keek naar zijn tengere handen. Stilton ging iets rechterop zitten.

'Ronny heeft een boek voor je meegegeven.'

Stilton haalde het dunne boekje van de antiekwinkel uit de achterzak van zijn broek en gaf het aan Abbas. Gelukkig had hij het niet in zijn jas gehad, want die was in de caravan verbrand.

'Bedankt,' zei Abbas. 'Hemel.'

'Wat is er?'

'Dit is... Hier heb ik heel lang naar gezocht. *Vännernas minne*, een vertaling van Hermelin.'

Stilton zag dat Abbas het zachte omslag van het boekje voorzichtig aanraakte, alsof het een slapende vrouw was die hij streelde, waarna hij het opensloeg.

'Wat is dat voor boek?' vroeg Stilton. 'Waar gaat het over?'

'De soefiwereld... die achter de bocht.'

Stilton keek naar Abbas. Toen Abbas zijn mond opendeed om uit te leggen dat het ging over het ontdooien van ons bevroren denkvermogen, belde Minken op zijn mobiel. Minken had Olivia gebeld omdat hij Stilton wilde spreken en had het nummer van Abbas gekregen.

'Eén moment.'

Abbas gaf de mobiel aan Stilton. Minken praatte zachtjes.

'Ik sta in een ziekenhuisgang. Acke is mishandeld.'

Stilton had het nieuws over Acke gemist. Hij had het afgelopen etmaal zijn eigen problemen gehad. Maar zijn analytische hersenhelft was aan de beterende hand. Hij koppelde de mishandeling van Acke meteen aan het in brand steken van Vera's caravan. Kid Fighters.

'Kid Fighters?' vroeg Abbas toen Stilton hem zijn mobiel weer gaf.

Stilton transporteerde Abbas van de wereld achter de bocht naar een veel concretere wereld met mishandelde kinderen en vermoorde daklozen en in brand gestoken caravans. En zijn jacht op wat de media de mobielmoordenaars noemden.

'Zeg het maar als je hulp nodig hebt.'

De man met de messen glimlachte.

*

Bertil Magnuson glimlachte niet. In zijn gevorderde dronkenschap probeerde hij te bedenken waar het allemaal om was gegaan. Dat lukte niet. Hij wist niet waar Wendt op uit was geweest of wat hij met wraak had bedoeld. Dat was nu echter niet belangrijk meer.

Voor hem was het voorbij.

Omdat hij voorzitter van de Vrienden van de Cedergrenska-toren was, een vereniging die het behoud van het oude monument financieel ondersteunde, was de sleutel van de toren aan hem toevertrouwd.

Een sleutel die hij met enige moeite uit een van Linns mooie paarlemoeren doosjes op de tafel in de hal kon pakken. Daarna opende hij zijn privékluis.

*

Mette Olsäter en haar kerngroep zaten in de onderzoekskamer bij de rijksrecherche. Een kamer die op dat moment buitengewoon geconcentreerd was. Twee vrouwen en drie mannen rond een cassetterecorder. Een oud gesprek. Het was de derde keer dat ze ernaar luisterden.

'Dat is de stem van Magnuson.'

'Zonder enige twijfel.'

'Wie is de ander?'

'Nils Wendt, volgens zijn eigen brief.'

Mette keek naar het bord aan de muur. Naar de foto van de plaats delict op Kärsö. Naar het lijk van Nils Wendt. Naar de kaarten van Costa Rica en Nordkoster en heel veel andere dingen.

'Nu weten we waarschijnlijk waar de korte telefoongesprekken met Magnuson over gingen.'

'Chantage, blijkbaar.'

'Met behulp van deze cassette.'

'Waarop Magnuson bekent dat hij opdracht voor een moord heeft gegeven.'

'De vraag is wat Wendt wilde, waar de chantage om ging.'

'Geld?'

'Misschien. Volgens de brief die hij in Mal Pais schreef, zou hij naar Nordkoster gaan om te zoeken naar geld dat hij daar had verstopt.'

'En omdat hij een lege koffer achterliet heeft hij dat geld waarschijnlijk niet gevonden.'

'Inderdaad.'

'Maar daar hoeft het niet om te gaan,' zei de jonge, slimme Bosse Thyrén.

'Dat klopt.'

'Het kan ook een soort wraak zijn geweest, op een ander niveau.'

'En daar kan alleen Bertil Magnuson antwoord op geven.'

Mette kwam overeind en gaf de opdracht om Bertil Magnuson op te halen.

*

Voor een normaal mens, of voor een mens in een normale toestand, was het aardedonker, stil en luguber in de Cedergrenska-toren. Bertil Magnuson bevond zich niet in die toestand. Hij had een kleine zaklamp in zijn hand en was op weg naar de torenkamer, de kale bakstenen ruimte bovenin, met alleen een paar kijkgaten naar de buitenwereld.

Een wereld die niet zo lang geleden van hem was geweest.

Van de man die coltan had gewonnen en de elektronische wereld tantaal had gegeven, het exclusieve component dat de basis vormde voor interactieve expansies.

Bertil Magnuson.

Vanaf vandaag verbonden met een moord.

Zo dacht Bertil echter niet terwijl hij met behulp van zijn kleine Maglite de smalle stenen trap op liep. Hij was inmiddels heel dronken en zocht af en toe steun tegen de stenen muur.

Hij dacht weer aan Linn.

Aan de schaamte.

Om Linns gezicht te moeten zien terwijl hij zei: 'Het is waar. Elk woord op die opname is waar.'

Dat kon hij niet en daarom was hij hier.

Toen hij eindelijk de torenkamer in wankelde, was elk fysieke gevoel verdwenen. Het was onaangenaam guur en donker, maar dat merkte hij niet. Hij liep op de tast naar het dichtstbijzijnde kijkgat, haalde zijn grijze pistool uit zijn zak en stak de loop in zijn mond. Daarna keek hij naar buiten, naar beneden.

Dat had hij misschien niet moeten doen.

Ver onder hem, in de directe zichtlijn van het kijkgat, zag hij Linn het grote terras op komen. In haar prachtige jurk. Met het haar dat zo mooi over haar schouders viel. De slanke arm die de bijna lege whiskyfles oppakte, waarna ze een beetje verbaasd om zich heen en daarna omhoogkeek.

Naar de Cedergrenska-toren.

Hun blikken ontmoetten elkaar, zoals blikken elkaar over een grote afstand kunnen ontmoeten, in een poging elkaar te bereiken.

Mette en haar team reden met hoge snelheid naar Magnusons woning. Ze stapten allemaal uit en naderden de verlichte villa. Omdat er ondanks herhaald aanbellen niemand opendeed, liepen ze om de villa heen en het terras op. De deur naar het huis stond wijd open. Op het terras lag een bijna lege drankfles.

Mette keek om zich heen.

Hoe lang ze daar had gezeten wist ze niet. Tijd was heel irrelevant. Ze zat met het kapotgeschoten hoofd van haar man op schoot. Delen van zijn herseninhoud plakten tegen de stenen muur tegenover haar.

Toen ze het schot in de toren hoorde en Bertils gezicht achter het kijkgat zag verdwijnen, was ze in paniek naar de toren gerend en de trappen op gestormd.

Inmiddels was de paniek weggeëbd en was ze langzaam op weg naar rouw. Haar man had zichzelf doodgeschoten. Hij was dood. Ze legde voorzichtig een hand op Bertils korte haar terwijl haar tranen op zijn donkere colbert drupten. Ze frunnikte aan zijn blauwe overhemd met de witte kraag. Het laatste, dacht ze. Ze ging rechtop zitten en keek door het kleine kijkgat naar de villa. Politie op de oprit? Vreemde mensen op het terras? Ze begreep niet goed waarom die mensen op haar terras heen en weer liepen. Een dikke vrouw haalde een mobiel tevoorschijn. Even later ging Bertils mobiel over, in zijn colbert op haar schoot. Ze bracht haar hand naar de zak en pakte hem en keek ernaar alsof ze een onbekend voorwerp in haar hand hield. Na een korte aarzeling nam ze op, luisterde en gaf antwoord.

'We zijn in de toren.'

Mette en haar team waren heel snel in de toren. Ze constateerden net zo snel dat Bertil Magnuson dood was en zijn vrouw een ernstige shock had. Er bestond een kans dat Bertil was doodgeschoten door zijn vrouw, maar gezien de achtergrond was dat niet waarschijnlijk. Ook niet gezien de situatie in de toren.

Die was alleen maar tragisch.

Mette keek naar het echtpaar Magnuson. Ze was niet geneigd om emotioneel te reageren als het ging om misdaad en straf, maar ze had diep medelijden met zijn vrouw. Voor Bertil Magnuson voelde ze niets.

Alleen een seconde teleurstelling. Als politieagent.

Even later waren ze in de villa. Linn had een kalmerend middel gekregen en vroeg of Mette kon uitleggen waarom ze hier waren en of dat met de dood van haar man te maken had. Omdat Mette medelijden met Linn had, vertelde ze geselecteerde delen. Ze was van mening dat de waarheid het beste geneest, ook als die pijnlijk is om te horen. Dat Linn precies zou begrijpen waar het om ging was te veel gevraagd. Dat begreep Mette zelf niet eens. Nog niet. Maar het opgenomen gesprek, dat over een moord ging, zou een verklaring voor de zelfmoord van haar man kunnen zijn.

Bertil Magnusons zelfmoord verscheen al snel in de media en op internet.

Onder degenen die het snelst reageerden was Erik Grandén. In een bijna furieuze uitbarsting twitterde hij zijn verontwaardiging over de heksenjacht van de afgelopen tijd op Bertil Magnuson. Een van de schandelijkste drijfjachten op een privépersoon in de moderne Zweedse geschiedenis. Hij vergeleek het met het lynchen van Axel von Fersen in Riddarholmen in 1810. 'Er rust een weerzinwekkende schuld op de schouders van deze opruiers! Jullie hebben een zelfmoord op jullie geweten!'

Ruim een uur na zijn uitbarsting belde het partijbestuur omdat ze hem wilden spreken.

'Nu?'

'Ja.'

Grandén voelde zich emotioneel verscheurd terwijl hij zich naar het bestuur haastte. Aan de ene kant was hij verdrietig over Bertils afschuwelijke zelfmoord en zijn gedachten gingen uit naar Linn. Hij moest eraan denken om haar te bellen. Aan de andere kant voelde hij opwinding over zijn bespreking met het bestuur. Hij was ervan overtuigd dat het over zijn aanstaande post in Europa ging, anders lieten ze hem niet zo abrupt komen. Het irriteerde hem alleen dat hij geen tijd had gehad om voor de bespreking naar de kapper te gaan.

De pers zou er natuurlijk zijn om verslag te doen.

*

Mette zat in haar kamer. Over een uur had ze een bespreking met haar onderzoeksteam. Magnusons zelfmoord had het speelveld veranderd. Lastiger gemaakt. Nu zou veel gaan over het opgenomen gesprek, terwijl geen van de twee die praatten nog in leven was. De kans om de dader van de moord op Nils Wendt aan te wijzen was radicaal verminderd.

Hij was waarschijnlijk ook dood.
Wat ze hadden waren aanwijzingen. Wensdenken, noemde Leif Silbersky dat in de pers.
Mette liet de moord op Wendt een moment met rust en begon de kopie van Jackie Berglunds databestanden te bestuderen. Een ervan bevatte een klantenbestand. Met een combinatie van bekende en onbekende kopers van seks. Sommige namen vielen haar op, vooral een.

*

Grandén ging aan de ovale tafel zitten. Normaal gesproken bestond het bestuur uit achttien personen. Vandaag was de groep kleiner. Hij kende ze allemaal goed. Sommigen had hij zelf de politiek in gesluisd, anderen had hij moeten accepteren.
Zo waren de regels van het politieke spel.
Hij schonk wat water uit de karaf en wachtte tot iemand het initiatief nam. Dat duurde even. Hij keek de kamer rond. Niemand beantwoordde zijn blik.
'Dit is een historisch moment voor ons allemaal, niet alleen voor mij,' zei hij.
Hij trok zijn onderlip een stukje in. De groep keek naar hem.
'Tragisch, dat van Magnuson.'
'Ongehoord,' zei Grandén. 'Op de een of andere manier moeten we iets doen tegen die lynchmentaliteit, iedereen kan erdoor getroffen worden.'
'Ja.'
Een van de bestuursleden strekte zich naar een cd-speler op de tafel. Hij bleef met zijn vinger boven de afspeelknop hangen.
'We hebben dit een uur geleden gekregen.'
Zijn blik was op Grandén gericht, die net met zijn hand over zijn haar streek en zich afvroeg of het misschien omhoogstond, zoals het met tegenwind deed.
'O ja?'
De man drukte op de speler en er klonk een gesprek. Grandén herkende de stemmen onmiddellijk. Twee van de drie musketiers, waarvan hij de derde was.
'Jan Nyström is vanochtend met zijn auto in een meer gevonden, dood.'
'Ik heb het gehoord.'
'En?'
'Wat moet ik zeggen?'

'Ik weet dat je bereid bent om ver te gaan, Bertil, maar moord?'
'Niemand kan ons ermee in verband brengen.'
'Maar wíj weten het.'
'We weten niets... als we dat niet willen. Waarom ben je zo verontwaardigd?'
'Omdat een onschuldige man vermoord is!'
'Dat is jouw interpretatie.'
'En wat is die van jou?'
'Ik heb een probleem opgelost.'
Grandén begon te beseffen dat deze bespreking niet ging over zijn springplank naar Europa en in de armen van Sarkozy en Merkel. Hij probeerde tijd te winnen.
'Kun je een stukje terugspoelen?'
De man drukte op de speler. Het gesprek begon opnieuw. Grandén luisterde intensief.
'Dat is jouw interpretatie.'
'En wat is die van jou?'
'Ik heb een probleem opgelost.'
'Door een journalist te vermoorden?'
'Door het verspreiden van een heleboel onbetrouwbare onzin over ons tegen te gaan.'
'Wie heeft hem vermoord?'
'Dat weet ik niet.'
'Je hebt gewoon gebeld?'
'Ja.'
'Hallo, met Bertil Magnuson, ik wil dat Jan Nyström uit de weg geruimd wordt.'
'Zo ongeveer.'
'En daarna is hij vermoord.'
'Hij is om het leven gekomen bij een auto-ongeluk.'
'Hoeveel moest je ervoor betalen?'
'Vijftigduizend.'
'Is dat het bedrag dat je in Zaïre kwijt bent voor een moord?'
'Ja.'
De man zette de speler af en keek naar de zichtbaar geconcentreerde Grandén. De watercooler borrelde zachtjes op de achtergrond. Iemand tekende doelloos op een blocnote.
'Journalist Jan Nyström is op 23 augustus 1984 in Zaïre vermoord. Zoals we net gehoord hebben, heeft die moord plaatsgevonden in op-

dracht van Bertil Magnuson, CEO van het toenmalige MWM. Op dat moment zat jij in het bestuur van het bedrijf.'

'Dat klopt.'

De onderlip was weer teruggetrokken.

'Hoeveel wist je ervan?'

'Van de moord?'

'Ja.'

'Niets. Maar ik herinner me wel dat Nils Wendt me na de moord heeft gebeld om te vertellen dat die journalist naar hun kantoor in Kinshasa was gekomen met een heel belastende reportage over MWM en om commentaar had gevraagd.'

'Kreeg hij dat?'

'Magnuson en Wendt beloofden dat ze de volgende ochtend commentaar zouden geven, maar hij kwam niet opdagen.'

'Hij was vermoord.'

'Dat is duidelijk.'

Grandén keek naar de cd-speler.

'Heeft Wendt nog meer gezegd?' vroeg de man.

'Hij beweerde plotseling dat er veel waarheid zat in de reportage van die journalist en dat hij genoeg had van Magnusons methodes en zich terug wilde trekken.'

'Uit MWM?'

'Ja. Hij was van plan het bedrijf te verlaten en te verdwijnen. Onder de radar vliegen, noemde hij dat. Hoewel hij eerst voor een levensverzekering wilde zorgen.'

De man wees naar de cd-speler.

'Hij heeft een verborgen cassetterecorder meegenomen en Bertil Magnuson zover gekregen dat hij bekende dat hij opdracht voor een moord had gegeven.'

'Blijkbaar.'

Grandén vertelde niet over het telefoongesprek dat hij de volgende dag met Bertil Magnuson had gevoerd, waarin deze vertelde dat Wendt was verdwenen en dat er twee miljoen ontbrak van een bankrekening voor niet-gespecificeerde onkosten. Een bankrekening die onzichtbaar was voor de accountants en die werd gebruikt om diensten te kopen van minder kieskeurige personen als er problemen waren.

Die er duidelijk met Jan Nyström waren geweest.

'Waar hebben jullie dat gesprek vandaan?' vroeg hij.

'Van Mette Olsäter, rijksrecherche. Ze heeft blijkbaar gehoord over je verontwaardigde tweet vandaag en was van mening dat we de kans moesten hebben om hiernaar te luisteren en met je te praten voordat het in de media verschijnt.'

Grandén knikte. Hij keek langzaam de tafel rond, niemand keek hem aan. Uiteindelijk kwam hij overeind en keek om zich heen.

'Ben ik een belasting?'

Hij wist het antwoord al.

Een hoge politieke post bij de Europese Raad kon hij vergeten, nu hij besmet was door zijn nauwe contact met Bertil Magnuson. Zowel privé als in het openbaar. Bovendien had hij in de tijd van de moord een bestuurspost bij MWM.

Hij verliet Rosenbad met grote stappen en liep naar Gamla stan. Hij wist dat zijn politieke carrière in duigen lag en de drijfjacht zou al snel op gang komen. De drijfjacht op hem, met zijn zelfgenoegzaamheid en arrogante tweets. Ze zouden hem levend villen, dat wist hij.

Doelloos dwaalde hij door de kleine straatjes. Door de zachte bries stond zijn dunne blonde haar rechtop. Hij liep voorovergebogen, gekleed in zijn slanke blauwe kostuum, eenzaam, als een spookachtige vogelverschrikker. De historische gebouwen bogen zich over het lange, smalle lichaam.

Zijn tijd als twitteraar was voorbij.

Plotseling stond hij voor een kapper in de Köpmangatan, zijn eigen kapper. Hij liep de salon in en knikte naar de kapper, die wat haargel in het zwarte haar van een half slapende man wreef.

'Hallo, Erik! Je hebt toch geen afspraak?' zei de kapper.

'Nee, ik wil alleen vragen of ik een scheermesje kan lenen, ik heb wat haren in mijn nek die ik weg wil hebben.'

'Natuurlijk... neem die maar.'

De kapper wees naar een kleine glazen plaat waarop een oud scheermes met een bruin bakelieten handvat lag. Grandén pakte het scheermes en liep naar de toiletten achter in de salon. Hij deed de deur op slot.

Eén voor allen.

*

Mette kwam het laatst de kamer binnen. Ze keek naar haar team. Ze waren er allemaal, en ze waren geconcentreerd, hoewel de zelfmoord van de vorige avond min of meer een koude douche was geweest.

Mette nam het woord.

'Ik stel voor dat we van voren af aan beginnen. Theses en hypotheses.'

Ze ging helemaal voorin staan, bij het bord waarop Adelita's valse brief aan Wendt hing, samen met zijn verklarende brief uit Mal Pais. Meteen daaronder hing de foto van Wendt en Adelita, die Abbas uit de bar in Santa Teresa had meegenomen.

'Als we beginnen met het opgenomen gesprek in 1984, dan bekent Bertil Magnuson dat hij opdracht heeft gegeven om journalist Jan Nyström te vermoorden,' zei Mette. 'Omdat Magnuson dood is, hoeven we daar niet op door te gaan, dat krijgt zijn weerslag op andere niveaus. We weten dat Nils Wendt vlak na de moord uit Kinshasa vertrok en verdween. Zijn ex heeft een week later aangifte gedaan van zijn verdwijning.'

'Is hij meteen naar Costa Rica gegaan?'

'Nee, hij is eerst in Mexico geweest, in Playa del Carmen, waar hij Adelita Rivera ontmoette. We weten niet precies wanneer ze naar Mal Pais kwamen, maar we weten wel dat hij zich daar in 1987 bevond.'

'Hetzelfde jaar dat Adelita Rivera van Costa Rica naar Nordkoster reisde,' zei Lisa Hedqvist.

'Ja.'

'Om geld te halen dat Wendt in zijn vakantiehuis had verstopt.'

'Waarom is hij het zelf niet gaan halen?'

'Dat weten we niet,' zei Mette. 'In de brief schrijft hij dat hij niet kon.'

'Misschien heeft dat met Magnuson te maken. Misschien was hij bang voor hem.'

'Ja.'

'Waar kwam het geld vandaan?' vroeg Bosse.

'Dat weten we ook niet.'

'Misschien was het geld dat hij van het bedrijf heeft gestolen voordat hij verdween.'

'Misschien,' zei Mette.

'En al die jaren voordat hij hier weer opdook, waar was hij toen? In Mal Pais?'

'Waarschijnlijk. Volgens Ove Gardman werkte hij daar als gids in een natuurreservaat.'

'En geloofde hij dat Adelita Rivera hem had bedrogen om het geld?'

'Misschien. Hij kreeg tenslotte een valse brief van haar waarin ze heel abrupt afscheid van hem nam, een brief die is geschreven door een van de personen die Rivera in 1987 op Nordkoster heeft vermoord. Het doel van de brief was waarschijnlijk dat Wendt niet zou gaan uitzoeken waarom ze niet terugkwam.'

'IJskoud van de daders,' zei Bosse Thyrén.

'Ja, maar toen kwam Gardman drie weken geleden naar Mal Pais. Hij vertelde over de moord die hij als jongen had gezien. Wendt achterhaalt met behulp van internet dat Adelita Rivera is vermoord en vertrekt naar Zweden.'

'En daarmee zijn we in het heden beland.'

'Precies, en hier hebben we Wendts bewegingsschema vrij duidelijk voor ons. We weten dat hij het verstopte geld op Nordkoster niet heeft gevonden, we weten dat hij het in 1984 opgenomen gesprek van Kinshasa bij zich had en we mogen aannemen dat hij delen ervan afspeelde voor Bertil Magnuson tijdens de korte telefoongesprekken waar we bewijs van hebben.'

'De vraag is waar hij op uit was.'

'Kan het te maken hebben met de moord op Rivera?'

'Omdat hij dacht dat Magnuson daarbij betrokken was?'

'Ja?'

'Misschien kunnen we daar via de brief achter komen?'

Lisa Hedqvist wees naar de oude envelop op het bord.

'Die brief is ondertekend met 'Adelita' en is vijf dagen nadat ze is vermoord geschreven, of niet soms?'

'Ja.'

'We kunnen proberen om een DNA-monster van de postzegel te nemen om te controleren of er een match is met Magnuson. Speeksel werkt na drieëntwintig jaar toch nog?'

'Dat klopt.'

Lisa liep naar het bord, maakte de envelop los en verdween naar buiten.

'In afwachting daarvan kunnen we in elk geval constateren dat Magnuson enorm onder druk is gezet door de telefoontjes van Wendt, omdat hij bekent dat hij de opdracht voor een moord heeft gegeven. Op een journalist,' zei Mette. 'De consequenties van een openbaarmaking moeten heel duidelijk voor hem zijn geweest.'

'Dus hij probeert de opname in handen te krijgen door Nils Wendt te vermoorden.'

'Dat lijkt een vrij logisch motief.'

'Maar Wendt heeft een kopie van het gesprek in Costa Rica.'

'Wist Magnuson dat?'

'Dat weten we niet, maar je kunt je voorstellen dat Wendt dat heeft vermeld als een soort levensverzekering. Hij wist tenslotte waartoe Magnuson in staat was.'

'Dus Magnuson probeerde het bandje in Mal Pais te vinden, of niet soms? Abbas el Fassi is tenslotte overvallen in de woning van Wendt.'

'Ja,' antwoordde Mette. 'In principe weten we niet of het op Magnusons initiatief was, maar dat is wel heel waarschijnlijk.'

'En als dat zo was, besefte hij dat hij gefaald had en dat het bandje met het gesprek hier is beland. Bij ons.'

'Dus heeft hij zichzelf doodgeschoten.'

'Wat betekent dat we nooit een bekentenis voor de moord op Nils Wendt krijgen. Als hij het was.'

'Nee.'

'En misschien ook niet voor die op Adelita Rivera.'

'Nee.'

Het gesprek verstomde. Ze waren op een doodlopende weg beland. Ze hadden geen technisch bewijs dat Magnuson aan de moord op Wendt koppelde. Het enige wat ze hadden waren aanwijzingen, een mogelijk motief en een onderzoek dat in principe stillag.

Als Magnuson tenminste niet degene was die aan de postzegel had gelikt.

*

Stilton ging ervan uit dat ze hem vanaf de Söderhallen naar de caravan waren gevolgd, en dat ze die daarna in brand hadden gestoken. Hij ging er ook van uit dat het dezelfde personen waren die Acke hadden mishandeld. Misschien hadden ze gezien dat Minken en hij met Acke in Flempan waren geweest. Bovendien gingen ze ervan uit dat hij omgekomen was bij de brand. Als ze hem weer zouden zien, zouden ze daar waarschijnlijk flink door van slag zijn.

Hij was langs de redactie geweest en had een stapel kranten gekocht. Iedereen had over de caravan gehoord en hij kreeg heel veel warme omhelzingen.

Nu stond hij voor de Söderhallen te verkopen.

Hij was bijzonder waakzaam.

Voor de consumenten die naar binnen of naar buiten gingen, zag hij eruit zoals altijd. Als een dakloze verkoper van *Situation Sthlm* die hier de laatste tijd al vaker had gestaan.

Ze hadden geen idee.

Toen het begon te stortregenen en te onweren ging hij weg.

De onweerswolken hadden de hemel verduisterd en de bliksem flitste boven de gebouwen. Liam en Isse waren al doornat voordat ze het Lilla Blecktornspark bereikten, waar ze zich zowel achter struiken als bomen konden verstoppen. Bovendien droegen ze hun donkere hoodies.

'Daar,' fluisterde Isse. Hij wees naar een bank in de buurt van een grote boom. Op de bank zat een lange, slanke man licht voorovergebogen met een blikje bier in zijn hand, terwijl de regen over zijn lichaam stroomde.

'Dat is hem verdomme!'

Liam en Isse keken elkaar aan. Ze waren nog steeds verbijsterd. Ze hadden Stilton bij de Söderhallen gezien en hadden hun ogen niet kunnen geloven. Hoe had hij de caravanbrand kunnen overleven? Isse haalde een honkbalknuppel tevoorschijn, die nauwelijks zichtbaar was in de duisternis. Liam keek ernaar. Hij wist waar Isse toe in staat was als hij het op zijn heupen kreeg. Voorzichtig liepen ze een stukje verder en keken om zich heen. Het park was leeg, niemand was buiten in dit weer.

Behalve het wrak op de bank.

Stilton was in gedachten verzonken. Door de afzondering in een dergelijke omgeving dacht hij aan Vera. Aan haar stem en aan de enige keer dat ze seks hadden gehad, vlak voordat ze doodgetrapt werd. Er kleefde een zekere vertwijfeling aan de herinnering.

Plotseling zag hij hen vanuit zijn ooghoeken.

Ze waren bijna bij de bank. Een van hen had een honkbalknuppel in zijn handen.

Lafbekken, dacht hij. Twee tegen één en toch hadden ze zo'n ding nodig. Op dat moment wenste hij dat hij zes jaar geleden met het trainen op de trappen was begonnen, of dat die zes jaar nooit hadden plaatsgevonden. Maar dat was wel zo. Hij was nog steeds niet meer dan een schaduw van zijn vroegere fysieke ik.

Hij keek op.

'Hoi,' zei hij. 'Willen jullie een biertje?'

Stilton stak zijn biertje naar hen uit. Isse zwaaide met de honkbalknuppel en raakte het blikje perfect. Het vloog een paar meter weg. Stilton keek naar het blikje.

'Homerun,' zei hij glimlachend. 'Misschien moeten jullie...'

'Bek houden!'

'Sorry.'

'We hebben die verdomde caravan van je platgebrand! Wat doe je hier verdomme?'

'Een biertje drinken.'

'Idioot! Snap je het niet? Moeten we je doodslaan?'

'Zoals jullie met Vera hebben gedaan?'

'Welke Vera, verdomme? Was dat die hoer in de caravan? Was dat jouw hoer?'

Isse lachte en keek naar Liam.

'Hoor je dat? We hebben zijn hoer tot moes geslagen!'

Liam grijnsde en pakte zijn mobiel. Stilton zag dat hij de camera aanzette. Ze kwamen dichterbij. Hij wist niet goed hoe hij zichzelf moest verdedigen.

Onbevreesd, dacht hij.

'Jullie zijn een paar echte kleine klootzakken, weten jullie dat?' zei hij plotseling.

Isse staarde naar Stilton. Hij wist niet wat hij hoorde. Hoe durfde die alcoholist? Liam keek naar Isse. Die zou zo meteen losgaan.

'Jullie moeten levenslang opgesloten worden en verrotte kattenpoep te eten krijgen.'

Isse kreeg het op zijn heupen. Hij schreeuwde, zwaaide de honkbalknuppel achter zijn schouder en mikte met een enorme zwaai op Stiltons achterhoofd.

De zwaai bereikte zijn doel niet. Hij kwam niet eens halverwege. Hij was nauwelijks voorbij zijn schouder toen Isse een lang, zwart mes in zijn bovenarm kreeg. Waar dat vandaan kwam zag hij niet en Liam zag het andere mes ook niet. Maar hij voelde hoe het door zijn hand sneed, waardoor zijn mobiel in een grote boog over de bank vloog.

Stilton stond snel op en pakte de honkbalknuppel. Isse zat op zijn hurken te schreeuwen en staarde naar het mes in zijn bovenarm. De regen stroomde over zijn gezicht. Stilton hyperventileerde en voelde hoe Vera's weerzinwekkende dood zich voortplantte naar de houten knuppel. Zijn hersenen waren leeg. Hij greep de knuppel met twee handen beet, zwaaide hem naar achteren en mikte op Isses nek.

'Tom!'

De kreet drong tot zijn uitgeschakelde hersenen door, lang genoeg om de beweging een seconde te stoppen. Stilton draaide zich om. Abbas kwam achter de grote boom vandaan en liep naar hem toe.

'Leg neer,' zei hij.

Stilton staarde naar Abbas.

'Tom.'

Stilton liet de honkbalknuppel een stukje zakken. Plotseling zag hij hoe Liam wankelend weg probeerde te komen. Hij liep snel naar hem toe en sloeg met de honkbalknuppel in zijn knieholtes. Liam viel. Abbas liep naar Stilton toe en pakte de honkbalknuppel beet.

'Er zijn betere manieren,' zei hij.

Stilton kalmeerde na een paar seconden. Hij keek naar Abbas en probeerde zijn ademhaling onder controle te krijgen. Na nog een paar seconden liet hij de honkbalknuppel los. Abbas pakte hem en gooide hem tussen de struiken. Stilton keek naar de grond. Hij besefte hoe dicht hij erbij was geweest. Hoe de vernedering in de onderaardse ruimte en alle andere rotzooi hem bijna over zijn grenzen hadden laten gaan.

'Kun je me even helpen?'

Stilton draaide zich om. Abbas had het mes uit Isses biceps getrokken en had hem op de doornatte bank gegooid. Stilton sleurde de doodsbange Liam van de grond en smeet hem op de bank naast Isse.

'Wat doen we nu?' vroeg Abbas.

'Trek hun kleren uit.'

Stilton moest het zelf doen. Abbas stond een stukje verderop en veegde het bloed van zijn messen. De jongens op de bank staarden doodsbang naar hem.

'Staan jullie!'

Stilton trok Isse overeind. Liam ging zelf staan. Stilton trok hun kleren zo snel mogelijk uit. Toen ze helemaal naakt waren duwde hij ze weer op de bank. Abbas ging voor hen staan met zijn mobiel. Hij zette de camera aan en hield zijn hand er beschermend boven, tegen de regen.

'Zo,' zei hij. 'Zullen we nu een beetje praten?'

Janne Klinga kreeg een kort maar dramatisch sms'je: 'De mobielmoordenaars zitten op een bank in het Lilla Blecktornspark. Hun bekentenis staat op Trashkick.'

Hij herkende het nummer niet.

Klinga, die vermoedde van wie het sms'je was, reed zo snel als zijn auto hem wilde brengen naar het park. Met drie assistenten. Ze voerden twee naakte, doornatte jongens af die vastgebonden zaten aan een houten bank.

Gewond en gebroken.

Een uur later zat hij met zijn chef Rune Forss en het voltallige MD-team in een kamer in het politiebureau. Klinga klikte naar de Trashkick-site. Daar vond hij een nieuw filmpje waarop twee jongens naakt en met een doodsbange blik in hun ogen op een bank zaten en vertelden hoe ze een vrouw in een caravan in elkaar hadden geslagen en een man in een park bij de Värtahaven en een caravan hadden platgebrand en nog een aantal gewelddaden tegen daklozen had gepleegd.

Heel gedetailleerd.

Rune Forss kwam plotseling overeind. Hij was geïrriteerd. Deels omdat hij de twee personen die hij zelf had moeten oppakken op een presenteerblaadje aangeboden kreeg, deels omdat degene die filmde en blijkbaar achter dit alles zat, niet geïdentificeerd kon worden.

En misschien vooral omdat de tatoeages van de twee jongens heel duidelijk zichtbaar waren: KF, met een cirkel eromheen.

Precies zoals Stilton had gezegd.

*

Eerst was hij bij Ronny Redlös langsgegaan om te zeggen dat het hem speet dat de zwarte jas verbrand was. Hij kreeg een nieuw boek mee. Daarna vond hij Arvo Pärt in een slaapzak onder een bank in het Fatburspark bij station Zuid. Pärt was net zo doorweekt als de slaapzak. Na een uur hadden ze Muriel te pakken, een paar seconden voordat ze scoorde in een fietsenstalling.

Nu zaten ze met z'n drieën in een kamer van Hållpunkten, een kliniek op het Mariaplein.

'Jullie mogen nu naar binnen.'

Ze liepen de kamer in die de verpleegster had aangewezen. De deur was open en Benseman lag in het bed bij de muur. Hij was fysiek een verpletterde man, maar hij leefde. Hij had hier een kamer gekregen, wat eigenlijk tegen de regels was, maar het is moeilijk om een ernstig mishandelde dakloze op straat te zetten.

'Ze zijn opgepakt,' zei Stilton.

'Bedankt, Jelle,' zei Benseman.

Muriel pakte Bensemans hand. Pärt wreef in zijn ogen. Hij huilde gemakkelijk. Stilton hield Benseman een boek voor.

'Ik ben bij Ronny Redlös langsgeweest. Hij heeft dit voor je meegegeven.'

Benseman pakte het boek aan en glimlachte. Het was *Het oversekste kasteel* van Akbar del Piombo. Een manisch seksverhaal over nonnen en geile mannen.

'Wat is dat voor boek?' vroeg Muriel.

'Een boek dat sommige grote mannelijke auteurs één keer in hun leven willen schrijven om het uit hun systeem te krijgen, maar dat ze niet onder hun eigen naam kunnen publiceren. Akbar del Piombo is een pseudoniem voor William S. Burroughs.'

Niemand bij het bed wist wie de schrijvers waren, maar zolang Benseman tevreden was, waren zij dat ook.

*

Mette stond bij het bord in de onderzoekskamer. De teamleden waren bezig hun papieren bij elkaar te zoeken. Het onderzoek naar de moord op Nils Wendt was tot stilstand gekomen. Lisa Hedqvist kwam naar haar toe.

'Waar denk je aan?'

Mette keek naar de foto's van Nils Wendts lijk. Het naakte lichaam. De grote bijzondere moedervlek op het linkerdijbeen.

'Er is iets met die moedervlek op zijn dijbeen...'

Ze haalde de foto van het bord.

*

Olivia had de dag besteed aan het inhalen van een aantal praktische zaken. Schoonmaken, stofzuigen en praten met Lenni, die zonder Jakob naar Peace & Love zou gaan.

'Waarom dat?'

'Ach, zijn ex kwam weer in beeld.'

'Wat jammer.'

'Ja, ik snap niet wat hij in haar ziet. Het enige wat ze hem heeft gegeven is schaamluis.'

'Gatverdamme!'

'Ja, niet dan?'

'Ga je er nu alleen naartoe?'

'Nee, ik ga met Erik.'

'Erik? De vriend van Jakob?'

'Ja. Hoezo? Jij hoeft hem toch niet?'

'Nee, absoluut niet, maar ik dacht dat Lollo en hij...'

'Nee, ze heeft hem gedumpt en is gisteren naar Rhodos vertrokken. Je moet zorgen dat je een beetje bijblijft, Ollan, je mist alles!'

'Ik zal beter mijn best doen, dat beloof ik.'

'Luister, ik moet nu inpakken, mijn trein gaat zo. Ik bel je. Knuffel!'

'Knuffel!'

En daarna het washok. Urenlang. Toen ze de zakken van haar kleren doorzocht voelde ze plotseling het plastic zakje. De oorbel! Die was ze vergeten. De oorbel van Nordkoster die ze had geleend van Stilton. Ze pakte hem en keek ernaar. Ze had in Jackie Berglunds boetiek toch net zo'n oorbel gezien? Ze ging lichtelijk opgewonden achter haar laptop zitten en surfte naar de site van de boetiek. Onder 'Producten' vond ze een aanzienlijke hoeveelheid artikelen uit Jackies aanbod. Inclusief een verzameling oorbellen. Maar niet een leek op de oorbel die Olivia voor zich had liggen. Niet zo vreemd misschien, dacht ze. De oorbel van Nordkoster is tenslotte minstens drieëntwintig jaar oud. Ze moest hem ergens anders gezien hebben. In een andere winkel? Of iemand die hem droeg? Bij iemand thuis?

Plotseling wist ze waar het was. En dat was beslist niet in Jackie Berglunds boetiek.

Stilton liep door de Vanadisvägen. Het onweer was weggetrokken en was overgegaan in een lauwe regen. Hij was op weg naar Abbas' flat om er nog een nacht te slapen. Daarna moest hij maar zien. Hij vond de situatie niet prettig. Dat gold niet voor Abbas, dat wist hij. Maar daar lag het niet aan. Het lag aan hem. Hij wilde alleen zijn. Hij wist dat hij hevige nachtmerries kon krijgen en dat het schreeuwen altijd op de loer lag. Daar wilde hij Abbas niet bij betrekken.

Ze waren na de ontmoeting met de jongens in het Blecktornspark verschillende kanten opgegaan. Maar eerst had Abbas gevraagd hoe Stilton wist dat ze daar zouden opduiken.

'Ik merkte dat ze me vanaf de Söderhallen volgden en toen heb ik jou gebeld.'

'Maar je hebt toch geen mobiel?'

'Er zijn sigarenwinkels.'

Daarna waren ze uit elkaar gegaan. Abbas zou de met het mobieltje opgenomen film op internet zetten, ze hadden de codes van Trashkick uit de jongens gekregen. Stilton zou een nieuwe mobiel kopen. Die had hij nu in zijn zak. Abbas had het geld ervoor opgehoest. Plotseling hoorde hij een eigenaardig fluitje achter zich. Hij draaide zich om. Niemand. Opnieuw gefluit. Stilton haalde zijn nieuwe mobiel uit zijn zak. De ringtone was ingesteld op fabrieksfluit.

Hij nam op.

'Met Olivia. Ik weet waar ik de oorbel heb gezien!'

Het duurde niet lang voordat Stilton besefte dat Olivia, zoals gewoonlijk, Mette moest bellen.

'Nu? Maar het is al laat en...'
'De politie werkt dag en nacht. Leren jullie dat niet op school?'
Stilton hing op.

Mette werkte niet dag en nacht. Ze werkte effectief als ze werkte en daarna verdeelde ze de verantwoordelijkheid. Daar won iedereen mee. Toen Olivia belde, was ze op weg naar huis nadat ze urenlang had overgewerkt. Ze liep tijdens het gesprek naar buiten en daar draaide ze plotseling om. Olivia's informatie over de oorbel zorgde ervoor dat het kwartje plotseling viel. Na zesentwintig jaar.

Ze zou nog langer moeten overwerken.

Ze haastte zich terug naar haar werkkamer in gebouw C. Daar opende ze een kastje en haalde er een doos uit waarop NILS WENDT 1984 stond. Mette was geen persoon die dingen afdankte. Vroeg of laat kwam het van pas, dat wist je nooit. Ze opende de doos en haalde een stapeltje vakantiefoto's tevoorschijn. Met de stapel in haar hand liep ze naar de jaloezieën en trok ze naar beneden. Ze deed de bureaulamp aan, ging achter haar bureau zitten en trok een la open. Helemaal achterin lag een vergrootglas. Mette pakte het. Op de tafel voor haar lag de foto van Nils Wendts lijk van het forensisch laboratorium. Mette pakte een van de vakantiefoto's en bekeek hem door het vergrootglas. Hij was genomen in 1985, van een afstand, en nogal onscherp. Op de foto stond een man in korte broek. Zijn gezicht was niet goed te zien, maar de moedervlek op zijn linkerdijbeen was duidelijk zichtbaar. Mette keek naar de foto van het lijk van Wendt en de moedervlek op zijn linkerdijbeen. Die was net zo duidelijk zichtbaar. En hij was identiek aan die op de vakantiefoto. De man op de foto was Nils Wendt.

Mette leunde naar achteren.

Ze had het onderzoek naar Nils Wendt een tijdje geleid, in het midden van de jaren tachtig, en ze was op een bepaald moment benaderd door een paar Zweden die in Playa del Carmen in Mexico op vakantie waren geweest. Ze hadden een paar foto's genomen van een man die volgens hen de financiële man was die een tijd geleden onder onduidelijke omstandigheden was verdwenen. Het was niet mogelijk geweest om bevestigd te krijgen dat het Nils Wendt was geweest.

Vreemd, dacht Mette. Ze keek naar de twee foto's die voor haar lagen. Die moedervlek kon je toch nauwelijks over het hoofd zien?

Een uur later ontmoetten Mette, Stilton en Olivia elkaar. Mette wachtte hen op bij de ingang en begeleidde hen langs de noodzakelijke controles.

Het ging soepel. Nu liepen ze haar kamer binnen. De jaloezieën waren nog steeds naar beneden, de bureaulamp was aan. Olivia herkende de kamer. Ze was hier een eeuwigheid geleden geweest. Zo leek het tenminste, in werkelijkheid was het maar een paar weken geweest. Mette wees naar een paar stoelen voor het bureau. Stilton en Olivia gingen zitten terwijl Mette achter haar bureau plaatsnam. Als een schooljuf. Ze keek naar haar bezoek. Een voormalige rechercheur, tegenwoordig dakloos, en een licht loensende jonge politiestudente. Ze hoopte dat Oskar Molin niet overwerkte.

'Wil iemand iets hebben?' vroeg ze.

'Een naam,' zei Stilton.

'Eva Hansson.'

'Wie is dat?' vroeg Olivia.

'Ze was de vriendin van Nils Wendt in de jaren tachtig, ze hadden een vakantiehuisje op Nordkoster. Tegenwoordig heet ze Eva Carlsén.'

'Wat?'

Olivia kon nauwelijks blijven zitten.

'Heeft Eva Carlsén een relatie met Nils Wendt gehad?'

'Ja. Hoe ben je met haar in contact gekomen?'

'Door mijn schoolopdracht.'

'En je hebt de foto bij haar thuis gezien?'

'Ja.'

'Met de oorbellen?'

'Ja.'

'Wanneer was dat?'

'Een dag of tien, twaalf geleden.'

'Wat deed je daar?'

'Ik bracht een map terug.'

Stilton glimlachte, het gesprek had het karakter van een verhoor gekregen. Daar hield hij van. Hij hield ervan als Mette op dreef was.

'Hoe wist je dat ze tijdens de moord op Nordkoster was geweest?' vroeg Mette.

'Dat heeft ze verteld.'

'In welk verband?'

'Dat... ja, dat was... we hebben elkaar gezien op Skeppsholmen en...'

'Hoe intiem was je contact met haar?'

'Helemaal niet intiem.'

'Maar je bent bij haar thuis geweest.'

'Ja.'

Wat is dit? dacht Olivia. Een kruisverhoor? Ik heb toch over de oorbellen verteld? Maar Mette ging verder.

'Was er iets anders, behalve de oorbellen, wat je opviel in haar huis?'

'Nee.'

'Wat deden jullie?'

'We dronken koffie, ze vertelde dat ze gescheiden was en een broer had die was overleden aan een overdosis, daarna praatten we over...'

'Hoe heette hij?' vroeg Stilton plotseling.

'Wie?' vroeg Olivia.

'De broer. Die de overdosis had genomen?'

'Sverker, geloof ik. Waarom vraag je dat?'

'Omdat er een paar drugsverslaafden voorkwamen in het onderzoek op Nordkoster, ze hadden...'

'Ze logeerden in een van haar vakantiehuisjes!'

Olivia kon weer nauwelijks blijven zitten.

'Vakantiehuisjes van wie?' vroeg Mette.

'Van Betty Nordeman! Ze heeft ze eruit gegooid omdat ze drugs gebruikten! Hoewel ze beweerde dat ze de dag voor de moord van het eiland zijn vertrokken.'

'Ik heb een van hen verhoord,' zei Stilton. 'Hij vertelde ook dat ze voor de moord waren vertrokken. Ze hadden een boot gejat en zijn naar het vasteland gevaren.'

'Hebben jullie dat van de boot gecontroleerd?' vroeg Mette.

'Ja. Die hebben ze de nacht voor de moord gestolen. Het was de boot van een van de zomergasten.'

'Van wie?'

'Dat kan ik me niet herinneren.'

'Was de boot misschien van Eva Hansson?'

'Dat zou kunnen.'

Stilton stond plotseling op en begon heen en weer te lopen. Heerlijk, dacht Mette. Ze herinnerde zich dat sommigen bij de recherche hem de IJsbeer noemden. Zodra hij op dreef was begon hij te lopen.

Zoals nu.

'Een van de verslaafden was misschien die Sverker,' zei hij. 'De broer van Eva Hansson.'

'Met hoeveel waren ze in het huisje?' vroeg Mette.

'Twee.'

'En ze waren met zijn drieën op het strand,' zei Olivia. 'Volgens Ove Gardman.'

Het werd stil. Mette knakte met haar vingers. Het klonk oorverdovend hard in de stilte. Stilton was blijven staan. Olivia keek van de een naar de ander. Mette was degene die het uitsprak.

'Het zou dus kunnen dat Eva Hansson, haar broer en zijn vriend op het strand zijn geweest.'

Ze lieten het allemaal tot zich doordringen.

Twee van hen wisten dat er een heel lange weg te gaan was, voordat ze zelfs maar een zweem van een kans hadden om te bewijzen wat Mette net had gezegd. De derde, Olivia, was politiestudente. Zij geloofde dat het bijna voor elkaar was.

'Waar is het materiaal van Nordkoster?' vroeg Stilton.

'Dat ligt nog in Göteborg,' zei Mette.

'Kun je bellen en vragen of ze in het verhoorprotocol kunnen kijken hoe de verslaafde heette die we hebben verhoord? En wiens boot ze gestolen hebben?'

'Natuurlijk, maar dat kost tijd.'

'Misschien gaat het sneller via Betty Nordeman,' zei Olivia.

'Hoezo?'

'Ze beweerde dat ze alles bijhield over het vakantiepark. Een gastenboek, neem ik aan, misschien heeft ze dat nog? Ze leek heel ordelijk, Nordeman.'

'Bel haar om het te vragen,' zei Mette.

'Nu?'

Op het moment dat ze het had gezegd keek ze naar Stilton. De politie werkt altijd. Maar om oudere vrouwen op Nordkoster op dit tijdstip wakker te maken?

'Of heb je liever dat ik bel?' zei Mette.

'Ik doe het al.'

Olivia pakte haar mobiel en belde Betty Nordeman.

'Hallo, met Olivia Rönning.'

'De moordtoerist?' vroeg Betty.

'Eh... ja... inderdaad. Het spijt me heel erg dat ik zo laat nog bel, maar we...'

'Dacht je dat ik sliep?' zei Betty.

'Misschien, het is al heel laat en...'

'We zijn aan het armpje drukken.'

'O ja? ... Met wie dan?'

'Met de club.'

'Zo zo. Tja, luister, ik heb alleen een korte vraag. Je hebt verteld dat er drugsverslaafden in een van je vakantiehuisjes gelogeerd hebben tijdens de zomer waarin de moord plaatsvond. Kun je je dat herinneren?'

'Denk je dat ik seniel ben?'

'Natuurlijk niet, maar weet je nog hoe ze heten?'

'Nee, zo seniel ben ik wel.'

'Maar je vertelde dat je notities maakte.'

'Ja.'

'Denk je dat je...'

'Eén moment.'

Het bleef vrij lang stil. Olivia hoorde gelach en stemmen op de achtergrond. Ze zag dat Mette en Stilton naar haar keken. Olivia probeerde te demonstreren dat ze aan het armpje drukken waren. Mette en Stilton vertrokken geen spier.

'Je moet de groeten van Axel hebben,' zei Betty plotseling.

'Dank je.'

'Alf Stein.'

'Alf Stein? Was dat een van de...'

'Hij heeft het huisje gehuurd, een van de drugsverslaafden,' zei Betty.

'Je weet dus niet hoe de ander heette?'

'Nee.'

'Herinner je je de naam Sverker Hansson?'

'Nee.'

'Weet je of een van de verslaafden een zus op het eiland had wonen?'

'Nee.'

'Oké, heel hartelijk bedankt. En doe de groeten maar terug. Aan Axel.'

Olivia hing op. Stilton keek naar haar.

'Axel?'

'Nordeman.'

'Alf Stein?' zei Mette. 'Heette hij zo?'

'Ja,' zei Olivia.

Mette keek naar Stilton.

'Is hij degene die je verhoord hebt?'

'Dat zou kunnen. Misschien wel. De naam klinkt bekend...'

'Oké, ik bel Göteborg, ze moeten daar controleren of hij het was. Nu heb ik iets anders te doen.'

'Zoals?'

'Politiewerk, wat onder andere te maken heeft met je ex-vrouw bij het SKL. Tot ziens.'

Mette pakte haar mobiel.

Olivia reed door de lichte zomernacht. Stilton zat zwijgend naast haar. Ze reden vanaf het recherchegebouw naar huis en dachten aan verschillende dingen.

Olivia dacht aan de vreemde situatie in Mettes kamer. Een actieve en een voormalige recherchecommissaris en zij. Een politiestudent. Die erbij mocht zitten en mocht meepraten over een moordonderzoek. Ze had het gevoel dat ze nuttig was geweest. Ze had een bijdrage geleverd aan diverse dingen. Dacht ze.

Stilton dacht aan Adelita Rivera, de zwangere vrouw op het strand. Voorzichtig gleed hij met zijn hand over het versleten dashboard van de Mustang.

'Dit is toch Arnes oude auto?'

'Ja, ik heb hem geërfd.'

'Mooi ding.'

Olivia gaf geen antwoord.

'Wat was er nou mee aan de hand?'

'Stop daarmee.'

Hij had het haar zelf geleerd. Gelijke munt. Daarna was het weer stil.

De ochtendzon scheen op de gele villa in Bromma, de stralen onthulden onbarmhartig dat de slaapkamerramen niet gelapt waren. Dat doe ik als ik weer thuis ben, dacht Eva Carlsén terwijl ze de koffer dichtdeed. Ze was uitgenodigd voor een reportagereis naar Brazilië om te schrijven over een succesvol behandelingsprogramma voor jongeren die in een neerwaartse spiraal zaten. Dat kwam haar bijzonder goed uit. Ze had verandering van omgeving nodig. De overval in haar woning had sporen nagelaten en alle commotie rond de moord op Nils ook. Ze moest een tijdje weg. Ze zou haar visum over een halfuur ophalen en daarna een taxi naar Arlanda nemen.

Ze droeg de koffer naar de hal, trok haar jas aan en deed de deur open.

'Eva Carlsén?'

Lisa Hedqvist was op weg naar de houten trap van de villa. Bosse Thyrén liep achter haar.

*

De arrestatie van de twee personen die een dakloze in een caravan hadden vermoord, had veel aandacht in de media gekregen. Net als de speculaties rond de zelfmoord van Bertil Magnuson en de eigenaardige gebeurtenissen rond staatssecretaris Erik Grandén.

Grandéns betrokkenheid bij de sensationele onthulling over de moord op de journalist in Zaïre had een koortsachtige activiteit op de nieuwsafdelingen ontketend. Iedereen wilde hem spreken. Degene die hem uiteindelijk vond was een fotograaf die verkeerd was gereden bij de Skeppsbrug, moest keren en besloot om op de kade te parkeren. Daar had hij gezeten. Het politieke wonderkind. Achter het standbeeld van Gustav III. Met een opgevouwen scheermes in zijn hand en een gebroken blik in zijn ogen. Toen de fotograaf hem probeerde aan te spreken, had hij over het water uitgekeken.

'Jussi,' was het enige wat hij zei.

Hij was opgehaald door verpleegkundigen en was opgenomen. De Gematigde Uniepartij was naar buiten gekomen met een persbericht waarin men verklaarde dat Erik Grandén problemen in de privésfeer had en een time-out zou nemen.

Verder gaf men geen commentaar.

*

Stilton had via Mette een telefoontje gekregen van het Centraal Archief in Göteborg. Ze hadden zijn oude verhoor met de junk op Nordkoster getraceerd. Hij heette Alf Stein. De gestolen boot was van Eva Hansson. Mette had in het belastingregister gekeken wat er over Alf Stein te vinden was.

Dat was heel wat.

Onder andere een adres in Fittja.

Dat gaf ze aan Stilton.

Ze reden in Olivia's auto naar Fittja en parkeerden in de buurt van het centrum. Olivia zou in de auto wachten.

Stilton wist redelijk goed waar hij Alf Stein kon vinden. Dat was niet zo moeilijk. Met vrij grote waarschijnlijkheid zat hij tussen de andere alcoholisten in de omgeving van de staatsslijter.

Dat klopte.

Stilton had er geen moeite mee om bij het gezelschap te passen.

Hij ging op dezelfde bank zitten als Alf Stein, haalde een fles Explorer tevoorschijn, knikte naar Alf en zei:

'Jelle.'

'Hallo.'

Alf gluurde naar de fles. Stilton hield hem voor Alf, die er als een cobra onder invloed op dook.

'Dank je! ... Affe Stein!'

Stilton schrok.

'Affe Stein?' zei hij.

'Ja.'

'Jezus, ken jij Sverre?'

'Welke Sverre?'

'Sverre Hansson. Blonde kerel.'

'O, die, jazeker. Hoewel dat verdomd lang geleden is.'

Plotseling keek Affe wantrouwend.

'Waarom vraag je verdomme naar hem? Heeft hij over me gekletst?'

'Nee, helemaal niet. Hij mocht je graag, maar hij is dood.'

'Jezus.'

'Een overdosis.'

'Arme duivel. Tja, hij is doorgegaan met het zware spul.'

Stilton knikte. Affe nam een flinke slok wodka zonder een krimp te geven.

Stilton pakte de fles weer.

'Maar verdomme, heeft hij over mij gepraat?' zei Affe.

'Ja.'

'Zei hij iets speciaals?'

Ben je ongerust? dacht Stilton.

'Nee, niet precies... Hij vertelde dat jullie vrienden waren geweest, en dat jullie heel veel dingen samen hebben gedaan.'

'Wat voor dingen?'

'High worden. Plezier maken, je weet wel...'

Affe ontspande een beetje. Stilton gaf hem de fles weer en Affe nam een slok. Een dorstig heerschap, dacht Stilton. Affe veegde zijn mond af en gaf de fles terug.

'Ja, jezus, we hebben het leuk gehad, dat klopt. En hebben ook een aantal verdomd stomme dingen gedaan. Je weet hoe dat gaat...'

Ik weet het, dacht Stilton.

'Hij had toch een zus, nietwaar?'

'Hoezo? Waarom vraag je dat?'

Stilton voelde dat hij een beetje te snel ging.

'Hij praatte heel veel over haar, maar...'

'Ik wil het niet over dat wijf hebben!'

Affe ging plotseling staan en staarde naar Stilton.

'Snap je?'

'Jezus, rustig,' zei Stilton. 'Het spijt me, ga zitten.'

Stilton hield Affe de begeerlijke fles voor bij wijze van verzoeningsgebaar. Vanuit zijn ooghoeken zag hij dat Olivia buiten de auto stond en naar hen keek met een ijsje in haar hand. Affe wankelde een beetje en besefte dat hij beter weer kon gaan zitten.

'We hebben schijt aan zijn zus als het zo verschrikkelijk gevoelig ligt,' zei Stilton.

Affe nam nog een slok uit de fles en keek naar de grond.

'Ze heeft ons een keer bedrogen. Snap je?'

'Ik snap het. Niemand wil graag bedrogen worden.'

'Nee, precies.'

Stilton besloot om zijn nieuwe vriend Affe een indianenverhaal te vertellen. Over hoe hij zelf was overgehaald door een rotzak van een kameraad om te helpen bij het mishandelen van een andere vent. De kameraad had beweerd dat de man zijn vriendin had aangevallen en ze hadden hem een flink pak slaag gegeven. Een tijdje later troffen ze de vriendin van de kameraad en zij vertelde dat die man haar helemaal niet aangevallen had. Dat was een leugen, de kameraad was de vent geld schuldig en wilde van hem af.

'Hij heeft me bedrogen om een vent dood te slaan, snap je?'

Affe zat zwijgend en meelevend te luisteren. Twee bedrogen lotgenoten onder elkaar. Toen Stilton klaar was, zei Affe: 'Verdomd lastig. Jezus.'

Affe zweeg. Stilton wachtte af. Even later begon Affe weer te praten.

'Ik heb ook zoiets meegemaakt, of eigenlijk Sverre en ik. We zijn overgehaald door zijn zus om iets heel ergs te doen...'

Stilton stond op scherp.

'Ze heeft ons overgehaald... Verdomme, wat zou ik dat graag willen vergeten...'

Affe stak zijn hand uit naar de fles.

'Natuurlijk wil je dat,' zei Stilton. 'Niemand wil aan rottige dingen terugdenken.'

'Nee, maar het blijft toch hangen... Weet je dat Sverre en ik daarna helemaal geen contact meer hebben gehad? We konden er niet meer tegen om elkaar te zien, het was verdomme een mokkel.'

'Een mokkel?'

'Ja. We hebben een mokkel te pakken genomen! Hoewel wij, zij hitste ons op, die verdomde zus van hem. Alleen omdat ze iets te verhapstukken had met dat arme mokkel. En bovendien was ze zwanger!'

'De zus?'

'Nee! Dat mokkel!'

Affe zakte een beetje in elkaar. Er stonden tranen in zijn ogen.

'Waar is dat gebeurd, hier?'

Stilton wist dat hij hem onder druk zette, maar Affe was te beneveld om dat te merken.

'Op een of ander eiland...'

Affe ging plotseling staan.

'Nu moet ik verdomme weg, ik kan er niet tegen om erover te praten, alles ging zo verschrikkelijk verkeerd!'

Stilton gaf de fles aan Affe.

'Neem die maar mee.'

Affe pakte de fles met het bodempje sterkedrank, wankelde en keek naar Stilton.

'En ik heb dat verdomde geld van zijn zus om mijn bek te houden jarenlang aangenomen! Snap je?'

'Ja, ik snap het, dat is moeilijk.'

Affe wankelde naar de schaduw van een boom. Stilton zag hoe hij zich liet vallen om zijn angst weg te slapen. Toen Affe sliep, kwam Stilton overeind. Hij stak zijn hand in de binnenzak van zijn versleten jack en zette de opnamefunctie van Olivia's mobiel uit.

Hij had gekregen wat hij wilde hebben.

*

Mette liet een huiszoeking uitvoeren bij Eva Carlsén in Bromma. Het kostte wat tijd, want het was een ruime villa, maar het leverde ook iets op. Onder andere een envelop die achter een kast in de keuken was verstopt.

Op de envelop stond: PLAYA DEL CARMEN 1985.

*

De kamer was niet bijzonder groot, de inrichting was spaarzaam. Een tafel, drie stoelen, een bandrecorder. Een verhoorkamer in de Polhemsgatan in Stockholm. Op twee van de stoelen zaten Mette Olsäter en Tom Stilton. Hij had een zwartleren jack en een coltrui van Abbas geleend. Op de stoel tegenover hen zat Eva Carlsén. Ze had haar haar los en droeg een dunne, lichtblauwe blouse. Op de tafel tussen hen in lagen diverse papieren en voorwerpen. Mette had om een sterke bureaulamp gevraagd. Ze wilde een intieme sfeer creëren. Nu deed ze de lamp aan.

Zij was degene die het verhoor leidde.

Een uur geleden had ze contact opgenomen met Oskar Molin en de situatie uitgelegd.

'Ik wil dat Tom bij het verhoor aanwezig is.'

Molin begreep waarom en gaf toestemming.

In een aangrenzende kamer zaten en stonden veel leden van Mettes onderzoeksteam en de jonge politiestudente Olivia Rönning. Ze konden het verhoor via een scherm volgen. Meerderen hadden notitieboekjes in hun handen.

Olivia keek naar het scherm.

Mette had net de datum, tijd en naam op de bandrecorder ingesproken. Ze keek naar Eva Carlsén.

'En je wilt niet dat er een advocaat aanwezig is?'

'Daar zie ik geen reden toe.'

'Goed dan. In 1987 ben je verhoord met betrekking tot het onderzoek naar een moord die bij Hasslevikarna op Nordkoster had plaatsgevonden. Jij was op het eiland toen dat gebeurde, klopt dat?'

'Ja.'

'Op dat moment heette je Eva Hansson, klopt dat ook?'

'Dat weet je, je hebt me in 1984 al verhoord over de verdwijning van Nils.'

Eva was ingesteld op verdediging. Ze had een licht agressieve ondertoon. Mette haalde een oude vakantiefoto uit een plastic map en schoof die over de tafel.

'Herken je deze?'

'Nee.'

'Er staat een man op de foto. Het gezicht is niet goed te onderscheiden, maar zie je die moedervlek?' Mette wees op de bijzondere moedervlek op het dijbeen van de man. Eva knikte.

'Ik zou je dankbaar zijn als je antwoord geeft in plaats van te knikken.'

'Ik zie de moedervlek.'

'De foto is bijna zesentwintig jaar geleden in Mexico genomen, door een toerist die dacht dat het je toenmalige vriend Nils Wendt was, die was verdwenen en op dat moment werd gezocht.'

'Dat is mogelijk, ik herinner het me niet.'

'Ik wilde vaststellen of je de man op de foto als je vriend herkende.'

'Oké.'

'Dat deed je niet. Je beweerde heel stellig dat het Nils Wendt niet is.'

'En wat wil je daarmee zeggen?'

Mette legde de obductiefoto van Wendts naakte lijk voor Eva neer.

'Deze foto is pasgeleden van Wendts lichaam genomen, na de moord op hem. Zie je de moedervlek op zijn linkerdijbeen?'

'Ja.'

'Het is dezelfde moedervlek als op de vakantiefoto, nietwaar?'

'Ja.'

'Voor Wendts verdwijning hadden jullie ruim vier jaar een relatie. Hoe kon je beweren dat je zo'n heel bijzondere moedervlek op zijn linkerdijbeen niet herkende?'

'Wat wil je weten?'

'Ik wil weten waarom je loog. Waarom loog je?'

'Ik loog niet! Ik vergiste me! Het is zesentwintig jaar geleden! Had ik het mis? Dat weet ik toch niet meer!'

Eva streek met een geïrriteerd gebaar een haarlok weg. Mette keek naar haar.

'Je lijkt geïrriteerd.'

'Dat zou jij ook zijn in mijn situatie.'

'Ik zou belang hechten aan de waarheid.'

Bosse Thyrén glimlachte en maakte een aantekening. Olivia kon haar ogen niet van het scherm af houden. Eva, die ze twee keer had gezien, was als een sterke, vriendelijke vrouw op haar overgekomen. Nu zag ze haar op een heel andere manier. Een onmiskenbaar gespannen vrouw die onevenwichtig en kwetsbaar leek. Olivia begon zich betrokken te voelen, terwijl ze zichzelf had beloofd om professioneel te blijven. Om te proberen hier als politieagent aanwezig te zijn. Neutraal. Als een toekomstige moordonderzoeker.

Dat liep nu al mis.

Mette legde een nieuwe vakantiefoto voor Eva op de tafel. De foto uit de bar in Santa Teresa die door Abbas el Fassi mee naar Zweden genomen was.

'Deze foto komt uit Santa Teresa in Costa Rica. De man op de foto is Nils Wendt, nietwaar?'

'Ja.'

'Ken je de vrouw die hij omhelst?'

'Nee.'

'Je hebt haar nog nooit gezien?'

'Nee. Ik ben nog nooit in Costa Rica geweest.'

'Maar misschien heb je haar op een foto gezien?'

'Nee, dat heb ik niet.'

Mette pakte de envelop die ze achter een kast in Eva's keuken hadden gevonden. Ze haalde de zes foto's uit de envelop en spreidde ze uit voor Eva.

'Zes foto's, allemaal van Nils Wendt en de vrouw van de eerdere foto, die je niet herkende. Je ziet dat het dezelfde vrouw is?'

'Ja.'

'We hebben de foto's in je keuken in Bromma gevonden.'

Eva keek van Mette naar Stilton en weer naar Mette.

'Verdomme, wat zijn jullie laag...'

Eva schudde haar hoofd. Mette wachtte af.

'Waarom zei je dat je de vrouw niet herkende?'
'Ik zag niet dat het dezelfde vrouw was.'
'Als op de foto's uit je huis?'
'Ja.'
'Hoe zijn deze zes foto's bij je terechtgekomen?'
'Dat herinner ik me niet.'
'Wie heeft ze genomen?'
'Geen idee.'
'Maar je weet wel dat ze uit jouw huis komen.'
Eva gaf geen antwoord. Stilton zag hoe de zweetplekken onder haar armen zich verspreidden over de lichte blouse.
'Wil je iets drinken?' vroeg Mette.
'Nee. Zijn we bijna klaar?'
'Dat hangt van jou af.'
Mette pakte een foto op. Een oude privéfoto van een glimlachende Eva met haar jongere broer Sverker. Eva reageerde er zichtbaar op.
'Jullie deinzen nergens voor terug,' zei ze met een zachte stem.
'We doen gewoon ons werk, Eva. Wanneer is deze foto genomen?'
'In het midden van de jaren tachtig.'
'Dus voor de moord op Nordkoster?'
'Ja. Wat heeft dat met...'
'Je draagt een paar heel speciale oorbellen... op die foto, of niet?'
Mette wees naar Eva's lange, mooie oorbellen.
'Ik had een vriendin die zilversmid was, ik heb ze van haar gekregen toen ik vijfentwintig werd.'
'Ze zijn dus speciaal voor jou gemaakt?'
'Ja.'
'En er was maar één stel van?'
'Ik denk het wel.'
Mette pakte een plastic zakje met een oorbel erin.
'Herken je deze?'
Eva keek naar de oorbel.
'Die ziet eruit als mijn oorbel.'
'Ja.'
'Hoe komen jullie daaraan?' vroeg Eva.
'Die hebben we gevonden in de jaszak van de vrouw die in 1987 in Hasslevikarna is vermoord. Hoe is hij daar terechtgekomen?'
Olivia keek van het scherm weg. Ze had moeite met de manier waarop Mette haar slachtoffer kalm en arglistig kwelde.

Met maar één doel.

'Je hebt geen idee hoe hij in de jas terechtgekomen is?' vroeg Mette.

'Nee.'

Mette draaide zich naar Stilton en keek hem aan. Een verhoortruc. De ondervraagde moest het gevoel krijgen dat de verhoorders meer wisten dan ze vertelden. Mette keek weer naar Eva en daarna naar de oude privéfoto.

'Is de jongen die naast je staat je broer?'

'Ja.'

'Klopt het dat hij vier jaar geleden aan een overdosis is overleden?'

'Ja.'

'Sverker Hansson. Is hij weleens in je vakantiehuis geweest?'

'Dat gebeurde soms.'

'Was hij daar in de zomer waarin de moord plaatsvond?'

'Nee.'

'Waarom lieg je?'

'Is hij er wel geweest?'

Eva keek verbaasd. Speelt ze toneel? dacht Stilton. Dat moet wel.

'We weten dat hij er was,' zei Mette.

'Hoe weten jullie dat?'

'Hij was daar met een man die Alf Stein heet. Ze huurden een vakantiehuisje op het eiland. Ken je Alf Stein?'

'Nee.'

'We hebben een geluidsopname waarop hij bevestigt dat ze op Nordkoster waren.'

'Dan is dat waarschijnlijk zo.'

'Maar dat kun je je niet herinneren?'

'Nee.'

'Je hebt Alf Stein of je broer daar niet gezien?'

'Het is mogelijk... Nu je... Ik herinner me dat Sverker een keer een vriend mee had genomen...'

'Alf Stein.'

'Ik weet niet hoe hij heet...'

'Jij was degene die ze een alibi voor de moord hebt gegeven.'

'Is dat zo?'

'Je beweerde dat Sverker en zijn vriend je boot hadden gestolen en waren verdwenen. In de nacht voor de moord. Wij denken dat het de volgende nacht was. Na de moord. Klopt dat?'

Eva gaf geen antwoord. Mette ging verder.

'Alf Stein beweert dat je hem jarenlang geld hebt betaald. Heb je dat gedaan?'

'Nee.'

'Hij liegt dus.'

Eva veegde met haar arm over haar voorhoofd. Ze stond op het punt om te breken. Dat merkten Mette en Stilton allebei. Plotseling werd er op de deur geklopt. Ze draaiden zich allemaal om. Een vrouw in uniform kwam binnen met een groene plastic map. Stilton kwam overeind, haalde de map en gaf hem aan Mette. Ze opende de map, bekeek het bovenste vel papier en sloeg hem weer dicht.

'Wat is dat?' vroeg Eva.

Mette gaf geen antwoord. Ze boog zich langzaam naar de bureaulamp toe.

'Eva, heb jij Adelita Rivera vermoord?'

'Wie is dat?'

'Dat is de vrouw die met Nils Wendt op alle foto's staat die je gezien hebt. Heb jij het gedaan?'

'Nee.'

'Dan gaan we verder.'

Mette pakte de vervalste brief van Adelita.

'Deze brief is uit Zweden naar Dan Nilsson in Costa Rica gestuurd. Nils Wendt noemde zich daar Dan Nilsson. Ik zal hem hardop voorlezen. Hij is geschreven in het Spaans, maar ik vertaal hem voor je. "Dan, het spijt me, maar ik ben bang dat we niet bij elkaar passen en nu heb ik de kans om een nieuw leven te beginnen. Ik kom niet terug." Daaronder staat een naam. Weet jij wie hem heeft ondertekend?'

Eva gaf geen antwoord. Ze keek naar haar verstrengelde handen op haar schoot. Stilton observeerde haar uitdrukkingsloos. Mette ging met dezelfde beheerste stem verder.

'Hij is ondertekend met "Adelita". Ze heette Adelita Rivera en is vijf dagen voordat deze brief is gepost verdronken bij Hasslevikarna. Weet je wie deze brief geschreven heeft?'

Eva gaf geen antwoord. Ze keek niet eens op. Mette legde de brief op tafel. Stilton hield zijn blik op Eva gericht.

'Je bent onlangs overvallen in je woning, in de hal,' zei Mette. Onze technici hebben de bloedsporen op je halmat veiliggesteld omdat ze eventueel van de daders konden zijn. In verband daarmee heb je DNA afgestaan, waarmee we konden bewijzen dat de bloedsporen van jou waren.'

'Ja.'

Mette opende de groene map die ze net had gekregen.

'We hebben ook een DNA-test uitgevoerd op het speeksel van degene die aan de postzegel heeft gelikt om hem op de brief van Adelita uit 1987 te plakken, en hebben dat met jouw DNA vergeleken. Uit de hal. Dat komt overeen. Jij hebt aan de postzegel gelikt. Heb je de brief ook geschreven?'

Alle mensen hebben een afgrond. Als je stevig genoeg onder druk wordt gezet, beland je daar vroeg of laat. Nu stond Eva aan de rand. Het duurde een paar seconden, bijna een minuut, maar daarna kwam het. Zachtjes.

'Kunnen we een pauze nemen?'

'Straks. Heb jij de brief geschreven?'

'Ja.'

Stilton leunde achterover. Het was voorbij. Mette boog zich naar de bandrecorder.

'We houden een korte pauze.'

*

Forss en Klinga hadden Liam en Isse een paar uur lang verhoord. Ze waren allebei opgegroeid in Hallonbergen. Klinga had Liam gekregen. Hij wist ongeveer wat hij te horen zou krijgen. Van tevoren had hij opgezocht wat hij in het register over Liam kon vinden. Een heleboel escalerende rotzooi onder tieners. Toen Liam eindigde met vertellen dat zijn vader zijn oudere zus hielp met injecteren, aan de keukentafel, was het plaatje duidelijk.

Voor Klinga.

Gekwetste kinderen. Had de vrouw die hij in het discussieprogramma had gezien ze niet zo genoemd?

Liam was een ontzettend gekwetst kind.

Forss had min of meer dezelfde sociale topografie rond Isse boven water gekregen. Afkomstig uit Ethiopië, aan zijn lot overgelaten voordat hij de baard in de keel kreeg. Gekwetst en vernield. Vol willekeurige agressie.

De vragen gingen verder over de kooigevechten.

Het duurde een tijd voordat ze uit Liam en Isse hadden gekregen wat ze wisten, maar zo langzamerhand kwam het naar boven. De namen van andere jongens die erbij betrokken waren en het organiseerden en vooral wanneer en waar het volgende gevecht zou plaatsvinden.

Dat bleek op Svartsjö te zijn, in een voormalige cementfabriek die leegstond en vergrendeld was.

Behalve voor sommigen.

Forss liet de plek een paar uur voor het begon in de gaten houden. De strategie was om de wedstrijden te laten beginnen voordat ze toesloegen. Toen de eerste kleine jongens in de kooien werden opgesloten en het gejuich begon, was het snel afgelopen. De politie had alle vluchtwegen afgezet en ging naar binnen met zwaarbewapend personeel. Busjes van de mobiele eenheid reden af en aan.

Toen Forss en Klinga uit de fabriek kwamen, werden ze opgewacht door een paar journalisten en fotografen.

'Wanneer hebben jullie ontdekt dat er kooigevechten georganiseerd werden?'

'Een tijd geleden, via gedegen speurwerk. Het heeft de afgelopen tijd de hoogste prioriteit gehad,' zei Forss in de camera.

'Waarom hebben jullie niet eerder ingegrepen?'

'We wilden er zeker van zijn dat de juiste personen ter plaatse waren.'

'Zijn die dat nu?'

'Ja.'

Toen Forss een nieuwe camera in zijn gezicht kreeg, liep Klinga weg.

*

Een deel van het onderzoeksteam had de kamer verlaten. Olivia zat er nog, met Bosse Thyrén en Lisa Hedqvist. Ze hadden waarschijnlijk allemaal hetzelfde gevoel. Een soort opluchting omdat een onopgeloste moord bijna opgelost was, vermengd met persoonlijke gevoelens. Voor Olivia was dat het motief, ook al had ze er een vermoeden van.

Waarom?

Het trio in de verhoorkamer had koffie gekregen. De sfeer was kalm. Twee van hen waren opgelucht, en de derde misschien ook wel. Mette zette de bandrecorder weer aan en keek naar Eva Carlsén.

'Waarom? Kun je ons dat vertellen?' vroeg ze.

Mette had plotseling een andere stem. De onpersoonlijke verhoorstem, die maar één doel had, een bekentenis loskrijgen, was weg. De nieuwe stem was van de ene mens tegen de andere, in de hoop te kunnen begrijpen waarom ze het gedaan had.

'Waarom?' vroeg Eva.

'Ja.'

Eva keek even op. Als ze zou vertellen waarom, dan moest ze de verdrongen pijn opnieuw doormaken, maar ze voelde dat ze in elk geval een verklaring moest geven. Datgene moest benoemen waarvoor ze haar hele leven al boete probeerde te doen.

De moord op Adelita Rivera.

'Waar zal ik beginnen?'

'Waar je wilt.'

'Het eerste wat gebeurde was dat Nils verdween. In 1984, zonder een woord te zeggen. Hij was gewoon weg. Ik dacht dat hij vermoord was, dat er iets was gebeurd in Kinshasa, dat dachten jullie toch ook?'

Eva keek naar Mette.

'Dat was inderdaad een van onze hypotheses.'

Eva knikte en streek met haar ene hand over de andere. Haar stem was nu heel zachtjes, en breekbaar.

'Hoe dan ook, hij kwam niet terug. Ik was wanhopig. Ik hield van hem en was gebroken. Daarna kwam jij plotseling met die foto's uit Mexico en ik zag dat het Nils was, dat hij leefde en bruin was en in een vakantieplaats in Mexico was en ik was volkomen... Ik weet het niet... Ik voelde me zo ontzettend bedrogen. Ik had helemaal niets gehoord, niet eens een ansichtkaart, niets. Hij zat daar gewoon in de zon en ik had verdriet om hem en was wanhopig en... Het was verschrikkelijk vernederend... Alsof hij maling aan me had...'

'Waarom vertelde je niet dat hij het was toen ik in 1985 de foto liet zien?'

'Ik weet het niet. Het was alsof ik... Ik wilde hem zelf te pakken krijgen, wilde een verklaring, wilde begrijpen waarom hij zo tegen me deed. Of het iets persoonlijks tussen ons was, dat hij me pijn wilde doen of waar hij op uit was. Daarna begreep ik wat het was.'

'Hoe dan?'

'Toen ik de andere foto's kreeg.'

'Die we in je woning hebben gevonden?'

'Ja. Ik nam een buitenlands bureau in de arm, specialisten in het vinden van verdwenen mensen. Ik vertelde waar hij het laatst was gezien, in Playa del Carmen in Mexico, je had tenslotte de vakantiefoto laten zien, en toen begonnen ze te zoeken en vonden ze hem...'

'Daar?'

'Ja. En daarna stuurden ze een aantal foto's van hem en een jonge vrouw. Intieme foto's, seksscènes, van slaapkamers en hangmatten en het strand en zo... Jullie hebben ze zelf gezien, het was afschuwelijk. Het klinkt misschien... Maar ik voelde me zo ontzettend gekwetst... Niet alleen bedrogen. Er was iets aan de manier waarop hij het had gedaan, alsof ik gewoon lucht was, niet bestond, iemand was die je kunt behandelen als... Ik weet het niet... En toen kwam de dag...'

'... dat er plotseling een jonge vrouw op Nordkoster verscheen?'

'Ja. Zwanger. Van hem. Ze kwam met haar dikke buik en had er geen idee van dat ik haar herkende van de foto's en dat ik wist dat ze was gestuurd.'

'Door Nils?'

'Ja. Waarom zou ze anders naar Nordkoster komen? En daarna zag ik hoe ze 's avonds rondsloop achter ons vakantiehuis, en ik had wijn gedronken en ik werd... Tja, ik weet niet, ik werd woedend. Wat deed ze daar? Bij ons huis! Zocht ze iets? En toen...'

Eva zweeg.

'Waar waren Sverker en Alf Stein op dat moment?' vroeg Mette.

'Ze waren in het huis. Ik wilde eigenlijk niet dat ze bij me sliepen, maar ze waren van het vakantiepark geschopt en waren naar mij toe gekomen...'

'En wat gebeurde er toen?'

'We renden de tuin in en trokken de vrouw het huis in en ze begon te slaan en te schreeuwen, en toen stelde Sverker voor dat we haar een beetje af zouden koelen. Hij was onder invloed.'

'Dus jullie hebben haar meegenomen naar Hasslevikarna?'

'Ja. We wilden uit de buurt van mensen blijven.'

'Wat gebeurde daar?'

Eva wreef haar duimen tegen elkaar. Ze moest diep gaan om de juiste woorden te vinden.

'Er was geen water toen we daar kwamen, het was eb, springtij, het strand was heel breed. En toen bedachten we dat...'

'Het getijdewater?'

'Ik had geprobeerd om uit haar te krijgen wat ze achter het huis deed, wat ze wilde, waar Nils was, maar ze zei geen woord, ze zweeg gewoon.'

Eva kon niet langer opkijken. Haar stem was heel zacht.

'De jongens haalden een schop en groeven een gat... en lieten haar daarin zakken... en toen kwam het getijdewater...'

'Je wist dat het zou komen?'

'Ik had een paar jaar op het eiland doorgebracht, iedereen wist wanneer de springvloed kwam en ging. Ik wilde haar bang maken, haar laten vertellen...'

'Deed ze dat?'

'Eerst niet. Maar daarna... toen het water kwam... uiteindelijk...'

Eva zweeg. Mette nam het over.

'Vertelde ze waar Nils het geld had verstopt?'

'Ja... en waar hij woonde.'

Stilton boog zich een stukje naar voren.

'En daarna lieten jullie haar achter?'

Het was de eerste keer tijdens het verhoor dat hij iets zei. Eva schrok. Ze had een pijnlijk gesprek met Mette gevoerd, de man naast haar had niet bestaan.

Nu deed hij dat plotseling wel.

'De jongens renden naar huis. Ik bleef staan. Ik wist dat we te ver waren gegaan, dat het krankzinnig was. Maar ik haatte haar zo verschrikkelijk, de vrouw in het water. Ik wilde haar kwellen omdat ze Nils van me had afgepakt.'

'Je wilde haar dood hebben.'

Stilton bleef voorovergebogen zitten.

'Nee, ik wilde haar kwellen. Het klinkt misschien vreemd, maar ik dacht niet dat ze dood zou gaan. Ik weet niet wat ik dacht, het was helemaal zwart voor mijn ogen. Ik ging weg.'

'Maar je wist dat het springtij was?'

Eva knikte zwijgend. Plotseling begon ze zachtjes te huilen. Stilton keek naar haar. Nu hadden ze het motief voor de moord op Adelita Rivera. Hij zocht Eva's blik.

'Zullen we dan nu verdergaan met Nils Wendt?' zei hij. 'Hoe is hij gestorven?'

Mette schrok op. Ze was er volledig op geconcentreerd geweest om Eva Carlsén aan de moord op Nordkoster te linken. De moord op Nils Wendt had niet op haar agenda gestaan. Ze was er volkomen van overtuigd dat Bertil Magnuson daarachter zat. Plotseling besefte ze dat Stilton haar een stap voor was.

Zoals vroeger.

'Lukt het je om dat ook te vertellen?' zei hij.

Dat deed ze. Wat een geluk was voor Mette en Stilton, omdat ze niets concreets hadden waarmee ze Eva Carlsén konden linken aan wat er met haar ex was gebeurd. Maar Eva had geen reden om te liegen. Ze had al een wrede moord bekend en wilde de rest ook kwijt. Bovendien wist ze niet wat zij wisten. Ze wilde niet nog een keer verhoord worden door Mette. Dat kon ze niet aan.

'Er is niet veel te vertellen,' zei ze. 'Hij belde op een avond aan, bij de villa, en ik was heel geschokt. Niet omdat hij leefde, dat wist ik tenslotte, maar omdat hij plotseling voor me stond.'

'Welke avond was dat?'

'Dat weet ik niet. De dag voordat hij gevonden is.'

'Wat wilde hij?'

'Dat weet ik niet precies. Hij... Het was zo eigenaardig... Alles...'

Eva zweeg en dacht na. Langzaam zocht ze haar weg naar de eigenaardige ontmoeting met haar ex. Hoe er plotseling werd aangebeld bij de villa in Bromma.

Eva deed de deur open en zag Nils Wendt in het zwakke licht van de buitenlamp. Hij droeg een bruin jack. Eva staarde naar hem. Ze begreep niet goed wat ze zag.

'Hallo, Eva.'

'Hallo.'

'Herken je me?'

'Ja.'

Ze keken naar elkaar.

'Mag ik binnenkomen?'

'Nee.'

De seconden gingen voorbij. Nils? Na al die jaren? Wat deed hij hier in vredesnaam? Eva probeerde zich te vermannen.

'Kom jij dan naar buiten?' vroeg Nils met een glimlach.

Alsof ze twee tieners waren die niet wilden dat hun ouders hen zouden zien. Was hij wel goed bij zijn hoofd? Wat wilde hij verdomme? Eva draaide zich om, trok een jack aan, liep naar buiten en deed de deur dicht.

'Wat wil je?' vroeg ze.

'Ben je nog steeds getrouwd?'

'Gescheiden. Hoezo? En hoe weet je waar ik woon?'

'Ik zag op internet dat je getrouwd bent, jaren geleden, je man was een heel succesvolle polsstokhoogspringer, Anders Carlsén. Je hebt zijn naam gehouden.'

'Ja. Heb je me nagetrokken?'

'Nee, het was meer toeval.'

Nils draaide zich om en wachtte tot ze met hem meeliep naar het hek. Eva bleef staan.

'Nils.'

Nils stopte.

'Waar ben je al die jaren geweest?'

Dat wist ze heel goed, maar hij wist niet dat zij het wist.

'In het buitenland,' antwoordde hij.

'En waarom duik je hier op? Nu?'

Nils keek naar Eva. Ze had het gevoel dat ze dichter bij hem moest zijn, intiemer. Ze liep naar hem toe.

'Ik moet het verleden zuiveren,' zei hij zachtjes.

'Aha, en wat moet je zuiveren?'

'Een oude moord.'

Eva keek instinctief om zich heen, ze voelde haar nek verstrakken. Een oude moord? Die op Nordkoster? Maar dat kon hij toch niet weten? Dat zij daarbij betrokken was? Wat bedoelde hij?

'Dat klinkt onaangenaam,' zei ze.

'Dat is het ook, maar ik ben bijna klaar en dan ga ik terug naar huis.'

'Naar Mal Pais?'

Dat was haar eerste fout. Het ontglipte haar gewoon. Seconden daarna besefte ze wat ze had gezegd.

'Hoe weet jij dat ik daar woon?' zei Nils.

'Mag dat niet?'

'Jawel. Zullen we een stukje gaan rijden?'

Nils knikte naar een grijze auto die voor het hek stond geparkeerd. Eva dacht na. Ze had er nog steeds geen idee van wat hij wilde. Een beetje praten? Bullshit. Een oude moord? Wat kon hij daarover weten?

'Prima,' zei ze.

Ze gingen in de auto zitten en reden weg. Na een paar minuten vroeg Eva: 'Wat bedoelde je met die oude moord?'

Nils dacht even na en begon daarna te vertellen. Over de moord op journalist Jan Nyström, waar Bertil Magnuson opdracht voor had gegeven. Eva keek naar hem.

'Ben je daarom teruggekomen?'

'Ja.'

'Om Bertil aan te pakken?'

'Ja.'

Eva ontspande. Het ging niet om Nordkoster.

'Is dat niet gevaarlijk?' vroeg ze.

'Bertil aanpakken?'

'Ja. Hij heeft tenslotte een journalist laten vermoorden.'

'Hij durft me niet te vermoorden.'

'Waarom niet?'

Nils glimlachte, maar zei niets. Ze reden via de Drottningholmsbrug Kärsö op en daarna naar de achterkant van het eiland. Nils stopte op een helling bij het water. Ze stapten uit de auto. De hemel was helder. Het licht van de halvemaan scheen op het water en de rotsen. Het was een heel mooie plek. Ze waren hier vroeger een paar keer naartoe gereden, laat op de avond, om in afzondering naakt te zwemmen.

'Het is hier nog net zo mooi als vroeger,' zei Nils.

'Ja.'

Eva keek naar hem. Hij zag er kalm uit, alsof er niets was gebeurd. Alsof alles was zoals het was geweest. Maar niets is zoals het was, dacht ze.

'Nils.'

'Ja.'

'Ik moet je iets vragen...'

'Ja?'

'Waarom heb je nooit iets van je laten horen?'

'Aan jou?'

'Ja. Aan wie anders? We hadden een relatie, weet je nog? We zouden trouwen en kinderen krijgen en ons leven samen leven. Ben je dat vergeten? Ik hield van je.'

Eva voelde plotseling hoe de verkeerde gevoelens de overhand begonnen te krijgen, maar de hele situatie, om met Nils na zevenentwintig jaar op deze plek te staan, was zo absurd. De haat over het verleden stroomde plotseling naar boven zonder dat ze er iets tegen kon doen.

'Dat was stom, ik had echt iets van me moeten laten horen. Het spijt me,' zei Nils.

Hij zegt dat het hem spijt, dacht ze.

'Na zevenentwintig jaar zeg je dat het je spijt?'

'Ja. Wat wil je dan dat ik doe?'

'Heb je er ooit over nagedacht wat je me hebt aangedaan? Waar ik doorheen ben gegaan?'

'Maar het was niet de bedoeling om...'

'Je had toch gewoon kunnen zeggen dat je genoeg van me had en dat je een nieuw leven met haar wilde beginnen? Dat zou ik geaccepteerd hebben.'

'Met wie?'

Dat was haar tweede vergissing. Maar ze voelde dat ze het toch niet binnen zou kunnen houden. Ze was niet in staat om weerstand te bieden aan haar gevoelens. Nils stond plotseling op scherp.

'Met wie zou ik een nieuw leven beginnen?'

'Dat weet je heel goed! Hou je niet van de domme! Jong en mooi en zwanger en dan stuur je haar hiernaartoe om het geld dat je verstopt hebt te halen en dan denk je dat ze...'

'Hoe weet jij dat verdomme?!'

Nils kreeg plotseling een ijskoude blik in zijn ogen. Hij deed een stap naar Eva toe.

'Hoe weet ik wat? Over het geld?'

Nils keek lang genoeg naar haar om te beseffen dat hij het de hele tijd mis had gehad. De hele tijd. Het was Bertil niet gelukt hem op te sporen en hij was Adelita niet naar Zweden gevolgd om het gestolen geld terug te krijgen. Bertil had helemaal niets te maken met de moord. Eva had het geld gestolen en...

'Heb jij Adelita vermoord?' vroeg hij.

'Heette ze zo?'

Plotseling kreeg Eva een harde klap in haar gezicht. Nils was razend.

'HEB JIJ HET GEDAAN? SMERIG SECREET!'

Hij stortte zich op Eva. Ze probeerde de klappen af te weren. Eva was goed getraind en Nils was niet in een beste vorm. Plotseling vochten ze, woedend, ze trokken aan elkaar, schopten elkaar, tot Eva zijn jas te pakken kreeg en hem opzij gooide. Nils wankelde een paar stappen, struikelde over een steen en viel achterover met zijn hoofd op een rotsblok. Eva hoorde het doffe geluid toen zijn schedel op het scherpe graniet sloeg. Nils stortte ineengedoken op de grond. Het bloed stroomde uit het gat in zijn achterhoofd. Eva staarde naar hem.

Mette boog zich naar de lamp.

'Dacht je dat hij dood was?'

'Ja. Eerst durfde ik hem niet aan te raken, hij lag daar en bloedde en bewoog niet en ik was zowel geschokt als woedend.'

'Maar je hebt de politie niet gebeld?'

'Nee.'

'Waarom niet?'

'Ik weet het niet, ik liet me op de grond zakken en keek naar hem. Nils Wendt. De man die mijn leven volkomen had geruïneerd. En nu dook hij op en zei dat het hem speet. En begon me te slaan. En hij had begrepen wat ik op Nordkoster had gedaan. Dus trok ik hem naar zijn auto en duwde hem op de chauffeursstoel. De auto stond aan het eind van de helling naar het water, ik hoefde alleen de handrem eraf te halen...'

'Maar je begreep toch wel dat we hem zouden vinden?'

'Ja, maar ik dacht... Ik weet het niet... Hij had Bertil Magnuson bedreigd...'

'Je dacht dat Magnuson de schuld zou krijgen?'

'Misschien. Is dat zo?'

Mette en Stilton keken naar elkaar.

*

Er hing geen uitgelaten sfeer in Mettes auto later die avond. Ze waren op weg naar het oude huis in Kummelnäs. Alle drie hadden ze iets te verwerken.

Stilton dacht aan de oplossing van de strandmoord. Hoe één enkele gebeurtenis zo'n gewelddadige keten van gebeurtenissen kon veroorzaken. Twee Zweden ontmoeten elkaar aan de andere kant van de wereld. Ze delen een fles wijn. De een vertelt de ander iets wat verklaart wat hij zich meer dan drieëntwintig jaar heeft afgevraagd. Hij gaat naar Zweden om de moord op zijn geliefde te wreken. Hij gaat langs bij zijn ex en wordt doodgeslagen. Daarna ziet Mette de moedervlek op zijn dijbeen die ze van vroeger herkent, terwijl Olivia tegelijkertijd in de strandmoord graaft.

Merkwaardig.

Daarna gingen zijn gedachten naar veel lastigere dingen. Naar wat straks onvermijdelijk zou gebeuren. Bij Mette en Mårten thuis. En hoe hij het aan moest pakken.

Mette dacht aan haar jacht op Bertil Magnuson. Hoe verkeerd ze het had gehad. Maar hij had toch opdracht voor een moord gegeven, hij was schuldig aan aanstichting. Ze voelde zich niet verantwoordelijk voor zijn zelfmoord.

Olivia dacht aan Jackie Berglund. Wat een vergissing. Als zij zich niet zo in Jackie had vastgebeten, dan zou Elvis nog leven. Een dure les.

'Zo moet het geweest zijn.'

Mette verbrak de stilte. Ze voelde dat ze zich moesten losmaken. Zo meteen waren ze in haar chaotische huis. Daar wilde ze geen stilte en bedrukte gedachten verspreiden.

'Wat bedoel je?' zei Stilton.

'Degenen die ingebroken hebben en Eva Carlsén neergeslagen hebben, zijn door Bertil Magnuson gestuurd.'

'Waarom?'

'Om naar de cassette te zoeken. Magnuson heeft beslist alle hotels laten controleren en gezien dat er geen Wendt logeerde, net als wij gedaan hebben, en toen dacht hij aan de ex van Wendt, ze gingen tenslotte met elkaar om in die tijd, ze hadden allebei een zomerhuis op Nordkoster. En toen bedacht hij dat Wendt zich misschien bij haar schuilhield en dat de cassette daar was.'

'Dat klinkt redelijk,' zei Stilton.

'En de oorbel?' vroeg Olivia. 'Hoe is die in Adelita's jaszak terechtgekomen?'

'Dat is moeilijk te zeggen,' zei Mette. 'Misschien toen ze vochten in het huis, Eva en zij.'

'Ja.'

Mette remde voor het oude huis.

Op het pad naar het huis kreeg Mette een telefoontje op haar mobiel. Ze bleef in de tuin staan. Het was Oskar Molin. Hij had net een bespreking met Carin Götblad gehad en had over een naam in het klantenbestand van Jackie Berglund gepraat. Een naam die hij van Mette had gekregen.

'Wat hebben jullie besloten?' vroeg Mette.

'Om het er voorlopig bij te laten.'

'Waarom? Omdat het Jackie Berglund is?'

'Nee, omdat het de reorganisatie verstoort.'

'Oké, maar hij wordt er wel over geïnformeerd?'

'Ja. Dat doe ik.'

'Mooi.'

Mette hing op. Ze merkte dat Stilton een paar meter verder was blijven staan en het gesprek had gehoord. Mette liep zonder een woord te zeggen langs hem en liep de trap op.

Abbas deed open, met zijn arm rond Jolene. Olivia kreeg een warme omhelzing van haar.

'Laten we gaan eten,' zei Mette.

Ze liepen allemaal naar de grote keuken, waar Mårten druk bezig was met alle ingrediënten voor wat hij zijn gourmethit van de zomer noemde.

Spaghetti carbonara met ontdooide trechtercantharellen.

De overige familieleden hadden een uur eerder gegeten en hadden zich in verschillende richtingen in het huis verspreid. Mårten had uitgelegd dat zijn vrouw en haar gasten rustig wilden eten. Degene die dat niet accepteerde zou naar Ellen gestuurd worden om recht en averecht te tellen.

Het was relatief stil in huis.

'Ga zitten.'

Mårten gebaarde naar de gedekte tafel, waar Mettes keramiek uitgestald stond: schalen, borden en iets wat daartussenin zat. Bekers misschien.

Ze gingen zitten.

Mårten schonk wijn in. Stilton bedankte. Het warme schijnsel van de kandelaars glansde in de wijnglazen toen ze met elkaar toostten en dronken.

En achteroverzakten.

Het was voor allemaal een lange dag geweest.

Ook voor Mårten. Hij had een hele tijd nagedacht over wat er zo meteen zou komen, en hoe hij daarmee moest omgaan. Hij wist het niet zeker. Het kon alle kanten op gaan en geen van die kanten was gemakkelijk.

Hij wachtte af.

Dat deden de anderen ook, behalve Olivia. Zij voelde hoe de eerste slok wijn ontspanning en warmte door haar lichaam verspreidde. Ze keek naar de mensen rond de tafel. Mensen die niet zo lang geleden vreemden voor haar waren geweest.

Stilton, de dakloze. Met een verleden waarvan ze een deel te weten was gekomen. Niet voldoende voor een patroon. Een patroon waarnaar ze heel nieuwsgierig was, maar toch. Ze herinnerde zich hoe hij er had uitgezien toen ze elkaar ontmoetten, in Nacka. Dat was een heel verschil met nu. Hij had bijvoorbeeld een heel andere blik in zijn ogen.

Mårten, de man met Kerouac. De kinderpsycholoog die ervoor had gezorgd dat ze zich op een manier had blootgegeven die haar verbaasde. Hoe had hij dat klaargespeeld?

Mette, zijn vrouw, die haar de eerste keer dat ze elkaar spraken doodsbang had gemaakt, en die nog steeds afstand hield. Maar met respect. Ze had Olivia toch in haar kamer en haar onderzoek binnengelaten.

En Abbas. De tengere man. Met de geheime messen op zijn lichaam en zijn aparte geur. Iemand die met open ogen iemands leven binnensluipt. Wie was hij eigenlijk?

Ze nam nog een slok wijn. Op dat moment voelde ze het, of misschien daardoor. De afwachtende stemming rond de tafel. Geen glimlachjes of uitwisseling van zinnen, alleen wachten.

'Wat is er?' vroeg ze met een glimlachje.

'Waarom zijn jullie zo stil?'

De anderen keken elkaar aan. Met blikken die Olivia probeerde te volgen, tot ze uiteindelijk bij Stilton belandde. Hij wilde dat hij zijn doosje Stesolid bij zich had.

'Weet je nog dat ik bij jou thuis in de keuken, toen mijn caravan uitgebrand was, heb gevraagd waarom je juist de strandmoord had gekozen?' vroeg hij plotseling.

De vraag overrompelde Olivia.

'Ja.'

'En dat jij hebt gezegd dat het was omdat je vader bij het onderzoek betrokken was?'

'Ja.'

'Was er niets anders wat je daartoe aanzette?'

'Nee... ja, na een tijdje. De moord vond plaats op dezelfde dag dat ik geboren was. Een grappig toeval.'

'Dat was het niet.'

'Wat bedoel je? Wat was geen toeval?'

Mette schonk nog wat wijn voor Olivia in. Stilton keek naar haar.

'Weet je wat er die avond is gebeurd, nadat Ove Gardman naar huis gerend is?'

'Ja, ze... Wat bedoel je? Meteen daarna?'

'Zodra hij thuiskwam en vertelde wat hij had gezien, renden zijn ouders naar het strand terwijl ze tegelijkertijd de traumahelikopter waarschuwden.'

'Ja, dat weet ik.'

'Zijn moeder was verpleegster. Toen ze op het strand kwamen waren de daders verdwenen, maar het lukte ze om de vrouw, Adelita, uit het zand en het water te krijgen. Ze was bewusteloos en had een zwakke hartslag, zijn moeder probeerde mond-op-mondbeademing te geven. Zo hielden ze haar een tijd in leven, maar ze stierf een minuut nadat de traumahelikopter was gearriveerd.'

'Ja?'

'De baby in haar buik leefde echter nog. De helikopterarts voerde een acute keizersnede uit en haalde de baby eruit,' zei Stilton.

'Wat? Heeft de baby het overleefd?'

'Ja.'

'Maar waarom hebben jullie daar niets over gezegd? Wat is er met het kind gebeurd?'

'We besloten geheim te houden dat het kind het had overleefd, voor alle zekerheid.'

'Waarom?'

'Omdat we het motief voor de moord niet kenden. In het ergste geval kon het om de ongeboren baby gaan, dat die dood moest.'

'Wat hebben jullie met het kind gedaan?'

Stilton zocht steun bij Mette, maar zij keek naar de tafel. Hij moest zelf verdergaan.

'We hebben een van de onderzoekers in het begin voor het kind laten zorgen, we dachten dat we de identiteit van de vrouw zouden achterhalen, of dat er een vader van het kind zou opduiken, maar dat gebeurde niet.'

'Nee? En toen?'

'De onderzoeker die voor het kind zorgde vroeg op een bepaald moment of hij het mocht adopteren, hij en zijn vrouw konden geen kinderen krijgen. Wij en de kinderbescherming vonden dat een goede oplossing.'

'Wie was die onderzoeker?'

'Arne Rönning.'

Waarschijnlijk vermoedde Olivia al wat Stilton ging zeggen, maar ze moest het horen. Hoewel het onbegrijpelijk was.

'Ben ik dat kind?' vroeg Olivia.

'Ja.'

'Ik ben... Wat? De dochter van Adelita Rivera en Nils Wendt?'

'Ja.'

Mårten keek de hele tijd naar Olivia. Mette las haar lichaamstaal. Abbas had zijn stoel een stukje naar achteren geschoven.

'Dat is niet waar.'

Olivia klonk nog steeds beheerst. Ze besefte het nog niet.

'Helaas wel,' zei Stilton.

'Helaas?'

'Tom bedoelt dat je dit op een andere manier had moeten horen, bij een andere gelegenheid, onder andere omstandigheden.'

Mårten probeerde Olivia te houden waar ze was. Hij keek naar Stilton.

'Je wist het dus vanaf het moment dat we elkaar voor de supermarkt ontmoetten?'

'Ja.'

'Dat ik de baby in de buik van de verdronken vrouw was?'

'Ja.'

'En je hebt er geen woord over gezegd?'

'Ik was het een paar keer van plan, maar...'

'Weet mijn moeder hiervan?'

'Niet de exacte omstandigheden. Arne koos ervoor om dat niet te vertellen,' zei Stilton. 'Ik weet niet of hij het haar verteld heeft voordat hij stierf.'

Olivia schoof haar stoel naar achteren, ging staan en keek de tafel rond. Haar blik bleef hangen bij Mette.

'Hoe lang weten jullie dit al?'

Ze begon harder te praten. Mårten besefte dat het moment dichterbij kwam.

'Tom heeft het een paar dagen geleden verteld,' zei Mette. 'Hij wist niet wat hij moest doen, of hij het moest vertellen of niet. Hij had hulp nodig, hij was enorm gekweld door...'

'Hij was gekweld.'

'Ja.'

Olivia keek naar Stilton en schudde haar hoofd. Daarna begon ze te rennen. Abbas was voorbereid en probeerde haar vast te pakken, maar Olivia rukte zich los en verdween naar buiten. Stilton probeerde haar achterna te rennen, maar werd tegengehouden door Mårten.

'Ik ga.'

Mårten rende achter Olivia aan.

Hij haalde haar op straat in. Olivia was in elkaar gezakt tegen een ijzeren hek met haar handen voor haar gezicht. Mårten bukte zich. Olivia kwam bliksemsnel overeind en begon weer te rennen. Mårten rende achter haar aan en haalde haar in. Deze keer pakte hij haar vast, draaide haar om en sloeg zijn armen om haar heen. Na een tijdje bedaarde ze. Het enige wat te horen was, waren de lage wanhopige snikken tegen zijn borst. Mårten streelde voorzichtig over haar rug. Als ze op dat moment zijn ogen had gezien, had ze begrepen dat zij niet de enige was die wanhopig was.

Stilton was bij het raam in een van de kamers gaan staan. Het licht was uit en met de gordijnen opzij kon hij het eenzame paar op straat zien.

Mette kwam naast hem staan en keek naar buiten.

'Hebben we er echt goed aan gedaan?' vroeg ze.

'Ik weet het niet.'

Stilton keek naar de vloer. Hij had honderd alternatieven bedacht, vanaf het moment dat ze hem had tegengehouden en had gezegd dat ze Olivia Rönning heette. Arnes kind. Maar geen van de alternatieven had redelijk geleken. Zo langzamerhand had het steeds onaangenamer gevoeld en tegelijkertijd moeilijker om te vertellen. Laf, dacht hij. Ik was te laf. Ik durfde niet. Ik bedacht duizend dingen om het niet te hoeven zeggen.

Uiteindelijk had hij gepraat met de enige die hij vertrouwde. Om het zelf niet te hoeven zeggen. Of in elk geval omringd te zijn door mensen die konden omgaan met waar hij zelf niet in getraind was.

Zoals Mårten.

'Nu is het gezegd,' zei Mette.

'Ja.'

'Arm kind. Maar ze wist toch wel dat ze geadopteerd was?'

'Misschien. Dat weet ik niet.'

Stilton keek op. Ze kwamen hier op dit moment niet verder mee, dacht hij. Hij keek naar Mette.

'Dat telefoontje in de tuin, ging dat over Jackies klanten?' vroeg hij.

'Ja.'

'Wie heb je gevonden?'

'Onder andere een politieagent.'

'Rune Forss?'

Mette liep naar de keuken zonder antwoord te geven. Als Tom nu overeind krabbelt, dan kunnen we samen aan Jackie Berglund en haar klantenkring werken, dacht ze. Voorlopig.

Stilton keek naar de vloer en merkte dat Abbas naast hem kwam staan.

Ze draaiden zich allebei naar de straat.

Mårten had zijn armen nog steeds om Olivia heen geslagen. Zijn hoofd leunde tegen het hare en zijn mond bewoog. Wat hij tegen haar zei, bleef tussen hen. Maar hij wist dat het niet meer dan een begin voor haar was, het begin van een lange reis. Melancholisch en frustrerend. Een reis die ze zelf moest ondernemen. Hij zou er voor haar zijn als ze hem nodig had, maar het was helemaal haar eigen reis.

Ergens onderweg, op een verlaten station, zou ze een jong katje van hem krijgen.

Epiloog

Ze zat roerloos in de zomernacht, een nacht die geen nacht was maar alleen een rendez-vous tussen de schemering en de dageraad, glanzend door het betoverende licht waar de zuiderlingen zich zo graag over opwinden. Zinnelijk, en voor Olivia nauwelijks waarneembaar.

Ze zat tussen de duinen, alleen, met haar benen opgetrokken onder haar kin. Ze had een hele tijd over de baai uitgekeken. Het was eb, het strand was breed, en straks zou het springtij zijn. Ze had op het strand gezeten en had de warme zon zien ondergaan en had de maan het tafereel over zien nemen, met zijn koude, blauwe, meedogenloze licht.

Het eerste uur was ze beheerst geweest en had ze geprobeerd concreet te denken. Waar was Adelita precies het strand op gekomen? Waar lag haar jas? Hoe ver hadden ze haar het strand op gebracht? Waar was ze begraven? Daar? Of daar? Het was een manier om zich in te houden, om uit te stellen waarvan ze wist dat het zou komen.

Daarna dacht ze aan haar biologische vader. Nils Wendt. Zoals hij hier die avond naartoe was gekomen met zijn rolkoffer en het langgerekte strand opgelopen was en daar was gestopt. Wist hij dat het hier was? Dat de vrouw van wie hij hield hier verdronken was? Dat moet hij geweten hebben, wat deed hij anders hier? Olivia besefte dat Nils om Adelita had gerouwd, dat hij haar laatste plek in het leven had opgezocht om om haar te rouwen.

Hier.

En zij had verstopt achter een paar rotsen gezeten en had alles gezien.

Dat moment.

Ze ademde diep in en keek weer naar de zee. Er stroomden heel veel gevoelens door haar heen die ze probeerde binnen te houden.

Het huisje. Hij was naar het huisje gekomen om haar mobiel te lenen. Plotseling herinnerde ze zich het korte moment dat ze in de deuropening had gestaan. Nils was gestopt en had een vragende blik in zijn ogen gekregen. Alsof hij iets zag wat hij niet had verwacht. Zag hij Adelita in mij? Een fractie van een seconde?

Daarna kwam het tweede uur, en het derde, toen de concrete feiten niet langer voldoende waren om het tegen te houden. Toen het kind binnen in haar beslag van haar nam.

Lang.

Tot de tranen stopten en ze weer naar buiten keek en in contact kwam met haar verstand. Ik ben geboren op dit strand, dacht ze, ik ben uit de buik van mijn verdronken moeder gesneden op een avond met springtij en maneschijn, net als vandaag.

Op deze plek.

Ze liet haar gezicht op haar knieën zakken.

Zo zag hij haar in de verte zitten. Hij stond achter de rotsen, op dezelfde plek als destijds. Hij had haar een paar uur eerder langs het huis zien lopen en niet terug zien komen. Nu zag hij haar op haar hurken zitten, bijna op dezelfde plek waar de anderen hadden gestaan, die nacht.

Hij hoorde de zee weer.

Olivia merkte niet dat hij dichterbij kwam, alleen dat hij naast haar hurkte en roerloos bleef zitten. Ze draaide zich om en ving zijn blik op. De jongen die alles gezien had. De man met het zongebleekte haar. Ze keek weer naar de zee. Mijn vader heeft in Costa Rica met hem gepraat, dacht ze, en hij heeft gezien dat mijn moeder hier is vermoord, en daar heeft hij geen idee van.

Ooit zal ik het hem vertellen.

Ze keken naar de zee. Naar het vochtige brede strand dat in het maanlicht baadde. Kleine, glanzende strandkrabben liepen kriskras over het zand, als glanzende reflexen in het staalblauwe licht. Purperslakken zogen zich vast aan de rotsen, vastbesloten om zich niet weg te laten spoelen.

Toen het springtij kwam gingen ze weg.

Lees ook alvast een fragment uit

De derde stem

van Cilla & Rolf Börjlind

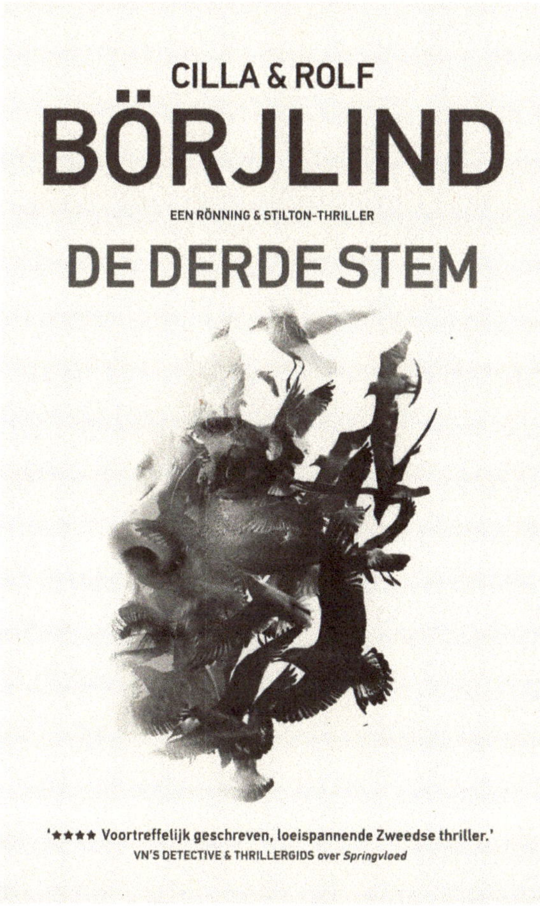

ISBN paperback: 978 94 005 0689 3
ISBN e-book: 978 90 449 6917 7

Ik sta vlak bij de rand van het dak, op blote voeten, negen verdiepingen onder me zie ik de grijze straat. Die is leeg. De stad slaapt. Het is windstil. Ik loop een paar stappen langs de rand en strek mijn armen uit, omdat ik mijn evenwicht zo gemakkelijker kan bewaren. Een vogel vliegt naar het dak, gaat een stukje bij me vandaan zitten en kijkt uit over de stille gebouwen. Ik geloof dat het een kauw is. Hij heeft ook vleugels. Die van mij zijn wit, die van hem zijn zwart.

Zo meteen wordt het licht.

Ik doe een paar stappen in de richting van de kauw, voorzichtig om hem niet bang te maken. Ik wil dat hij begrijpt waarom ik hier ben, op dit tijdstip.

Ik wil het uitleggen.

Ik heb mijn lichaam vannacht verlaten, fluister ik tegen de kauw, *nog voordat ik dood was. Ik zweefde al boven mezelf toen hij me begon te mishandelen, ik heb alles van bovenaf gezien. Ik zag hoe de riemen in mijn hals sneden, hij trok ze veel te hard aan, ik besefte dat ik gewurgd werd. Ik schreeuwde zo hard, het deed zoveel pijn, ik had nog nooit zo geschreeuwd. Daarom begon hij me waarschijnlijk te slaan, telkens weer. De zware asbak verbrijzelde mijn slaap. Het zag er afschuwelijk uit.*

Nu voel ik de wind. Het is de eerste, zoele bries vanaf de zee, de kauw kijkt naar me met één oog, ver weg zie ik de grote gouden madonna. Ze staat op de hoogste heuvel, haar gezicht is naar me toe gekeerd. Heeft zij ook gezien wat er vannacht is gebeurd? Was zij ook in de kamer? Had ze me dan niet kunnen helpen?

Ik kijk opnieuw naar de kauw.

Voordat ik stierf was ik blind, fluister ik, *daarom was het vannacht zo onaangenaam. We waren niet alleen in de kamer, hij en ik, ik hoorde anderen. Ik werd bang voor wat ik niet zag, voor de stemmen van de mannen die in een vreemde taal praatten, ik wilde daar niet meer zijn. Het stonk. Daarna stierf ik. Toen waren alleen hij en ik over, hij moest al het bloed zelf opruimen. Dat duurde een hele tijd.*

De kauw zit nog steeds onbeweeglijk op dezelfde plek. Is hij een vogelengel? Is hij verstrikt geraakt in een net en is zijn nek gebroken? Of verbrijzeld door een vrachtwagen? Nu hoor ik geluid van de straat ver onder me komen, iemand is wakker geworden, de geur van verbrand afval drijft naar me toe. Binnenkort krioelt het tussen de gebouwen.

Ik moet me haasten.

Hij heeft me in de duisternis naar buiten gedragen, fluister ik tegen de kauw, *niemand heeft ons gezien. Ik zweefde een stukje boven mezelf. Hij heeft me in een kofferbak getild en heeft mijn slanke benen dubbelgevouwen, hij had haast. We zijn naar een rotslandschap bij het water gereden. Hij heeft mijn naakte lichaam naast de auto op de grond gelegd, op het grind, ik wilde met mijn hand over mijn wang strelen, ik zag er zo geschonden uit. Hij droeg me in zijn armen weg, een heel eind tussen de bomen en rotsen. Daar sneed hij me in stukken. Hij sneed eerst mijn hoofd van mijn romp. Ik vroeg me af hoe hij zich voelde terwijl hij dat deed, hij deed het heel snel, met een groot mes. Hij begroef me op zes verschillende plekken, ver uit elkaar, omdat hij niet wilde dat ik gevonden zou worden. Toen hij wegreed vloog ik hiernaartoe. Naar het dak.*

Nu ben ik klaar.

In de verte bij de bergen in het noorden glijden de eerste zonnestralen over de kammen, de dauw fonkelt op de daken, een eenzame vissersboot vaart naar de haven.

Het wordt een mooie dag.

De kauw naast me laat zich met gestrekte vleugels meevoeren, ik buig me naar voren en volg hem.

Iemand zal me vinden. Dat weet ik.

'Uit de buik van mijn vermoorde moeder gesneden.'

Olivia kwelde zichzelf vierentwintig uur per dag, zwarte weerzinwekkende gedachten overvielen haar 's nachts, overdag bleven ze weg.

Het ging lang door.

Het ging door tot ze min of meer apathisch werd.

Tot het niet langer ging.

Op een ochtend sloeg haar overlevingsinstinct toe en dwong haar de wereld weer in, waarna ze een besluit nam.

Ze zou haar opleiding aan de politieacademie afmaken en aspirant-agent worden. Daarna zou ze naar het buitenland gaan. Ze zou geen vaste baan zoeken. Ze zou verdwijnen, ver weg, en proberen in contact te komen met degene die ze was geweest voordat ze de dochter van twee vermoorde ouders werd.

Als dat lukte.

Ze bracht haar plan ten uitvoer, leende geld van een familielid en ging in juli op reis.

Alleen.

Eerst ging ze naar Mexico, het geboorteland van haar vermoorde moeder, naar onbekende plekken met onbekende mensen en een vreemde taal. Ze reisde met weinig bagage, een bruine rugzak en een kaart, ze had geen plan en geen reisdoel. Alle plekken waren nieuw en zij was niemand. Ze moest in haar eigen tempo met haar innerlijk omgaan. Niemand zag het als ze huilde, niemand wist waarom ze af en toe plotseling onder water verdween en haar lange, zwarte haar liet drijven.

Ze was in haar eigen universum.

Voor de reis had ze vage ideeën gehad om op zoek te gaan naar haar moeders afkomst, misschien een paar familieleden opsporen, maar ze besefte dat het nergens toe zou leiden omdat ze veel te weinig wist.

Dus stapte ze in een klein plaatsje in een bus en stapte in een nog kleiner plaatsje uit.

Na ruim drie maanden belandde ze in Cuatro Cienegas.

Ze nam haar intrek in Xipe Totec, het hotel van de gevilde godheid, aan de rand van het stadje. In de schemering liep ze op blote voeten naar het mooie plein in het centrum, het was haar vijfentwintigste verjaardag en ze wilde mensen zien. Gekleurde lantaarns hingen in de platanen, bij alle bomen stonden groepjes jongeren, meisjes in kleurige rokken en jongens met door zakdoeken uitpuilende kruisen. Ze lachten. De muziek uit de cafés vermengde zich op het plein, ezels stonden stil bij fonteinen, er hingen veel vreemde geuren in de lucht.

Ze zat als een vreemdeling op een bank en voelde zich veilig.

Na een uur ging ze terug naar haar hotel.

De avond was nog steeds zoel toen ze op een houten veranda met uitzicht op de uitgestrekte Chihuahuawoestijn ging zitten terwijl het scherpe tjirpen van de cicaden zich op de achtergrond vermengde met het getrappel van paardenhoeven. Ze had haar verjaardag gevierd met een koud biertje en dacht na of ze er nog een zou nemen. Op dat moment gebeurde het voor de eerste keer. Ze voelde een beetje vaste grond onder haar voeten.

Ik ga mijn achternaam veranderen, dacht ze.

Ik ben tenslotte half Mexicaans. Ik ga mijn moeders naam aannemen. Ze heette Adelita Rivera. Ik ga mijn achternaam van Rönning in Rivera veranderen.

Olivia Rivera.

Ze keek opnieuw uit over de woestijn. Natuurlijk moet ik opnieuw beginnen, dacht ze. Het is zo eenvoudig. Ze draaide zich om en hield haar lege bierflesje omhoog naar de bar. Ze zou zo meteen een nieuw biertje krijgen en dat zou ze opdrinken als Olivia Rivera.

Ze keek opnieuw naar de woestijn en zag hoe een paar droge struiken door de lichte wind over de hete, trillende grond rolden, ze zag een groen-zwarte hagedis op een stekelige saguaro met drie vertakkingen klimmen, ze zag een paar geruisloze roofvogels naar de gloeiende horizon vliegen en plotseling lachte ze hardop, om niets. Voor de eerste keer sinds de nazomer vorig jaar voelde ze zich bijna gelukkig.

Het was zo eenvoudig!

Die nacht sliep ze bij Ramón, de jonge barman die een beetje had geslist toen hij beleefd vroeg of ze seks met hem wilde.

Ze was klaar met Mexico. De reis had haar naar de plek gebracht waar ze naartoe had gemoeten. Het volgende reisdoel was het dorp Mal Pais in Costa Rica, de plek waar haar biologische vader had gewoond. Hij had zich daar Dan Nilsson genoemd, maar in werkelijkheid heette hij Nils Wendt.

Hij had een dubbelleven geleid.

Tijdens de reis daarnaartoe nam ze een aantal beslissingen, allemaal uit naam van Olivia Rivera. Met behulp van de merkwaardige kracht die ze aan haar nieuwe achternaam ontleende.

Eén beslissing was om haar politiecarrière op de lange baan te schuiven en kunstgeschiedenis te gaan studeren. Adelita was kunstenares geweest en had mooie stoffen geweven, misschien kon ze zo op het een of andere onbekende niveau contact met haar krijgen, bedacht ze.

Een andere, crucialere beslissing had met haar instelling te maken: vanaf het moment dat ze terugkeerde naar Zweden zou ze haar eigen weg gaan. Ze had zich gebrand aan mensen die ze had vertrouwd. Ze was naïef en open geweest en had een handgranaat in haar hart gekregen. Ze was niet van plan om zich daar opnieuw aan bloot te stellen. Vanaf nu zou ze nog maar één mens vertrouwen.

Dat was Olivia Rivera.

Het was middag toen ze uit de zee opdook bij een strand op het schiereiland Nicoya in Costa Rica. Het lange, zwarte haar viel over haar diepbruine lichaam, ze bevond zich al vier maanden onder de tropische zon. Ze liep het lege strand op en sloeg een handdoek rond haar schouders, een groene kokosnoot rolde in het water heen en weer, ze draaide zich naar de zee en wist dat ze het opnieuw moest ondergaan. Juist hier, juist nu.

'Uit het lichaam van mijn vermoorde moeder gesneden.'

Het beeld verscheen weer in haar bewustzijn. Het strand, de vrouw, de maan. De moord. Haar moeder was verdronken tijdens een springvloed, begraven op een strand op Nordkoster. Voordat ik geboren was, dacht Olivia, ze is gestorven voordat ik geboren was.

Ze heeft me nooit gezien.

Nu stond ze op een heel ander strand en probeerde de gedachte te accepteren dat was veel moeilijker dan te begrijpen, dat haar moeders ogen nooit op haar hadden gerust.

Dat ze ongezien geboren was.

Ze keek naar de oceaan, die zich uitstrekte tot de vurige, geelrode horizon. De schemering zou bijna invallen. De zachte, warme golven rolden naar haar voeten, in de verte zag ze een aantal donkere hoofden op het wateroppervlak deinen.

Ze trok haar dunne witte jurk aan en begon te lopen.

Kleine grijs-witte krabben verdwenen in hun gaten in het zand als ze langsliep, het water wiste haar voetstappen achter haar. Ze liep bijna een uur langs het strand, langzaam, helemaal vanaf Santa Teresa naar de rotsen bij Mal Pais. Ze wist dat het zo zou blijven, dat de beelden en gedachten weer opgegraven zouden worden.

Juist hier, juist nu.

Dat was de bedoeling van de wandeling.

Ze wilde zich weer onderdompelen in de pijn, een laatste keer, ze wilde voorbereid zijn. Over een paar minuten zou ze een man ontmoeten die haar nog dichter naar haar raadselachtige verleden zou voeren.